中国社会科学院学部委员专题文集
ZHONGGUOSHEHUIKEXUEYUAN XUEBUWEIYUAN ZHUANTI WENJI

文学原理学批评及其他

陈众议◎著

中国社会科学出版社

图书在版编目(CIP)数据

文学原理学批评及其他／陈众议著.—北京：中国社会科学出版社，2022.2

(中国社会科学院学部委员专题文集)

ISBN 978－7－5203－9819－0

Ⅰ.①文… Ⅱ.①陈… Ⅲ.①文学理论—文集 Ⅳ.①I0－53

中国版本图书馆CIP数据核字(2022)第035211号

出 版 人 赵剑英
责任编辑 张 潜
责任校对 王丽媛
责任印制 戴 宽

出 版 中国社会科学出版社
社 址 北京鼓楼西大街甲158号
邮 编 100720
网 址 http://www.csspw.cn
发 行 部 010－84083685
门 市 部 010－84029450
经 销 新华书店及其他书店

印刷装订 北京君升印刷有限公司
版 次 2022年2月第1版
印 次 2022年2月第1次印刷

开 本 710×1000 1/16
印 张 20.5
字 数 326千字
定 价 118.00元

《中国社会科学院学部委员专题文集》编辑委员会

前 言

哲学社会科学是人们认识世界、改造世界的重要工具，是推动历史发展和社会进步的重要力量。哲学社会科学的研究能力和成果是综合国力的重要组成部分。在全面建设小康社会、开创中国特色社会主义事业新局面、实现中华民族伟大复兴的历史进程中，哲学社会科学具有不可替代的作用。繁荣发展哲学社会科学事关党和国家事业发展的全局，对建设和形成有中国特色、中国风格、中国气派的哲学社会科学事业，具有重大的现实意义和深远的历史意义。

中国社会科学院在贯彻落实党中央《关于进一步繁荣发展哲学社会科学的意见》的进程中，根据党中央关于把中国社会科学院建设成为马克思主义的坚强阵地、中国哲学社会科学最高殿堂、党中央和国务院重要的思想库和智囊团的职能定位，努力推进学术研究制度、科研管理体制的改革和创新，2006 年建立的中国社会科学院学部即是践行“三个定位”、改革创新的产物。

中国社会科学院学部是一项学术制度，是在中国社会科学院党组领导下依据《中国社会科学院学部章程》运行的高端学术组织，常设领导机构为学部主席团，设立文哲、历史、经济、国际研究、社会政法、马克思主义研究学部。学部委员是中国社会科学院的最高学术称号，为终生荣誉。2010 年中国社会科学院学部主席团主持进行了学部委员增选、荣誉学部委员增补，现有学部委员 57 名（含已故）、荣誉学部委员 133 名（含已故），均为中国社会科学院学养深厚、贡献突出、成就卓著的学者。编辑出版《中国社会科学院学部委员专题文集》，即是从一个侧面展示这些学者治学之道的重要举措。

《中国社会科学院学部委员专题文集》（下称《专题文集》），是中国社会科学院学部主席团主持编辑的学术论著汇集，作者均为中国社会科学院学部委员、荣誉学部委员，内容集中反映学部委员、荣誉学部委员在相关学科、专业方向中的专题性研究成果。《专题文集》体现了著作者在科学研究实践中长期关注的某一专业方向或研究主题，历时动态地展现了著作者在这一专题中不断深化的研究路径和学术心得，从中不难体味治学道路之铢积寸累、循序渐进、与时俱进、未有穷期的孜孜以求，感知学问有道之修养理论、注重实证、坚持真理、服务社会的学者责任。

2011 年，中国社会科学院启动了哲学社会科学创新工程，中国社会科学院学部作为实施创新工程的重要学术平台，需要在聚集高端人才、发挥精英才智、推出优质成果、引领学术风尚等方面起到强化创新意识、激发创新动力、推进创新实践的作用。因此，中国社会科学院学部主席团编辑出版这套《专题文集》，不仅在于展示“过去”，更重要的是面对现实和展望未来。

这套《专题文集》列为中国社会科学院创新工程学术出版资助项目，体现了中国社会科学院对学部工作的高度重视和对这套《专题文集》给予的学术评价。在这套《专题文集》付梓之际，我们感谢各位学部委员、荣誉学部委员对《专题文集》征集给予的支持，感谢学部工作局及相关同志为此所做的组织协调工作，特别要感谢中国社会科学出版社为这套《专题文集》的面世做出的努力。

《中国社会科学院学部委员专题文集》编辑委员会

2012 年 8 月

序

历史具有颠覆性、取代性和不可逆性，这是马克思主义的基本观点，也是马克思主义经典作家对资本主义的基本判断，且事实如此。[①] 作为历史的必然，跨国资本正在使人类价值、审美乃至语言向资本支配者趋同，于是，人类文明的危机必然显现，而且已然显现。但是，存在的不一定是合理的，必然王国也不等于理想王国。如何趋利去弊，并尽可能守护美好的民族传统不仅是出于文化生态多样性的需要，而且也是重情重义的君子之道、人文之道。语言文学在这中间起到了中流砥柱的作用。盖因文学是加法，并且不可再造。套用阿瑞提的话说，如果没有哥伦布，总会有人发现美洲；没有伽利略，也总会有人发现太阳黑子；但若没有曹雪芹，又会有谁来创作《红楼梦》呢？这种不可替性决定了文学作为民族文化“染色体”的重要地位。此外，文学的伟大传统之一便是充满理想主义色彩的守正。孔子克己复礼是因为“礼崩乐坏”；王国维之死是基于“今不如昔”（即“经此世变，义无再辱”）。当然，这并不是说只有传统才是美好的，而是在于如何使传统获得升华与新生。瓦格纳的名言是“不要模仿任何人”。即使模仿也是为了创造的继承，而非简单复制。撒切尔夫人关于“中国只产出商品、不输出思想”的说法显然是在指斥我们缺乏精神原创。

我们当然不缺思想，但伟大思想的形成并不能一蹴而就，文学理论亦然。如今，我们并非没有可能，更不应坐以待毙。我们有能力探寻和把握规律，我们拥有马克思主义、中国传统文化及国际国内社会主义实践的经验教训等极为丰富的思想文化遗产。遗憾的是，充斥我国当代文坛的除了

① 见《资本论》第一卷第三篇“资本主义积累的历史趋势”，《马克思恩格斯文集》第 5 卷，人民出版社 2009 年版，第 872—874 页。

大量山寨品，还有不少较之于有毒食品、伪劣货物更有过之而无不及的精神垃圾；学术伪命题及去心化现象比比皆是；文学语言简单化（却美其名曰“生活化”）、卡通化（却美其名曰“图文化”）、杂交化（却美其名曰“国际化”）、低俗化（却美其名曰“大众化”），等等，以及工具化、娱乐化等去审美化、去传统化趋势在一些网络乱嬲的裹挟下势不可挡。进而言之，作为我们民族文化根脉和认同基础的语言正日益面临被肢解和淹没的危险。看看我们的文艺作品（比较极端的例子如新近的《亲密敌人》和《小时代》，相对普遍的则是夹生洋文充斥的新新文学、二次元审美），稍有警觉的人都会感到毛骨悚然，因为这才是真正的“釜底抽薪”。面对外邦入侵，都德（《最后的一课》）借人物“老师”之口对同学们说：“只要法语不灭，法兰西将永远存在。”而当今世界，弱小民族的语言正以高于物种灭绝的速率迅速消亡。难道我们不应对自己的语言危机有所警觉吗?遗憾的是事实并非如此。我们的许多知识分子尚且缺乏意识和警觉，况乎少男少女?！诚然，即使是在同属西方体系的欧洲，譬如法国、德国、意大利或西班牙等，都竭力维护民族语言，盖因它是国家主权的重要组成部分，这也是欧盟未能统一语言的根本原因，而我们的那些作品所张扬的是那样一种浮世绘式的“虚荣炫富”。

如今，就连某些西方国家的知识精英也感受到了来自资本主要支配者的话语压力，如虚妄的自由民主和实际的霸凌主义。都德所谓“只要法语不亡，法兰西民族将永远存在”的著名论断有可能反转而成为箴言。强势的资本话语似黑洞化吸，正饕餮般吞噬着各弱小民族赖以存在的基础。传统意义上的民族文学作为大到语言和民族认同，小至风俗和个人情感等重要载体或介质与纽带，正在绥化、消亡。其症候之一便是日益呈现在我们面前的“国际化”（主要是美国化）流行声色。

这是基于人文领域有一股思潮正甚嚣尘上，其核心指向在于认为中文（一曰方块汉字）像一个猪圈，圈住了国人的思维和想象。这种谬论虽不新鲜，然沉渣泛起却大有因由。先说它如何不新。本人愚钝，记性也不算好，但多少读过些书，对有关论调有点印象。譬如“五四”新文化运动其间或其后就有人宣扬过废黜中文。其中钱玄同先生是这样说的，“中国欲得新生，必废孔学；欲废孔学，不可不先废汉文；欲驱除一般之幼稚的、野蛮的、顽固的思想，尤不可不先废汉文。”当时此话不孤，响应者不寥。但时至今日，尤其是在数字化时代，方块字无论在输入速率还是思想、感知、审美维度方面均优于拼音文字之际，又如何掀起废黜浪潮了呢？岂不怪哉?！但怪也不怪，正所谓“欲知大道，必先为史。灭人之国，必先去其史，尔后是文学”。盖因文学与文字互为载体，互以固本；历史、哲学和语言的关系同样如此。但总体说来，文字借文学以丰富和美化，借历史和哲学以记忆和思辨。如此，我们便可从语言推衍一切民族文化。因此，怀疑中文的背后其实还是中国“威胁论”或中国“崩溃论”在作祟。此其一。其二是快餐文化、消费文化的蔓延越来越视中文为障碍，不仅洋人如此，就连少数祖国的花朵也恨不能将中文彻底消灭，再踩上一万脚，以绝麻烦。当然，可能还有别的原因，甚至其他不得而知的偏见和盲从。

然而，人类借人文以流传、创造和鼎新各种价值。民族语言文学作为人文核心，其肌理决定了它作为民族认同的基础和文化基因或精神染色体的功用而存在并不断发展。因此，民族语言文学不仅是交流工具，它也是民族认同纽带和审美对象，而且还是民族文化及其核心价值观和一般价值观的重要载体。这就牵涉到语言文学与民族之间那难分难解的亲缘关系。正因为如此，第二次世界大战以后，当有人问及丘吉尔“莎士比亚和印度孰轻孰重”时，他说如果非要他在两者之间做出选择，那么他宁要莎士比亚，不要印度。当然，这是他从卡莱尔那里学来的，用以指涉传统。而语言永远是最大的传统。问题是，我们做了些什么？在很长一个时期，从幼儿到研究生，国人对英语的重视程度已远甚于母语，以至于不少文科博士再不擅用中文写作，罔论文采飞扬。于是，有家长愤而极之，居然将孩子关在家里用《三字经》《千字文》及四书五经等弘扬“国学”、恢复“私塾”。殊不知人类是群居动物，孩子更需要集体。多么可怕的两难选择！

总之，西风浩荡，肯德基和麦当劳、好莱坞和迪士尼占据了全球儿童的共同记忆，而英语正在成为许多中国孩子的“母语”，这才是最糟糕的本末倒置。因此，辨识和批判、格致和守望比任何时候都显得迫切。我等终不免血脉贲张，基因激奋。这是母语和文化母体的召唤，自然而然。

这个序言是笔者多年前为一部文集所作的，同时部分也曾作为呼吁提高中高考语文权重的提案和要报内容。如今，时过境迁，我国不仅扛起了全球化大旗，而且奋袂于“四个自信”。尤其是经过语言文学界同道的不懈抗争，我们的人文情态有所转变。但持续助推这种转变仍须同志努力，仍须从我们自己做起，从各自领域发力，为复兴中的民族固本强基、为崛起中的国家添砖加瓦，鞠躬尽瘁，无忝所来！

时光疏忽，杂事倥偬，一晃许多年过去，忽然举国上下又拉响了抗疫警报。遥想2003年“非典”肆虐京城，我等被宅在家里，不曾想十七年后复遭疫情威胁。于是，除了追怀历史、叹惋现实，便是重读《鼠疫》《霍乱时期的爱情》和《失明症漫记》等文学经典，并联想到导致价值撕裂、认知错乱的各种政治阴谋和文化垃圾，以及令人不齿的稀奇古怪和莫名其妙，难免感慨系之。无论如何，危机是全人类的，在巨大的天灾人祸面前，没有谁能独善其身。用我们古人的话说，“城门失火，殃及鱼池”；“覆巢之下，安有完卵”?!

作为短序的结语，我想说的是，二十年前的互联网巨头们无论如何都不会想到，文化才是这个时代的真正原动力。譬如，虽然美国发明了互联网，但由此生发的许多大事它却万难做到：当我们个人（包括隐私）适当让渡于群体或国家利益时，抗疫、高铁、物联网、手机实名制、微信支付宝及各种探头挂满大街小巷和生活社区，如此等等，也便不在话下。反过来，我国奉行的以人为本、以民为本政策无不在全面实现小康“一个都不能少”和全力抗击新冠肺炎等方面得到了彰显。这无疑是相互的，唯其如此，也许新全球化或全球智能化时代才能如此这般大力助推我国的发展并由此惠及全人类。然而，由于本集所择文字发表于不同时期，有关观点未必全然一致。譬如关于全球化，本人在21世纪之前，乃至21世纪伊始，大抵对其持保留态度，但正所谓“文章合为时而著”，而今时过境迁，在真理与国家利益之间进行适当让渡取决于长远和暂时之间的必要绥化。我由衷地感谢中国社会科学院学部在这不绝于耳的“武汉加油”“中国加油”“世界加油”声中给予这个机会拾掇和检点部分旧作，以证“门前流水尚能西”“休将白发唱黄鸡”般老夫聊发少年狂，同时继续做好本分。

是为序。

目　　录

上编　古今因缘

下编　远近杂谭

上　编

古今因缘

文学原理学批评导言

文学或诗学原理的首要任务是回答文学是什么，以及文学何为、文学何如等诸如此类的问题。诗（文学——下同）言志，但也能抒情；它有用，但又分明是无用之用；它可以载道，同时还可能指向消遣，等等。凡此种种，说明任何表面上足以自圆其说的文学命题或理论体系，完全可以推导出相反的结论。

由是，迄今为止的文学原理学也每每拘牵于配菜师式的共时性平面叙述，从而难免陷入形而上学的矛盾。譬如，时至今日，前面说到的言志与抒情、有用与无用、载道与消遣，以及写实与虚构、崇高与渺小、严肃与通俗、内容与形式，甚至悲剧与喜剧、人学与物学、传承与创新、民族与世界等一系列矛盾统一关系，均可能反转并找到截然不同的佐证。因此，即使各种诗学或比较诗学、文学概论或原理学著作如雨后春笋，却基本回避或摆脱如上悖论或类悖论所构成的重重障碍，从而偏离了探寻文学规律、接近文学真谛的可能性。换言之，当文学什么都是时，它也便什么都不是了。这是目下文学的尴尬，也是文学批评、文学原理缺乏标准或放弃高度、自由坠落的窘态。

当然，也许文学不乏不变的因素，如白居易所说的“文章合为时而著，歌诗合为事而作”（《与元九书》）；而且，共时性铺陈有利于展示这种因素。问题是，文学终究又是变化的，如何发现和归纳这些变化恰恰是文学原理学的要务和难点。换言之，共时性铺陈（譬如将老庄和德里达并置）不仅需要，而且相对简单易行，用钱锺书先生的话说：“东海西海，心理攸同；南学北学，道术未裂。”[①] 但若文学原理学仅止于斯，那么规律

① 钱锺书:《谈艺录》，生活·读书·新知三联书店2001年版，第1页。

和品格的揭示也就付诸阙如了。

事实上，无论文学多么玄妙、如何言说不尽，它终究是历史的产物，其规律并非羚羊挂角无迹可寻。童年的神话、少年的史诗、青年的戏剧（或/和格律诗）、成年的小说、老年的传记（或/和回忆录）是一种概括；自上而下、由外而内、从宽到窄、自强到弱、由大到小等，也不失为是一种规律。一如被幽暗的森林（及其狮、豹、狼）阻断前途的但丁必得经历史的维吉尔相助方能豁然，规律的探询离不开历史的维度。也就是说，文学的言志与抒情、有用与无用、主题和情节、载道与消遣等既可能并行不悖、彼此兼容；但也完全可能形同水火，构成二律背反，恰似矛之于盾、盾之于矛。并行不悖或此消彼长也罢，二律背反或对立统一也好，文学原理只有在历史和时代社会的纵横坐标中才能道明说清。反之，一旦置概念于学术史和现实语境这两个维度之外，接近文学规律或文学真谛的努力也就被悬置了。

一

除了前面提到的种种悖论外，更有一些概念、命题困扰着我国文坛。

命题之一："民族的就是世界的。"

人们大多将此命题归功于鲁迅。鲁迅的原话是："现在的文学也一样，有地方色彩的，倒容易成为世界的，即为别国所注意。打出世界上去，即于中国之活动有利。可惜中国的青年艺术家，大抵不以为然。"（《致陈烟桥》）[①]

然而，我不妨就此进行一番逻辑推理："民族的就是世界的"或"越是民族的就越是世界的"符合逻辑，但似乎并不合乎实际。反之，"民族的不是世界的"或"民族的并不一定是世界的"，倒听起来像悖论，譬如白马非马或绿叶非叶，但事实又常常如此。换言之，正如各色叶等与叶的关系、各色人等与人的关系，任何民族都是世界的组成部分，反过来说，世界也理应是各民族之总和。这就是说，民族与世界，本应是个别与全体

① 《鲁迅全集》第12卷，人民文学出版社1981年版，第391页。

的关系，但现实常常不尽如是，它有所偏侧。于是，世界的等于民族的似乎更符合实际；至于世界是谁，请允稍后再禀。

命题之二："没有继承就没有创新。"

创新确实离不开继承，这是常识。然而，继承针对已然和过去，创新面向不曾和未来；二者的关系究竟如何却非三言两语可以说清，故而它往往只是人们随口一说，却缺乏学理支撑和深入探赜。

命题之三："形式即内容。"

这是现代文学的一个重要命题，与文学性（甚至现代性）等重要话题密切关联。反过来说，20世纪西方学界围绕文学性的讨论大抵与此有关，当然问题的提出可以追溯到浪漫主义、启蒙运动、新古典主义甚至更早，比如巴洛克艺术等。

如此推论听起来像诡辩，却可使"常识化"命题成为问题。类似情况多多，而我之所以拿上述三者为例，主要是因为它们有一个共同的指向，那就是传统（广义的民族传统或狭义的文学传统）。其次，它们及诸如此类恰似芝诺悖论或罗素悖论，一经提出就可能入心入脑，引发思考。然而，并非所有人在使用术语、概念、理论时都关心它们的来龙去脉，一如小和尚念经，有口无心。在日常生活中，我们也经常犯同样的错误，一是轻视常识，二是缺乏常识（当然常识本身并非一成不变，但通常它们最接近真理）。这两者皆可以通过传统这个话题来加以说明。但这需要基本的学术史精神。随便举个例子，如果说我们的传统源自三皇五帝，至少我们得清楚三皇五帝是谁。而事实上，我发现大多数同胞根本不知道三皇五帝是谁。即使学术界没有定论，言者亦当自知，就像我们列举的三个悖论：随口一说是一回事，知其然是另一回事，而对所以然的追问与思考却常常是阙如的。

回到上述三个命题，一方面它们及诸如此类为文学批评构筑了形而上层面的巨大空间，但也对文学批评及其理论体系的建构构成了威胁。之所以选择这些命题作为切入点，无非是因为它们指向共通的文学及文学批评之纲。所谓纲举目张，没有制高点，就无法厘清错综复杂的文学历史、缤纷如梦的文学现状。而所谓的纲，就是规律、是原理。这是将复杂问题简单化的一种方法。然而，迄今为止，我所见到的文学原理学著作或批评理论都有一定局限性，这是自然的。因此，相对特殊的个案、现象，既可能佐证，也可能解构它们所提供的概念或原理。这是当今文学批评理论和整个文学王国所面临的复杂局面。这是因为，古今中外的文学原理大多热衷于回避规律的提炼与探究，将复杂化的问题简单化。就拿“民族的就是世界的”这个命题而论，即使民族（比如中华民族）的概念是基本清晰的，世界的概念却是模糊的、不确定的。首先，世界是谁？是所有国家吗？非也。在很大程度上，现在的所谓世界实际上只是西方。在这个跨国资本主义时代，真正的世界，即作为绝大多数的发展中国家正不同程度地面临两难选择：顺之，可能被化；逆之，可能被灭。真正的多元早已不复存在。由此可见，真正的马克思主义文学原理也尚未建立。

古来大哲多热衷于探询文学真谛，盖因文学最敏感，其触角直击世道人心，被誉为时代“晴雨表”。如此，有关文学原理的讨论如长江之水从远古走来，向未来奔去，滔滔不绝。中国古典诗学被认为发轫于老庄和孔子，西方诗学则明显起自柏拉图和亚里士多德。此等滥觞随着历史的沿革不断丰富乃至汇集成目下的汪洋大海。在此过程中，德国古典哲学的思辨传统和俾斯麦时代建立的学术史范式使美学在本体论和方法论两个维度上完成了交织与融合。但这种学术史范式在我国学术研究中还相当欠缺。

为说明问题起见，我不妨缩小范围，拿影响我国文坛近百年的文学原理学说起。从 1925 年马宗霍先生出版首部现代意义上的《文学概论》到 1953 年苏联作家季莫菲耶夫的《文学原理》的引进、1964 年以群的《文学的基本原理》或波斯彼洛夫的同名著作或蔡仪的《文学概论》（发表于 1982 年，但实际写作时间为 20 世纪 60 年代）到现如今令人眼花缭乱的文学原理、文学概论或诗学、诗论等，洋的、土的、古的、今的，可谓汗牛充栋。下面我姑且以我们相对熟识的近百年历史为经，以三种代表性著述所蕴含的时代为纬，来简要假说文学原理及批评理论、批评方法的局限。

首先是马宗霍先生的《文学概论》，它凡三篇，由“绪论”“外论”和“本论”组成。作者试图用本体论与方法论相结合的路径建构文学原理，但因攫取的几乎皆为中国本土材料，且偏重于文字学方向，故而略嫌偏狭。虽如此，然作为首创，他却功不可没。在界定完一般意义上的文学这个偏正结构（文与学）之后，作者认为凡文学者，“一属于知，一属于情。属于知者，其职在教。属于情者，其职在感。”① 在“法度”章中，作者认为文学既不可无法，也不可泥法；复在“内相”章中说到古来文学一曰有神，二曰有趣，三曰有气，四曰有势；又在“外象”章中归纳出四曰：即声、色、格、律。如此等等，基本以汇集古来文人学者并各家之说而成，尽管偶尔也会牵涉西洋人等的相关点滴学说。此类以中国古典诗学观念为基准的文学原理学延绵不绝，且越来越多地同西方诗学杂糅。当然，坚持中国诗学体系纯粹性（包括材料和认知）的学者依然不在少数。比如认为中国有独立完备的诗学体系，相关观点不仅足以与西方各色流派对应，而且在神韵、意境、风骨、气势等方面具有相对广阔的审美维度。但从方法论的角度看，它们基本是配菜师的做法，缺乏纵深感（即学术史意识），比如说到修辞，它们可以将孔子、刘勰、归庄等并置一处，全然不顾之间的承继与变异；说到意境或其他也是如此。殊不知同样一个美字，古今中外的认知却是同少异多。再说美是客观的还是主观的？如果是客观的，为什么萝卜白菜、燕瘦环肥各有所爱？如果是主观的，为什么青山绿水人见人爱、窈窕淑女君子好逑？虽然难有定论，但若不顾时代的偏侧、历史的衍变，单说文艺司美又有什么意义？况且近百年来许多被定于一尊的所谓现代经典不仅彼此殊异，而且与古典美学的界定大相径庭。

其次是蔡仪先生的《文学概论》。正所谓“时运交移，文质代变”，蔡仪先生的这部文学概论在原理性揭示方面广泛接受马克思主义文艺观，尽管这一文艺观带有鲜明的苏联色彩。作品凡九章，是谓“文学是反映社会生活的特殊的意识形态”“文学在社会生活中的地位和作用”“文学的发生和发展”“文学作品的内容和形式”“文学作品的种类和体裁”“文学的创作过程”“文学的创作方法”“文学欣赏”和“文学批评”。其中，第一章开宗明义，认为文学与社会生活的关系是文艺理论的一个最根本的问题。② 也就是说，文艺的首要标准是反映生活，而且是客观的社会生活。这里最重要的当然是客观这个词。且不说客观是相对的，即使照相也有光

① 马宗霍：《文学概论》，商务印书馆 1925 年版，第 6 页。

② 蔡仪：《文学概论》，人民文学出版社 1983 年版，第 1 页。

与对象与角度等诸多因素构成，遑论作为语言艺术的文学。在这一时期的文学原理或文学史写作中此类问题多多，但最根本的依然是学术史方法的缺失。盖因单就西学而言，客观论从摹仿说到反映论经过两千多年的沿革，别说还有不少后续者，譬如20世纪泛而滥之的超现实主义、超自然主义（也即超级现实主义、超级自然主义），等等。几相对位，不能不令人胆颤。

再次是董学文、张永刚先生的《文学原理》。这是我国近一个时期出版的诸多《文学原理》当中的一部，拿它作个案有一定的任意性，也就是说视它为之一并不意味着多少特殊的价值判断，但它确实是我国高校文学系使用率最高的，几乎没有之一（除却韦勒克和沃伦的《文学理论》或塞尔登的《文学批评理论：从柏拉图到现在》）。这部二十多万字的作品显然自觉地糅进了西方文论的不少思想，并从“文学的本体与形态”“文学的客体与对象”“文学的主体与创造”“文学的文本与解读”“文学的价值与影响”“文学的理论与方法”六个方面阐释中外文论，演化出文学的观念与现象、真实与超越、语言与修辞、形象与意境、体裁与类型、通俗与高雅、游戏与宣泄、阐释与批评等数十个话题。其中有关“言、象、意”“作家、文本、读者”等尤为明晰地糅合了古今中西文学思想。但作者在解释文学理念、文学现象时总体上是以西方现当代文艺理论为主要参照的，而且是平面化地和相对任意地攫取。换言之，从方法论的角度看，这样的原理依然缺乏基本的学术史维度，依然像是在文学概念的版图上指点江山，因而依然缺乏纵深感、历史意识和唯物辩证法思想（这正是马克思在《黑格尔法哲学批判》中所批判的）。反之，真正的历史意识、问题意识必须尽可能地置概念、问题于历史语境当中，比如文本一词，假使你还有起码的作家关注、读者关注，那么就应该尽量回避之。盖因它是形式主义美学崛起之后，尤其是结构主义和后结构主义强调作品独立性时常用的一个称谓，如罗兰·巴特（《作者死了》）和德里达文本之外一切皆无的唯文本论思想；再比如同样这些个话题，完全可以取法学术史方法，在来龙去脉中去粗存精、推导规律。当然，这并非否定他们在兼容古今中外、厘清文学研究与文化研究的关系及扬弃文学研究碎片化、去原理化等方面所做的努力和贡献。但这只是一个新的开始，用作者的话说，“对文学原理某些从思辨性讨论转向实证性研究的趋势并没有表明文学基本理论的探索已经完结。相反，实践表明文学原理基本概念、深刻内涵、应用前景及其新形态的展示，还远未被发掘出来，一个很大的必然王国还摆在我们面前。”① 既然必然王国尚在前方，那么我们距离自由王国必定还很遥远。由是，他们提出的文学功利性与非功利性、文学感性之象和理性之意以及文学认识和评价等问题②，当然也远未解决。

以上所述，无论是将复杂的问题简单化，还是将简单的问题复杂化，都是相对之谓。时间关系及篇幅所限，我不能，也无须就迄今为止多如牛毛的文学原理著述进行更多的概括与评点。但归根结底，一切文学原理终究是为了研究、总结和引导文学批评，梳理、概括和揭示文学创作的基本规律（认知、鉴赏和评判文学经典亦在其中）。有鉴于此，并有鉴于目前我们面临的困境，我首先就一个不大不小的问题展开讨论：传统的界定与重估。

二

传统关涉到几乎所有文学原理以及文学批评的诸多悖论。这是由传统的内涵外延所决定的。因此，我们必须首先对它做一点梳理，进而确定文学及文学批评的基本范畴（包括认知、价值和审美判断等）。非如此，一切文学创新、理论创新便无从谈起。

不消说，我们几乎天天都在谈传统，天天活在传统之中。但就传统这个东西而言，却非三言两语可以道尽，远不及“黑头发、黑眼睛、黄皮肤”那么来得容易（尽管《现代汉语词典》的解释只有二十三个字：“世代相传、具有特点的社会因素，如文化、道德、思想、制度等”）。盖因传统并不具象，它和文化、道德、思想一样抽象。而词典所说的社会制度、社会因素又恰好是变迁的。从这个意义上说，我宁可相信一切传统归根结底都是时代的选择（就像克罗齐说“一切历史都是当代史”），而非简单

① 董学文、张永刚：《文学原理》，北京大学出版社 2001 年版，第 25—26 页。

② 董学文、张永刚：《文学原理》，北京大学出版社 2001 年版，第 25—26 页。

的世代相传（用赫拉克利特的话说，“人不能两次踏进同一条河流”）。换言之，它或它们取决于时人对古来（包括境外）思想、习俗、经验、常识等诸如此类的认知和接受。汉武帝时由“黄老之学”转为独尊儒术是中国古代的一次巨大的思想运动。太史公以“究天人之际，通古今之变”，“稽其成败兴坏之理”记述了这次巨变，从而否定了董仲舒“天不变，道亦不变”之谓。魏晋玄学及众多谶纬之术的流行则多少应该归功或归咎于时人对释道等传统思想的借鉴或歪曲。一如马克思只有一个，但不同民族、不同时代可以有自己的理解和侧重；文学的诸多原理、诸多经典同样面临时代和接受的偏侧。后者确实可以反过来丰富前者，但无论如何，这种丰富（或“民族化”“中国化”）的底线终究应该是合理的互动，否则就会滑向极端主义（譬如相对主义或实用主义、虚无主义或机会主义，譬如后现代主义，譬如我们曾经奉行的机械马克思主义，等等）。如是，窃以为传统恰似万花筒，古来（包括外来）的那些“玻璃片”是相对客观的。比方说我们暂且可以将我们传统的一个重要发端设定在先秦，尽管先秦及诸子对于之前的传统也是有取舍、有推演、有鼎新的；后来又加上了佛教以及印欧或古希腊文化、两河流域或两希（希腊和希伯来犹太—基督教）文化，甚至还有晚到的伊斯兰文化，以及近现代的科学理性，等等，这就已经相当庞杂，但它们应后来人等演化出的斑驳景象却主要是时世的取舍。这里不存在简单的好与不好、是与不是问题，关键在于立场。问题是，伟大的文学传统似乎往往在鼎新中取法守正，因为文学很大程度上是由情感因素决定的，其基础、载体或基因才是决定性的（那便是记忆，或者主要是记忆）。尽管特殊的认知和时尚、价值观和审美观等等也很重要，它们总能更快地随时迁移并击败情感、左右世道人心，从而空留下王国维们孤雁似的悲鸣在苍穹回荡。举个例子，我们接受西方关于金发碧眼的审美绝对不出五服，但如今却幽幽地进入了年轻一代的集体无意识。这样的例子还有很多。

在跨国资本主义时代，没有什么可以幸免“全球化”的影响，文学也是如此，甚至首当其冲。这就牵涉到“全球化”（本质上即跨国资本主义化）时代的伪多元问题。关于这个问题，这里也只能点到为止。比方说微博微信，表面上看，它是自由多元的见证，加上五花八门的小报小刊，这世界确实充满了喧哗与骚动、自由与狂欢。但事实上主宰这个世界的唯有资本及其支配者。当然，坚船利炮依然重要，但它们仅仅是利益的工具，如此而已。

且说文学与社会政治、世道人心的关系。远的不论，苏联及华约的解体、阿拉伯世界的所谓民主化裂变，文学及文学批评的作用不容小觑。拿利比亚来说，生于1942年的前作协主席和卡扎菲的次子一样曾留学英国，他表面上与卡扎菲过从甚密，但内心深处却牢骚多多、早有异心。20世纪90年代，他在三部曲（《我将献给你另一座城市》《这是我的王国》《一个被女人照亮的隧道》）中就表现出了明确的离心力，除了在第二部中描写到一个没有秘密警察、没有政治迫害、没有强权统治的乌托邦之外，其余笔墨均落在知识分子的两难处境：一边是现代生活，一边是传统习俗；一边是西方价值，一边是伊斯兰教。埃及的纳瓦勒·赛阿维达则索性早早地与伊斯兰传统决裂，她自然也就得到了西方更大的欢迎，甚至激赏。还有前不久斩获奥斯卡最佳外语片金像奖的伊朗影片《分居风暴》（《纳德和西敏：一次别离》）表面上说的是普普通通的一场夫妻分居风波，却被无如的烦恼和无奈的遭遇巧妙地擢升到情与理、情与法以及利与德、利与信的高度。除却看不见的阿訇和看得见的法官，所有人（包括老人和孩子）都显得很可悯、很无辜。当然，影片所以得到西方的青睐，导演阿斯哈·法哈蒂与伊朗政府的摩擦是原因之一。此外，作为故事导火线（或前提）的“离开伊朗”则意味深长，尽管很容易被人忽略（妻子执意带着女儿离开伊朗，丈夫却因无法割舍罹患老年痴呆症的父亲及生活习惯等原因不与认可。女方因此提出了旷日持久的离婚诉讼）。

人类社会的许多情况可以通过政治经济学、社会学、统计学等专门学科来描述和计算，唯世道人心非文学艺术不能反映。至于反映得如何，则取决于作者的立场、观点、艺术水准和审美取向。顺言之，我们的许多“大片”，除了投资规模大得惊人，而且愈来愈大，内涵却常常小气得可怜，不仅不能让人感同身受地体味鲜活的生活情景；即使拍人马屁，都不知道怎么拍、往哪里拍。而苏联后期的去意识形态化写作（其实是另一种意识形态）与白银时代作家及俄国形式主义批评的走红，联手瓦解了社会主义现实主义（社会主义现实主义等主旋律文艺自身的问题另当别论）。

同样，苏联晚期的文学批评率先为戈氏“新思维”提供了温床。“人心向背”，犹如冰冻三尺非一日寒。文学在此过程中像轻风，似春雨，潜移默化，润物无声；批评则不同，它好比哲学，具有更为鲜明、更为直接的意识形态属性。这是毋庸置疑的。如是，一旦时机成熟，批评的武器对于上层建筑便是烈火对干柴，而哗啦啦大厦倾覆多为一朝一夕之工。但后者的发生，往往还要从世道人心中去找答案，当然经济基础和上层建筑的矛盾等是更为客观，也更为重要的因素，文学艺术则如盐入水，虽化于无形，却可使其咸度陡增。正所谓人心似水，可载舟，亦可覆舟。这也是唯物辩证法的基本原理。

对于这样一些问题，我们却很少深究，倒热衷于把巫不巫傩不傩、求仙拜佛做道场、装鬼弄神测八字当作民族传统、文化遗产，以致家国旗幡与坊间知行大相径庭、人心人口判若霄壤。于是，一边是“五个一工程”，一边是超女和穿越、无厘头式的帝王将相和哼哼唧唧的才子佳人；一边是雷锋、郭明义，一边是封建迷信肆虐、谶纬之术和世界主义泛滥成灾。这表面的多元共存似乎有利于一时一地的和谐安定、文化繁荣，实则却是自毁长城、自折脊梁。

如今，资本逻辑与技术理性合谋，并与名利制导的大众媒体及人性弱点殊途同归、相得益彰，正推动世界一步步走向跨国资本主义这个必然王国，甚至自我毁灭。于是，历史必然与民族情感的较量越来越公开化、白热化。这本身构成了更大的悖论，更大的二律背反，就像早年马克思在面对资本主义及其发展趋势中所阐述的那样。君不见人类文明之流浩荡？其进程是强制性的，不以人的意志为转移。不宁唯是，强势文化对弱势文化的压迫性、颠覆性和取代性来势汹汹，而且本质上难以避免。这一切古来如此，在可以预见的未来仍将如此，就连形式都所易甚微，这在“全球化”时代更是显而易见，除非中华民族得到复兴、中华文化同心圆式人类命运共同体理念得以实现。

问题是，现如今我们当何去何从？我们的文学和文学批评又当何去何从？这本来就是个难以回避的现实问题。逆时代潮流而动？明知不可为而为之？不错，这才是我心目中真正的君子之道、文学之道（正是在这个意义上，我一直认为伟大的文学往往是守正的，同时又是在守正基础上鼎新的）。然而，令人担忧的是，我们的文学及文学批评正一点点丧失立场和本分，甚至完全扯下遮羞布、欢天喜地，正以资本（或谓市场）的帮凶、同谋、吹鼓手的面目招摇过市。

反过来说，倘非村上春树或赛阿维达或波拉尼奥似的“国际化”（实则是西方化），我们的文学能轻易走出去吗？我看难，而且千难万难。这牵涉到我们对时代社会主要矛盾的认知。在我看来，我们所面临的最大国际矛盾发生在民族利益、民族情感同跨国资本及其主要支配者所奉行的资本逻辑之间；最大的内部矛盾则是经济基础与上层建筑的某些错位，乃至尖锐对立。这些矛盾在社会的各阶层、各领域或多或少、或深或浅地因生产关系和认知方式、价值判断、生活习俗等变得错综复杂。文学及文学批评领域亦然。

这对于所有重情重义之人都是一种可怕的现实。而我们要做的和能做的便是尽可能从学术史的角度“还原”人（即社会人）或由各民族文学组成的真正的世界文学进化过程及其要因（却非其形而上的本质论或反本质论），从而尽可能地通过“熏、浸、刺、提”“陶、熔、诱、掖”守护民族利益，守望民族理想，让中华民族在自由王国到来之前不至于变成无根之萍；甚至是随风飘荡、任人蹂躏、拿捏、遗弃的散沙。庶乎既见树木，又见森林及其然与所以然（尤其是所以然），这便是呼唤既有纵向概括，也有横向观照的文学原理学的理由。但是，这并不容易，否则富有思辨和学术史传统的德国学者当不致怯而避之（当然，其中或则还有学术立场等诸多方面的原因）。

总而言之，批评的悖论也即文学的悖论、文化的悖论。遥远的本体暂且不论，文学缘何发展至目下这个样子？它与生产力及人类社会的历史沿革、发展方向的关系如何？文学有外部规律和内部规律之分吗？如果有，它们如何交融？文学的历史本质上是经典的历史，文学的原理本质上也是经典的原理。那么，从发生学的角度看，经典（及某些“经典”的非经典化过程）是怎么产生的呢？它们同传统（包括外来影响，如果有的话）及时代社会（包括被称之为“通俗”的大量时代文学）的关系如何？从传播学或影响学的角度看，它们的影响力与接受土壤或环境的关系又何如？还有，经典的特殊性与普遍性、民族性与世界性又是怎样一种关系？

它们是时代的、民族的还是永恒的、普世的？如果是时代的、民族的，为什么莎士比亚不仅是说不尽的，而且还成了世界经典？如果是永恒的、普世的，为什么（尽管它早已被移译至几乎所有西方语种）《红楼梦》并不被洋人看好？既然经典的阅读和阐释是变化的，而且了无止境，那么文学原理（或批评）的基础又在哪里？传统中学和西学对经典的界定方式有何区别？在文学的世界里有中国立场、中国利益、中国价值、中国审美吗？有没有是一回事，要不要是另一回事。如果有，如果要，那么它们的可能性及其内涵外延是什么？其边界或底线又在哪里？凡此种种，以及众多相生相克的重大问题，譬如载道与消遣、内容与形式、崇高与戏谑、写实与虚构、陌生与熟悉，精气神与书言意、法理情与情理法、真善美与假恶丑等诸多关系及其界定方式与演变规律都远远没有被揭示出来或阐释清楚。还有众多在传统诗学中至为重要的概念和因素，如小说和戏剧中的人物与情节、旨趣与细节，诗歌和散文中的风格与韵律、辞藻与意境，等等，都没有得到应有的、与时俱进的梳理和研究（我指的是学术史意义上的梳理和研究）。迄今为止，文学原理及文学史书写中的潮起潮落，譬如形形色色的肯定与否定、内相与外延、现实主义与浪漫主义、新柏拉图主义与新亚里士多德主义，等等，也都是悬而未究的问题。

于是，天地玄黄，宇宙洪荒。且不论能不能产生伟大的作品，即使产生，也只会明珠暗投。于是，人们当然可以在似是而非或似非而是中开掘与发现、构筑与填充文学的无限空间，以至于你好我好大家好、不痛不痒不刺人的好好批评和说东说西不说理、能叫能喊不能提（升）的恶搞谩骂充斥文坛。具有高度的民族立场、文化自觉和鲜明的学术观点以及与之相适应、相匹配的学术方法和严肃批评少之又少，更谈不上有多少令人心悦诚服的批评或原理学批评；但伟大的文学（包括文学批评）的神圣使命，无论有意无意、隐性显性，都是致力于拥抱或创造规律、总结或预见规律的伟大探险。这中间充满了不同立场与方法的博弈。

这就又回到了批评与创作的关系，它不仅影响着作为基础的文学原理、文学理论体系的建构，而且直接考验作家、批评家的立场与方法、情趣与心志。屈为比附，面对自然循环、民族兴衰，他（或他们）可以是东郭先生，也可以是猎人；可以是旁观者、豢养者，也可以是逃兵或叛徒，等等。再屈为比附，古来文学原理与文学创作的关系有如抽象人与实际人（社会人）的关系。前者重在概括人的共性，只是偶尔兼顾其差异性；而后者却把主要矛头指向了个别、特殊和差异，尽管有时也会兼及共性。广义的批评本该两者兼顾，却始终没有做到，盖因前者未及有效抵达必然王国，而后者距离自由王国还十分遥远。关于这一点前面已经说过。首先，迄今为止的种种文学原理好比抽象的人性论，大都将注意力集中在人的动物性，譬如人的五官六感、五脏六腑、七情六欲，玄一点的还有气血、阴阳、经络，等等。其次，文学创作无论多么特殊，终究是生产力和社会发展水平的表征；作家无论怎么幻想、穿越，也不能拽着自己的小辫离开地面。

三

最后回到悖论或命题，若非从纯粹的地理学概念看问题，这世界确实不常是所有国家、民族之总和。在很大程度上，现在的所谓世界文化实际上只是或主要是西方文化。而且如前所述，强势文化对弱势文化的压迫性、颠覆性和取代性不仅其势汹汹，而且本质上难以避免。至于文学，它充其量只是世道人心的表征，并在一定程度上反过来影响世道人心，却终究不能完全左右世道人心、改变社会发展的这个必然王国，而自由王国还非常遥远。

现在我不妨拿《红楼梦》为例。18、19世纪姑且不论，除凤毛麟角似的汉学家外，试问有多少西方作家或学者喜欢甚或通读过《红楼梦》。乔伊斯？卡夫卡？普鲁斯特？马尔克斯？卡尔维诺？还是巴赫金或韦勒克或布鲁姆或伊格尔顿？博尔赫斯倒是读过，却认为《红楼梦》是典型的幻想小说。反之，现代中国作家、批评家又有哪个不是饱读洋书，哪个不是对西方经典如数家珍？

显然，中西之别是毋庸置疑的客观存在。关于这个问题，已然是说法颇多。稍加引申，即有“黄土文明”和“海洋文明”“内敛文化”和“外向文化”；以及中国人重综合，西方人重分析，等等。但这样的二元对立同样很不可信，尽管一定程度上（完全是相对而言）中国的内敛以农耕文明为基础，西方的外向以侵略扩张为取向。农耕文化崇尚自给自足，这一点西方人早就心知肚明，盖因他们同样经历过重农轻商的前工业时代。但近代西方得风气之先，遂借工业文明和海洋文明成了世界霸主。

光阴荏苒，时间倏忽，生活流水般一晃而过。如今，跨国资本汹涌，中华民族面临更大，也更严峻的考验。且不说“中等收入陷阱”这类人为之事、人为之论，[1] 即使“修昔底德陷阱”似乎也在所难免，够我们警惕的。自给自足的小农经济一去不复返了。无论愿意与否，中华民族都必须敞开胸襟、张开双臂。我们不以扩张为目的，但由内向外的转变却难以避免，而这正不可逆转地改变着我们的传统、我们的性格、我们的一切。比如，中华民族及其民族认同感曾较为牢固地建立在乡土乡情之上。这显然与几千年来中华民族的文化发展方式有关。从最基本的经济基础看，中华民族主体是农业民族。中华民族故而历来崇尚“男耕女织”“自力更生”，由此，相对稳定、自足的“桃花源”式的小农经济和自足自给被绝大多数人当作理想境界。正因为如此，世界上没有第二个民族像中华民族这么依恋故乡和土地。同时，因为依恋乡土，我们的祖先也就相对追求安定，不尚冒险。由此形成的安稳、和平的性格使中华民族有别于西方。反观我们的文学，最撩人心弦、动人心魄的莫过于思乡之作。如是，从《诗经》开始，乡思乡愁连绵数千年而不绝，其精美程度无与伦比。“昔我往矣，杨柳依依；今我来思，雨雪霏霏”（《诗经》）；“露从今夜白，月是故乡明”（杜甫）；“举头望明月，低头思故乡”（李白）；“春风又绿江南岸，明月何时照我还?”（王安石）。如此等等，不一而足。当然，我们的传统不尽于此，重要的经史子集和儒释道，仁义礼智信和温良恭俭让及少数民族文化等都是中华传统的组成部分。而且，这里既有六经注我，也有我注六经；既有入乎其内，也有出乎其外，三言两语断不能含括。然而，随着跨国资本主义的发展，资本对世界的一元化统治已为既成事实。传统意义上的故土乡情、家国道义等正在淡出我们的生活，麦当劳和肯德基，或者还有怪兽和僵尸、哈利波特和变形金刚正在成为全球孩童的共同记忆。年轻

① 我游学美洲时恰逢拉美经济奇迹，但转眼间它就陷入了所谓的“中等收入陷阱”。当人们蓦然回首，除了哀鸿遍野，发现的唯有美国剪完羊毛的得意忘形。紧接着便是20世纪90年代的亚洲金融危机和刚刚拉开序幕的贸易战。

一代的价值观和审美取向正令人绝望地全球趋同。与此同时，我们的文化取向也从重道轻器转向了重器轻道。四海为家、全球一村的感觉正在向我们逼近；城市一体化、乡村空心化趋势不可逆转。传统定义上的民族意识正在消亡。作为文学表象，那便是充斥的山寨版。它们较之有毒食品、伪劣货物更有过之而无不及。与此同时，批评界或轻浮或狂躁，致使伪命题及去心化现象比比皆是；文学语言简单化（却美其名曰“生活化”）、卡通化（却美其名曰“图文化”）、杂交化（却美其名曰“国际化”）、低俗化（却美其名曰“大众化”），等等，以及工具化、娱乐化等去审美化、去传统化趋势在网络文化的裹挟下势不可挡。进而言之，作为我们民族文化根脉和认同基础的语言已然面临被肢解和淹没的危险。

话已至此，我们还能坦然地、简单地、笼而统之地说民族的就是世界的吗？

当然，这种诘问和忧心不应排斥我们守护广义的、优秀的民族传统的努力。事实上，这种努力既非狭隘的民族主义，也非文化相对主义，而是守望真正的差异性、多样性的一种善举，无论过程多么艰难。当然，这里有历史必然和情感诉求的矛盾。化解这些矛盾绝非易事，但一如马克思面对资本主义这个必然王国所取法的批判态度，我们理应有所觉悟，有所行动。举凡城乡一体化，我们自然不能像诸多西方人类学家那样站着说话不腰疼，从而无视广大农民（在国外譬如印第安人）尚未享受现代文明成果。再举凡国际化，我们自然又不能盲目追随西方模式，从而无视中华民族的由来和赖以生存的文化传统。总之，矛盾是客观存在的，但解决矛盾的方法取决于我们的立场。

本文集旨在改变迄今一般文学原理或概论的平面叙述方式，即试图借历史唯物主义和辩证法对一些重要的文学思想进行历时性梳理和共时性观照，以期探视文学的基本规律。但因文学原理所涉深广，且本人条件、学识所限，在此既不敢求全，也不想钻牛角尖，只能尽力取精用宏、以点带面。点是有关作家作品评论，而面则是一系列矛盾对立或常识命题。诚然，这充其量只是一个粗陋的开始，倘得抛砖引玉，裨于读者思考、方家指评，则于愿足以。

悲剧与喜剧之争

悲剧与喜剧之争由来已久，它暗合着古典与现代、庄严与滑稽的分野，尽管二者的界限正日趋模糊。然而，曾几何时，悲剧、喜剧泾渭分明，不厢杂厕。亚里士多德认为悲剧表现崇高，模仿高贵者，而“喜剧摹仿低劣的人，这些人不是无恶不作的歹徒——滑稽只是丑陋的一种表现”。这一定程度上道出了古希腊哲人对于悲剧和喜剧的理解与界定。[①] 亚里士多德以降，贺拉斯、黑格尔、布瓦洛、叔本华、尼采等对此均有论述。同时，西方喜剧自文艺复兴运动以来一发而不可收，并大有反转乾坤之势。[②] 中国古代虽然没有形成独立的悲剧学，但在孔子和庄子的哲学思想中不乏相关意识。至于晚近以来始自王国维等人的悲剧研究，则多少可以被看作西方悲剧学的延展。而中国（尤其是大陆）喜剧的崛起却几乎可以说是近三十年的事。这并不否定我国古来不乏喜剧因子和幽默感。从先秦诸子笔下洋溢着讽刺意味的诙谐段子，如《守株待兔》《揠苗助长》《刻舟求剑》《缘木求鱼》，等等，到后来愈来愈向下指涉的各种谐谑趣谈，如《笑林广记》，以致当今无处不在的黄绿段子，真可谓源远流长、绵延不绝。诚然，政治高压确实是幽默和调侃、喜剧或闹剧的最大敌人。反过来也是如此：一方面，如果没有万历年间由变革引发的相对宽松的社会氛围，《金瓶梅》及冯梦龙的《笑史》《笑林》等就不可能出现；如果不是乾隆中晚期相对开放的时代背景，《笑林广记》也不可能编纂成如此规模。而今我国文艺的喜剧化倾向则多少与“改革开放”有关。但另一方面，喜剧与幽默的发散总体上是以神权（王权）让位于人权、族利（集体）让位于个

① ［古希腊］亚里士多德：《诗学》，陈中梅译，商务印书馆 1996 年版，第 42—64 页。

② 详见拙文《文艺复兴的另一个维度》，《东吴学术》2011 年第 1 期。

人为基础的。

由是，喜剧或喜剧因子（包括幽默及各种戏谑、调笑）在当今中国文坛生根开花结果，并迅速形成蔓延之势。

胡适有句名言，谓待人在有疑处不疑，问学在不疑处有疑。在回答有关“不是问题的问题”之前，我想瞻顾一下当今中国文坛。

康有为、梁启超的“托古改制”或“托古喻今”法众所周知，[①] 这正是他们取法西方文艺复兴运动思想的一个见证。梁启超同时还说要“以古证今”“以中证洋”，也就是说不能直接照搬洋人，因为那样国人不会接受，而是要借古人之名以证今学、借中学之名以证西学。然而，他们地下有知，一定不会想到我们今天是如此这般地迷恋洋学，以至于食洋不化；又如此这般地从老祖宗那里取舍无度，以至于食古不化。

但这并不是说我们没有创新。托古托洋终究是为了开新。于是，我们除了依稀保留着老祖宗的些许美德或德先生、赛先生之类的影子或口号，还实实在在地有了“三俗”。同时，我们还有了近千部电影、上万集电视的巨大年产，也有了三四千部长篇小说、一万多部各色文集、百余万部网络小说的巨大年产。但是，所有这些产品的总和及其所产生的影响，也许都抵不过几个小丑的表演。

此话或有耸人听闻之嫌，因而难免遭人诟病。但我之所以要冒大不韪，无非是因为考虑到面对如今这样一个众声喧哗、莫衷一是的狂欢时代，非极言谓之，循循善诱几乎犹如风吹过、水入海，不能给人留下半点印象。换言之，这也是对当今“风流人物”和“愤笔大V”的 种戏仿。

话虽如此，但他们的影响绝对不容小觑，因为传统价值如集体主义、民族主义，等等，正是在他们和如他们之流的调笑中坍塌、消解的。而西方个人主义、自由主义、物质主义则顺理成章地进入并迅速覆盖了华夏大地。

这就是说，我们用了三十多年的时间，完成了西方资产阶级（文艺复兴运动）历时三百多年才完成的“历史使命”：唤醒了令但丁毛骨悚然的那三只猛兽——肉欲、傲慢与贪婪。这是但丁在文艺复兴运动的晨光熹微

① 这与马克思在《路易·波拿巴雾月十八日》中的说法如出一辙。

中窥见的。

那么，文艺复兴运动又是如何唤醒那三只猛兽的呢？人们对此早已麻木不仁。盖因人们只记得人性取代神性、人权颠覆神权、人学打倒神学以及诸如此类的伟大和光荣。于是，众声喧哗，众生狂欢。然而，人性的弱点如猛兽般畅行无阻，人性的缺点似瘟疫般蔓延肆虐。于是，这世界愈来愈令人不安。如此一路跌撞，便是今天何以如此这般令人不安的由来。而美欧资本主义却依然咄咄逼人。因此，我们有必要对近来频繁出现的两个媒体关键词做必要的释读：一个是低碳，另一个是G2。先说后者。随着中国GDP赶超日本，成为世界第二，国际舆论为之哗然。只消稍加关注，你就会发现，来自美国和西方的反应大多是消极的。有酸溜溜的不屑，也有惶惶然的不安，因为无论中国怎么强调和平崛起，动了他们的奶酪是实。与此同时，中国责任论、中国“威胁”论甚嚣尘上。至于碳排放问题，那也是美欧刚刚抛出的一张王牌。令人愤慨的是中国的减排承诺并未产生连锁反应，也没有感动美欧。联想到长期以来的“人权牌”“能源牌”以及“西藏牌”“新疆牌”“南海牌”“香港牌”和屡试不爽的“台湾牌”，等等，美欧可以说是不依不饶、步步进逼，而我们却似乎仅有等人出牌、被动接招的份儿。问题还不仅于此。更为严峻的是新一轮的核能利用。且不说核大国的相关武器可以毁灭地球多少次，单就民用核能而言，用环境学家潘家华先生的话说，即使其技术完全过关，也不能百分之百地排除核废料的威胁、保证利用人的可靠。类似问题多多。尽管人类开始言说“消解人本位”的自然伦理或后人道主义，却不知亡羊补牢，犹未为迟；还是创造一个真正的乌托邦为时已晚？天作孽，犹可违；人作孽，不可活。我们大可以认为霍金关于世界末日的预言耸人听闻，却不能不承认面前的灭顶之灾不仅是潜在的，而且几乎近在眼前。

于是，反思是不可避免的。一方面，针对人类欲望势不可当、技术革命一日千里的严峻现实，人文价值的调整时不我待，一种更为理想的自然伦理、和谐伦理也正呼之欲出。这既是平衡道器的需要，也是文学经典必须保持的一个基本向度。但是另一方面，面对跨国资本主义的全球扩张，如果我们毫无自觉，那就只能被化；反之避之犹恐不及，肯定也是死路一条。因此，既不能放弃发展，更不可随波逐流。这其实是所有发展中国家的两难选择。在这种情形下，知进退、论取舍、构建相对平衡的核心价值体系、守护民族凝聚力和向心力并提防狭隘极端不仅重要，而且殊是紧迫。

一

> 在人生的中途，我发现我已经迷失了正路，走进了一座幽暗的森林，啊！要说明这座森林多么荒野、艰险、难行，是一件多么苦难的事啊！……
>
> 我说不清我是怎样走进这座森林的，因为我在离弃真理之路的时刻，充满了强烈的睡意……①

这是14世纪初但丁在《神曲》（直译为《神圣喜剧》或《神间喜剧》）开篇处写下的文字，当时作者四十几岁，也就是说已过不惑。但丁写他来到一座光线幽暗的山下，被三只猛兽挡住了去路。它们是豹子、狮子和狼。正在危急之际，古罗马诗人维吉尔出现了，他应但丁心仪的女子贝雅特丽齐所托引导但丁游历了地狱和炼狱。最后，贝雅特丽齐又亲自带领但丁参观了她所在的天国。恩格斯称但丁是“中世纪的最后一位诗人，同时又是新时代的最初一位诗人”。② 这当然是没有问题的。问题是无论在恩格斯之前还是之后，人们对文艺复兴运动的评价几乎是千篇一律的大褒大奖。我还得用恩格斯的话说，“这是一次人类从来没有经历过的最伟大、进步的变革，是一个需要巨人而且产生了巨人——在思维能力、热情和性格方面，在多才多艺和学识渊博方面的巨人的时代”。这当然也没有问题。问题是，人们总是忘记恩格斯的另一句话，即这些巨人乃是“给现代资产阶级统治打下基础的人物……”这些人物无疑包括但丁、达·芬奇、米开朗基罗、拉斐尔等，尽管他们并“不受资产阶级的局

① ［意］但丁：《神曲·地狱篇》，田德望译，人民文学出版社2002年版，第1页。
② 《马克思恩格斯选集》第1卷，人民出版社1995年版，第249页。

限”。[①] 同样，马克思认为文艺复兴乃是新兴的资产阶级借用古希腊罗马之名演出的一场新戏。[②] 以上自然不仅仅是马克思、恩格斯的思想，它们是马克思、恩格斯总结几百年欧洲学术界所探讨和揭示的文艺复兴思想的一种方式。但这种方式多少改变了西方人文主义学术对于文艺复兴运动的界定。因为那些界定始终不尽准确。

现在的问题是，不仅西方资产阶级主流意识形态一味地推崇文艺复兴运动，就连我们也趋之若鹜、视如拱璧，且不说对文艺复兴运动的实际情况不甚了了，也无心了了，对马恩并看两面的观点也全然置若罔闻。

如是，但丁指向中世纪文化的伟大总结、伟大拥抱被淡化了、剔除了，而他的所谓文艺复兴运动的人文主义思想则犹如东方的太阳冉冉升起，越升越高。我的问题是：但丁果然写出了文艺复兴运动的绚丽曙光吗？他的三只猛兽究竟意味着什么？进而，文艺复兴运动就真的那么完美无瑕吗？

二

请看西方神学和但丁所说的真理或传统价值是如何在文艺复兴运动诸人的“人间喜剧”的调笑、狂欢中颠覆、瓦解的。先说宗教政治的高压政策使喜剧乃至一般意义上的幽默远离了中世纪文艺。当然，这并不意味着日常生活对幽默的疏虞。从但丁时代的俗语、俗语文学以及民间喜剧的兴起当可想见，日常生活中并不缺乏幽默。保存较多的中世纪卡斯蒂利亚语谣曲则是这方面的最佳见证。屈为比附，即使在“文化大革命”时期，幽默也仍然是我国人民日常生活的重要“调料”，尽管当时的文艺作品确实罕有幽默或喜剧的影子。从这个意义上说，东方传统的进入确实是中世纪末年西方喜剧，乃至幽默传统复苏的一针强心剂。

即使在西方，喜剧也是颇有渊源的。阿里斯托芬和米南德等古希腊喜剧创作显然是西方喜剧的源头和根基，只不过从阿里斯托芬到米南德就已

① 《马克思恩格斯选集》第 4 卷，人民出版社 1995 年版，第 506—507 页。
② 《马克思恩格斯选集》第 1 卷，人民出版社 1995 年版，第 603 页。

然显示出了向下的趋势。概括地说，阿里斯托芬的喜剧因其讥嘲权贵名人而指向形上，而米南德的喜剧则因表现家长里短相对地指向形下。

再说中世纪末叶，西方宗教政治的高压态势相当程度上是在文艺界的调笑声中被慢慢消解的。开始是东学西渐，阿拉伯人经由伊比利亚半岛将相对轻松、奇崛的东方文学翻译成拉丁文。在众多作品中，数夸张幽默的《卡里来和笛木乃》影响最大。狡猾的笛木乃、聪敏和愚钝的动物，以及农夫和农妇的逗笑故事不胫而走，广为流传，并如一股清风吹动了相对静滞的西方文坛。14 世纪，意大利作家萨凯蒂显然受到了《卡里来和笛木乃》的影响。他笔下的赫拉尔多老人古怪而可笑，七旬高龄时居然心血来潮，从佛罗伦萨出发去邻近的一个村庄参加比武大会，结果被几个居心不良的家伙戏弄了一番（他们将一把铁兰草塞进其坐骑的尾巴，使那匹马突然狂奔起来还不时地弓背跳跃，直到回到佛罗伦萨才消停下来）。在所有人的哄笑声中，他妻子将这位被愚弄的老人接回家里，一边让他躺在床上给他治疗身上的挫伤，一边对他愚蠢的疯狂举动大加呵斥。15 世纪，普尔契和博亚尔多也以玩笑的态度对待之前的文学或文学人物。前者为奥兰多[1]的故事添加了不少民间笑料，后者则索性让奥兰多这么一位身经百战的骑士坠入情网后变成了笨拙害羞、被安赫丽卡玩弄于股掌之间的傻瓜。这种调笑在阿里奥斯托和拉伯雷的笔下演化为“戏说”与“大话”或“狂欢”，而在曼里克等人的喜剧中则已然发展为“恶搞”。这种比严格意义上的讽刺更为随意，但也将更有感染力的调笑与文艺复兴运动早期蓬勃兴起的喜剧化合成一股强大的文化力量，将相对僵硬的中世纪慢慢解构、熔化。

如此，骑士奥兰多“因迷恋安赫丽卡而发疯”。都说描写他发疯的过程和心理变化是阿里奥斯托最出彩的地方，因为作者借此嘲笑离奇的尚武和冒险，歌颂爱情的忠贞，并由此体现出人文主义思想。

福伦戈在其长诗《巴尔杜斯》中则有意将意大利俗语[2]，尤其是日常

① 即法国骑士罗兰。

② 朱光潜先生曾高度评价但丁的《论俗语》，认为它是但丁最重要的理论著作。他甚至用超过《神曲》的篇幅来谈论这部著作，谓语言问题是中世纪末期欧洲各民族开始用近代地方语言写文学作品时所面临的一个普遍的重要问题。《西方美学史》，人民文学出版社 1979 年版，第 137 页。

生活中带有戏谑和嬉闹功能的词汇和概念同一本正经的拉丁语杂糅起来，以便用前者颠覆后者。作品因此获得了强烈的喜剧效果。这颇让人联想到韩寒等年轻写手对某些八股腔和空洞语汇的讽刺性模仿。巴赫金认为拉伯雷的狂欢（《巨人传》）多少受到了《巴尔杜斯》的影响。

几乎是在同一时期，巨人卡冈都亚降生了，他呱呱坠地就能喝掉上千头奶牛的乳汁，以至于在摇篮里就迫不及待地将一头乳牛吞入腹中。而这一直被认为是拉伯雷人文主义的表征：从另一个角度表现了人的精神（也即嘲笑巨人，丑化巨人）。

狂欢之后是恶搞。这是宗教僧侣们始料未及（即使想见也难以阻止）的。在西班牙作家曼里克等人的喜剧中调笑和狂欢获得了新的维度。于是，约瑟变成了笑容可掬的老头儿，他甚至会说这样搞笑的话：

呵，不幸的老头！
命运是如此漆黑，
做玛利亚的丈夫，
被她糟践了名誉。
我看她已经怀孕，
却不知何时何如；
听说是圣灵所为，
而我却一无所知。[①]

或者，还有无名诗人的恶搞：

修行生活
固然圣洁，
只因他们
皆系耆老。[②]

---

① Anónimo：*La literatura religiosa*, México：Ed. Dolores, 1953, p. 57.

② Anónimo：*La literatura religiosa*, México：Ed. Dolores, 1953, p. 74.

类似恶搞颇多。听众、读者在哈哈的笑声中被消解并消解了一切。

就这样，萨凯蒂或普尔契、博亚尔多或阿里奥斯托、福伦戈或拉伯雷、曼里克或无数佚名诗人的讥嘲、调笑和恶搞嬉皮笑脸地在民间蔓延。到了15—16世纪，南欧大小不等的各色喜剧院、喜剧场如雨后春笋，从而以燎原之势对教廷和宫廷文化形成了重重包围。

俗话说，“笑一笑，十年少”。的确，生活不能没有笑，逗笑也确是西方近现代文艺的要素之一。但含泪的笑、高雅的笑往往并不多见，多数调笑大抵只为搞笑、指向低俗。比如卡冈都亚暴殄天物，用手指“梳头”“洗脸”之后，便“拉屎、撒尿、清嗓门、打嗝、放屁、呵欠、吐痰、咳嗽、呜咽、打嚏、流鼻涕……”又比如庞大固埃在教会图书馆里看到的《囊中因缘》《法式裤裆考》《神女卖笑》《修女产子》《童贞女之赝品》《寡妇光臀写真》《臀外科新手术》《放屁新方》，种种以及曼里克们的诸多恶搞；再比如薄伽丘们或伊塔司铎们兴高采烈的性描写、性指涉。这些不是很让我们联想到当下充斥文坛艺坛的搞笑作品和下半身写作吗？然而，我们暂且不说性和下半身写作，只说喜剧和调笑、嬉闹和恶搞。

亚里士多德早就说过：“索福克勒斯是与荷马同类的摹仿艺术家，因为他们都摹仿高贵者；而从另一个角度来看……喜剧摹仿低劣的人；这些人不是无恶不作的歹徒——滑稽只是丑陋的一种表现。”[①] 这些丑陋从创作主体滑自己之稽、滑他者之稽，直抵滑天下之大稽。传统价值及崇高、庄严、典雅等在大庭广众的嬉笑和狂欢中逐渐坍塌，乃至分崩离析。

也许正是基于诸如此类的立场和观点，体现市民价值（或许还包括喜剧和悲剧兼容并包，甚至在悲剧中掺入笑料）的莎士比亚受到了老托尔斯泰的批判。然而，如果不是因为他的悲剧作品，单凭喜剧莎士比亚是断然无法高踞世界文学之巅的。问题是，即使作为悲剧作家，据有关莎学家的最新考证，莎士比亚居然也会借哈姆雷特们之口夹杂大量咸湿笑料（性指涉），以博观众一笑及一般市民的青睐。或许，其在当时的逗笑效果当不亚于当下的许多小品、相声或二人转。

① ［古希腊］亚里士多德：《诗学》，陈中梅译，商务印书馆1996年版，第42—59页。

然而，群众喜闻乐见并不是衡量艺术高下的尺度，也不是艺术应当追求的向度，至少不应是其唯一向度。《花花公子》自1953年创刊以来平均每期行销百万份，最高月销量七百万份。我敢说《花花公子》或《花花公主》或《阁楼风情》之类比那些大话、戏说、恶搞和调笑更有市场。因此，收视率和发行量绝对不是衡量艺术的标准，更不是其唯一标准。用桑塔亚那的话说，经典之维不在接受之众寡，而在接受之深度。这个深度自然应该包含其在时间上的长度。

三

虽然文艺复兴运动轰轰烈烈的狂欢为资产阶级战胜封建王朝奠定了思想基础，但是即使在启蒙运动之后，资产阶级登上历史舞台依然靠的是武装斗争。这且不说。学者卡斯特罗认为，随着文艺复兴运动的兴起，一方面人们前所未有地强调理智和理想的力量，另一方面也前所未有地重视现世价值或谓切身利益。两种倾向都在15—16世纪新兴的文学体裁中获得新生。塞万提斯称西方第一部悲喜剧《塞莱斯蒂娜》是一本“神书”，同时也是一本“人书”。这种观点清晰地表达了上述情况（指其亦庄亦谐的风格和雅俗对立的人物）。英雄史诗以及描写骑士或者理想、爱情的作品归入了流浪汉文学以及滑稽喜剧等作品的对立面。

在卡斯特罗看来，但丁时代的意大利已经十分明确地认识到了这两种艺术形式，在那里它们分别以费契诺的新柏拉图主义（如桑纳扎罗的《阿卡地亚》）和普尔契的世俗精神（如其《摩尔干提》）为代表。两种观点在产生过程中应该有过交锋，于是便有了人文的、世俗的一方对神奇的、超然的另一方。那些理想的原型匆忙地借助于喜剧顺坡而下，而这坡儿则是通过诸如阿里奥斯托和他的追随者们的作品作铺垫的。伊拉斯谟看到了这一点。他带着恶意的喜悦在《疯狂颂》中说：“面对震撼了奥林匹斯山的人，众神之父、人类的君王不得不放下了他的权杖……当他想操练那项时常奏效的技能时，我是想说，当他想繁殖小朱庇特的时候，这个可怜的矮子像小丑那样戴上了面具……我想，我的先生们，人类繁衍的工具是那样东西……那样东西，是那样东西，而非毕达哥拉斯派所说的数，那样东西才是万物的、生命的神圣源泉。”[1] 我们仿佛听到了面对奥林匹斯山倒塌的流浪汉式的哈哈大笑。人同此心，心同此理；在这一点上，伊拉斯谟的思想影响了流浪汉小说的兴起和调笑文艺的发展。反过来，《小癞子》的故事或此起彼伏的小品桥段远比伊拉斯谟的反宗教批判或持不同政见者的反体制攻击要更有力量。

伊拉斯谟熟谙并偏爱的卢恰诺就曾彻头彻尾地展示过这种颠覆的本领。米希利奥对公鸡说：“我恳求你说一说特洛伊城被围困的事儿是否像荷马所写的那样。”公鸡说：“相信我，那个时候不像书中所写的那样，根本没有那么美好：埃杰克斯没有那么高大，雅典娜也不像很多人想象的那么貌美倾城。”[2] 图口舌之快、无所顾忌的阿里奥斯托不是也表现过相同的精神吗？请看这段描写：

> 埃涅阿斯并非那么虔诚，
> 阿喀琉斯的臂膀也不是强壮无比，
> 赫克托耳更不像传说的那般勇敢……
> 奥古斯都当然亦非维吉尔所吹嘘的
> 神圣与善良。[3]

如是，世俗的力量一旦生发便几何级增长、发散，为16世纪西方艺术的发展开辟出一片无比自由的荒野沃土，在那里精神只为凡人和世俗而兴奋。文学与宗教展开了真正的较量，后者被古典的权威光环与时代的杰出智慧所湮没，顿时显得岌岌可危。文学毫无阻力地走向世界，公然将天国抛诸脑后。而调笑恰如润滑剂，起到了关键作用。这也造成了另一个后果：在人们经历了文艺复兴运动胜利的第一次陶醉之后，天主教会终于在16世纪中叶改变阵容，全面退防，于是一次被动的反击开始了：通过特兰托教务会议对文学进行了强有力的监视，遏制了那些骑士小说以及“宣

① Castro: *El pensamiento de Cervantes*, Madrid: Hernando, 1925, p. 20.

② Castro: *El pensamiento de Cervantes*, Madrid: Hernando, 1925, p. 20.

③ Clemencín: *Don Quijote*, t. 4, Madrid: Aguado, 1835, p. 55.

讲、涉及、叙述或教授淫荡或淫秽的书籍”。[1] 但是，生机勃勃的调笑一发而不可收并逐渐融入了西方文化并对人们的精神生活产生了深远的影响。

于是，以明图尔诺为代表的保守派与以钦提奥为代表的激进派围绕悲剧和喜剧进行了旷日持久的古今之争，尽管这一争论并未（甚至迄今没有）上升到政治的高度。在这期间，贺拉斯的《诗艺》由于在悲剧和喜剧的认知上对亚里士多德多有修正，因而以“寓教于乐”思想以及将喜剧和悲剧一视同仁的态度（欲使人笑，必自己先笑；欲使人哭，必自己先哭）契合了人文主义和喜剧化表演的需要。

而塞万提斯所取法的，正是以人道还治其身：用调笑嘲讽了人性所蕴含的丑恶以及骑士小说对骑士道的歪曲，从而同时写出了人性的高低、世界的悲喜。他的这种反转或辩证显然得益于巴洛克艺术。

一般认为巴洛克艺术起源于16世纪的南欧诸国，是文艺复兴运动和启蒙运动之间的一个间隙性流派，巴洛克具有文艺复兴运动时期的人文主义基因，但同时又明显背离文艺复兴运动的托古方法和世俗化倾向。巴洛克（barroco 或 barrocco，baroque，barrueco）一词源于南欧的拉丁方言，意为玑子（即变形大珍珠）。文艺复兴运动时期，由于珠宝商哄抬价格，一度使玑子颇受青睐，以致其富于变化、难有相同的天然形态成了精美绝伦的代名词。因此，玑子常被用来与名贵宝石组合成不同的形象，如16世纪价值连城的坎宁宝石，便用一颗巨大的“人身鱼尾型”玑子做了海神的躯干。

巴洛克艺术的成因固然复杂，但其中的重要原因大致可以归纳如下：16世纪20年代，西班牙雇佣军洗劫罗马，意大利的其他文艺复兴运动重镇也先后经历兵火与动乱。以天主教国王和神圣罗马皇帝卡洛斯（史称查理五世）为首的西班牙帝国开始称雄欧洲。这个封建主义的堡垒虽然历时短暂，但在维系天主教罗马教廷、反对宗教改革和欧洲资本主义崛起的战斗中一度举足轻重。从繁琐的宫廷礼仪的建立到文学的贵族化（或谓巴洛克化），西班牙无不首当其冲。然而，无论西班牙怎样努力（包括在雇佣军洗劫罗马时调动其在意大利的驻军保卫罗马教廷），天主教明日黄花的

---

[1] Castro：*Op. Cit.*，p. 23.

局面已然不可逆转。

此外，文艺复兴运动的“托古改制”方法也已经不能满足急剧变化的时代需求。早期人文主义向往自然、关注人性的呐喊在迅速膨胀的个人主义和纷纷崛起的资本主义城市中走向自己的反动。于是，市民社会中金钱的罪恶血淋淋地蔓延、人性的乖谬则嬉皮笑脸地暴露无已，从而与欧洲各封建王国和天主教廷的奢靡、腐败之风殊途同归。巴洛克艺术与其说是开拓风尚的，毋宁说是反映现实的。这在当时意大利的宗教建筑和西班牙的文学创作中得到了很好的印证。比如，罗马教廷为了抵御新教，藉艺术展开了新一轮宣德教化，即一方面努力抑制人文主义的世俗情调；另一方面加大投入，加速圣彼得大教堂等重要建设工程，并大量使用贵重材料和豪华、繁复的装饰，以夺人眼球，表现“信仰的胜利”。这些建筑除了强调华美和雕饰，还被赋予了变化和起伏，每每令人眼花缭乱、肃然起敬。

与此同时，西班牙文学蓬勃兴起，这与西班牙擢升为欧洲最大的帝国及欧美、欧亚通商要埠有关，也与它的文化多元不无关系。多数文学史家认为西班牙巴洛克文学对文艺复兴运动既有继承，也有反动。首先，巴洛克作家运用的题材和体裁主要来自文艺复兴运动时期，所不同的是方法。但不同方法的背后隐藏着不同的认知方式、价值判断和审美情趣。众所周知，文艺复兴运动时期（尤其是早期）的人文主义者普遍相信人对于社会和自然的权利，相信人可以认识和征服世界，并由衷地捍卫人本和人权。这些既表现为对古典“黄金时代”的美化，也表现为对现实和未来世界的信心。在这方面，加尔西拉索的作品堪称典范。但形势急剧变化，天主教竭力阻止宗教改革运动无果，王室的一系列对外政策受挫，信仰危机和经济危机迅速降临。与此同时，科学技术的飞速发展进一步加剧了信仰的坍塌。现实中的美与丑、善与恶、真与假、奢华与赤贫、教义与物欲，以及人性的复杂性和多面性动摇了理想主义的基础。文学记录了这个过程：从开始相对客观的现实主义如流浪汉小说到后来愈来愈主观、越来越花哨的巴洛克主义，真切地反映了16世纪中期至17世纪初西班牙文人从心态到方法的嬗变。另外，现实的矛盾、人性的矛盾导致了怀疑主义的弥漫。由于资本主义和市民社会的发展并没有给世界带来更多的光明，许多艺术家陷入了神性与人性、理想与现实的复杂矛盾。为了逃避诸如此类难以调和的矛盾，不少艺术家开始在两个极端构建自己的“天堂”：一边是指向过去的神话和基督教传统，一边是面向未来的乌托邦式的艺术想象。意大利作家马里诺、西班牙诗人贡戈拉等许多艺术家都曾在充满神话和宗教、悲剧和喜剧交融的艺术追求中体现了博采众长、融会贯通的繁复。有关天堂和死亡的思考也悖论式地存在于新一代西班牙宗教诗人和文人墨客的字里行间，以至于相对统一的人文主义价值观和审美观被怀疑主义所取代。

毫无疑问，相对于文艺复兴运动初期崇尚的自然、和谐与简洁，巴洛克艺术倾向于追求怀疑与变化、夸张与繁缛。面对自然，文艺复兴运动初期人们看到的是理想化的和谐与美丽，巴洛克作家则不然。自然“母亲”在巴洛克作家（如格拉西安）笔下常常以“后娘”的形态出现。正因为如此，格拉西安修士曾经这样批评前人的做法，即把“艺术当作自然的补充”；于是，“自然被赋予了另一张漂亮的面孔……当然，那是一张虚构的面孔，自然的自然状态、不堪状态被忽略不计，一切都是那么美好：倘非如此，便是粗俗和不雅”。[①] 在巴洛克文学中，人性的两面或多面性逐渐暴露并指向愈来愈严重的社会问题。此外，一如文艺复兴运动初期的艺术，巴洛克艺术虽然继续尊重古希腊罗马文艺，但已经不再像前人那样言必称希腊了。他们大都不再相信言必有宗的师承，也不再认为古希腊艺术不可超越。因此，自我作古、并看多面的精神开始取代“托古改制”和亦步亦趋的模仿甚至移译。

从某种意义上说，从亚里士多德时代到巴洛克时代恰似我国文学由相对单纯的“载道”思想到相对复杂的“主体”意识的沿革。虽然早在汉代，甚至先秦，文学的主体意识已然初露端倪，但真正产生本质效应的却必得在魏晋南北朝。有鉴于此，日本学者提出了“魏晋文学自觉说”，[②] 理由是曹丕的《典论·论文》；继之是鲁迅所谓的“曹丕时代”。[③] 从此，“魏晋文学自觉说”不胫而走。[④] 这其中许有侧重的不同，但把魏晋时代

① Gracián：*El Criticón*，Madrid：Cátedra，1980，p. 7.

② ［日］铃木虎雄：《中国诗论史》，许总译，广西人民出版社 1989 年版，第 37 页。

③ 《鲁迅全集》第 3 卷，人民文学出版社 1981 年版，第 504 页。

④ 李泽厚：《美的历程》，文物出版社 1981 年版，第 85—96 页；袁行霈：《中国文学史》第 2 卷，高等教育出版社 1999 年版，第 3—4 页。

视为中国文学的自觉时代几乎是学界的一个共识。然而，近来有学者提出异议，比如认为汉代已是中国文学的自觉时代。[①] 其依据是：一、班固的《汉书·艺文志》证明汉代的文学已经从广义的学术中分化出来，成为独立的门类；二、《后汉书·文苑列传》证明汉代对文学体裁有了较细的区分和认识；三、扬雄的《解嘲》、张衡的《二京赋》证明汉代对文学的审美特性有了自觉的意识。这并非没有道理。但总体来说，无论从体裁的数量还是对文学自身关注的程度而言，汉代均不可与魏晋时期同日而语。这中间也有一个量变与质变的问题。而且，两相比较，也明显存在着“为他”和“为己”的区别。相对而言，汉代文学并未摆脱较为单纯的“载道”思想，而魏晋文学却已有相当一部分“为艺术而艺术”的唯美取向了（比如曹丕的“文气说”，又比如阮籍、嵇康之后的玄学，再比如后来普遍崇尚的“诗赋欲丽”和南北朝形式主义，等等）。尤其是从曹丕、陆机到刘勰（《文心雕龙》）、钟嵘（《诗品》）中国文学才真正形成了一套内涵丰富的诗学。与此同时，体裁发生了重大变化，出现了小说和新的诗体（如古诗变体、长短体、小诗）以及律体的逐渐形成、山水诗和色情文学，等等。其中的极端表现，便是后人批判的“六朝文风”，即所谓身居江湖，心怀富贵；虽奉释道，却写艳情；口谈清修，体溺酒色；总之是浮虚淫侈、华艳绮丽之风盛极一时。

同样，巴洛克时代是西方文学思想、文学体裁和文学形式普遍产生、定型的时期。拿西班牙文学为例，其巴洛克时期同我国的魏晋南北朝时期似有诸多相近之处。首先，那是中世纪以后的一个相对黑暗的时代。由于封建统治集团的腐朽无能以及对外战事不断，造成经济凋敝、民生困顿。其次，人文主义逐渐被形式主义所取代。这主要有两方面的原因：一是荒淫奢靡的君主贵族取代教会，掌握了文学的领导权。一如陈后主“不虞外难，荒于酒色，不恤政事”（《南史·陈后主本纪》），费利佩三世非但没有卧薪尝胆，反而沉湎于酒色，致使国事荒废，大权旁落。宠臣莱尔马公

---

① 龚克昌：《汉赋——文学自觉时代的起点》，《文史哲》1988 年第 5 期；詹福瑞：《从汉代人对屈原的批评看汉代文学的自觉》，《文艺理论研究》2000 年第 5 期；赵敏俐：《“魏晋文学自觉说”反思》，《中国社会科学》2005 年第 2 期；等等。

爵专权腐败，给西班牙经济带来了更大的不幸；二是在莱尔马公爵执政时期，一方面，西班牙上流社会继续骄奢淫逸，肆意挥霍美洲金银；另一方面，为阻止新教思想和科学精神的渗入，西班牙大兴文字狱（这正是神秘主义诗潮产生的历史原因之一）。于是，一些作家诗人文过饰非，竭尽矫饰、机巧之能事，从而助推了巴洛克文学的发展和兴盛。这时，文人墨客已经大都不再是能文能武的“骑士”，一些文坛泰斗完全变成了依附宫廷、甚至迎合王公贵胄荒淫奢侈、附庸风雅的玩家。

塞万提斯虽然能文能武，却没有感受到文艺复兴运动的多少世俗恩惠。相反，他见证了家族的没落、西班牙的盛极而衰和林林总总的时代悲剧。同时，西班牙文化的多元混杂却旁逸斜出，为他提供了得天独厚的想象空间。如是，他在谈及其《堂吉诃德》“由来”时曾经这样戏言：“有一天，我正在托莱多的阿尔纳集市上走着，看见一个男孩挨近一个丝绸商人，向他兜售一堆手稿和旧抄本。我这人有读书的嗜好，连大街上的破纸片都不会放过。正是出于这种癖好，我顺手从男孩手里接过一个手抄本，一看竟是阿拉伯文。我虽然知道它是阿拉伯文，但不懂它写的是什么，便四处张望，想就近找个懂西班牙语的摩尔人帮我解读一下。找这样的人其实并不太难，即使是更古老、更典雅的语言也有人能译。反正我很快就找到了一个，向他表明了意思，并把手抄本交到了他的手里。他从中间翻开，浏览了一下就笑出声来。我问他笑什么呢，他说是在笑一段旁批。我让他讲给我听听，他边笑边说：‘我不是说了吗，这书页上旁批说：故事里屡屡提到的这位杜尔西内娅·德尔·索博托，据说能腌一手好猪肉，整个拉曼恰地区的女人都不及她。’听到杜尔西内娅·德尔·索博托的名字，我顿时惊呆了。我立即想到，那抄本里写的正是堂吉诃德的故事。这么一琢磨，我便忙不迭催他从头译起。他按我的要求顺口把阿拉伯语译成了西班牙语，结果是这么说的：‘堂吉诃德·德·拉曼恰的传记，由阿拉伯史学家熙德·哈梅特·贝南赫里创作。’一听到这个书名，就甭提我有多高兴了。但我却故意装出若无其事的样子，随后从丝绸商手里夺下了这笔买卖，花了半个雷亚尔收购了小男孩的所有手稿和抄本。那孩子终究不够精明，否则早该看出我迫不及待的样子了。他满可以讨讨价，至少要上六个雷亚尔。我急忙带着摩尔人离开了集市，跑进大教堂，求他把所有关于堂吉诃德的抄本都帮我译成卡斯蒂利亚语……”①

作者姑妄言之，我们姑妄听之。有趣的是，塞万提斯以喜剧之道反其意而用之，表现了崇高的毁灭。后者正是古典悲剧的力量之所在。只不过塞万提斯与时俱进地采用了方兴未艾、横扫千军的喜剧元素，用调笑表现了庄严的坍塌。于是，悲剧英雄既具有一般时代小丑的特征，又明显托举起了古典的崇高之美，《堂吉诃德》也便成了用苦笑演绎的理想主义挽歌。正因为如此，如果说但丁标志着一个神的时代的终结，一个人的时代的来临；那么塞万提斯同样标志着一个时代的终结，另一个时代的开始：从一方面说，也即一个唯心主义时代的终结，一个唯理主义时代的开始；从另一方面说，则是一个英雄主义时代的终结，一个小人主义时代的开始；或者一个理想主义时代的终结，一个物质主义时代的开始。当然，这并不是非此即彼的排中律，之间的复杂人所共知，无须多言。但总体上说，此乃私有制或资本主义发展的必然结果。

如是，西方文艺复兴运动用三百多年的时间唤醒了人性以及人心三兽；我们却只用了三十多年的时间换了人间，同时也史无前例地唤醒了内心三兽，几乎一夜之间就兴高采烈、欢呼雀跃或者嘻嘻哈哈、不知不觉地奔向了跨国资本主义的意识形态。顺便说一句，所谓的“经济全球化”只不过是自欺欺人的说法罢了，文化能脱离经济存在吗？而调笑无疑已经是、依然是并将（如果我们不加阻止的话）继续是颠覆和消解传统价值乃至任何非资本主义、非个人主义、非自由主义意识形态的最有力的武器，尽管它表面上有利于人们的身心愉悦健康、社会的暂时和谐稳定。

需要特别说明的是：文艺领域的调笑和喜剧化表演本身并没有错，错的是不加甄别、没有节制的追捧与不分场合、无论雅俗的褒扬。此外，反思文艺复兴运动并不意味着否定文艺复兴运动，而是借其托古之法以观当今中国文艺之维。况且早有学者匡谬正俗，先我就现代性、现代化和异化等源自人文主义的一系列问题提出了高见，我只不过是从旁增点添滴而已。顺便说一句，真正的文化自觉、大学风范乃是进退中绳、将顺其美；

---

① ［西班牙］塞万提斯：《堂吉诃德》，译文参考了人民文学出版社 1987 年版杨绛译本，第 63—64 页。

无论中学西学，皆取舍有度，并且首先对本民族的文明进步、长治久安有利，其次才是更为宽泛的学术精神、客观真理、世界道义，等等，尽管它们通常相辅相成、难以截然分割。

这同样适于如何辩证地看待全球化。此前，学者施米特在反思现代性时说过，从一开始这就是一个“世俗的时代”。[①] 除了伊拉斯谟所说的那个“唯一重要的东西”“唯一重要的事情”而外，一切都井井有条，就连幽默、调笑和嬉闹也走上了制度化的轨道。遣散了庄严，驱逐了崇高，没有了敬畏，解放了欲望，等待人类的便果真是“娱乐至死”[②]?

① ［德］迈尔：《古今之争中的核心问题——施米特的学说与施特劳斯的论题》，林国基等译，华夏出版社2004年版，第7页。

② Postman, Neil: *Amusing Ourselves to Death*, London: Penguin Books, 1985.

情节与主题

情节在现当代严肃文学中的阙如已是不争的事实。探讨这个问题的由来也是摆在中外文学史家面前的一个无可回避的课题。情节由高走低，主题由低走高在小说史上恰好表现为一个呈“X”的两条曲线。当然，这只是文学概括的一种方式，并不能涵盖所有文学现象及其在不同时代、不同社会、不同受者的差别和延异。换言之，文学虽然总体上随着时代的发展呈现出有规律的运动；但作为一种特殊的意识形态，它又森罗万象，不完全受制于生产力和社会发展水平。

首先，文学是一种特殊的意识形态，而且不完全受制于生产力和社会发展水平。其次，文学大都来自作为作家的个体，面对的也是作为读者的个体，因而是一种个人化的审美和认知活动，取决于一时一地的作家、读者的个人理智与情感、修养与好恶。最后，无论多么特殊，文学又毕竟是一种意识形态，终究是时代、社会及个人存在的反映。从历史的角度看，世界文学（从最初的神话传说到歌谣或史诗，从悲、喜剧和格律诗到小说）体裁的盛衰或消长印证了这一点，以个案论，也没有哪一个作家或读者可以拽着自己的小辫离开地面。

一

所谓情节和主题所呈现的“X”曲线，是笔者对中外文学史有关情节—主题关系（或谓规律）的一种概括，即情节如何由高走低而主题则恰好相反。说到情节，令人想到的也许首先是通俗文学，是金庸们的一唱三叹或者琼瑶们的缠绵悱恻，甚至那些廉价地博取观众眼泪的电视连续剧。因此，现代作家似乎普遍不屑于谈论情节，而热衷于观念和技巧了。一方面，文学在形形色色的观念（有时甚至是赤裸裸的意识形态或反意识形态的意识形态）的驱使下越来越理论、越来越抽象、越来越“哲学”。卡夫卡、贝克特、博尔赫斯也许是这方面的代表人物，而存在主义、社会主义现实主义和“高大全”则无疑也是观念的产物、主题先行的产物，它们可以说是随着观念和先行的主题走向了极端，即自觉地使文学与其他上层建筑联姻或直接让渡给观念（至少消解了哲学和文学、政治和文学的界限）。从某种意义上说，20 世纪批评的繁荣和各种“后主义”在解构传统认知和反宏大叙事的宏大叙事或自话自说顺应了这种潮流。另一方面，技巧被提到了至高无上的位置。从乔伊斯的《尤利西斯》到科塔萨尔的《跳房子》，西方小说基本上把可能的技巧推向了极致。俄国形式主义、英美新批评、法国叙事学和铺天盖地的符号学与其说是应运而生，毋宁说是推波助澜（高行健的《现代小说技巧初探》一定程度上反映了 20 世纪上半叶西方小说的形式主义倾向，这其中自然还有他个人的偏好）。于是，热衷于观念的几乎把小说变成了玄学。借袁可嘉先生的话说，那便是（现代派）片面的深刻性和深刻的片面性。玩弄技巧者拼命炫技，几乎把小说变成了江湖艺人的把式。于是，人们对情节讳莫如深；于是，观念主义和形式主义相辅而行，横扫一切，仿佛小说的关键只不过是观念和形式的“新”“奇”“怪”。

然而，古人不是这样的。中国小说的起源是轻松自如的故事（或谓“稗官野史”），[①] 而事实上《左传》《史记》以降，诸多史书也是中国小说的策源地（是谓“文史一家”）。其中如“郑伯克段于鄢”“曹刿论战”“触龙说赵太后”“蔺相如完璧归赵”以及“伯夷列传”“管晏列传”“屈原列传”等众多美妙的段子，都可以视作最初的小说，具有小说的基本因子：故事情节和人物性格。诚然，由于道统对小说的轻忽，中国小说及小说史研究起步甚晚。一如鲁迅所言，中国之小说自来无史；有之，则先见于外国人所作之中国文学史中（且必得到 19 世纪末、20 世纪初），而后

① 鲁迅在《中国小说史略》中称“小说家者流，盖出于稗官，街谈巷语，道听途说者之所造也”。其实这是孔子至《汉书》及以后一以贯之的道统说法。《鲁迅全集》第 9 卷，人民文学出版社 1984 年版，第 5—10 页。

中国人所作者中亦有之，然其量皆不及全书之什一，故于小说仍不详。[1]

在西方，虽然真正意义上的小说及小说史研究也是后来的事，但古希腊人对“类小说”的重视早在亚里士多德时期便初见端倪。比如亚里士多德对文学（史诗、悲剧）的态度，其实已经体现了古希腊人对小说（情节）的重视。亚里士多德视情节为文学的首要问题，认为它是一切悲剧的根本和“灵魂”。他还说“情节是悲剧的目的，而目的是一切事物中最重要的。”[2] 因此，《诗学》中差不多三分之一的章节关乎情节。在悲剧的六大要素中，情节列第一位，依次是性格、语言、思想、场景和唱词。当然，情节和故事不同，情节或可说是经过艺术加工的故事，但绝对不是脱离故事的观念和技巧。过去的文学原理大都拿国王和王后的例子来说明故事和情节的关系，称“国王死了，两年后王后也死了”是故事，而“国王死了，深爱着他的王后便无法独自存活在这个世上，于是郁郁寡欢，最终成疾而终”则是情节。这就是说，情节是有血有肉的故事。当然，这是一种简单化诠释。倘使以《红楼梦》为例，两者的关系就比较明确了。因为，我们或可视第五回贾宝玉梦游太虚境为故事，而细节毕露的家族没落与爱情悲剧则是其情节。诸人物的性格、形象、命运等，在情节中逐渐演化并凸显出来。或以《罗密欧与朱丽叶》为例，故事是两个世仇家族子女的爱情悲剧，而情节几乎可以说是整部作品。

因此，在浪漫主义之前，情节对于文学，尤其对于戏剧、小说甚至史诗一直是精华要素，因而地位十分稳固。相形之下，主题却是后来才逐渐显露出来的。在人文主义的现实主义及其之前的文学中，主题是自然显露甚至深藏不露的。荷马史诗是行吟诗人的作品，其主体意识和主题思想是那样的淡然，以至于后人不得不在归属问题上煞费脑筋。而作品中的各色人等，无论是阿伽门农、奥德修斯、阿基琉斯还是帕里斯，个个都是英雄。是非、善恶等价值取向尚不在诗人（或行吟诗人们）的考虑之中。古希腊悲剧也是如此。我们的先人却不然，他们处理文史的方式似乎比较老到。司马迁之所以忍辱负重、发愤著书，固然在其修史记事的抱负，但

① 《鲁迅全集》第9卷，第4页。

② ［古希腊］亚里士多德：《诗学》，陈中梅译，商务印书馆1996年版，第64页。

《艺文类聚》中《悲士不遇赋》所表现的悲愤和褒贬印证了他对历史及历史人物的价值判断。从这个意义上说，中华民族倒的确是“早熟的民族”。

如今，当主题越来越成为诗人、作家首先考虑或急于张扬的要素时，亚里士多德的情节崇尚被抛到了九霄云外。首先，浪漫主义文学是比较典型的观念文学。浪漫主义把情节降格为小说内容的某个轮廓，认为这种轮廓可以离开任何具体作品而存在，而且可以重复使用、互相转换，即具体作者借人物、对话或其他因素的发展而获得生命。这基本上把情节降格到了某些故事套路甚至俗套的地步。即便如此，浪漫主义小说仍然没有抛弃情节。这一方面可能是因为惯性使然，另一方面则是浪漫主义表现意志、宣扬观念的需要。马克思在评论席勒时，就曾称其作品为时代的“传声筒”。相对于“席勒式”，马克思自然更推崇情节生动性和内容丰富性完美融合的“莎士比亚化”。[①] 马克思的观点基于他的立场和方法。他从不孤立地看问题。他关于存在与意识、物质与精神的辩证思考是对人类社会，也是对肉体与灵魂这对矛盾冤家的洞识和昭示。[②] 灵与肉、“道”与“器”，人类缺其一便不成为人类。屈为比附，文学中的主题和情节也有点像人类的灵魂与肉体，二者不可或缺。然而，浪漫主义对情节的疏虞与现代主义对情节的轻视相比，简直就是小巫见大巫了。经过现代主义（或者还有后现代主义）的扫荡，情节几乎成了过街老鼠，以至于20世纪的诸多文学词典和百科全书都有意无意地排斥情节、轻视情节，把情节当作可有可无的文学“盲肠”。

于是，观念主义和形式主义在小说创作中大行其道，以至于20世纪的许多小说仿佛专为评论家所著，成了脱离读者的迷宫和璇玑。虽然从文学创新及人类社会的发展规律看，观念主义和形式主义的存在不仅无可厚非，而且可以说是一种必然。在西方，最早关注和凸显主体意识和主题思想的是人文主义的现实主义，之后便一发而不可收。但最初的人文主义作

---

① 在中国则是“曹雪芹化”。

② 恩格斯在《卡尔·马克思》（《马克思恩格斯选集》第3卷，第34—44页）中谈到了马克思的两大发现：历史唯物主义和剩余价值，而且认为一个人有这样的一项发现就已经很幸福了。事实上，在这两大发现之下，马克思又有了众多的发现。“莎士比亚化”的观点当是他针对世界文学发展而取得的一个发现。

家并没有因为强调主题而忽视情节。恰恰相反，无论是在莎士比亚还是在塞万提斯笔下，情节依然是文学的关键。正因为如此，也因为受众的欢迎，他们一度受到经院作家的轻视，被冠以“通俗”。马克思从活生生的存在出发，但又不拘泥于存在本身。他像一位双脚踏入河床的巨人，在感受河水鲜活翻腾的同时，俯瞰人类文明之流从远古奔向未来，而他所选择的莎士比亚恰好是我假定的这个“X”（两条曲线）的交汇点。[①] 在这里，美妙的情节及其蕴含的主题是那么和谐、那么水乳交融。新鲜的人文思想和来自欧洲大陆，尤其是文艺复兴运动方兴未艾的意大利、西班牙等国和北欧的故事，天衣无缝地生成为美妙的情节。但这种和谐的、水乳交融的状态迅速被日益高亢的个人主义所扬弃。先是浪漫主义，后有批判现实主义。巴尔扎克等一代作家对资本主义（血淋淋现实）的批判如此富有力度，以至于模糊了创作主体（如保皇派和革命派）的界限（恩格斯称之为“现实主义的胜利”）。在高扬的批判意识和价值取向（或谓主题思想）背后，则是巴尔扎克等批判现实主义作家的现代建筑师般精确的构图。用昆德拉的话说，这些精确的图景、过细的谋划使原本相对自由的小说创作形式改变了方向（暴露出日益鲜明的倾向性）。[②] 再后来是以“科学主义”自诩的自然主义或把主题（包括人的几乎一切内涵和外延）与形式（包括技巧的一切可能与或然）推向极致的现代主义以及反过来否定（颠覆）和怀疑（解构）一切的后现代主义文学。这些赤裸裸的观念主义和形式主义其实也是创作主体极端意识（个人主义倾向）的鲜明表征，是当今世界主流意识形态在文学领域的极端表现。倘使不是因为进入了跨国公司时代，新自由主义便无法生成和畅行；同样，倘使不是进入了跨国公司时代，西方政治家也断然没有能力发明“人权高于主权”之类的时鲜谬论。盖因跨国公司不会满足于一国或几国的资源与市场。它们当然要消解各国主权，以至获得在全世界的畅行无阻。其实马克思早就预见到了这一点，

① 马克思在《〈黑格尔法哲学批判〉导言》中套用莎士比亚（《哈姆雷特》）的话，认为德国的问题所在不应当拘泥于德国本身。（对德国）就事论事极易犯时代错误，因为当时德国落后于资本主义发达的英、法等国，以至于已经被后者抛弃的腐朽制度，在德国被当作初升的朝霞而受到欢迎。《马克思恩格斯选集》第1卷，人民出版社1974年版，第7页。

② 参见［捷克］米兰·昆德拉《小说的艺术》，董强译，上海译文出版社2004年版。

并说“这种剥夺是通过资本主义生产本身的内在规律的作用，即通过资本的集中进行的。一个资本家打倒许多资本家。随着这种集中或少数资本家对多数资本家的剥夺，规模不断扩大的劳动过程的协作形式日益发展，科学日益被自觉地应用于技术方面，土地日益被有计划地利用，劳动资料日益转化为只能共同使用的劳动资料，一切生产资料因作为结合的社会劳动的生产资料使用而日益节省，各国人民日益被卷入世界市场网，从而资本主义制度日益具有国际的性质”。[①] 这不正是我们面前的“全球化”吗？比起我们过去总结的现代主义成因种种（如科技进步对位形式变化或技巧翻新、世界大战对位文学宣言或先锋思潮，等等），跨国公司所推崇的极端个人主义不是更具有说服力吗？无论接受美学如何重视读者（其实这里的读者也是另一种意义上的个人），无论认知方式和价值取向方面缺乏时代意义（借镜作用）的通俗文学（以金庸、琼瑶作品为代表）如何受到欢迎，无论具有鲜明时代特征和审美、认知、现实意义的所谓“通俗文学”（如形形色色的现实主义文学）怎样顽强地存活于我们这个世界，似乎都不能改变情节 + 主题——两条曲线所组成的这一个“X”。

二

然而，文学终究是复杂的，它是人类复杂本性的体征。一如全球化和市场经济，作为工具，自然可以为我所用；又如互联网，当个人隐私让渡于群体利益时，不仅高铁和物联网可以飞速发展，而且支付宝和手机实名制等也会变得顺理成章。但这些在美国这个互联网鼻祖那儿倒成了忌讳。同样，拿貌似简单的“作家是人类灵魂工程师”这个命题来说，我们所能看到的竟也是一个复杂的悖论，就像科学是一个悖论一样。比方说，文学可以改造灵魂，科学可以改造自然。但文学改造灵魂的前提和结果始终是人类的毛病、人性的弱点；同样，科学改造自然的前因和后果永远是自然的压迫、自然的报复。因此，无论文学还是科学，都是自相矛盾的，是人

① ［德］马克思：《资本论》第 1 卷，《马克思恩格斯文集》第 5 卷，人民出版社 2009 年版，第 874 页。

类矛盾本质的鲜明表征。文学的灵魂工程恰似空中楼阁，每每把现实和未来构筑在虚设的过去之上。于是，我的问题是：没有过去，何来今日？用鲁迅的话说是“人心很古”。科学的前进方式好比西绪福斯神话，总是胜利意味着失败、结果意味着开始，没完没了。因此，我的问题是：既有今日，何必当初？用恩格斯的话说是“我们对自然界的胜利”和“自然界的报复”。

唯其如此，人类也便更加需要文学、需要科学。这是一种无法抑制的循环。一如灵魂和肉体，文学和科学（或谓科技）始终是人类之为人类矛盾的两极（或双向）标志。唯其如此，经典作家常拿（现实）存在引证虚无。《红楼梦》的主题与其说是“爱情”或“家族”或别的什么，毋宁说是虚无。由补天石（经释、道两家）点化而成的通灵玉已经够虚幻的了，那个太虚幻境就更加虚幻。然后是家族和爱情的悲剧。家族和爱情悲剧交织成一个无可奈何花落去的情节，又必得通过释、道两家把世事不洞明、人情不练达的贾宝玉引入空门。此外，无论是《三国演义》的开篇词，还是《金瓶梅》的“富贵繁华身上孽，功名事迹目中魑”，也都因大入世而大出世，即最终透着“看破”。

同样，20 世纪西方观念主义和形式主义文学具有明显的反技术理性和反物质主义倾向。而且二者相辅相成，故而并非无本之木、无源之水。作为一种特殊的意识形态，文学终究是时代社会的镜像或谓有色的、变形的镜子。20 世纪的热战和冷战、社会生活的日新月异和科学技术的一日千里无不为观念主义和形式主义的甚嚣尘上提供了土壤。但所有这些又终究不能成为文学脱离情节、脱离读者的全部理由。侦探小说和形形色色的现实主义文学的长盛不衰一定程度上反证了这一点，其他通俗小说风行一时也反证了这一点。它们对人性和文学的共通与差异、清朗与晦暗、审美与审丑的揭示，同样为时代建立了富有启发的认知方式和价值体系。只不过在当下，个人主义、物质主义和技术理性的极端膨胀，使这些认知方式和价值体系无法被学界所觉察，更无法成为人们的生活借镜。因此，怀疑和思索一直存在。新亚里士多德主义者（如芝加哥批评派的 R. 克莱恩）就曾不遗余力地希望召回主流文人对情节的关注，但正所谓滔滔者天下皆是，克莱恩们的微弱声音如泥牛入海，没有引起任何反响。倒是那些专靠炒作吃饭的机构、人等，一味地（或可说是顺时趋势地）把那些带有明显个人主义表演特征的作品变成了“经典”“大作”和真正意义上的“文化产业”（譬如乔伊斯们）。与此同时，问题一直存在并逐渐浮出水面。首先是小说创作本身的问题，其次是作为后果的读者数量锐减。英国作家斯蒂文森早在19世纪末就曾扬言小说行将消亡，其依据便是“故事的枯竭”。斯蒂文森认为时至斯日，引人入胜的“故事已经消失”。类似慨叹一直经莫拉维亚等人延续至今。20世纪的情节危机多少佐证了他们的担心，而他们的担心也为20世纪小说的反情节倾向提供了绝妙的依据。换言之，也许正因为“故事的枯竭”，20世纪的小说才不得不改变方向去拥抱形形色色的观念和技巧。此外，小说愈来愈脱离群众。为了维系起码的市场，利益者又不得不拼命炒作，粉饰“皇帝的新装”。这就不可避免地导致了小说的恶性循环。

现实危机也罢，历史规律也罢，主流小说对情节的疏虞有目共睹。与此同时，广义的“通俗文学”对情节等传统要素的执着拥抱，又分明体现了文学的另一张面孔。它也是文学赖以存在的理由（或谓另一种理由）：打破“存在就是合理”的命题。换言之，除了审美愉悦等因素，认知和价值判断始终是文学的两大功能。这其中当然还包括文学的自省与“反动”。而且事实证明，只要生活常新，阳光下皆是新鲜事物，故事就不会枯竭。无论原型批评怎么夸大母题的作用，小说总还能找到自己的新鲜话题，从而使自己焕发青春。至于情节，亚里士多德仿佛预见到了后世在诸如此类问题上的可能歧出，早把情节和故事分得清明。他举欧里庇得斯的《伊菲格涅亚》和荷马的《奥德赛》为例，说故事只不过是一个简单的大纲，而情节却是一个整体，一切起承转合必须符合可能和必然的原则；情节还要有一定的长度，而其长度以容纳决定人物命运的行为和事件为宜。而且情节摹仿行动，展示人物性格、思想，等等，这些又都是在构成人物命运的行动和事件中逐渐体现的。莎士比亚当可为这种理论提供范例，从而被一些作家传承至今。以当代拉美小说为例，加西亚·马尔克斯的“经验之谈”便是“像外祖母那样讲故事”。此言至少包含了两层含义，一是故事尽可能精彩，二是允许叙述者（和人物）相信一切。前者包含了情节的生动性，而后者则可以说是对民族、地域乃至对某种时代认知方式、价值取向和审美习惯的亲切拥抱。这两者之和不是很像莎士比亚，也很像我们的四大名著和四大传奇吗？当然，风气使然，加西亚·马尔克斯不能不肩负起创造美洲《圣经》的重任。和巴尔加斯·略萨、科塔萨尔、富恩特斯等老一代拉美作家一样，加西亚·马尔克斯的明确目标是创造一部“美洲的《圣经》”，这一点已然充分体现于他们从主题到情节到观念、技巧的巨大包容性之中。

需要说明，历史的回归永远不是简单的重复。就像一个人不能两次踏进同一条河流，当今小说早已是多重混杂的产物。对情节的重视，我相信这只不过是小说矫枉过正之后的一种回转。

这里面有物极必反的必然，也有小说重新找回读者的诉求。

另一方面，后现代文学在消解意义的同时，消解了主题赖以依附和繁衍的土壤，从而把人们对现代派的某种“反动”意识推向了极端。但诸如此类，也许因为太符合钟摆运动而显得波澜不惊。若要从中推导某种反“文学规则”，则尚需假以时日。何况一如反意识形态是一种意识形态，后现代的“无主题”“无意义”也许是一种更深层次的个人主义表演，它的极端虚无与荷马时代的“无我”境界（文学主题的相对隐匿和阙如）不能同日而语。

三

总之，主题先行和情节危机趋势已经普遍存在于20世纪和当下的严肃文学。受文学，尤其是小说现状的影响，影视创作的路数也开始明显转化、分化。以我国电影为例，一方面是大而无当的帝王将相和哼哼唧唧的才子佳人，另一方面是《英雄》《十面埋伏》等形过饰非之作。都说电影是第七艺术，与文学有着无法割裂的亲缘关系。但那是过去。而今，由于文学，尤其是主流小说愈来愈观念化和形式主义化，电影与之疏离已经成为不争的事实。正因为如此，好莱坞大片早已很少仰仗原生态文学作品，《泰坦尼克号》《阿凡达》等恢宏制作完全是由电影界独立完成的。但令人心悦诚服的是，好莱坞并没有抛弃西方文学的鲜活根脉。《英雄》和《十面埋伏》则不然。它们除了一些场景、道具及武打等外在的、表面的因素之外，没有多少民族文化的内核可以深挖。其中最大的问题是情节的阙如，扩而言之是精神的阙如、灵魂的阙如。首先，《英雄》的故事并不精彩，而且它选择了一个不合时宜的“主题”。“刺秦”和“不杀”虽然包含了“复仇”和“宽恕”、“小我”和“天下”等所谓的“普世”性话题，但其中的价值取向却显然不能表现中国人文的一贯精神（舍生取义——如荆轲、卧薪尝胆——如勾践、含恨自沉——如屈原，等等，而洁身自好的隐士——如陶潜则已是看破红尘的消极抵抗）。虽说历史问题见仁见智无可厚非，但影片恰恰是在美国攻打伊拉克之后出炉的，其中的“逻辑”难免使人不堪联想。其次，《十面埋伏》几乎是个主题阙如、故事悖谬的空壳儿。论情爱，小妹和刘捕头、金捕头之间的关系匪夷所思；论侠武，他们的关系同样牵强突兀。相形之下，《泰坦尼克号》就完满得多。首先它可以说是对西方人文价值的又一次成功诠释。男女主人公的爱情之所以可歌可泣，也恰恰是因为它反映了西方主流文人源远流长的爱情观、价值观。其次，男女主人公的爱情故事又是古老的“灰姑娘”故事的现代版和倒装版——“灰小子”（这或者可以让我们联想到《天仙配》《西厢记》）。故事的起承转合无不印证了亚里士多德以来西方文学的某种情节观、美学观。而“泰坦尼克号”的悲剧无疑成倍地放大了其中的精神向度。回到张氏大片，繁华和热闹的背后却是情节的生硬和主题的悖谬。这就难免使人感到形过饰非之憾，但这似乎又不能完全怪罪于张艺谋导演。反检一下我们的文学史便不难发现，近二三十年以来，我们的小说几乎一直热衷于观念和形式，却不屑于讲故事，也不会讲故事了。这不仅导致了当代文学与审美传统的错位，也多少影响了中国电影的健康发展。所谓“人同此心，心同此理”，文学艺术总是互相渗透、彼此影响的。就当代小说而言，20 世纪头六七十年的西方现代派和后现代派对当今中国文坛的作用也许远甚于传统。然而，传统是相对恒久的。在“陌生化”和“熟悉化”之间，人们的审美心理也是相对确定的。这是因为，任何民族文化和审美习惯的形成，都不能一蹴而就。它们需要长期的历史积淀，同时又长期地成为一个民族的内在引力与标志。以我们脍炙人口的四大传奇和《三国演义》《水浒传》《西游记》《红楼梦》等经典为例，它们可以说是我们民族文化和审美习惯的表征，同时又一定程度上反过来成就了我们的民族文化和审美习惯。当然，时代对经典会有新的诠释，民族文化和审美习惯也会随着时代发生新的变化，但这些诠释和变化往往不应是对优秀传统的否定，而应是对它的加强，或者否定之否定的发现、否定之否定的丰富。

总之，即便小说有自身发展、更新的逻辑，但作为一种审美客体，它当然不可避免地具有某些难以更改的基因。假使这些基因被完全更改，那么小说也就不成其为小说了。而情节历来是小说的基本要素。从另一个角度看，即便社会历史的发展为小说疏离情节提供了土壤，但小说作为一种精神产品，不仅可以对其土壤产生作用力和反作用力，而且责无旁贷地具有自我平衡和平衡“道”“器”的功能。

和小说一样，电影也有其自身发展的规律，但作为审美客体，它从诞生之日起便被注入了某些难以更改的基因。假使这些基因被完全更改，那么电影就不成其为电影了。这是最基本的“生物法则”。而故事情节历来是电影的基本审美元素，其中的认知方式和价值取向则是它跳动的灵魂。但在人物塑造方面，影视文化又不可避免地具有“框定”“束缚”和启发作用。譬如当一个孩子看了电视剧《红楼梦》，那么陈晓旭这个黛玉的形象也许会伴随他（她）一生。

传统与时流

在所有称得上文化的传统物事中，语言文字居首要地位。由是，守护母语无疑就是对传统的最好捍卫。在我记忆的天空或海洋里，奶奶和外婆都是不苟言笑的小脚老太婆，她们不像博尔赫斯、高尔基等诸多伟大作家的祖母和/或外祖母：不是满腹经纶的大家闺秀，便是口若悬河的故事大王。但奶奶和外婆都敬惜字纸，她们决不容许你将字纸踩在脚下，说会触怒“四眼神”。她们所说的“四眼神”不是眼下满大街的近视眼（俗称“四眼”），而是传说中的字神仓颉。据传仓颉乃黄帝字官（或书官）。他不仅发明了汉字，而且神通广大，故素有“仓颉造字，夜有鬼哭”之谓。当然，这只是传说。文字是历代先民在生活实践中创造的，今人和来者当继续传承和鼎新。

且说小时候不明白造字与鬼哭的关系，以为仓颉有孙悟空似的火眼金睛，且本领高强，是降妖捉鬼的能手。但因仓颉同时被描作白发苍苍、四目圆睁的家伙，我又每每将他与钟馗相提并论。后来，随着年轮的增长，免不了读书识字，而且忽然有一天听到了“人恶识字始”那样的说法。

总之，人慢慢长大了，烦恼也随之增多。一方面，生活使然；另一方面，知识或者历史就是这么矛盾。曾几何时，“文化大革命”之火燎原。人们将大字报贴在马路上，并在走资派或地富反坏右的名字上打“朱批”，让千人踩、万人踏，以使其永世不得翻身。幸好奶奶和外婆都不在了，她们无须为时代纠结。

回到主题，记忆、知识和思想的基础始终是语言。于是，罪与罚、理与情、爱与恨同在，真与假、善与恶、美与丑并存。作为犹太—基督教文明的重要源头，希伯来神话《圣经》谓先有语言，后有世界，玛雅神话《波波尔·乌》也是如此。这样的秩序多少显示了古人重视语言的程度。

巴别塔的坍塌反证了这一点。因此，现代人类学大都将人类文明的起源与语言联系在一起，而文字的产生则被认为是人类走出蒙昧、告别原始的重要标志。当然，因为有了语言，人类的心志和精神生活大为丰富，也大为复杂，于是矫情玄奥一点地开始琢磨起了“大象无形”“大音希声”。至于宗教界，如禅宗或犹太密宗喀巴拉等，则强调意会，而不事言传。这是形而上学范畴至为重要的一部分。于是，保罗·利科说“人即语言”，本·琼生却说“语言即人”。老子说“知者不言，言者不知”，福柯却说“话语即权力”，德里达又说“文本之外一切皆无”。诸如此类，不一而足。

再说汉字（我喜欢称之为中文）为象形文字，但它同时又是抽象的，充满哲学意蕴。像止戈为武，二人成侣；狂是犬王，臭乃自大；言之寺，诗；亡的心，忘，等等，在拼音语言中绝无可能。这无意否定拼音文字，因为同样的好处完全可以找到相反的佐证。譬如，仓颉他老先生也有打盹迷糊的时候，于是赋“重”以千里之远（它同时可以解拆为“生田”）；同样，寸身之躯变成了“射”，而矢委当射却变成了“矮”，等等。

我国古代劳动人民将汉字归功于仓颉，恰恰说明汉语“神来”，而非汉人独造。各少数民族，乃至远近外邦均对汉字的形成和丰富做出了间接或直接的贡献。譬如佛教的传入，使汉语平添了大量词汇和概念。近现代西方文化的译介就更是如此。又譬如古代汉语多以字为单位组成句，而现代汉语则因口语，乃至日语等外来影响而愈来愈喜欢用词造句。仅刘孝存先生编选的《中国神秘语言》就辑录了数百个源自少数民族和日本等国的流行词汇。如此，自东汉许慎《说文解字》所收九千余字至民国欧阳等所编《中华大字典》四万八千余字，迄今为止，汉字当在六万字以上，尽管仅十分之一左右为一般人等常用。

至于汉字之美、汉语之美，则远非三言两语可以含括。其形与声所蕴含的艺术性与丰富性无与伦比。而且汉语是唯一没有被中断的古老语言。自古以来，仅夫妻称谓或指代就多达数十种，如针对妻子的“宝眷”与“糟糠”、“内人”与“侧室”、“内子”与“寒荆”、“娘子”与“贱内”、“良人”与“贱累”、“结发”与“房下”、“玉雪”与“山妻”，以及“孟光”“古剑”“夫人”“荆妇”，等等。现代又加上了“老婆”“婆姨”“婆娘”“爱人”“太太”“一只脚”“贤内助”“半边天”“孩子妈”“那口子”“领导”，等等。

此外，大量的方言和成语、掌故和妙用在一语双关、歇后语和字同音不同，音同字不同；同音不同义[①]，同义不同音等变幻莫测的神奇转换中演化出几近无限的可能性。其诗词歌赋，更是美不胜收；书法篆刻，令人称绝。

遗憾的是现如今跨国资本汹涌，语言消亡的速率竟远高于物种灭绝。我们美丽的语言也面临危机。首先，五四新文化运动的激进者倡导世界主义，恨不得用世界语取而代之；其次，“全球化”（实则跨国资本主义化）时代的资本支配者正以其强势话语洪水般冲击各相对弱小民族赖以生存的根基——我们的母语。

《红楼梦》中探春说得好，“可知这样大族人家，若从外头杀来，一时是杀不死的，必须先从家里自杀自灭起来，才能一败涂地”。且不说世界语运动，即便是白话文，其彻底程度就多少伤害了汉字美丽的炼字传统，譬如它惜墨如金的简洁。当然，这种简洁很大程度上也是由书写工具的限制造成的，现代造纸业和印刷术则为白话文创造了条件。然而，大陆简体字的推行似乎又恰好与前者适成反向：节约笔墨，便于书写。此外，扫除文盲、普及知识无疑是其重要功用和出发点。同时，简洁犹如快餐便当，也是现代性的重要内容之一。不屑于此的国人终究留下了不屑之言：

> 亲不见，爱无心，产不生，厂空空，面无麦，运无车，导无道，儿无首，飞单翼，涌无力，有云无雨，开关无门，乡里无郎，圣不能听也不能说，买成钩刀下有头，轮是人下藏匕首，进非更佳反朝井走，可魔仍是魔，鬼仍是鬼，偷仍是偷，抢仍是抢，贪仍是贪，骗仍是骗，黑仍是黑，黄仍是黄，赌仍是赌，毒仍是毒……

话虽如此，然亲爱的母语，我还是爱你，无论古今，任凭繁简。没有你，就没有我们、俺们、咱们……何况魔鬼、偷抢、贪骗和黑黄赌毒，

① 赵元任先生曾用《施氏食狮史》和《季姬击鸡记》两段奇文反诘汉字拉丁化。

责不在你；再说你“愛有心”“親相见”的时候，我们也不尽是“仁义礼智信”“温良恭俭让”啊?! 夫子强调这些观念，恰恰是因为“礼崩乐坏”。

语言固系民族文化最牢固的传统，但它也不是一成不变的。而语言的变化往往是民族历史、民族传统变迁的最好见证，尽管在原型批评家们看来，一切鼎新（当然是指伟大的鼎新）都只是传统的回响。

然而，正如《易经》所言，变才是万古真理、恒定法则。一如继承与创新的关系，这听起来又像悖论：既曰变易，何来恒定？远的不论，就说当下吧。

（一）“全球化”的跨国资本主义本质

有关“全球化”的讨论一直集中于时间和表象，如哥伦布发现新大陆、瓦特发明蒸汽机和叶利钦结束冷战时代等。我倾向于将“全球化”界定为跨国资本主义化，即资本在完成地区垄断和国家垄断之后实现的国际垄断。于是，资本之外一切皆无的时代已经来临，而坊间所谓的“经济全球化”“文化多元化”只不过是一种错觉或自欺欺人。

首先，经济作为一切上层建筑和意识形态的基础，不可能实现独立的“全球化”进程。它必然具有政治属性，并导致相应的上层建筑和意识形态变迁（“信息高速公路”——互联网在此推波助澜）。如今，以资本为核心的世界经济格局已经形成。富国如鱼得水，贫国大开血脉。资本所向披靡，顺我者昌，逆我者亡。所谓的“文化冲突”归根结底是利益冲突。如是，随着冷战的终结，科索沃战争和阿富汗、伊拉克战争和利比亚战争的结束，以及阿拉伯伊斯兰世界遭遇多米诺骨牌式的所谓民主化浪潮，资本逻辑和技术（工具）理性完成合谋。至此，“文化多元化”逐渐褪去面纱、露出真容；盖因在强大的资本面前，文化生态多样性的理想主义错觉全面崩塌。资本家可以四海为家；而无产者和广大浮游的中间人言路广开，却基本上只能是自话自说。

然而，正所谓有无相生，祸福相依，人类在创造文明的同时也带来了更大的危机、更多的危险。凡事如此，概莫能外；各种作用力与反作用力像钟摆，使世界莫衷一是。如此，“惊涛拍岸，卷起千堆雪”，跨国资本主义面临的第一轮危机也不仅是自身的问题，而且还有来自发展中国家的反拨。“9·11”事件便是一个比较极端的例子（更加极端的也许还在后面）。这就是说，跨国资本在发展中国家牟取巨额利润的同时，正通过低成本及相对廉价的产品和包括劳动力在内的各种生产资料形式冲击西方市场，导致西方国家危机频发，并在物质和精神双重层面上出现空前深刻的矛盾。

其次，资本无国界的事实导致世界成为“地球村”。它淡化了文化和意识形态冲突，利益冲突便日趋尖锐化和白热化。但利益冲突的主体已由传统意义上的民族国家转向资本支配者，从而使民族国家意识逐渐淡化，取而代之以更为宽泛也更为具体的利益群体或个人。近来西方国家极右思潮的抬头多少与此相关：延绵两千年的犹太基督教文化在强大的资本逻辑面前毫无还手之力，一系列传统价值面临瓦解，致使极少数极端保守势力铤而走险。因此，“地球村”一定意义上也即“地雷村”。于是，“天作孽，犹可违；人作孽，不可活”。人类面临空前危机：没有是非，只有强弱；没有善恶，只有成败；没有美丑，只有贫富。诸如此类的是非混淆、黑白颠倒、界限模糊以及“人权高于主权”之类的时鲜谬论也只有在跨国资本主义时代才能出现。但重要的是，诸如此类的时鲜谬论恰恰承载着跨国资本主义的核心价值。这也是一些西方马克思主义学者如詹姆逊反对传统伦理学及其“善恶二分法”的理由：“善是我们自己和像我们自己的人；恶是其他人，与我们有根本的区别（无论是何种区别）。但今天的社会是一个差别正在消失的组合，恶也随之消失。”[①] 不能说他毫无道理，但这种绝对的相对性显然也是一厢情愿。

再次，“多元化”原本并不意味着文化平等。它仅仅是思想领域的一种狂欢景象，很容易让人麻痹，以为这世界真的已经自由甚至大同了。从这个意义上说，“全球化”背景下的“文化多元化”其实也是一个悖论，说穿了是跨国资本主义的一元化。而整个后现代主义针对传统二元论（如男与女、善与恶、是与非、美与丑、西方和东方等）的解构风潮在否定简单二元论和排中律的同时夸大了萝卜白菜各有所爱的相对性。于是，绝对

① Jameson，Fredric：*The Ancients and the Post-moderns*，London-New York：Verso，2015，p. 218.

的相对性取代了相对的绝对性。这恰恰顺应了跨国资本的全球扩张：不分你我，没有中心。于是，网络文化推波助澜，使世界在极端的文化相对主义和个人主义狂欢面前越来越莫衷一是、无所适从。于是，我们很难再用传统的方式界定文学、回答文学是什么这个古老而又常新的问题。借用昆德拉关于小说的说法，或可称当下文学观仅仅是关乎自我的询问与回答，即甚嚣尘上的个人主义或个性化表演。盖因后现代主义留下的虚无状态显然不仅局限于形而上学范畴，其怀疑和解构本质明显具有悲观主义，甚至虚无主义倾向，并已然对世界造成了深远的影响，客观上造就了跨国资本主义时代文化及文学的“去民族化”态势。而这种状况对谁最有利呢？当然是跨国资本。

（二）价值观是最大的软实力

核心价值观阙如的民族绝对不可能是强大的民族。然而，随着跨国资本的全球扩张，传统价值受到了冲击和解构，以至于传统意义上的民族性与国家意识正在消释。认知方式、价值观和审美取向的趋同使年轻一代逐渐丧失了民族归属感和认同感，而四海为家、全球一村的感觉十分契合跨国公司不分你我、没有中心的去二元论思想。马克思在《共产党宣言》中也曾明确指出：“资产阶级，由于一切生产工具的迅速改进，由于交通的极其便利，把一切民族甚至最野蛮的民族都卷到文明中来了。它的商品的低廉价格，是它用来摧毁一切万里长城、征服野蛮人最顽强的仇外心理的重炮。它迫使一切民族——如果它们不想灭亡的话——采用资产阶级的生产方式；它迫使它们在自己那里推行所谓文明，即变成资产者。一句话，它按照自己的面貌为自己创造出一个世界。”① 我们的难题是，既要补课，还要守成。甚至必须高举全球化大旗以发展和壮大自己，并兼济全人类。这就尤其需要进退中绳，取舍有度。

而民族虽然是在人们长期的社会实践中逐渐形成的，但它归根结底只是个历史概念。犹太基督教思想将民族的发生和发展说成是上帝的安排，

---

① ［德］马克思、恩格斯：《共产党宣言》，《马克思恩格斯选集》第1卷，人民出版社1972年版，第255页。

并使相关民族以“上帝的选民”自居。其他宗教也有类似的说法。即使是在达尔文进化论流行之后，基督教神学等也能自圆其说，谓“适者生存”只是一种表象，一切皆取决于上帝的意志，否则许多自然及人类演变的偶然性就无法解释。与之不同的是，人类学家摩尔根通过考察美洲印第安部落，对民族的产生做出了相对科学的解析。马克思和恩格斯在此基础上运用历史唯物主义和辩证唯物主义方法，将民族与私有制联系在一起，认为建立在氏族、部落、族群基础上的民族乃是私有制发展的需要，继而成为诸多国家的自然基础。由此看来，民族是一系列分化组合、再分化再组合的过程。而且历史使然，有生必有死，一旦私有制消亡了，随之不复存在的便是国家、民族、阶级等。而种族虽然是个纯粹的生物学概念，却与民族有千丝万缕的联系。作为信仰或思想的宗教更是如此。因此，在极端的西方右翼思潮中，民族又常常是与种族和宗教观念联系在一起的。

如是，价值观的持守和重建不仅是发展中国家的当务之急，也是发达国家正在或将要面临的历史课题。当然，强调民族认同和国家意识不能滑向世界主义或民族虚无主义的反面：狭隘的民族主义或民粹主义。

（三）文学作为价值观的重要载体

人类借人文以流传、创造和鼎新各种价值。语言文学作为人文基础，其肌理决定了它作为民族认同的基础和文化基因或精神染色体的功用而存在并不断发展。因此，语言文学不仅是审美对象，而且是民族文化及其核心价值观的重要载体。这就牵涉到语言文学与民族之间那难分难解的亲缘关系。这是就一般意义上的民族概念及其与文学的关系而言，实际情况要复杂得多。比如，中华民族及其民族认同感更多建立在乡土乡情之上。这显然与几千年来中华民族的文化发展方式有关。从最基本的经济基础看，中华民族是农业民族，中华民族故而历来崇尚“男耕女织”“自力更生”。由此，相对稳定、自足的“桃花源”式小农经济和自给自足被绝大多数人当作理想境界。正因为如此，世界上没有第二个民族像中华民族这么依恋故乡和土地。而农业民族往往依恋乡土，必定追求安定、不尚冒险。由此形成的安稳、和平的性格使中华民族大大有别于西方。反观我们的文学，最撩人心弦、动人心魄的莫过于思乡之作。“昔我往矣，杨柳依依；今我来思，雨雪霏霏”（《诗经》）；“露从今夜白，月是故乡明”（杜甫）；“举头望明月，低头思故乡”（李白）；“春风又绿江南岸，明月何时照我还?”（王安石），等等。如是，从《诗经》开始，乡思乡愁连绵数千年而不绝，其精美程度无与伦比。当然，我们的传统不仅于此，经史子集和儒释道，仁义礼智信和温良恭俭让等都是中华传统文化的组成部分。而且，这里既有六经注我，也有我注六经；既有入乎其内，也有出乎其外，三言两语断不能含括。然而，随着跨国资本主义的发展，资本对世界的一元化统治已属既成事实。传统意义上的故土乡情、家国道义等正在淡出我们的生活，麦当劳和肯德基，或者还有怪兽和僵尸、哈利波特和变形金刚正在成为全球孩童的共同记忆。年轻一代的价值观和审美取向正在令人绝望地全球趋同。与此同时，我们的文化取向也从重道轻器转向了重器轻道。四海为家、全球一村的感觉正在向我们逼近；城市一体化、乡村空心化趋势不可逆转。传统定义上的民族意识正在消弭。

认同感的消解或淡化将直接影响核心价值观的生存。正所谓“皮之不存，毛将焉附”，民族认同感或国家意识的淡化必将釜底抽薪，使资本逻辑横行、拜金主义泛滥，使中国特色社会主义核心价值体系的构建成为巴比伦塔之类的空中楼阁。因此，为擢升民族意识、保全民族在国家消亡之前立于不败之地，我们必须重新审视自己的传统，使承载民族情感与价值、审美与认知的文学经典当代化。这既是优秀文学的经典化过程，也是温故知新、维系民族向心力的必由之路。于是，如何在跨国资本主义的全球扩张、传统的国家意识和民族认同面临危机之际，构建社会主义核心价值体系、坚守和修缮我们的精神家园业已成为极其紧迫的课题。这其中既包括守护优秀的民族传统，也包括吸收一切优秀的世界文明成果，努力使美好的价值为我所用并焕发新的生命力。

当然，这不是喊喊“古为今用”“洋为中用”便可以迎刃而解的。盖因时代有所偏侧，人类社会及人性特殊性和复杂性亦非三言两语可以说清。

（四）一切文学都是当代文学

克罗齐谓“一切历史都是当代史”。同样，一切文学都是当代文学。

马克思、恩格斯在《共产党宣言》中提到的“世界文学”，便是基于对跨国资本主义的认知。在他们看来，“资产阶级，由于开拓了世界市场，使一切国家的生产和消费都成为了世界性的”，“精神的生产也是如此……民族的片面性和局限性日益成为不可能”。[①] 因此，其概念完全不同于1827年歌德关于世界文学的理想主义猜想。盖因在歌德那里，世界文学时代的来临并非建立在人类社会发展的本质基础之上，而是出于对《好逑传》《玉娇梨》或《萨恭达罗》之类的东方文学的激赏。在他看来，世界文学也即各具特色的各民族文学的并存与交融。这多少在费孝通先生的“各美其美，美人之美，美美与共，天下大同”那儿产生了回响。但遗憾的是这种理想主义已然在跨国资本主义始出时代的市场化全球大众审美趋同中彻底瓦解。

人类的自然需求式生产方式早已被资本驱使下的时尚刺激方式所取代。人为的摩登、挖空心思的创意在资本的驱动下不断翻新并制造利润，就连人类的自然繁衍也有可能为基因复制或基因工程所取代。传统（包括认知、价值观和审美方式）遭到了背弃。这不仅是诸君无谓地抢救“文化遗产”（包括早已被文明遗弃的巫巫傩傩或巫不巫傩不傩的劳什子）的理由，也是人们拼命强调国学（包括20世纪二三十年代的“国学”潮和近二十年的“国学”热）的重要依据。

然而，西风浩荡，人类文明的历史有取代性、颠覆性和不可逆性。不仅资本主义是历史的必然，而且人性如此。一切悖逆只不过是明知不可为而为之。如是，跨国资本主义正在使人类价值、审美乃至语言向资本支配者趋同。于是，人类文明的危机必然显形，而且已然显形。于是，尽可能地守护美好的民族传统不仅是出于文化生态多样性的需要，更是重情重义的君子之道、人文之道。

反过来说，村上春树或赛阿维达或波拉尼奥的“国际化”（实则西方化）是他们走向世界的主要法宝。倘非如此，我们的文学能轻易走出去吗？当然不易。但问题是我们的文学创作主要着眼于提高国民素质，还是

---

① ［德］马克思、恩格斯：《共产党宣言》，《马克思恩格斯选集》第1卷，人民出版社1972年版，第255页。

迫不及待地得到洋人的认可呢？人文社会科学研究也有同样的问题。这牵涉到我们对时代社会主要矛盾的认知。我们所面临的最大国际矛盾是民族利益、民族情感同跨国资本及其主要支配者所奉行的资本逻辑之间的矛盾；最主要的内部矛盾则是经济基础与上层建筑的某些错位。这些矛盾在社会各阶层、各领域或多或少、或深或浅地因生产关系和认知方式、价值取向、生活习俗等变得错综复杂。文学及文学批评自然不能置身事外、独善其身。

这对于所有重情重义之人都是一种难以排解的纠结。诚然，艺术规律亦非羚羊挂角无迹可寻。面对自我、时代和自然的抑欲与纵欲及其广阔的中间游移状态，即物质与精神的共生与对立、互动与调和程度决定了人类文明的过去、现在和未来。而文学经典每每借当代化和理想化传统以抵抗物欲与时流。这看起来兴许有些保守，但综观世界文学经典，又有哪几种不是取法守正的呢？守正同时决定了经典的逆时性、共时性和超前性。正因为如此，文学经典虽然每每从现实出发，却不一定完全为时人所理解和接受，它们相当程度上指向过去和未来。

以上只不过是在历史—现实—未来和作家—作品—读者向度或坐标上的一种概说。因此，严肃的文学创作、文学研究必须尽可能地立足当代、放眼全球，同时又不忘过去、心系未来，而不是趋前不顾后式地追逐与同欢，或一味地玩“空手道”，甚至闭门造车、钻牛角尖。盖因在跨国资本的全球化进程中，没有哪个民族能独善其身，况乎个人？但创造性地守护优秀民族文化本身便是对资本逻辑和技术理性的抗衡。

简言之，跨国资本主义是人类社会发展的必然一环，即资本在完成地区垄断和国家垄断之后实现的国际垄断。它的出现不可避免。用甘地的话说，“世界足够养活全人类，却无法满足少数人的贪婪”。马克思正是在此基础上预言了“全世界无产者联合起来”：不分国别、不论民族，向着剥夺的剥夺，进而实现人类大同——社会主义。但前提是疯狂的资本逻辑和技术理性让世界有那么一天；前提是我们必须否认“存在即合理”的命题，并且像马克思那样批判资本主义。这确乎是明知不可为而为之，但若不为，则意味着任由跨国资本毁灭家园、毁灭世界。

我们的当务之急是向马克思学习，在认清资本丑恶本质的基础上批判跨国资本主义，从而对诸如波拉尼奥、村上春树、赛阿达维、阿特伍德等东西方“国际写家”以及我们的某些“80后”“90后”作家，甚至知名作家的去传统化倾向保持足够的警觉。由此推延，一切淡化意识形态或去政治化倾向（尽管本身也是一种意识形态和政治）同庸俗社会学一样有害。在此，苏联解体之前的文学形态为我们提供了不可多得的前车之鉴，而苏联（特别是流亡）作家接二连三的诺贝尔奖同样意味深长。但是，更加意味深长的是苏联解体之后俄罗斯所遭受的各种政治挤压。这与政治体制和意识形态关系甚微。盖因利益才是当今世界碰撞和各种纠纷乃至战争的深层机理和最大动力，而不是所谓的“文明冲突”。

总之，利益决定关系。而全球资本的主要支配者所追求的利润、所奉行的逻辑、所遵从的价值和去民族化意识形态，显然与各民族的传统文化不可调和地构成了一对矛盾。如何从我出发，知己知彼，因势利导，为我所用，取利去弊，有持有舍，进退中度，创造性地守护和发扬全人类的美好传统，使中华民族在物质和精神上获得双重提升和超拔，无疑是中国作家、中国学者和全体中华知识分子面临的紧迫课题。它不仅对于中华民族的伟大复兴至为重要，对于守护世界文明生态、抵抗资本的非理性发散与膨胀同样意义重大。

作为本篇结语，我想说：若非从纯粹的地理学概念看问题，这世界确实不常是所有国家与民族之和。在很大程度上，现在的所谓世界文化实际上也只是欧美文化，尤其是美国文化。我们不妨拿《红楼梦》为例。19、20世纪姑且不论，除凤毛麟角的汉学家外，试问有多少西方作家或学者，哪怕广义的西方作家和学者通读过《红楼梦》、喜欢过《红楼梦》。这且不论，问题是我们的孩子竟然也将其束之高阁（位列“死活读不下去”榜单之首）。话已至此，我们还能不加思考地说“民族的就是世界的”吗？

经典背反及其他

文学一路走来，明显呈现出由高向低、由强至弱、由大到小、由宽变窄、由外而内的倾向。当然，这些并不能涵盖文学的复杂性和丰富性。事实上，认知与价值的背反或迎合、持守或规避，以及继承与扬弃、复古与鼎新所在皆是。这也是由人及其时代社会的复杂性、丰富性所决定的。但是，从某种意义上说，高高耸立于世界文坛之巅的中外经典大都具有某种背反精神。

进入正题之前，必要的释义似乎不可或缺。首先是下现实主义。既谓之下，便必有其上、其中者；先不说其上、其中，先说现实主义。现实主义自 19 世纪 50 年代由法国人尚弗勒里提出，迄今不过一百多年的时间。但它所针对的写实传统却源远流长，由来已久。于是，上可推向人文主义（是谓人文主义现实主义），乃至古希腊摹仿说；下则直抵社会主义现实主义或革命现实主义、超现实主义、新现实主义、魔幻现实主义，等等。事实上，现实主义是文学的基本因子，世界文学无不始于写实（即使虚构的神话也往往是受本真自然启发的“幻由心生”）。而所谓下现实主义，简而言之，是指现实主义如何自上而下走到了今天，以至于物主义和下半身写作甚嚣尘上、乐此不疲。

自上而下、由外而内、由强到弱、由宽到窄、由大到小的历史轨迹无疑是世界文学演变的规律之一。所谓自上而下，是指文学的形而上形态逐渐被形而下倾向所取代。倘以古代文学和当代写作所构成的鲜明反差为基点，神话自不必说，东西方史诗也无不传达出天人合一或神人共存的特点，其显著倾向便是先民对神、天、道的想象和尊崇。然而，随着人类自身的发达，尤其是在人本取代神本之后，人性的解放以几乎不可逆转的速率使文学完成了自上而下、由高向低的垂直降落。如今，世界文学普遍显示出形而下特征，以至于物主义和身体写作愈演愈烈。以法国新小说为代表的纯物主义和以当今中国为代表的下半身指涉无疑是这方面的显证。前者有罗伯·葛里耶的作品。葛里耶过说，“我们必须努力构造一个更坚实、更直观的世界，而不是那个‘意义’（心理学的、社会的和功能的）世界。首先让物体和姿态按它们的在场确定自己，让这个在场继续战胜任何试图以一个指意系统——指涉情感的、社会学的、弗洛伊德的或形而上学的意义——把它关闭在其中的解释理论。”[①] 与此相对应，近二三十年中国小说的“下半身指向”一发而不可收。不仅卫慧、棉棉们如此，就连一些曾经的先锋作家也纷纷转向下半身，是谓下现实主义。这在 20 世纪五六十年代的西方“嬉皮士文学”“新小说”或拉美“波段小说”中便颇见其端倪了。

由外而内是指文学的叙述范式如何从外部转向内心。关于这一点，现代主义时期的各种讨论已经说得很多。众所周知，外部描写几乎是古典文学的一个共性。亚里士多德在诗学中明确指出，动作（行为）作为情节的主要载体，是情节的核心所在。亚里士多德说，“从某个角度来看，索福克勒斯是与荷马同类的摹仿艺术家，因为他们都摹仿高贵者；而从另一个角度来看，他又和阿里斯托芬相似，因为二者都摹仿行动中的和正在做着某件事情的人们”。但同时他又对悲剧和喜剧的价值做出了评判，认为“喜剧摹仿低劣的人；这些人无不是作恶多端的歹徒——滑稽只是丑陋的一种表现”。这一定程度上道出了古希腊哲人对于文学崇高性的理解和界定。此外，在亚里士多德看来，“作为一个整体，悲剧必须包括如下六个决定其性质的成分，即情节、性格、语言、思想、戏景和唱段”，而“事件组合是成分中最重要的，因为悲剧摹仿的不是人，而是行动和生活”。[②] 马克思在论述古希腊神话时充分注意到了经典源自生活，却又高于生活。如今这业已成为老生常谈，但也是朴素的真理。在这方面，神话和史诗为我们提供了永不凋零的武库和范例。恩格斯关于批判现实主义的论述，也

① ［法］罗伯·葛里耶：《小说的未来》，转引自拉曼·塞尔登《文学批评理论》，刘象愚、陈永国等译，北京大学出版社 2003 年版，第 68 页。

② ［古希腊］亚里士多德：《诗学》，陈中梅译，商务印书馆 1996 年版，第 42、58、64 页。

是以典型环境为基础的。但是，随着文学的内倾，外部描写逐渐被内心独白所取代，而意识流的盛行可谓世界文学由外而内的一个明证。

由强到弱则是文学人物由崇高到渺小，即从神至巨人至英雄豪杰到凡人乃至宵小的“弱化”或“矮化”过程。神话对于诸神和创世的想象见证了初民对宇宙万物的敬畏。古希腊悲剧也主要是对英雄传说时代的怀想。文艺复兴运动以降，虽然个人主义开始抬头，但文学并没有立刻放弃载道传统。只是到了 20 世纪，尤其是在现代主义和后现代主义时期，个人主义和主观主义才开始大行其道。眼下的跨国资本主义又分明加剧了这一趋势。于是，绝对的相对性取代了相对的绝对性，宏大叙事变成了自话自说，尽管现代主义的某些反传统和“反艺术”蕴含着对抗资本主义的初衷，一如后现代主义的相对性和去中心很大程度上是消极对抗的形而上学思辨。

由宽到窄是指文学人物的活动半径如何由相对宏阔的世界走向相对狭隘的空间。如果说古代神话是以宇宙为对象的，那么如今的文学对象可以说基本上是指向个人的。昆德拉在《受到诋毁的塞万提斯遗产》中就曾指出，“堂吉诃德启程前往一个在他面前敞开着的世界……最早的欧洲小说讲的都是一些穿越世界的旅行，而这个世界似乎是无限的”。但是，“在巴尔扎克那里，遥远的视野消失了……再往下，对爱玛·包法利来说，视野更加狭窄……”而“面对着法庭的 K，面对着城堡的 K，又能做什么？”①但是，或许正因为如此，卡夫卡借床上的 G 想到了奥维德的《变形记》。

由大到小，也即由大我到小我的过程。无论是古希腊时期的情感教育还是我国古代的文以载道说，都使文学肩负起了某种世界的、民族的、集体的道义。荷马史诗和印度史诗则从不同的角度宣达了东西方先民外化的大我。但是，随着人本主义的确立与演化，世界文学逐渐放弃了大我，转而致力于表现小我，致使小我主义愈演愈烈，尤以当今文学为甚。固然，艺贵有我，文学也每每从小我出发，但指向和抱负、方法和视野却大相径庭，而文学经典之所以比史学更真实、比哲学更深广，恰恰在于其以己度人、以小见大的向度与方式。

① ［捷克］米兰·昆德拉：《小说的艺术》，董强译，上海译文出版社 2004 年版，第 9—11 页。

上述五种倾向在文艺复兴运动和之后的自由主义思潮中呈现出加速发展态势。众所周知，自由主义思潮自发轫以来，便一直扮演着为资本主义快车润滑剂的角色，其对近现代文学思想演进的推动作用同样不可小觑。人文主义甫一降世，自由主义便饰以人本精神，并以摧枯拉朽之势扫荡了西方的封建残余。它同时为资本主义保驾护航，并终使个人主义和拜物教所向披靡，技术主义和文化工业蒸蒸日上。而文艺复兴运动作为人文主义或人本主义的载体，无疑也是自由主义的温床。前面说过，14 世纪初但丁在文艺复兴运动的晨光熹微中窥见了人性（人本）三兽：肉欲、傲慢和贪婪。未几，伊塔大司铎在《真爱之书》中把金钱描绘得惊心动魄，薄伽丘则以罕见的打着旗帜反旗帜的狡黠创作了“一本正经”的《十日谈》。15 世纪初，喜剧在南欧遍地开花，幽默讽刺和玩世不恭的调笑、恶搞充斥文坛。16 世纪初，西、葡殖民者带着天花占领大半个美洲，伊拉斯谟则复以邪恶的快意在《疯狂颂》中大谈真正的创造者是人类下半身的“那样东西”，唯有“那样东西”。17 世纪初，莎士比亚仍在其苦心经营的剧场中左右开弓，而塞万提斯却通过堂吉诃德使人目睹了日下世风和遍地哀鸿。18 世纪，自由主义在启蒙的旗帜下扯下面具，并进一步为资本主义鸣锣开道，从而加速了资本主义在经济基础和上层建筑的双向拓展……一不留神几百年弹指一挥间。如今，不论你愿意与否，世界被跨国资本拽上了腾飞的列车。

且说如上五种倾向相辅相成，或可构成对世界文学的一种大处着眼的扫描方式，其虽不能涵盖文学的复杂性，却多少可以说明当下文学的由来。如是，文学从摹仿到独白、从反映到窥隐、从典型到畸形、从审美到审丑、从载道到自慰、从崇高到渺小、从庄严到调笑、从高雅到恶俗……观念取代了情节，小丑颠覆了英雄；“阿基琉斯的愤怒”退化为麦田里的脏话；“路漫漫其修远兮，吾将上下而求索”变成了“我做的馅饼是世界上最好吃的”；诸如此类，不一而足。

至于经典，苏联高尔基世界文学研究所曾有过三分法界定：（1）普世的、永恒的；（2）民族的、地缘的；（3）历史的、时代的。这样的界定虽然不乏等级指涉，却并非完全没有道理；而目前西方比较流行的界定方法是两种截然不同，乃至针锋相对的理论。一种认为经典是历史的、变化的，不同时代、不同民族和阶级有不同的评判、界定方式。另一种却认为经典取决于经典本身的经典性，而这些关涉认知、价值和审美的经典性是亘古不变的。在我看来，经典性和经典确实是两个不同的概念。前者不仅能够适应时代的变迁，而且可以为不同的时代和取向提供取之不尽的精神财富和文化源泉，因此它首先必得是一种精神。我将这种精神概括为背反，即对时流、对大众价值的背反精神。从历史的角度看，高高耸立在世界文学史上的标识性作品大都具有这种背反精神，比如荷马史诗和古希腊悲剧，又比如《哈姆雷特》和《堂吉诃德》《人生如梦》和《浮士德》《三国演义》和《红楼梦》《人间喜剧》和《战争与和平》《变形记》和《百年孤独》，等等。

至于说经典是变化的，其最好的例证莫过于近三十年中国文坛的取舍褒贬，其历史性、时代性特征不言而喻。鲁郭茅、巴老曹或张爱玲、徐志摩、周作人的彼落此起或许还不足以证明这一点，那么林林总总的“下半身写作”的风行、走俏当可说明一二。同时，沧海桑田，生活常新，但人心很古。这本身就是一对矛盾，也是文学其所以复杂的重要原因。简单概括地说，古希腊城邦制时期，人们的生活已经相对安逸（否则就不会有大剧场和奥林匹克运动之类），但少数伟大的作家却不断以崇高说、敬畏说（甚至恐惧说）追怀远去的“英雄传说时代”。中世纪基督教文化又为崇高注入了信仰，而近代王国的建立进一步擢升了荣誉、勇敢、忠诚等一系列美德，文艺复兴运动又将人道主义奉为核心价值（这是人本取代神本的必然结果），现代则有自由、平等、博爱等。可见西方文学（及文化）的核心价值是变化的。这势必导致大部分时代的经典成为后继时代的非经典，甚至被岁月的烟尘完全埋没。与这些时代经典不同，畅销作家往往按一定成规套路出牌。比如丹·布朗，其作品大致可以归纳为秘密加谋杀加惊悚加悬念加神秘社团及其符号，还有美女主角或搭档、神秘莫测的对手和险象环生的情景、分镜头式的描写和层层递进的情节，等等。凡此种种不是很令人迁思某些好莱坞电影吗？换言之，一如金庸的小说之于我国古代演义与武侠小说，从形式上讲，丹·布朗并没有超越中世纪基督教玄幻文学、骑士传说及哥特式小说和侦探推理小说等类型文学的传统，或者可以说是它们的一种集合；从内容上看，他的那些大善大恶的人物和大开大合的故事所承载的也无非是西方或美国的那些所谓的“永恒”价值，即犹太—基督教文化的某些核心观念，其间关涉的其他东西方现代文化元素（除却这部分内容，他的作品犹如《哈利·波特》和《魔戒》，完全可以置身于中世纪传奇、骑士小说或哥特式小说）则恰似“全球化”背景下NBA 招揽世界球员。

同样，大多数现实主义作品在或模仿或反映的过程中往往有意无意地追随了时流。譬如在相当长的一个时期，我国文学受到相对狭隘的写实主义的束缚，因而在模仿或反映和与之相对应的规避或虚构之间缺乏应有的缓冲地带。非黑即白、非此即彼的排中律和狭义的形而上学在这里起着主导作用。殊不知伟大的经典，乃至伟大的现实主义作品往往不拘泥于狭隘的现实，而是基于现实，又超乎现实。

再则，按照高尔基世界文学研究所的观点，倘使 21 世纪果真是中国的世纪，那么《三国演义》和《红楼梦》就应该进入普世行列。但据我所知，迄今为止西方读者，乃至西方作家，仍少有通读这些中国经典的。此话的重要指涉在于狭义文化始终是以经济、政治乃至军事力量为支撑的。两河流域、埃及、印度和中国文化不是没有影响过西方。后来才时运倒转，有了西强东弱的局面。而 19 世纪的英、法文学走遍天下，靠的主要是英、法两国的国际地位和文化影响力。一如现今的美国文学，其所以受到一般读者的格外关注，那也是由美国的国际地位及其文化影响力所决定的。当我们熟识伦敦或巴黎的大街小巷犹如自家的城池，说到纽约或美国人的“好处”如数家珍，文学翻译便不再是什么问题。翻译难就难在观念、情感等鲜活因素的移植。打个比方，不了解禅的来龙去脉，说参禅几乎就等于什么也没有说；或者林黛玉的那些“哼哼唧唧”，甭说是对外国读者，即便对于当下中国青少年都不是很容易理解的。这就像经历过挨打和挨饿时代的人们不知叛逆为何物，现如孩子们自然也体会不到挨打挨饿的滋味。

从这个意义上说，中国作家走向世界、中国文学经典获得“普世价值”的首要因素恐怕必得是国力的进一步强盛。到那时，偏见和猎奇固然不会绝迹，但大多数读者将以更为平常的心态对待中国文学，甚至于喜欢中国文学。说到这里，也许有人会问：那么拉美文学是如何走向世界的呢？除了拉美“文学爆炸”时期的那一干作家本身的努力之外，有一个非常重要的客观原因或可道破“天机”，那便是“冷战”。由于其特定的战略地位及文化构成（既有古巴这样的社会主义国家，同时又是西方文明的延伸），拉丁美洲一直是两大阵营对峙的一个缓冲地带。这无疑对马尔克斯们得以左右逢源并迅速走向世界产生了至关重要的影响。

一

且说当下中国文学正呈现出无比繁杂的景象，这是一种自然现象。首先它十分契合“全球化”浪潮。而“全球化”浪潮绝对不仅仅是经济一体化。这是马克思基于历史唯物主义及人类社会发展规律的重要预见之一。概括地说，“全球化”乃是资本在完成了地区和国家垄断之后，走向世界并将世界染成其色彩的必然结果。于是，大众文学乃至一般狭义文化的消费属性和资本色彩愈来愈明显。从这个意义上说，目下中国文学的多元纷杂、众生狂欢，以致文学市场的混乱无序乃是情理中事。而所谓“多元化”实则是跨国资本主义的一元化。众声喧哗和多元并存其实只不过是其假象或表象而已。跨国资本也只有在众说纷纭、莫衷一是的氛围中才如鱼得水。总之，国家意识形态被淡化了，民族主义被消解了，传统的真理观、价值观被模糊了，跨国资本就横扫世界、东西方不败了。说穿了，所谓“文明冲突”，归根结底是利益冲突。其次，从封闭到开放、从政治挂帅到金钱至上具有某种必然性。物极必反，矫枉过正，是谓钟摆效应。但也正因为如此，我们完全有理由相信“回摆”的可能性。只不过人不能两次踏进同一河流，历史永远不可能完全重复，也不应该完全重复。有守有进、进退中绳，也是衡量一个民族是否成熟的重要标志。总之，为使中国文学真正步入繁荣昌盛（而非泡沫式增长）、攀登高峰、成为世界文学的重要一环，创作界、媒体，乃至整个读书界都有不可推卸的责任，批评界更是义不容辞。老实说，倘使我们有意无意地模糊视听、消解界限、自我放逐，最大受益者肯定不是我们的文学、我们的读者，也不是我们的民族、我们的未来，而是跨国资本。

然而，近三十年，尤其是进入 21 世纪以来，中国文学所展示的前所未有的繁杂却是事实。就小说而言，首先是体裁和题材的空前扩张。传统写作如主旋律文学及多少与之相关的乡土文学、历史叙事等继续繁荣，多少与之对立的戏说、大话和恶搞则同样占有一席之地。其次是五花八门的年代和类型正以令人眼花缭乱的姿态发散、弥漫。按作者出生时序说，有 1949 年之前出生的前辈和“50 后”“60 后”“70 后”“80 后”，乃至“90 后”。虽然年代之分并不科学，更不容绝对化，但不同年代出生的作家多少都带有不同的时代特点。比如“70 后”被认为是相对“幸福”的一代，不仅从小与国家的改革开放同步，而且又多少和“旧体制”沾一点边，至少就业的压力还没有那么大。因此他们是跟着时代慢慢摸索的一代，虽然见证了不少禁忌的突破，实践了题材和文体的演变、小我和大我的 PK，但其中不乏迷惘和“摸着石头过河”。李师江、冯唐、丁天、卫彗等就体现了这样一个过程。“80 后”赶上了“全球化”时代，他们的笔下已少有禁区可言，自我表演成为主导。韩寒、郭敬明、张悦然、崔曼莉等以率性的文风和极富个性（乃至个人主义）的表演夺人眼球。“90 后”是网络文化催生的一代，他们以不乏稚气的自由涂鸦，欲使“70 后”“80 后”速朽。张悉妮、夏青、吴子尤、李军洋等一干初生牛犊正这样似小说非小说、似日记非日记地操练作文、探问人生。因此，总体上说，“70 后”“80 后”和“90 后”作家的向下、向内、向小、向窄倾向是毋庸置疑的；尽管较之“70 前”作家，当下青年作家的公共知识同比会广泛得多，这主要归功于改革开放及由互联网等构成的当代信息媒介，而人生历练的深度就不尽然了。

按类型说，近年来颇得青少年读者青睐的新武侠、新玄幻、新奇幻、新志怪、新言情、新历史、新校园、新职场、新恐怖、新青春、新推理、新间谍小说等新新类型层出不穷，各年龄段的写手遍及全国。它们的共同特点是信马由缰，既不拘泥于传统或现存文学原理，也不拘牵于历史或眼前的客观真实；但这并不表示它们不是按类型的某些既定规则出牌的，只不过（套用格雷马斯的话说）发送者和接受者、主语和宾语及其顺者和逆者是新的，如此而已，故谓之新。

按体裁说，除传统意义上的“三大件”即诗歌、小说和戏剧而外，新三大件即电影、电视剧和网络写作方兴未艾。尤其是网络写作，它随着互联网的普及应运而生且大有弥盖之势。面对每年上千部长篇小说、逾万部各色文集和相应数量（甚或更多部集）影视和百万计网络作品，可以说没有人能一览无余地指点江山。本人当然也只能大而化之。

但“70后”“80后”乃至“90后”的喧哗与骚动并不能淹没“70前”作家的顽强存在及其无与伦比的生命力。事实上，无论市场如何追捧新锐，“70前”作家仍处在俯视状态。以王蒙为代表的一代宿儒到50代、60代作家，中国的传统文学或严肃文学依然在艰难探索、蹒跚前行，甚至不断超越自己、追求原创。用阎连科的话说是西绪福斯式搬石头上山。然而原创性始终是经典、是严肃文学的不二法门。以我有限的涉猎，即可列举一长串当代中国作家的名字，他们或许在某一阶段摹仿过（这很自然），但其原创意识也是显而易见的。譬如贾平凹，尽管其《废都》（除却其中的那些多少带有文化象征意义的空格，几乎是指向下半身的一片废墟）呼应了当时某些女性作家开启的中国式身体写作或“私小说”，但以《秦腔》为代表的“乡土作品”却充满了针对现代城市文明的深长慨叹。又譬如莫言，他成名虽早，却一直没有停止追寻，其反讽和批判性想象在当代中国作家中不可谓不突出。还有王蒙，他的机智和现实洞察力也是有目共睹的。此外，我们可以不赞同陈忠实、王安忆、徐小斌、陈村、王朔、张炜、李锐、格非、刘震云、余华、苏童、铁凝、阿来、方方、毕飞宇等作家的某些作品或某种写作方式，但不能不承认他们总体上拓展了中国当代文学的维度。

需要说明的是，不排除老作家、名作家（包括上述作家中的张三李四）受市场，乃至某些“70后”“80后”“90后”写作的影响，从而不同程度地放弃高度，在某一作品或某一时期告别经典，并自甘“堕落”，即弃道取器。

简单地说，上述繁杂既可理解为繁荣，也可理解为混乱。繁荣（好得很）论者看到的大抵是背后的自由，是思想解放，是创作空间的空前拓展；而混乱（糟得很）论者所担心的，恐怕是每年数千部长篇小说、逾万种各色文集和上百万部网络作品所制造的浮躁和浮肿。这是就两个极端而言，并不意味着可以排中。本人既不乐观，也不悲观。首先，经典永远是凤毛麟角，而大多数只不过是作为基数的存在。其次，每一个相对短暂的时代并不能保证一定能出经典、大师。这是古今世界文学的一般规律。再次，对近三十年中国文学的总结、批评和考量，尤其是深入研究、系统梳理才刚刚开始，甚至尚未开始。我们需要适当的参照系，也需要时间和距离。且不说时间和距离，因为我们正身在其中。先说参照系，我们至少应该从纵横两个维度即历史维度和世界维度来评判当代中国文学。一旦将当代中国文学置于这纵横两个维度，我们就会发现，它既非最糟，亦非最好。这不是和稀泥，而是基于真实认知的一种简单说法。也就是说，中国当代文学基本追随了世界文学的大走向、大趋势。

当然，世界文学的情况非常复杂。客观上，这是因为文学的载体和市场发生了深刻的变化。文学的主要接受者——传统意义上的“文学青年”大都已经分化消散、移情别恋。影视、网络等新媒体介质取代了纸质文学这个传统意义上的主要艺术载体，文学不再是时代认知和审美的主要对象。这客观上对文学造成了极大的冲击。于是文学“终结论”和“边缘化”之类的慨叹不绝于耳。当然，文学的实际存在多少宣告了“终结论”的终结，况且文学无处不在，影视剧本、网络写作本身也是文学，但纸质文学的相对“边缘化”却是不争的事实。

拿西方而言，尤其是比照历史传统，其当今文坛的情况同样令人堪忧。虽然始终不乏经典的背反，但总体上西方文坛也是由高走低的倾向占了上风。

由此可见，当下中国文坛大致上（而非全部）的下现实主义和唯我倾向并非无源之水、无本之木。况且如上倾向又恰好于20世纪末化合成形形色色的后现代思潮。而后现代思潮的出现客观上又正好顺应了跨国资本主义的发散。但奇怪的是过程中始终不乏奇崛的背反及由此化生的特殊丰碑。它们在逆时流而动的价值取向上留下了宝贵的遗产。当然，不能说经典作家就不考虑市场。莎士比亚是个很有市场意识的作家，巴尔扎克也经常为多赚一些稿酬而废寝忘食。关键在度。笼统地说，完全无视市场是不可能的。想当初加西亚·马尔克斯光着脚丫子蜗居在墨西哥几平方米的陋室里创作《百年孤独》，是何等急切地希望畅销啊！因此，作品甫一出版，就有家庭妇女用菜篮子装着《百年孤独》，这立刻使作者激动得流下了热泪。[1] 去世不久的桑塔格也一直表示，没有作家不想畅销。但渴望作品畅销与成为畅销书作家不能一概而论。

二

话说世界文学款款而来，童年的神话、少年的史诗、青年的戏剧、中年的小说、老年的传记，并恰好于20世纪末化合成形形色色的后现代形态。而后现代文学的出现客观上又正好顺应了跨国资本主义时代极端个人主义的推演与发散。于是，小我取代了大我，观念取代了情节。但加西亚·马尔克斯不苟且，他的《百年孤独》居然逆历史潮流而动，演绎了一部可歌可泣的经典神话：从创始到末日、从神谕到逃遁到神谕灵验。无论他这是有意背反，还是无意间让文学来了个大逆转、大回环，马孔多和布恩蒂亚家族的命运无不令人迁思《圣经》之类的古老神话和英雄传说时代的神奇故事。因此，它是一部完整的神话，从马孔多的创立和布恩蒂亚家族的繁衍到洪水和世界末日的降临。在此过程中，神和人相生相克、生灵和鬼魅相濡以沫。它又是一部典型的英雄传说，一如古希腊悲剧《奥狄浦斯王》所昭示的那样，神谕—逃避命运—预言灵验正是布恩蒂亚家族乃至拉丁美洲的一个完满的故事。这一方面应了原型批评派的猜想，另一方面却是世界文学经典之旅的一座高耸的里程碑。这且稍后再说。

诸如此类的背反并非加西亚·马尔克斯的专利。《红楼梦》和《三国演义》不待说（其所表现的反道统、反时流倾向和无为意境显而易见）；早在三千年前，盲人荷马就以缤纷的色彩创造了文学世界的第一个大回环。尽管都说荷马像初民那样把历史变成了神话，但19世纪德国学者施里曼和英国考古学家伊文斯却用确凿无疑的证据"还原"了历史。公元前13—前12世纪，也即克里特—迈锡尼文明时期，地处地中海欧亚海陆交通要塞的特洛伊繁荣昌盛，古希腊人正是觊觎其财富和劳动力才悍然发动了战争。此后，这次远征一直为古希腊人所传诵，并逐渐演化为气势恢

[1] 据保守估计，截至2007年，《百年孤独》在全球的总销量（不包括各色各样的翻印和盗版）已超五千万册，且这个数目仍在与日俱增。

宏、充满神话色彩的荷马史诗。当然，不仅是荷马史诗，但凡史诗，便大都具有这样的性质。这其中分明蕴含着先民对世界本原及伟大祖先的玄想与膜拜。这种玄想与膜拜被人类文明逐渐扬弃，其中大部分随着岁月的流逝慢慢淡出我们的生活，只有极小部分通过文学、宗教等现代文明得以传承。

然而，古希腊悲剧作家，尤其是作为其最高典范的索福克勒斯，身在古希腊城邦制社会极盛时期却并不满足于表现时代气息，而是发古之幽情，并一味地追怀远逝的“英雄传说时代”，借以自我解嘲。如是，索福克勒斯虽则作为温和的民主派人士参与了反对寡头派的斗争，却将其艺术视角转向了神人共存的遥远过去，并以此揭示人的意志在强大的命运或神的意志面前竟是如此无奈、如此脆弱、如此不堪一击。这或许反映了雅典自由民对社会现实的悲观情绪，但又何尝不是文学家厚古薄今的主观怀想。就像那位无名祭司所言，俄狄浦斯“是受到神的援助，感悟出（司芬克斯——引者注）谜底，/解救了我们，使国家脱离苦难”。但无论如何，人类始终还是“神”的一粒微不足道的棋子。即使你暂时可以有所作为，最终也还是在一步步完成“神”的预期。正如歌队长所吟唱的那样，“……请看，这就是奥狄浦斯，/他猜出了那著名的谜语，成为最伟大的人物，/哪个公民不曾用羡慕的眼光注视过他的好运？/瞧，他现在掉进了可怕灾难的汹涌浪里了。/因此，一个凡人在尚未跨过生命的界限最后摆脱痛苦之前，/我们还是等着看他这一天，/别忙着说他是幸福的。”①

如果说古希腊悲剧一定程度上是人类摆脱蒙昧之后的一种自我解嘲，那么但丁的《神曲》多少是面对人性丑恶（及更大程度的膨胀或释放）发出的一声长叹。从某种意义上说，在人本取代神本之前，但丁便已洞悉：“这部作品的意义不是单纯的，毋宁说，它有许多意义。第一种意义是单从字面上来的，第二种意义是从文字所指的事物来的；前一种叫作字面的意义，后一种叫作寓言的，精神哲学的或秘奥的意义”。从字面上说，《神曲》顾名思义，是写灵魂的。而从寓言来看，其“主题就是人凭自由意志

① 《索福克勒斯悲剧》，《古希腊悲剧喜剧全集》第 2 卷，张竹明、王焕生译，译林出版社 2007 年版，第 7、110 页。

去行善行恶，理应受到公道的奖惩”。[①] 但丁还明确表示，他写《神曲》是“为了影响人的实际行动”，“为了对邪恶的世界有所裨益”，即“把生活在现世的人们从悲惨的境地中解救出来，引导他们达到幸福的境界”。[②] 而这个境界显然主要是神学意义上的。如是，过去关于但丁人文主义思想的诸多评说，多少是现代文人的一厢情愿。正如恩格斯所说，他毕竟也是中世纪的最后一位诗人。而作为信仰和神学的象征，贝娅特丽齐当是中世纪真善美的典范。与之相对应，那幽暗森林中挡住但丁这迷途羔羊的三只野兽（豹、狮、狼）何尝不是对人类罪恶和人性弱点的隐喻？再说但丁创作《神曲》的时代，正是拉丁俗语逐渐登上历史舞台，世俗文化迅猛发展之际。但世俗文化正是市民瓦解道统的杀手锏。调笑以空前的形式蔓延开来，经萨凯蒂、博亚尔多和阿里奥斯托等汇入喜剧大潮。也许正因为如此，但丁才率先发出了那一声保守的长叹。

同样，都说塞万提斯的《堂吉诃德》是反骑士道的（塞万提斯自己也是这么说的），但实际效果却不然。作品在浪漫派及之后的接受中产生了背反，即它被大多数浪漫主义者和资产阶级革命家当成了理想主义的经典。这就使得被嘲讽的堂吉诃德逐渐高大起来。屠格涅夫在比较堂吉诃德和哈姆雷特时说过，堂吉诃德“首先是表现了信仰，对某中永恒的不可动摇的事物的信仰，对真理的信仰。简言之，对超乎个别人物的真理的信仰，这真理不能轻易获得，它要求虔诚的皈依和牺牲，但经由永恒的皈依和牺牲的力量是能够获得的。堂吉诃德全身心浸透着对理想的忠诚，为了理想他准备承受种种艰难困苦，准备牺牲自己的生命……他完全把自己置之度外（如果可以这样说的话），他活着是为了别人，为了自己的弟兄，为了除恶毒，为了反抗敌视人类的势力——巫师、巨人——即是反抗压迫者。在他身上没有自私自利的痕迹，他不关心自己，他整个儿都充满了自我牺牲精神——请珍重这个词吧！他有信仰，强烈地信仰着而毫无反悔。因此他是大无畏的、能忍耐的，满足于自己贫乏的食物和简单的衣服：这些他是不在意的。他有一颗温顺的心，他的精神伟大而勇敢；他不怀疑自

① 转引自朱光潜《西方美学史》，人民文学出版社 1979 年版，第 134—135 页。
② 转引自田德望《〈神曲〉译文序》，人民文学出版社 2002 年版，第 11 页。

己和自己的使命，甚至自己的体力；他的意志是不可动摇的意志……他的坚强的道德观念（请注意，这位疯狂的游侠骑士是世界上最道德的人）使他的种种见解和言论以及他整个人具有特殊的力量和威严，尽管他无休止地陷于滑稽可笑的、屈辱的境况之中……堂吉诃德是一位热情者，一位效忠思想的人，因而他闪耀着思想的光辉。哈姆雷特又是什么呢？……他是一个利己主义者”[①]。然而，塞万提斯生活的时代恰恰是利己主义、个人主义开始高涨的时代。人本主义带来的人性解放和市民文化在他的那个时代催熟了利己主义和拜金主义。于是，神本让位于人本，信仰让位于利益，集体主义让位于个人主义。正因为如此，塞万提斯对堂吉诃德的嘲讽是带泪的。用海涅的话说，他读《堂吉诃德》时就连大自然都在哭泣。而塞万提斯“自己就是位英雄，大半世光阴都消磨在骑士游侠的交锋里，身经勒班多之役，损失了左手博来点勋名，可是他暮年还常常引为乐事”。“他是罗马教会的忠诚儿子，不仅在好多骑士游侠的交锋里，他身体为它的圣旗流血，并且他给异教徒俘虏多年，整个灵魂受到殉道的苦难。”[②] 塞万提斯是否是罗马教廷的忠诚儿子有待探究，但有一点是值得肯定的，那便是《堂吉诃德》不仅没有将骑士小说一扫而光，反倒（至少因自己的成功）为它树立了丰碑，而且骑士道的那一套理想主义也因之而在以后的世纪中大放异彩。这一点又恰好与时代即资本主义的发展趋势相悖逆。哈罗德·布鲁姆在比较塞万提斯与莎士比亚时说过，“现代的唯我主义就是植根于莎士比亚（以及他之前的彼特拉克）作品中的”[③]。此外，他认为“但丁、塞万提斯和莫里哀依靠的是笔下人物的互动关系，这似乎比莎士比亚高度的唯我主义更不自然，也许他们确实没那么自然”；“莎士比亚笔下人物没有像堂吉诃德与桑丘那样的相互交流，因为他写的朋友和恋人们从不认真地听取别人的倾诉。试想安东尼死亡的场景，克莉奥佩特拉听到和窃听到的大多是自己的声音；或试想一下福斯塔夫和哈尔之间的戏耍，此时福斯

① ［俄］屠格涅夫：《哈姆雷特与堂吉诃德》，《莎士比亚评论汇编》（上），中国社会科学出版社，第485页。有关译名稍有改动。

② ［德］海涅：《精印本〈堂吉诃德〉引言》，钱锺书译，《海涅文集》批评卷，人民文学出版社2002年版，第413—433页。

③ ［美］布鲁姆：《西方正典》，江宁康译，译林出版社2005年版，第100页。

塔夫由于王子不断的攻击而被逼着要保护自己。有一些较轻微的例外出现在《皆大欢喜》中的罗瑟琳和西利娅等人身上，但并不常见。莎士比亚式的个性是无可比拟的，但其代价也是巨大的。塞万提斯的自我中心受到乌纳穆诺的夸赞，也总是被桑丘和堂吉诃德的自由关系所限定，他们相互给予游戏空间。塞万提斯和莎士比亚在创造个性上都是超群的，但是最杰出的莎士比亚式人物，如哈姆雷特、李尔、伊阿古、夏洛克、福斯塔夫、克莉奥佩特拉及普洛斯佩罗等人，最终都在内心孤独的氛围中悲壮地凋萎。堂吉诃德和桑丘却是互相解救的。他们的友谊是经典性的，并且部分地改变了往后的经典本质。"[①] 他同时还认为堂吉诃德"是一个道道地地的传统主义者"[②]。

更为重要的是，塞万提斯用喜剧的形式赋予了堂吉诃德的悲剧，也即用解构的方式重构了被骑士小说歪曲并无可奈何花落去的骑士道精神。

也许正是基于诸如此类的立场，拥抱时代精神、体现市民价值（或许还包括喜剧和悲剧兼容并包，甚至在悲剧中掺入笑料[③]）的莎士比亚受到了老托尔斯泰的批判。后者认为前者缺乏信仰。而所谓信仰，或许正是巴尔加斯·略萨厚古薄今的所谓"君子之道"。毫无疑问，信仰既可以指向过去，也完全可以非常现实或僭越现实的超前。但托尔斯泰和巴尔扎克们若非凭借其方法上的优势（恩格斯称之为现实主义的胜利），其厚古薄今的结果恐怕就不是与塞万提斯比肩，而是要成为堂吉诃德了。同理，卡夫卡等现代巨匠也为文学的背反提供了新的注解。这主要不在其表现主义形式，而在其更为本质的现实主义精神及其体现幻灭的彻底和反向追怀（古罗马神话）的极致。诸如此类，不一而足。然而，人心很古，而且在可以想见的未来亦然，因此无论背反还是持守，如上作家貌似厚古薄今，本质上却与希望相同，即多少蕴含着某种乌托邦式的理想主义精神。

此外，经典的界定一直是个悬而未决的问题，尤其是在解构风潮之后，何为经典几乎像何为文学一样众说纷纭，莫衷一是：随变的还是普世

---

① ［美］布鲁姆：《西方正典》，江宁康译，译林出版社 2005 年版，第 100 页。

② ［美］布鲁姆：《西方正典》，江宁康译，译林出版社 2005 年版，第 101 页。

③ ［英］基尔南：《咸湿莎士比亚》，参见小白《好色的哈姆雷特》，人民文学出版社 2009 年版，第 87—116 页。

的？民族的还是世界的？时代的还是恒久的？但无论如何，对于我们这样一个在世界话语平台上尚处弱势的民族，基本信仰是不容阙如的。集体主义、民族认同一旦丧失，任何振兴、复兴便无从谈起。因此，对下现实主义的背反不仅必要，而且紧迫。这也是由文学，尤其是文学经典的理想主义本质所决定的。

民族性与世界性

“人同此心，心同此理”；某些普世价值的存在并非完全不可能。一如母爱，或真、善、美和情、理、法（后者在西方的秩序似乎恰好相反，是谓法、理、情）等终究是大多数人可以接受的理念或理想，尽管现实常常比理念或理想更强大；何况它们本质上依然是历史的，譬如其他理念或理想如勇敢、无私、荣誉、忠诚等，在不同环境下必然具有不同的内涵外延；更何况人与人不同，民族与民族有别，同样的理念或理想呈现出不同的色泽、序列或等级也是不言而喻的。

曾有非洲朋友责问：缘何将 AFRICA 翻译成“非洲”，而将 AMERICA 美化为“美洲”或“美国”？我的勉强回答是我们自己所在的 ASIA 也被译作了“亚洲”呀。然而，对方苦笑着说：“亚洲毕竟是洲，而非洲却连洲的资格都没有了。”这其中有没有歧视和偏见我不得而知，但我知道，相对于美国和欧洲（“欧”在古代同“讴”，意曰歌唱；此外，我国古代的越人也有欧人之称），我们确实不那么关心非洲。至于拉丁美洲，则充其量被看作是美国或西方的延伸：一个遥远的存在。然而，且不说非洲是人类的摇篮，拉丁美洲对于我们的意义也几乎可以用战略和前车之鉴来加以概括，即从政治经济的角度看，她也始终是我们不可小觑的所在。即或从简单的中美关系看，单单门罗主义[①]就值得我们警醒。此外，在人文学

① 门罗主义（Monroe Doctrine）最初发表于 1823 年，表明美利坚合众国不再容忍欧洲列强殖民美洲，或涉足美国与墨西哥等美洲国家的主权事务。而对于欧洲各国之间的争端，或各国与其美洲殖民地之间的战事，美国保持中立。除此之外，若欧洲国家在美洲挑起新的战争，美国将视为具敌意之行为。此观点由时任总统詹姆斯·门罗发表于第七次对国会演说的国情咨文中。这是美国涉外事务的一个转折点。虽然美国并没有干涉法国于 19 世纪 30 年代针对墨西哥和阿根廷的军事行动，但显然已经开始视拉丁美洲为自己的后院。这在 19 世纪 40 年代美国吞并墨西哥大半领土的美墨战争中体现得淋漓尽致。至于后来作为美国对拉丁美洲和全世界外交政策的“胡萝卜加大棒”则更是众所周知的事实。

领域，一切偏见、疏虞和轻视都是不可原谅的，更不必说歧视。

基于类似的理解，20 世纪 70 年代初，国际和平奖获得者约瑟·德·卡斯特罗就曾大声疾呼：和平离第三世界很远！他说，在（当时）2.8 亿拉丁美洲人口当中，有近 5000 万处于失业或半失业状态，近 1 亿为文盲。半数人口生活在拥挤不堪、脏不可耐的贫民区。拉丁美洲的三大市场——墨西哥、巴西和阿根廷的消费能力之和还抵不上法国或联邦德国……按人口计算，拉丁美洲生产的粮食远远少于第二次世界大战之前；按不变价计算，自 1929 年经济危机以来，人均出口减少了 300%倍。然而，“在那些外国主子及其代理人——资产阶级看来，目前的制度非常合理。我们的资产阶级将灵魂卖给了魔鬼，其廉价程度则足以令浮士德感到羞耻”[①]。

10 年以后，加西亚·马尔克斯站在诺贝尔文学奖领奖台上，以更加有力的证据谴责世界的不公：当欧洲人正在为一只鸟或一棵树的命运如丧考妣之际，2000 万拉美儿童，未满两周岁就夭折了。这个数字比十年来欧洲出生的人口总数还要多。因遭迫害而失踪的人数约有 12 万，这等于乌默奥全城的居民一夜之间全部蒸发。无数被捕的孕妇，在阿根廷的监狱里分娩，但随后那些孩子便不知所终。实际上，他们有的自生自灭，有的被别人偷偷收养，有的被送进了孤儿院。为了改变这种局面，全大陆有 20 万男女英勇牺牲。十多万人死于中美洲三个小国：尼加拉瓜、萨尔瓦多和危地马拉，如果这个比例用之于美国，后果可以想见。同时，智利这个以好客闻名的国家，竟有十分之一人口亡命海外。乌拉圭素有美洲最文明国家之称，其流亡人口竟高达五分之一。1979 年以来，萨尔瓦多内战频仍，几乎每 20 分钟就有一人被迫逃难，如果把拉美所有的流亡者和难民加在一起，便可组成一个国家，其人口将远远超过任何一个北欧国家。[②]

20 年以后，拉丁美洲所谓的“中等收入陷阱”，其实何尝不是华尔街剪羊毛的结果？1990 年，在债务危机的重创下，拉丁美洲哀鸿遍野、饿殍

---

① Galeano：*Las venas abiertas de América Latina*，Barcelona：Editorial La Cueva，1978，p. 4.

② García Márquez：*La soledad de América Latina*，Discurso al recibir el Premio Nobel，Estocolmo，1982.

满地。[1] 这一定程度上与21世纪初的欧债危机不无相似之处。但拉丁美洲毕竟不是欧洲，其经济基础更为薄弱；列强，尤其是美国对它的态度也远不及其对欧洲诸国。

30年以后，拉丁美洲进入了“多元并存时代”。东边日出西边雨，几家欢喜几家忧。新世纪初，以巴西为代表的“左翼军团”[2] 开始了艰难的振兴之路，而以墨西哥为代表的“右翼军团”则愈来愈依附于美国。前者有着与其他新兴经济体相近的发展路径，但仍在为此前的新自由主义思潮付出高昂的代价；后者的处境则有目共睹。

纵然经济始终是上层建筑的基础，但本文无意于此。为契合主题，我只能就拉丁美洲的文化问题略陈管见。但是，文化包罗万象，这里必须收缩战线，仅就民族性与世界性问题，对拉丁美洲的艰难选择和我们面临的问题发表一己之见。

一　民族性与世界性、宇宙主义与土著主义

正所谓“知今则可知古，知古则可知后”（《吕氏春秋·长见》）；要读懂今天的拉丁美洲，必须了解拉丁美洲的历史文化。众所周知，拉丁美洲泛指美国以南除十余个英、美、法、荷殖民地岛屿而外的二十几个西方后殖民地国家，面积两千多万平方千米，总人口近十亿。这是一片富饶的土地，历史悠久，物产丰盛，素有世界牧场、粮仓、渔港和银矿等美称。但经西葡殖民者三个多世纪的统治和掠夺，古代文明惨遭蹂躏。19世纪独立革命以后，以混血人种为主体的拉丁美洲固然迎来了新生，但生产力不发达、内战频仍、专制肆虐，以及美国的频繁干涉使所有新生的共和国在风雨飘摇之中举步维艰，直至第一次世界大战。

战争使西方陷入困境，国际市场上肉类和谷物价格屡创新高。一些拉丁美洲文人甚至幸灾乐祸地认为“美洲文明的时代”已经来临。

① 1990年，拉丁美洲的外债达到四千四百多亿美元，并主要集中在墨西哥、巴西等少数几个国家（而同年我国的GDP总量为两千多亿美元），于是一些国家因无法偿还高达数百亿美元的本息而陷入危机。

② 这自然有时间决定的相对界定，当我选择将这篇文章编入此集时，情况已经发生了变化。

然而，何为美洲文明？在这个问题上，人们的看法不尽一致。

在理论上，墨西哥作家巴斯康塞洛斯的《宇宙种族》（1925）得到了相当一部分拉丁美洲文人的推崇。巴斯康塞洛斯声称："墨西哥及拉丁美洲种族的显著特点是她的多元性。这种多元性一方面决定了她的无比广阔的宇宙主义精神，她对荷马、柏拉图、维吉尔、莎士比亚或塞万提斯和歌德等从之若流、如数家珍；另一方面也造成了她的松散性与离心力……"①

巴斯康塞洛斯认为扬长避短的唯一途径是文化教育；于是，在出任公共教育部长时，他说服国会，得到了国家百分之十七的超高预算。他一方面大刀阔斧兴学办校，另一方面遍游拉美各国，邀请米斯特拉尔、阿斯图里亚斯、聂鲁达、博尔赫斯等共商大计，以期实现振兴"宇宙种族"的梦想。

他力图创造一种精神，一种基于多种族、多民族融合的"宇宙精神"：具有开阔的视野，宽广的胸怀和无与伦比的创造力。在奥夫雷贡执政时期，巴斯康塞洛斯更是如鱼得水。教育部的预算得到了增加，巴斯康塞洛斯着手实施中小学义务教育和大规模的成人扫盲运动。

巴斯康塞洛斯的教育计划包罗万象。在文学艺术方面，巴斯康塞洛斯主张作家、艺术家走出书斋、课堂与画室，到民众中去，为民众创造永恒的、具有宇宙主义精神的作品。在他的倡导下，壁画运动席卷全国，文艺社团及其刊物如雨后春笋般不断涌现。以壁画大师里韦拉、西盖罗斯、奥罗斯科等为代表的墨西哥文学艺术家联合会发表了严正声明："我们的艺术精神是最健康、最有希望的，它植根于我们极其广泛的民族传统……"②

显而易见，巴斯康塞洛斯的"宇宙种族"说包含着一种模糊的"大美洲主义"怀想。对巴斯康塞洛斯而言，墨西哥的民族性与世界性是可以画等号的。由于她的种族构成，她的文化混杂和政治环境（对一切先进思潮兼收并蓄、来者不拒），墨西哥（扩而言之也是整个拉丁美洲）是"名副其实的世界性国家"。所以，她的艺术表现最能得到世界的认同。巴斯康塞洛斯常常拿墨西哥壁画的成功以及它在全世界人民心灵中激起的震撼，

---

① Vasconcelos: *La raza cósmica*, Madrid: Agencia Mundial de Librería, 1925, pp. 2 - 3.

② Orosco: *Autobiografía*, México: Epoca, 1970, pp. 57 - 62.

引起的共鸣，来说明“宇宙种族”的巨大创作潜能。他认为激进的本土主义思潮不是真正的民族主义，认为某些土著主义作家对民族主义的理解有很大的片面性，认为因循守旧、抱残守缺、闭目塞听是懦弱的表现，认为一味地纠缠历史，沉湎过去，不敢正视未来，不愿向世界敞开胸襟是极其危险的。

反之，本土主义（又称地域主义或土著主义）者（尽管他们之间存在着差异）更关注社会现实，试图通过文学艺术暴露社会不公、改变社会面貌。他们，如雷布埃尔塔斯、蒙西瓦伊斯等，批评巴斯康塞洛斯的宇宙主义是掩盖阶级矛盾的神话。“宇宙种族”只是有关人口构成的一种说法，并不能真正解释墨西哥及拉丁美洲错综复杂的民族特性。雷布埃尔塔斯坚信民族性即阶级性，因而并非一成不变。当拉丁美洲尚处在种族斗争、人民革命的关键时刻，当千百万印第安人、黑人和其他有色人种处在水深火热之中，当广大劳动人民还在被压迫、被剥削的渊薮中挣扎（“没有自由，没有人格，没有一切”[①]），何谈“宇宙种族”？在他们看来，巴斯康塞洛斯的所谓宇宙精神，包含着很大的欺骗性，因为在拉丁美洲，占统治地位的一直是西方文化。在他们看来，真正的民族性乃是印第安人的血泪、黑人奴隶的呐喊和广大劳苦大众的汗水。在他们看来，印第安人的草鞋、黑人奴隶的裸背、工人农民的麻布斗篷远比“哗众取宠”的壁画和矫揉造作的形式主义更具民族性，因而也更能引起世界人民的关注与认同。这些看法颇使人联想中国文坛关于民族性、世界性的争论。前卫作家把“走向世界”“与世界接轨”的希望寄托在赶潮和借鉴上，而乡土作家却认为最土的也是最民族的，最民族的也是最世界的。乡土作家刘绍棠曾现身说法，讲述他20世纪80年代初在莫斯科红场的经历：第一次去红场时，他穿了一身西装，当然也就没有引起什么人的注意；第二次他偶然换了一套中山装，结果招来了很多人的围观。“寻根派”与中国电影“第五代”导演也许正是基于类似的认知与了悟，结果也颇受洋人的关注。当然，“寻根文学”“第五代电影”和乡土文学大相径庭，不能相提并论。二者在扬与弃、取与去等诸多方面有天渊之别。必须指出的是，别人的兴趣未必都是

① Revueltas："El nopal", *El Mexicano*, México, No. 3, 1938, p. 19.

认同，也许只是好奇；而别人好奇的也许恰恰是你的“洋相”，而非民族或民族文化的优秀体现。因此对别人的兴趣应当一分为二，并看多面。

终于，巴斯康塞洛斯的不乏乌托邦色彩的“宇宙种族”思想由于前卫艺术家们的支持而逐步演化成了美好的梦想。巴斯康塞洛斯从大处着眼，确有掩盖阶级矛盾、回避现实问题的倾向；而本土主义者恰恰抓住了这个薄弱环节，对他进行了“清算”。

虽然，20世纪三四十年代风行于拉丁美洲的宇宙主义思潮很大程度上便是受了他的影响；不过，当宇宙主义作为一种泛美思潮流行起来的时候，“美洲文明”的含义发生了变化。

民族主义（如土著主义[①]是其在文学领域表现）和越来越受先锋派惯性驱使的宇宙主义分道扬镳：前者着眼于美洲印第安文化，把印第安文化当作“美洲文明”的主要基石；后者鉴于美洲文化的多元性而力主放眼世界、来者不拒地实行“拿来主义”。

然而，土著主义是拉丁美洲文化“寻根运动”的重要组成部分，标志着独立革命后拉丁美洲人民的又一次觉醒。

众所周知，美洲曾经是印第安人的世界。印第安人用他们的勤劳和智慧创造了辉煌灿烂、令同时代欧洲人折服的古代美洲文明。然而，在西班牙、葡萄牙和英法殖民统治时期，这一古老文明横遭摧残，几乎被完全毁灭。即使是在独立革命以后，占统治地位的西方文化依然无视土著文化的存在。但是，第一次世界大战之后，尤其是由于第二次世界大战的爆发，西方文化开始受到怀疑。世界范围反对西方列强的民族解放运动汹涌澎湃。20世纪三四十年代席卷拉丁美洲的文化“寻根运动”便是新一轮民族独立运动在意识形态领域的一场革命。于是，在许多人眼里，夸乌特莫克、图帕克·阿马鲁等土著英雄成了拉丁美洲民族精神的象征，他们的事迹在强化“拉丁美洲民族意识”的爱国主义教育中产生了作用。不言而喻，使拉丁美洲从根本上区别于西方世界的印第安文化在现实斗争中具有

① 土著主义其实也是本土主义或地域主义的一个概念。由于在墨西哥基本上没有产生像《旋涡》（1924）、《堂娜芭芭拉》（1929）和《堂塞孔多松布拉》（1926）那样的经典“地域主义小说”，本章将不再对地域主义详加阐述。有关情况请见拙著《拉美当代小说流派》，社科文献出版社1995年版，第1章。

特殊意义。这也是当时产生土著主义运动的主要原因。在印第安人聚居的墨西哥、秘鲁和中美洲，一些旨在维护土著利益、弘扬土著文化的协会、中心应运而生。

1940 年，墨西哥民族民主运动的杰出领导人拉萨罗·卡德纳斯总统在实行石油国有化的同时，主持召开了第一届美洲土著主义大会，并创立了第一个国家级土著主义中心，以便协调和促进方兴未艾的土著主义运动。在文学方面，围绕着土著主义问题，出现了两个令人瞩目的现象：一是古印第安文学的发掘整理[①]，二是土著主义小说的兴起。

早在浪漫主义时期，固然就曾流行过“土著主义”，但那是一种关于印第安人的理想化表演，是针对欧洲现代文明悲剧而言的美化了的原始与落后。而 20 世纪三四十年代（个别地区甚至更早）的土著主义却是剥去了伪装的赤裸裸的真实。厄瓜多尔作家豪尔赫·伊卡萨的《瓦西蓬戈》（1934）、秘鲁作家西罗·阿莱格里亚的《金蛇》（1935）和《广漠的世界》（1941）以及墨西哥女作家罗莎里奥·卡斯特利亚诺斯的作品既是印第安村社的风俗画，也是揭发帝国主义和统治阶级暴行的控诉状。这些作品没有跌宕起伏的故事情节，也很少有性格描写——它们的人物是类型化和群体化的，是印第安种族以及与之相对立的外部世界，由于它们把种族和阶级的双重压迫暴露得过分真实、直接，曾招来一些批评家的诟病与非议。不少人贬毁这些小说，理由是它们过分强调逼真，追求社会效应而缺乏审美价值。

宇宙主义作为先锋派思潮的集成与整合（同时启开了拉丁美洲文学多元化发展的闸门）并非有意轻视印第安文化，却仍把侧重点放在了借鉴西方及外来文化之上。

阿方索·雷耶斯有句名言：“拉丁美洲是世界筵席的迟到者，但她必将成为晚到的世界盛筵。”况且，当时拉丁美洲作家已经具备走向世界的自信与能力，找到了一条适合于自己的发展道路：整合。

可以说，拉丁美洲文学“爆炸”时期的重要流派、思潮无不发轫于

① 绝大部分古印第安文学经典都是在 20 世纪三四十年代被陆续破译并整理出版的。其中最主要的有玛雅神话《波波尔乌》《契兰巴兰之书》，等等。

20世纪三四十年代。在墨西哥，阿方索·雷耶斯作为这个时期拉丁美洲“最完备的文人”和宇宙主义思想家，对墨西哥文学的发展产生了重要作用，尽管他自己始终没有创作出鸿篇巨制。他的散文和诗作“打破禁锢”，明确提出了“艺术无疆界”和“立足本土，放眼世界”。在一篇回忆中，他援引恩里盖斯·乌雷尼亚的话说：“我们像饥婴一样扑向所有读物……甚至被（实证主义）认为是垃圾的东西，如柏拉图、康德、叔本华和尼采……我们还发现了柏格森、詹姆斯和克罗齐。在文学方面，我们不再满足于法兰西。我们满腔热情地重新认识古希腊诗人，煞有介事地对英语作家指手画脚，毫无顾忌地对西班牙文学传统品头论足……”[①] 有诗为证：

我们徒劳地创造自己，
因为它总是使人想起别人。
……
我们像现代文明的流浪汉，
——来自四面八方；
我的灵魂，无可救药的混血儿。
你走向何方？

人们只听那世代相传的古老故事，
历史的叙述者也总在奶娘的嘴里寻找诗艺。
……

——《足迹》[②]

后来，他将诗艺与渊博结合起来，凸显了墨西哥及拉丁美洲文化的多元与混杂：

变色龙从不忌讳不同的天空，

① Uraña：*Ayer*，México：FCE，1941，p. 33.

② Reyes：*Antología*，Madrid：Agencia Mundial de Librería，1926，p. 115.

每个早晨都披上朝霞的颜色。

如果它只爱惜最初的肤色，
它就会选择矿工的职业。

（我想说）它的变化如此这般，
以至于《红与黑》的司汤达望尘莫及。

然而它被主教的紫光所震慑
（决定换一种颜色和职业），

于是紫色和金黄交相辉映，
连牛顿也难以表现。

这种金色的紫光也是希梅内斯的颜色，
或许还经常出现在斗牛士的身上。

还有几根青筋，几瓣银灰，
就像尤利西斯之海翻腾、交融。

……

——《一副嘴脸》①

在博尔赫斯看来，雷耶斯是20世纪西班牙语世界最了不起的诗人、学者，完全可以创作出《尤利西斯》那样的鸿篇巨制。然而，雷耶斯的作品大都短小精悍，因为他充当了墨西哥与拉美各国、拉美作家与世界各国作家之间的桥梁。他以文会友，一方面尽可能把世界介绍给拉丁美洲；另一方面又大肆宣传拉丁美洲作家，甘愿做拉丁美洲作家走向世界的“铺路石”。

① Reyes：*Op. cit.*，pp. 116 – 117.

一大批风华正茂的拉美作家、诗人接受了巴斯康塞洛斯和雷耶斯的“宇宙主义”思想。昔日门庭各异的先锋派诗人如博尔赫斯、塔勃拉达、马布莱斯等不约而同地汇集到广阔无垠、几可包罗万象的“宇宙主义”的大旗下，拉美文坛的多元化格局开始形成。

曾经参加过墨西哥青年诗社的胡利奥·托里不无自嘲地把“宇宙主义”作家比作“虔诚的蚂蚁”。在一篇题为《人道的嘉奖》的寓言中，托里又把“宇宙主义”作家比作无书不读、厚积薄发的谦卑文人。“宇宙主义”者们的确都广采博收，像蜜蜂一样。有人甚至认为他们书读得太多。[①]总之，宇宙主义诗人纷纷“出走”，遨游于世界文化的广阔天地。奥克塔维奥·帕斯的口头禅是：“出走乃返回的前提，只有浪子才谈得上回头。”同样，阿根廷的“宇宙主义”作家呼吁人们走向世界，呼吸新鲜空气，用新的目光、新的感觉审视一切（这样，阳光下必将重新充满新鲜事物）。“宇宙主义”在阿根廷的代表人物博尔赫斯还自告奋勇地从诗坛转向地域主义、民族主义“负隅顽抗”的小说界，信誓旦旦地要用“大宇宙”（想象）取代“小世界”（现实）。

博尔赫斯以书为本，在图书馆终其一生。他的特别在于不断寻找和汲取人类文化中一切形而上学元素，同时在《面前的月亮》（1925）、《小径分岔的花园》（1941）等诗歌、小说中加以表现，因此他是对人类形而上认知的再认识，既有德国式思辨，也有英国式幽默，甚至还有东方神秘主义。他对文学的看法和歌德关于世界文学的乌托邦理想有异曲同工之妙，即世界是一本书，是由全世界的作家共同创作的一本书。

但是，新兴的无产阶级作家不懈地批评宇宙主义。他们吸收马克思主义，强调阶级性。于是，出现了《瓦西蓬戈》《广漠的世界》等一大批日臻成熟的土著主义小说。

这场争论虽然早在20世纪中叶就已偃旗息鼓，但问题却远未解决。20世纪中叶，拉丁美洲文学全面炸开，魔幻现实主义轰动世界，而民族性和世界性、土著主义和宇宙主义犹如当代拉美文学的两大染色体，依然矛

① ［英］弗里德里克·卡茨等：《剑桥拉丁美洲史》，莱斯利·贝瑟尔主编第5卷，社科文献出版社，第170—173页。

盾地交织和胶着，可谓难分难解。

后来，随着加勒比文学的兴起，后殖民批评成为显学。于是围绕加勒比人的文化身份问题，土著主义和宇宙主义之争再度兴起。前者以布莱斯维特为将，表现出一种与欧洲文学传统决裂的强烈的本土意识；[①] 后者以沃尔科特为帅，认为真正的美洲文学传统应该是“从惠特曼到聂鲁达全部新世界的伟大诗人”，而不是那种认为阳光下了无新鲜事物的犬儒主义或狭隘的民族主义。[②]

二　全球化与本土化、解放神学与新自由主义

20 世纪 60 年代，民族解放运动风起云涌。与此同时，在“冷战”“文革”“68 年学潮”的推动下，拉丁美洲天主教神学发出了“解放”的呼声。在 1968 年的麦哲伦第二届拉丁美洲神学大会上，主教们广泛讨论和平、正义、贫困、发展、解放等问题，并在会议正式文件中首次突出了“解放”的概念。此后，在拉丁美洲各地相继举行神学会议，使解放神学得到进一步发展。古铁雷斯于 1971 年发表了《解放神学》一书，对解放神学做出了全面的阐述。他的重要口头禅是“天堂虽好，晚去为妙”，认为神学的重要任务是面对现实，其世俗精神一览无余。故此，他理解的“解放”至少有三层意义：一是被压迫人民和民族要从经济、社会和政治的不平等地位中获得解放；二是人们通过解放的历史观对自己的命运负起责任，通过自己的努力来改变自己、重塑自己；三是基督把人从罪孽中解放出来，自然包括政治解放，后者是拯救的重要方面。

同时，美国的一些知识精英开始了“全球化”时代的新思维。1960 年，丹尼尔·贝尔发表《意识形态的终结》。他主张淡化意识形态，认为“冷战”式意识形态对峙犹如传统殖民方式，正明显阻碍生产力的发展。1973 年，他又在《后工业社会的来临》一书中认为美国等西方国家已经

---

① Donnell, Alison et al. (eds.): *The Routledge Reader in Caribbean Literature*, London and New York: Routledge Publishing Campany, 1996, p. 283.

② Walcott, Derek: *What the Twilight Says*, New York: Farrar Straus & Giroux, 1998, p. 37.

进入后工业时代。在他看来，后工业社会的主要特征首先是服务型、资本型经济取代生产型经济，其次是控制技术、信息技术的飞速发展。此外，他认为迄今为止人类社会的发展过程主要由前工业社会、工业社会和后工业社会三个阶段构成。这些观点不久即演化成轰动一时的所谓“大趋势”（*Megatrends*：*Ten New Directions Transforming Our Lives*，1982）或“第三次浪潮”（*The Third Wave*，1984）。这时，美国政府明显开始“两条腿”走路，即在保持军事和经济相对优势的同时，有意“放松了”对意识形态的管控，为“冷战”时期乃至20世纪60年代的内部矛盾（如在越战、代沟、学潮等问题上的对抗）和20世纪六七十年代的反共政策蒙上了面纱。这一定程度上为后现代主义的风行创造了条件。因为多数后现代主义者至少一度是以反对西方制度或西方文化传统为初衷的。20世纪90年代初，随着“冷战”的结束，美国政府全面接受了贝尔们的思想，在“淡化”意识形态，加强跨国资本运作的同时，开始实施“信息高速公路”战略。当时日本正沾沾自喜地发展家电，推行办公现代化如传真机之类。然而，以互联网为核心的信息技术一日千里，不仅迅速淘汰了传真机，而且创造了一个又一个的利润奇迹并使世界变成了名副其实的“地球村”。

也是在20世纪70年代，法国学者利奥塔发表了《后现代状态》（1979）。他从认知的多元性切入，反对宏大叙事，并片面地将宏大叙事与纳粹主义画等号，夸大了认知的相对性，并由此阐述了后工业时代文化的无中心、无主潮、不确定特征，从而引发了后现代主义热潮。拿西方文化而言，从古代的神话传说、歌谣史诗到近代的人文主义、浪漫主义、现实主义、自然主义和现代主义，每个时代都有特定的文学或文化主潮（用我们的话说是主旋律）。而在利奥塔看来，后现代文化特征恰恰是多元并存。于是，到了20世纪80年代，德里达、拉康、福柯和美国耶鲁学派的德曼、米勒、布鲁姆和哈特曼等几乎同时对以逻各斯中心主义为核心的传统认知方式发起了解构攻势，于是解构主义大行其道。解构主义也称后结构主义，它是针对结构主义而言的，是对结构主义的扬弃。以索绪尔语言学为例，结构主义强调二元论和语言的约定俗成。但解构主义恰恰从能指和所知的任意性切入，来了个彻底消解。譬如从能指“ma”，我们无法确定其所指的确切含义。

于是，解构、消解、模糊、相对、不确定等一系列相辅相成的后现代概念开始大行其道，从而否定了认识和真理的客观性，导致了极端相对主义的盛行，这客观上为意识形态的“淡化”提供了更为广泛，也更为坚实的学理支撑。因此，无论这些学者初衷何如，他们的成果客观上顺应，甚至推动了跨国资本主义的发展。

我们不妨以后殖民主义为例，他表面上是针对西方中心主义的“东方立场”，但实际上却是针对东西方二元思维的一种解构方式。再不妨以生态批评为例：生态批评确实对生态保护起到了积极作用，这毋庸讳言。但极端的环境保护主义就未必具有普遍效应了。盖因对于发展中国家而言，首当其冲的是人的生存权和发展权。然而，现如今发达国家一方面把高能耗、高资源消耗和劳动密集型产业转移到发展中国家，另一方面又指责后者温室气体排放过多。这便是近年来热谈中的碳排放问题，它无疑是美欧抛给发展中国家的又一张王牌。正因为如此，美欧的一些人文学者甚至对发展提出了否定，这更是站着说话不腰疼、饱汉不知饿汉饥。但反过来说，没有节制的开发肯定是一种明知故犯：对来者、对他者的犯罪，也不符合自然伦理。所以这是一对矛盾，如何进退，确实充满了利益纠结。①

与此同时，新自由主义开始在拉丁美洲大行其道。于是，反社会主义、反凯恩斯主义思想迅速抬头并一发而不可收。据有关方面统计，20世纪60年代以降，跨国资本市场逐渐擢升为世界第一市场。资本支配者迫不及待地开发金融产品，以至于千禧年前后世界货币市场的年交易额已经高达600多万亿美元，是国际贸易总额的100倍；全球金融产品交易总额高达2000万亿美元，是全球年GDP总额的70倍，② 及至2008年金融危机，部分泡沫灰飞烟灭。这是资本逻辑非理性的一次大暴露，其中的泡沫成分显而易见，利益驱动和目标流向更是不言而喻。此外，资本带来的不仅是利益，还有思想，即意识形态和价值观，从而极大地推动了资本的自由化和全球化进程。这时，拉丁美洲文坛明显分化，一边是以博尔赫斯为

① 至于特朗普政府退出《巴黎气候协定》，则更是单边主义和霸权主义使然。

② 王建：《对当代资本主义全新形态的初步探索》，《文化纵横》2008年第12期。

代表的幻想派，其主要取法的是脱离实际的宇宙主义形而上学；另一边是以加西亚·马尔克斯为代表的魔幻现实主义，它重于表现新形势下拉丁美洲混血人种反“全球化”集体无意识。两者之间的是巨大的、丰富而复杂的、难以一言以蔽之的多数派，他们面对“全球化”所表现的姿态各不相同。

回到我们自己，作为中国人，我们当然希望本民族的价值和审美成为全世界的共同体认，但愿望是愿望，现实是现实。用时下流行的话说，“理想很丰满，现实很骨感”。历史经验证明，只有国家强盛，才可能掌握话语权，也才能使民族的变成世界的。

文学的有用与无用

常有人问及文学何用。有时，他们甚至不是一般的中学生、大学生，文科，甚至文学专业的硕士生、博士生中也不乏存此疑问者。在“一切向钱看”的时代，在技术理性和资本逻辑横行的时代，在网络时代，在肥皂剧、卡通片充斥的文化快餐化时代，在一机在手睥睨一切的时代，文学在许多人眼里确实成了“冬扇夏炉”。这是因为从生命哲学的角度看，人生三大要素中精神愉悦位居末端，即首先是生命的健康存在和物质保证，最后才是较为纯粹的精神愉悦（况且如今它已经有了微信等快餐文化这个替代品）。也就是说，衣食住行居首位，然后才谈得上文学艺术。这也是马克思、恩格斯的观点。

与此相关，又常有人问及文学研究何用。问题并不容易回答。这一方面源于文学的复杂，另一方面却是因为文学从“无用”到“有用”再到“无用”循环往复，恰好经历了不少轮回。

首先，在我们古人眼里，文史哲不分家，因此文的涵盖面极广。其次，即使狭义的文学，它也至少包含了文与学的偏正结构，而且它“可以兴，可以观，可以群，可以怨”；是摹拟，是反映，是表现；是再现；“熏、浸、刺、提”，“陶、熔、诱、掖”，无所不能，无所不包。但它终究是“无用之用”，不能吃，不能穿，就像庄周眼里、老汉门前的那棵歪脖子树。此外，文学又是说不尽的，“一百个读者就有一百个哈姆雷特”。为了将复杂的问题简单化，我不妨套用一句业内老话，谓文学是创作和批评构成的双桅船，抑或创作与批评犹如鸟之两翼、人之两腿。举个例子，如果没有批评和广义的研究、夫子的编纂，《诗经》既不会产生，也难以流传。从孔子编《诗》到《毛诗正义》到今天多如牛毛的“诗学”，中华民族走过了几个称为最高层次的心路历程。再举个例子，没有众多评点者、注疏者、赓续者、传抄者及“维新派”、王国维、蔡元培、胡适等人的钩沉、研究与推崇，《红楼梦》没准早埋入历史的尘埃或跌入永远的忘川了；反之，封建道统的“诲淫诲盗”之说也不失为是一种批评。这些批评与《诗经》《红楼梦》等共同构成了中华文明的精神天空。但人事倥偬，时移世易，以消遣为取向的大众消费文化迅速崛起。精神的天空忽然飘满了色彩斑斓的肥皂泡。以现代美国为例，其文化本质上服从于跨国资本，其背后则是资产者的经济利益。这一政治发扬了资本主义“自由”“平等”“博爱”精神，并逐渐形成了两大新的基点，一是现代化，二是大众消费。二者相辅相成。除了上述精神，资本主义制度自诩建立在四大“合理性”上：一是“自由经济的合理性”，它以每个人发挥主观能动性为前提，从而可以最大程度地提高生产效率，进而调动和利用有效资源以发展生产力、创造物质文明、满足人的需求；二是“民主政治的合理性”，它确保社会公平与公正，并在此基础上赋予民众自我选择、自我实现的权利；三是它的“道德合理性”，它维护人的尊严、人的本质诉求；四是它的“文化合理性”，它以开放的姿态兼容并包，从而保证了人们的创造力和多元精神诉求。当然，这些相对空洞的政治经济和文化道德理念必须依附于看得见摸得着的实际。于是，现代化成了资本主义的首要追求和现实承诺。它一方面以刺激需求推动了生产力的发展，另一方面又以结伴而生的大众消费欲求反过来刺激生产力的进一步发展。这一循环从现代化初级阶段以满足实际需求为导向的生产和消费方式，逐步发展至如今以制造和刺激消费、激活和培养欲望为目的的消费和生产方式。因此，现代化和大众消费文化二而一，一而二相辅相成，相得益彰。20 世纪 50 年代中后期艾森豪威尔政府发起的所谓“民众资本主义”便是这二化的高度体现。

总之，现代化伴随着资本主义的产生而产生，发展而发展，它见证了“第二次浪潮”，却并没有就此歇脚，而是以新的面目走向了奈斯比特、托夫勒们所谓的“第三次浪潮”，即“后现代”或“后工业时代”，从而导致文学及狭义文化与商业的界限彻底模糊。用文化批评家费克斯（《理解大众文化》）的话说，大众（通俗）文化即日常生活文化，其消费过程则是依靠文化经济自主性对意识形态霸权进行抵抗的过程。[①] 当然，他这是理想主义的一厢情愿。

然而，曾几何时，文学（创作）及广义的文学研究作为人类文明的重要组成部分，是人类进步不可或缺的标志性行为。孔子固然务实，却为我们编纂了吃不得、穿不了的“无用”《诗经》，可谓功莫大焉。同样，马克思主义的经典作家向来重视文学，尤其是经典作家在反映和揭示社会本质方面的作用。马克思在分析英国社会时就曾指出，英国现实主义作家“向世界揭示的政治和社会真理，比一切职业政客、政论家和道学家加在一起所揭示的还要多”。[②] 恩格斯也说，他从巴尔扎克那里学到的东西，要比从“当时所有职业的历史学家、经济学家和统计学家那里学到的全部东西还要多”。[③] 列宁则干脆地称托尔斯泰是俄国革命的一面镜子。[④] 这并不是说只有文学才能揭示真理，而是说伟大作家所描绘的生活、所表现的情感、所刻画的人物往往不同于一般抽象的概括、数据的统计。文学更加具体、更加逼真，因而也更加感人、更加传神。其潜移默化、润物无声的载道与传道功能非其他所能企及。因此，文学不仅可以使我们自觉，而且还能让我们他觉。站在世纪的高度和民族立场上重新审视文学，梳理其经典，展开研究和研究之研究、批评和批评之批评，将不仅有助于我们把握世界文明的律动和了解不同民族的个性，而且有利于深化中外文化交流，进而为我们借鉴和吸收优秀文明成果、为中国文学及文化的发展提供有益的“他山之石”。同样，立足现实、面向未来，需要伟大的传统，否则我们将没有地气，丧失底气，成为文化侏儒。这就是所谓的“洋为中用”“古为今用”。

众所周知，洞识和研究人心不能停留在切身体验和抽象理念上，何况时运交移，更何况人不能事事躬亲、处处躬亲。文学作为人文精神和狭义文化的重要基础和介质，既是人类文明的重要见证，同时也是一时一地人

① ［美］费克斯：《理解大众文化》，王晓钰等译，中央编译出版社2001年版。

② ［德］马克思：《英国资产阶级》，《马克思恩格斯全集》第10卷，人民出版社2006年版，第686页。

③ ［德］恩格斯：《致玛格丽特·哈克奈斯》，《马克思恩格斯文集》第10卷，人民出版社2009年版，第571页。

④ ［苏联］列宁：《列夫·托尔斯泰是俄国革命的一面镜子》，《列宁全集》第17卷，人民出版社1988年版，第181—187页。

心、民心的最深刻，也最具体的体现，而外国文学则是建立在各民族无数作家基础上的不同时代、不同民族的认识观、价值观和审美观的形象体现。因此，文学，尤其是文学经典为我们接近和了解世界提供了鲜活的历史画面与现实情境；走进经典永远是了解此时此地、彼时彼地人心民心的最佳途径。这就是说，文学创作及其研究指向各民族变化着的活的灵魂，而其中的经典（包括其经典化或非经典化过程）恰恰是这些变化着的活的灵魂呈现。亲近她，也即沾溉了从远古走来、向未来奔去的人类心流。

此外，文学经典恰似“好雨知时节”“润物细无声”，又毋庸置疑是民族集体无意识和读者个人无意识的重要来源。她悠悠幽幽地潜入人们的心灵和脑海，进而左右人们下意识的价值判断和审美取向。还是那个例子，我们五服之内的先人还不会喜欢金发碧眼，现如今却是不同。这是“西学东渐”以来我们的审美观，乃至价值观的一次重大改变。其中文学艺术无疑是主要介质。

这是因为文学艺术可以自立逻辑，营造相对独立的天地，因此它们也是艺术化的生命哲学。前面说过，其核心内容不仅有自觉，而且还有他觉。没有他觉，人就无法客观地了解自己。这也是我们有选择地拥抱外国文学艺术，尤其是外国文艺经典的理由。但是我们心知肚明，文艺不尽是至真至美、上善若水，更非万能。都说文艺可以改造灵魂，科学可以改造自然。但文艺改造灵魂的前提和结果始终是人性的弱点、人类的毛病；同样，科学改造自然的前因和后果永远是自然的压迫、自然的报复。因此，和科学一样，文艺的悖论一定程度上决定了自身的繁复与局限。正所谓“美哉，犹有憾”（《左传》），精神与物质的矛盾又每每强化了文艺的伟大与渺小、有用与无用。

然而，回到文学，我们无论如何都不能想象没有屈原李杜罗贯中曹雪芹的中华民族是怎样的民族，更不能想象没有文学的生活会是什么样的生活，让我们养成什么样的气质。生命哲学的核心内容便是人的自觉和他觉。没有参照，人就无法了解自己；没有自知之明，何谈情商智商？《旧唐书》有云：“夫以铜为镜，可以正衣冠；以古为镜，可以知兴替；以人为镜，可以明得失。”倘若还能借他人之眼以反观自身，我们便有了第三只眼、第四只眼、第 N 只眼。何乐而不为?!

此外，自有人起即有广义的文学，自有文学起即有广义的文学批评，它们恰似鸟之两翼、车之两轮，带我们进入一片片精神的天空，让我们不断观照自己、看见别人。正因为如此，摹拟和表现、载道与消遣、传承与鼎新、审美与审丑、表达与宣泄等，都应是文学的重要功能，尽管经典作家大都取法既守正又出新。这是由文学的情感向度所决定的。古希腊人视文学为情感教育和审美教育的基础，盖因人不能同时生活在不同环境，但文学可以赋予我们几近无限的情感、生活、想象的可能性。除了文学，当然还有它的姐妹——艺术以及其他狭义和广义的文化成果，使人因别人的喜怒哀乐而喜怒哀乐，并且设身处地、感同身受地共享或承受他人的悲喜。

因此，雨果将文学和母亲联系在一起，认为两者是所有童心的摇篮。然而，比喻终究是比喻。事实上，文学一旦与人为伴，就会成为他（或她）一生的情人。一个人的亲身经历毕竟有限。于是，没有罗贯中们，我们将无从体悟如此澎湃的男儿情；没有曹雪芹们，我们将无法了解如此多彩的女儿心。因为有他们，我们才依然有着该有的刚毅，否则中华民族早丧失了起码的血性，尽管其中杀人如砍瓜切菜的“痛痛快快”与“风风火火”值得商榷；也因为有他们，我们才如此多情，否则也许会变得彻底冷血。也许，文学没有能够阻止我们（尤其是造反、内讧）的残酷，但它确实也一直在推助我们变得更像堂吉诃德或哈姆雷特或两者之间的林林总总。反之，譬如“文革”，则必得首先拿文学开刀，否则是万万不能在人性上“踏上一万只脚”，让它“永世不得翻身”的。当然，人性原本复杂。文学对它的褒扬或批判远不及两极之间那巨大而复杂的中间状态的万分之一。自然，文学的复杂也即人性的复杂，它永远取决于特定语境。

这就是说，较之于科学技术（包括社会科学），文学没有绝对的先进落后之分，关键在于书写者和接受者的立场。记得有外国读者对《聊斋志异》大惑不解，问：缘何狐仙女鬼总是爱上书生？我的回答是：这书原本就是书生所著。这有点像脑筋急转弯，而背后的延异却足可写几部专著。总之，文学是加法，是并存，是无数“这一个”之和，非三言两语可以说清道明。也许正是在此意义上，鲁迅谓文学最不势利，马克思关于古希腊神话的“武库说”更是众所周知。这又恰恰被后主义的绝对相对主义钻了空子。后主义的各种反宏大叙事的宏大叙事被套用、平移、对位于所有文学，从而模糊、淡化、解构、颠覆了经典的价值。

然而，文学经典是各民族的认知、价值、情感、审美和语言等诸多因素的综合体现，是民族文化及民族向心力、认同感的重要基础，也是使之立于世界之林而不轻易被同化的鲜活基因。这就是说，大到世界观，小到生活习俗，文学经典在各民族文化中起到了染色体的功用。独特的染色体保证了各民族在共通或相似的物质文明进程中保持着不断变化却又不可淹没的个性。唯其如此，世界文学和文化生态才丰富多彩，也才需要东西南北地相互交流和借鉴。至于跨国资本主义如何同化各民族文学，却是另一个话题。迄今为止，古今中外，文学经典终究是一时一地人心民心的艺术呈现，建立在无数个人基础之上，并潜移默化、润物无声地表达与传递、塑造与擢升各民族活的灵魂。这正是文学经典不可或缺、无可取代的永久价值、恒久魅力之所在，而批评作为文学（创作）的另一只翅膀，始终对文学的发展起到了证伪、鉴赏和守望的作用。

西人常有一问：倘将你送往一座荒岛，什么是你最想带走的东西？很多人的回答是书，而且是自己喜欢的文学作品。譬如托马斯·曼逃离纳粹德国时，手提箱中除了一些换洗衣物和洗刷用品，就是一部《堂吉诃德》。这听起来有点像“神话”，却多少道出了西方文明的某种机理，也是德国诗人荷尔德林“诗意栖息”或“诗意栖居”之谓的由来。极而言之，正因为是“诗意”的，人才成其为人。“维新派”深谙此道，更懂得文学的功用，遂发出了新国家必新小说的呼声。当然，较之于其他文学体裁，小说只不过稍稍现代一点、大众化一点，仅此而已。退一万步说，文学作为民族文字、民族历史最丰富、最生动的表现，同样也是后者流传、继承和发展的载体。非它，中华民族的语言之美将大打折扣；非它，中华民族的历史和未来将不可想象。

不妨列举当今世界的两个典型的“文学无用”论。首先是世纪之交横扫大陆（甚或世界）的“奶酪”热。就一般意义上的文史哲而言，如果说传统是将简单的问题复杂化，那么现今的快餐文化则似乎恰好相反。“奶酪”思想便是例证。关于“奶酪热”，我想大抵可以从两个方面来看。首先是商业运作。它使我想起了此前的《学习的革命》。两者显然是一种国际意义上现代商业行为、商业炒作，譬如股票或者名目繁多的有价证券。仿佛任何一种商品，比如汽车，又比如家电、服装甚至还有令人眼花缭乱的苗条霜或丰乳膏。只是未必名副其实罢了。在文艺领域，好莱坞称得上是开路先锋，麾下“大片”几乎都是高投入、高产出的典范。这符合跨国公司的全球战略。紧随其后的便是日本动漫和韩国长剧，甚或还有我们自己的网络小说。

不能否认斯宾塞·约翰逊的“奶酪理念”有着比较突出的现实意义。我们确实处在一个史无前例的信息时代，其中的变化印证了资本一统江湖、技术一日千里的说法。它们所给出的一元性指向非常明确，其所导致的事物更替速率则完全是几何级的。人们不但可以一夜暴富，变成比尔·盖茨，也可能一觉醒来一贫如洗。就近而论，下海、下岗以及各色利益调整和地位变易天天都在大呼小叫中发生。莫言的《师傅越活越幽默》说的就是这个。然而，渐渐地，人们也就见怪不怪了。

谁也不知道明天会是怎样一种情状。这与前现代社会相对静止、稳定的状态全然不同。日出而作，日入而卧，信而有证，薪尽火传的生活方式迅速成为神话。面对变化，无论情愿与否，恐怕再没有人可以高枕无忧了。而斯宾塞·约翰逊的“奶酪理念”正是在这样的背景下形成的。

当然，这种理念本身并不新鲜。在我们自己的文化传统中，就不乏类似理念。拿成语而言，我们即可随手拈来“未雨绸缪”“与时俱进”“随机应变”，等等；还有反义而用作批评对象的“守株待兔”“听天由命”“随遇而安”，等等。而且，其中有些成语还是由寓言演化而来的。斯宾塞·约翰逊的“奶酪”其实不过是个寓言故事。而且，从寓言的角度看，它又过于简单、幼稚，缺乏传统寓言的审美价值。拉封丹的《知了和蚂蚁》就比它高明。而我们老祖宗在《守株待兔》一类寓言中则仅用两三行字就超越了这个又长又臭的“奶酪”。不就是两只相信直觉的老鼠和两个头脑复杂的小矮人失去“奶酪”、寻找“奶酪”的故事吗？故事的内涵外延都很简单，无非是遭遇突变之后的态度。是“听天由命”“消极等待”，还是“与时俱进”“随机应变”？活人哪能被尿憋死？这其实是一个再简单不过的道理，对于生活、工作等都有一定的普适性。然而，恰恰是这么一个众所周知的普通道理，却被炒作成了“救世良方”，这未免太夸张、太过分了。当然，道理本身没什么，问题在于谁及如何贩卖了这个道理。你瞧那铺天盖地的宣传，仿佛没有它，地球就不转了；不读它，你就一准被开除球籍喽。

前面说过，这样的寓言故事、这样的理念并不新鲜。自古代文化至日常生活，“守株待兔”之类的批评比比皆是。但反过来说，我们同样有理由否定“奶酪逻辑”。就以我等从事的工作为例吧，人文研究或广义的科学研究的确需要与时俱进，但它们同时也需要坚忍不拔、持之以恒。假如因为现有的“奶酪”不够多、不够好而动辄随机应变，又会怎样？往远处说，孔夫子肯定会丢弃诗、书、礼、乐；就近而论，造导弹的也统统下海卖鸡蛋去算了。一个六六六粉可是六百六十五次失败之后的坚持换来的！

这就产生矛盾了。面对这样的矛盾，“奶酪理念”“奶酪逻辑”的“真理性”和“普世价值”能不大打折扣吗？进而言之，矛盾才是现实的、终极的。我们完全可以由此推导出哲学的两个基本维度：理想主义和现实主义，或者老庄和孔孟。两者不可或缺，且同时又都是复杂和多面的。老庄思想中饱含着辩证法，而孔孟也不是彻头彻尾的实用主义。譬如孔子，他一方面四处奔走，大有凌云之志；另一方面又念念不忘诗、书、礼、乐。因此，当楚国狂人接舆一针见血地指出他的这种矛盾时，夫子大为感慨。这种矛盾和多维是人性的基本属性，不能笼统否定。何况从最基本的层面说，人除了考虑怎么吃饱吃好、怎么生存，总还要思考为什么填饱肚子、为什么生存这样一些形而上的问题。而后者恰恰是人区别于其他动物的关键所在之一。

第二个例证是前不久我偶然在一本发行量极大、传播极广的大众读物（《读者》，1999 年第 9 期）上看到的一篇题为《强势知识》的署名文章。该文作者居然以“前文人”自居，大谈所谓的有用知识和无用知识。在他看来，所有不能转化为生产力（说穿了是不能直接转化为钱）的知识都是无用知识，因此，培根的“知识就是力量”的命题也就成了一种迂腐、一种误导。他言之凿凿，说“哪怕你有硕士、博士文凭，只要你掌握的知识在现实社会中是一种弱势知识、零势知识（也就是所谓的无用知识——引者注），你就可能找不到工作。因此，读书必须小心，人生有限，读错了书（按上下文，大概是指选错专业——引者注）等于慢性自杀。大学生的家长们对此有朴素的敏感，他们多半要求子女选择热门专业。热门专业就是集成了强势知识的专业……”他还用权威的口吻诠释知识经济，说“知识经济被定义为以知识为基础的经济，其中的‘知识’绝不是指传统的人文知识，而是指高新科技和企业管理知识”。

我不敢说他的话毫无道理，但我敢说一旦此类话语成为权力的话语或有压制其他话语的权力，则无疑是十分可怕的，甚至是灾难性的。且不说难以兑现的自由思想和独立精神，单就近现代历史而言，我们也是显证多多。作为经验，我们有“维新变法”“五四运动”和马克思主义，有真理标准讨论，它们能用磅秤衡量几多钱一斤吗？作为教训，就说话语权力吧，曾几何时，我们遭受了“十年浩劫”，应当说它与没有言论自由、与“一言堂”、与“一句顶一万句”有直接关系。谓予不信，姑且举个简单的例子，假如被历代文人唾骂了两千年的秦始皇不是那样被毋庸置疑地全盘肯定，那么在20世纪发生如此规模的“焚书坑儒”是完全不可设想的（顺便说一句，在这样的意义上，二月河以这样的方式写这样的《雍正皇帝》值得商榷）。类似例子很多，21世纪一些建立在血统论和民族沙文主义等话语霸权基础之上的政治便在其列。

回到开始的话题，正所谓“不识庐山真面目，只缘身在此山中”。首先，我们身在“全球化”进程之中，也就见怪不怪矣。譬如，面对西方话语霸权（它铺天盖地、霸凌四方），倘使我们麻木不仁，或者沾沾自喜地求仁得仁，那么结果可想而知。毕竟“全球化”并非世界大同。即使我们追求世界大同、倡导人类命运共同体，也不能内外无别。当然，一方面我国和一些发展中国家还是经济全球化的参与者和受益者（非如此，以美国为代表的单边主义或许还不会回潮），世界文化也越来越你中有我、我中有你；但另一方面这并不意味着多元平等，更不意味着从此我们可以放弃话语权、放弃文化权，尽管在单边主义回潮的今天我们甚至还要高举“全球化”大旗。这就是“全球化”的双刃剑，但我们必须心中有数、内外有别。

福柯说，话语即权力。我绕了这么多圈子，无非是想说人文学者要珍惜要重视要使用我们拥有的、法律赋予的话语权利，而最重要的便是守正我们的语言文学。虽然，在物欲横流的社会它似乎永远处于“弱势”“劣势”，但只要它存在，它就会对人、对社会、对民族、对世界产生影响，而绝不会是“零势”。从这个意义上说，福柯、哈贝马斯等西方学者对话语的重视，值得我们重视。同样，曹雪芹对此早就心知肚明，他多次借人物口吻表达强者对弱者的话语霸权。

而今，西方人文学科被不断削弱，人文学者的声音正日趋式微，这正是我们发奋有为的机会。虽然我们尚处劣势，但只要有良知有情怀，是非就不至于完全混淆，“道器”就不至于完全颠倒。记得瞿秋白关于灵魂的诗章作如是观：

如果人有灵魂的话，
何必要这个躯壳！
但是，如果没有的话，
这个躯壳又有什么用处？

民族经典与国家认同

前面说过，经典是民族认同感、凝聚力、向心力和价值观、审美观的重要介质。中华民族的经典则主要基于相互关联的三个方面。

一是乡情。这显然与几千年来中华民族的生产方式有关。从最基本的经济基础看，中华民族是农耕民族。正因为如此，世界上再没有第二个民族像中华民族这么依恋故乡和土地的。反观我们的文学，最撩人心弦、动人心魄的莫过于思乡之作。这前面已经提到。但是，说到乡情，我又不能不提及新老华侨的区别。老华侨虽生于国外、长于国外，却大都怀有中国情、中国心；而新华侨则未必，他们中甚至不乏仇华心理。“中国好了，我们出来的人不是吃亏了吗?”一位曾经的同学如是说。读书人不打诳语，这是我亲耳听到的。至于那些“裸官”“裸富”就更不必说。

二是中文。它也是中华民族传统道德伦理和价值观、审美观的主要载体。从某种意义上说，中文是中华民族的最大传统，是我们思维、想象和交流的首要工具，是民族记忆和审美的重要载体，是民族认同感、向心力、凝聚力和价值观的关键介质，因而也是我们的国本。从另一个角度看，中华文明之所以成为唯一没有中断的古老文明，中文功不可没。这里之所以尽量避免“汉语”这个约定俗成的称谓，就是为了强调它是由华夏各民族共同创造的。同时，因它较难习得（尤其是书写和阅读），故而也难以对拼音文字构成威胁；反之却不然。然而，年轻一代、二代的中文修养正大踏步下滑。随着“改革开放”的深入和国际交流的扩大，外语的重要性不言而喻。但同时重英文、轻中文母语的现象也相继出现，各级教育中英文权重过大，孩子留学低龄化现象严重，这显然是本末倒置，非常不利于中华民族的复兴事业。另一方面，随着国力的增强以及“走出去”战略的实施，中文首当其冲为世人所关注。而我们的家长却在争先恐后地将幼小的孩子送出国去，这岂非咄咄怪事?! 反过来看，我们许多伟大的前辈，他们的爱国热忱离不开上述要素。就说中文，杨绛先生在回忆钱锺书当年缘何回国时，曾明确表示，热爱中文是主要原因。

三是文艺。中国文艺与前两者密不可分。中华民族最美的诗章大多与乡土情怀、家国道义和人文气节联系在一起，遑论作为主要载体和审美对象的中文！随着城市一体化进程的加速，乡情的淡出已是不争的事实。在可以想见的明天，孩子们会从记忆中剔除“故乡”这个概念。同时，中文和中国文艺面临危机。

众所周知，人类借人文以承继和流传、创造和鼎新各种价值。文艺的存在价值和发展机理固然取决于生产力和生产关系、经济基础和上层建筑，但它作为民族认同及其情感和记忆的平台、民族文化及其价值观和审美习惯的重要载体，谓基因固可，为精神染色体亦无不可。用马克思的话说，它是“特殊的意识形态”。因此，文艺不仅是消遣和情感交流的工具，它也是民族的记忆和审美对象，甚至是我们集体无意识和个人无意识的主要来源。我们在念唐诗宋词时，鲜有不在内心产生家国情愫的。这是由于优秀的语言文学与民族心理之间有着难分难解的亲缘关系。盖因文艺归根结底是民族理想与情感、价值观与审美观等多重精神要素的结集。而母语永远是最大的传统。问题是，我们在做些什么？从幼儿到研究生，国人对英语的重视程度已然远甚于母语，以至于不少文科博士不擅用中文写作，遑论文采飞扬。于是，有家长愤而极之，居然将孩子关在家里并用《三字经》《千字文》及四书五经等弘扬“国学”，恢复“私塾”。殊不知人类是群居动物，孩子更需要集体。这是多么可怕的两难选择！

在西方，资产阶级革命使宗教丧失了精神主宰的地位。但资产阶级的所谓“博爱”却部分地继承了宗教精神。首先，自由是资本主义文化的核心内容，它以个人权利为基准。但是，自由必须建立在平等的基础之上。用简单浅显的话说，你的自由不能妨碍别人的自由，于是就需要契约，需要法律。“博爱”不仅赋予前两者以情感色彩，而且批判地继承了宗教精神，并将其逐渐完善为人道主义，这在文艺复兴运动之后的西方文艺作品中被逐渐确立为主旋律。宗教精神和人道主义虽然有神本和人本之别，但内涵却皆为一个爱字；况且神归根结底也是人造的，一旦作为精神安慰，而非政治组织（及其相应的机构和权力、财富诉求等），那么它的本质诉求是可以与爱具有等值效应的。中外历史证明，在文艺创作中“入世”和“清高”并不构成一对矛盾。关键要看为什么“入世”。这一经验不仅深刻体现于我国的众多文艺经典；在西方资本主义社会，如迄文艺复兴运动至今的文艺经典中也是屡试不爽的法则。

同样，“天下兴亡，匹夫有责”“饿死事小，失节事大”都是中华民族的优秀人文传统。《易》云：“观天文以察时变，观人文以化成天下。”问题是，市场经济的商业原则、资本逻辑一旦渗透到文艺领域却并未引起大多数文艺工作者的警惕，就会对我国的优秀文化传统、精神文明建设和社会主义核心价值体系的建立造成持久的，甚至是毁灭性的损害。文艺本应寓教于乐，培养具有超越一己之私而对国家民族有所关怀、有所贡献的国民；但若一味地追名逐利，就必然受制于资本（甚至跨国资本）。

总之，同样一个“以人为本”，也存在着不同的基准，其侧重则因时而易、因人而异，譬如个人与群体的关系、暂时与长远的关系，都不是一成不变的。必须特别说明的是，西方这种建立在个人自由基础上的资本主义制度与自由主义一脉相承，由此形成的文化狂欢景象则是其必然结果，它不仅无损于资本主义的全球扩散，而且一定程度上起到了“去传统化”“去中心化”“去民族主义化”的催化效果。但我们要坚持的恰恰是民族传统、共同富裕和远大的社会主义理想。这较之自然而然的跨国资本主义要艰难得多。也就是说，多元文化论在当今西方实则是跨国资本主义意识形态的一元论。它的狂欢景象有利于资本的自由游走，即“国际化”。但对于我们这样一个发展中国家，一个既需要守护民族传统以凝聚力量，又需要依靠市场经济以发展相对落后的生产力，甚至还需要超前地守望社会主义、共产主义理想的国家却无疑是致命的。

一

说到“国际化”，我们必然会想到“世界性”与“民族性”这个“二元对立”。显然，“国际化”与“世界性”或“全球化”关联，而“民族性”对应的无疑是“本土化”。这是一个老话题，其文学源头至少可以追溯到19世纪，即前面提到的歌德和马克思关于“世界文学”的言说。歌德于1827年萌生了“世界文学”的理想主义怀想，谓“现在，民族文学已经不是十分重要，世界文学的时代已经来临，每个人都必须为加速这一时代而努力。”① 歌德关于世界文学时代的预想并非建立在人类社会发展的本质基础上，而是出于对《玉娇梨》《好逑传》或《萨恭达罗》之类的东方文学的激赏。在他看来，世界文学即各具特色的世界各民族文学的并存与交融。但遗憾的是这种理想主义早已在跨国资本主义时代的全球大众消费文化和大众审美趋同中彻底瓦解。而马克思和恩格斯预见了这一点，他们在《共产党宣言》中提到了另一种“世界文学”。在他们看来，“资产阶级，由于开拓了世界市场，使一切国家的生产和消费都成为世界性的了”，“精神的生产也是如此……”②

然而，当前文学的“国际化”或“全球化”倾向大抵可以从以下几方面界定。一是相对主义的盛行或民族意识的消解，这是从20世纪六七十年代开始的，并一发而不可收，是谓后现代主义；二是文学国际市场的形成；三是文学创作机制、创作理念的改变，后者延承了后现代主义的“元文学”思想，又在情节等方面有所回归。

先说第三点（前两点则或可不言自明）。

例证之一：相对于门罗的阿特伍德。后者创作于1969年的长篇处女作《可以吃的女人》讲述了一个凄美的故事：姑娘玛丽安有了未婚夫，正等着结婚。她上班下班，过着庸常的生活。她喜欢她的生活，喜欢她的工作，但对未来的婚姻生活却充满了狐疑。于是，表面顺利、自然而然的日子悄悄发生变化，玛丽安发现自己并不喜欢就这么结婚、生子、一天天老去……这种内心的不安破坏着她的结婚计划，并对她的消化系统产生了影响。随着婚期的临近，玛丽安发现她越来越厌食，简直到了无法正常进食的地步。最后，她做了一个真人般大小的蛋糕，让它参加婚礼，自己却逃之夭夭了。1975年，阿特伍德发表了更为大胆的《强奸幻想》。小说甫一

① 《歌德论世界文学》，范大灿译，达姆罗什等主编《世界文学理论读本》，北京大学出版社2013年版，第4页。

② 《马克思恩格斯选集》第1卷，人民出版社1995年版，第276页。

发表，便引起轩然大波，以至于当作者在美国结集出版其作品时，被编辑部“无情地剔除”了，理由在于它的内容太过刺激。小说从某俗不可耐的通俗杂志说起，该杂志刊登了一篇题为《强奸，及其相关的十个问题》的文章。这类似于时下满目皆是的网络垃圾。作者借叙述者之口，说所有女性都有被强奸的幻想，并且认为现代女性的最大“绝症”便是性冷淡，而强奸是治疗这种冷淡的唯一有效方式（或“疫苗”，其中的性暗示近乎明言）。这个话题迅速传播，小说于是写到五位女性牌友，其中一位叫克莉丝的打破沉默，说：“女士们，我们来谈谈这个话题吧，你们有过强奸幻想吗?”接下来的内容可想而知，她们围绕这个话题透露隐私。小说表面上批评了媒体迎合读者的窥阴、暴力、猎奇等阴暗心理，实则变本加厉，大有过之而无不及。

然后是她的代表作《盲刺客》（2000）。作品曾荣膺2000年布克奖。性冷淡“绝症”依然是作品的主题。小说写一个普通家庭的两性关系：父亲整日酗酒，寻欢作乐，而母亲只能默默忍受。于是他们成了熟悉的陌生人，同床异梦，两颗心永远走不到一起。女儿艾丽丝慢慢长大，继承了母亲的“传统美德”。当父亲为了利益把她嫁给理查德时，姑娘虽极不情愿，然还出于“义务”，消极地服从了。她一声不吭，一声不吭，最后还是一声不吭。婚后的艾丽丝沉默无语，成了“睁眼瞎”，唯一的工作似乎只是在丈夫需要的时候张开双腿，闭上嘴巴。艾丽丝的妹妹固然具有反抗精神，却同样未能逃脱理查德（姐夫）的侵犯。最后，她的控诉被曲解为疯言疯语。所谓的“盲”说穿了是指女人的冷、女人的性器官；而“刺客”则是男人的暴力、男人的性器官。当然，作品相当“复杂”：首先，作为女主人公之一的劳拉一开始就在车祸中死去了；她姐姐艾丽丝则生活在死者的阴影中。“盲刺客”的故事被告知是劳拉身前所著，写一个富家小姐爱上了一个在逃的穷小子。同时，故事发生在另一个星球——赛克隆（其中，一个盲刺客奉命追捕一名在逃的女牺牲品。后者出生在一个注定要为祭祀仪式提供女祭品的家庭，结果却使盲刺客一见钟情）。这个虚构的故事里充满了虚幻。“现实生活中”，艾丽丝嫁给了富商理查德，在外人看来，这是一桩美满的婚姻。殊不知，她只是继承了母亲的衣钵：分开双腿，一声不吭，一声不吭，一声不吭……而且，理查德还将魔爪伸向了小姨子劳拉。小说埋下的伏笔是理查德颇有些政治野心。于是，劳拉的车祸成了悬念。小说的另一个空间则是“历史的”：姐妹俩的祖辈从一粒纽扣开始创建的衬衫厂——民族工业。但这只是个非常模糊的背影。

可见，阿特伍德是一个很会用“女性”素材、“女性”话题夺人眼球的女作家。她的畅销与其说是见证加拿大的“传统”，毋宁说是在消解之，而其熟稔的方法便是拥抱“女性主义”等国际元素。我的问题是，那是经历了几次性解放运动的加拿大女性典型吗？当然不是，这只需稍看看门罗的作品便知一二。

例证之二：相对于大江健三郎的村上春树，其《挪威的森林》自1987年问世以来，在日本国内即创下了近千万册的销售纪录，境外销量更是不计其数。这部被村上春树本人及其东西方粉丝奉为经典的作品，2010年被搬上了银幕。小说很简单，可以说简单得不能再简单了，因为它只是个普通得不能再普通、老套得不能再老套的三角恋爱：男主人公渡边在多情善感、沉默寡言的直子与阳光而不乏野性、活泼而充满幻想的绿子这两位性格迥异的女性之间所经历的迷茫摇摆和颓唐无助。后来，直子自杀，这表面上似乎与男主人公无关，因为早在后者选择绿子之前她已然躲进了偏远的精神病院。最后，男主人公在直子的病友玲子的鼓励下开始新的生活。

随后是《海边的卡夫卡》（2003）。作品写一个自称卡夫卡的少年在十五岁生日的前夜离家出走，出走的原因是逃避父亲的预言：弑父，娶母。卡夫卡四岁时，母亲就失踪了，还带走了卡夫卡的姐姐（其实是父母的养女）。因此，他不认识母亲，后来命运使然，卡夫卡来到某私立图书馆，馆长佐伯女士是位五十多岁，但风韵犹存、气质高雅的美妇。卡夫卡一方面怀疑她便是自己的亲生母亲，另一方面又抑制不住内心的冲动：不仅爱上了她，而且和她发生了关系。这是小说的主线，也是奇数章的内容，作为副线的偶数章讲述一个名字叫中田的老人：他在二战期间经历过一次神秘的昏迷，从此丧失了记忆。当时他还在读小学，后来长大了，并在神智失常的情况下杀死了一个自称琼尼·沃克的“英国人”，而后一路来到卡夫卡所在的图书馆。女馆长佐伯将这两个故事联结起来，终于明白：原来琼尼·沃克是卡夫卡乃父乔装改扮的，而真正的凶手也不是中田，却极有可能是卡夫卡。这纯粹是现代版《俄狄浦斯王》。

再后来便是《1Q84》（2011），村上自诩恭敬：即借此向乔治·奥威尔（《1984》的作者）致敬。不过，奥威尔写的是指向未来的反乌托邦小说；而村上则是回溯过去：写一对十岁时相遇尔后便各奔东西的而立男女。两位主人翁青豆与天吾曾就读于同一所小学并邂逅，但分道扬镳后再未谋面。1984 年，发生了一连串事件。是年，青豆和天吾恰好三十岁，青豆既是健身教练，也是一名杀手，专门刺杀家暴妇女的男人；天吾是高中补习班的数学老师，同时也是一名作家。青豆和天吾于某一时间进入青豆命名的 1Q84。1Q84 与 1984 的主要差别在于前者天空上出现了两个月亮，而 1984 年发生的一系列事件阴差阳错地将青豆和天吾引入了一个被称为先驱的宗教社团。该团体的背后有一个 Little People。Little People 不属于这个世界，它具有制作空气蛹的能力，并通过空气蛹来到这个世界。青豆和天吾在 1Q84 以不同的角度了解世界：青豆借助于一次的暗杀获得了自觉；而天吾则是通过文学创作发现了 Little People 与两个月亮。二人因缘巧合在 Book 2 结尾时透过空气蛹有了短暂的重逢。作品的一些细节令人迁思丹·布朗。此外，村上的作品标题没有一个不是“洋气”十足的。

例证之三：相对于马尔克斯的波拉尼奥。波拉尼奥的《2666》（2004）甫一降世就好评如潮。先说书名，虽然作者在封底说它是一个年份（这个年份将出现在被人记下并迅速遗忘的公墓），但各路评论家依然竞相猜测。有说它像箴言中的一个数字（比如世界末日）；也有说它隐含着某种秘密（比如连环谋杀案的死亡人数，一如老马笔下的“马孔多大屠杀”），更有甚者，谓其像数字密码（就像人物阿玛尔菲塔诺眼中既有限又无限的几何书或镜子书，这或许是波拉尼奥对博尔赫斯的致敬），等等。我无意猜测，因为它很可能只是波拉尼奥文学策略或游戏的一部分，一个任意拈来的符码，甚至初稿的页数也未可知。如果非要将简单的问题复杂化，那么我宁可将它与 20 世纪 60 年代墨西哥作家埃利松多的一本书联系起来。后者名曰《法拉比乌夫》（1965）。尽管埃利松多并不属于“波段作家”，却从旁支持了年轻人的反叛。小说中也曾反复出现“六”这个数字，而且是汉字。它取佛教六道轮回以演绎三个场景。这三个场景都以某一瞬间为原点，第一个是“你”和“我”（有时也是“他”和“她”）在海滩漫步时看到的一张貌似刑罚的照片（时间为1901年，地点为中国某地），二人因此发生性关系；第二个是外科医生和某修女亲眼看见照片中的刑罚（也可能是外科手术）场面；第三个是外科医生（同时也是摄影师）的一个外科手术（或施刑过程），手术或行刑对象皆是照片中的那位中国妇女。埃利松多是几可与富恩特斯和鲁尔福比肩的墨西哥作家，其代表作《法拉比乌夫》又恰好发表于20世纪60年代并轰动一时，波拉尼奥不可能对它一无所知。至于三个“6”前面的“2”，倒更像是时间指代。《2666》作为波拉尼奥的遗作，其创作时间不难查考。也就是说，《荒野侦探》杀青之后的几年应该是他全身心投入写作《2666》的时间。世纪之交或新世纪伊始，墨西哥这个曾经接纳过不少亡国之君、苏联政敌（如托洛茨基）、纳粹逃犯和大批流亡作家（包括马尔克斯和波拉尼奥自己）的世外桃源陷入了可怕的危机，自1993年起，仅北方城市华雷斯就每年都有不少女性被暗杀，其中相当一部分是未满18岁的少女。迄今为止，罹难及失踪人数已经超过三千。这一骇人听闻的事实成为无数墨西哥文学艺术家讨伐的对象，波拉尼奥只是他们中的一个。由于触目惊心的事实占据了《2666》的不少篇幅，它既是作品（作为纪实）最夺人眼球的地方，也是它（作为虚构）最不讨好读者的地方。但它显然不是作品的主要内容或书心。作品的主要内容也许是反写实的写实，反阐释的阐释，甚至是为了解构宏大叙事的宏大叙事。

作品由五部分组成，它们相对独立（作者为生计，准备分别发表），之间真正有机关联的只有一个人物、一个地点，一虚一实：地点是墨西哥的圣特莱莎（以华雷斯城为原型），人物是虚构的德国大作家阿琴波尔迪（他完全可以被认为是一个“外星人”，盖因谁也没有见过他，就连他的“外甥”也是居无定所、神龙见首不见尾，或谓只闻其名、不见其人）。同时，阿琴波尔迪的经历又颇让人联想二战后期潜逃至南美的许多纳粹，但他隐姓埋名却是另有蹊跷：按照叙述者的说法，他是为了远离尘嚣才退避三舍的。他到墨西哥却是应“胞妹”所托，去寻找“外甥”的。据说，后者涉嫌谋杀少女而身陷囹圄。与此关联，第一部分“文学评论家”讲述四位来自不同国家的阿琴波尔迪研究者的墨西哥之旅；第二部分“阿玛尔菲塔诺”围绕智利流亡哲学家的坎坷人生并揭示书（犹如“宝鉴”）与生活的关系，以及他和女儿在圣特莱莎的遭遇；第三部分“法特”是美国黑人记者在圣特雷莎的阴差阳错的工作经历，直至他最终带着阿玛尔菲塔诺的女儿逃离墨西哥；第四部分“罪行”以新闻报道般的逼真记叙惨绝人寰的连环杀人案；第五部分“阿琴波尔迪”回到阿琴波尔迪的身世。作品以阿琴波尔迪抵达圣特雷莎告终。如此，小说从评论切入，展开了创作与批评、真实与虚构、传统与鼎新、哲学与数学、此在与彼在、灵魂与肉体以及是与非、善与恶、美与丑、知与行、生与死等一系列重大问题的阐发和讨论，所涉范围之广、话题之多非 2 的 666 次方可以道尽。于是，正所谓“彼亦一是非，此亦一是非”，波拉尼奥一不小心就使其雄心溢出了《2666》。

与拉丁美洲的前辈作家相反，波拉尼奥生前否认自己是智利或墨西哥作家，并素以国际写手自居。在他有意无意地将笔触伸向墨西哥现实时，已然自觉地将自己与国别、地域划清了界限。否则他记述一个个被害女性时的那种刀劈泥巴般的冷峻也就难以理解了。同时，他对墨西哥并非毫不关心。这是他矛盾和纠结的地方，就像他有意与传统决裂时，一不小心传统就会从字里行间渗出。退一步说，所谓的“国际化”也正在或已然成为传统。远的不说，稍长于他的普伊格、阿连德等早就举步在先。如果说《蜘蛛女之吻》（1976）多少还是土生土长的，那么《天使的命运》（1979）显然已经大踏步地迈向了国际时尚，以致其穿越（无论时空）都大大超越了威尔斯等前辈的想象。至于阿连德，她成名之后也不再拥抱家族和故土，开始大撒把，将目光投向了天南海北，甚至世界屋脊——西藏。

回到波拉尼奥及其《2666》，奇怪的是连西语作家回归情节的趋势也没有在波拉尼奥身上得到体现，这就反证了他的“国际化”用心。小说的重要人物阿琴波尔迪是德国人，他的四位评论家则分别来自英国、法国、意大利和西班牙，再加上一个智利哲学家、一个美国记者（而且是黑人记者），以及墨西哥这个原本种族混杂的地方。如果他的那些“6”真的暗指《法拉比乌夫》，那可就真的是人类大杂烩了。当然，这只是表层的。深层次上，《2666》着意于探究爱情（跨国多角恋爱、跨种族恋情等）与杀戮的秘密（这又暗合了《拉比乌夫人》的主题）以及前面提到的诸多关系。同时，血腥从世纪之交回溯至法西斯主义、苏联肃反等，人类的自私、怯懦、冷酷、仇恨和残忍掩盖了仅存的爱与恕、真与美。作品将主要笔触指向人性，并多方位地体现悲观，乃至绝望；而赤裸裸的罪行对读者的承受能力则是一种考验。这样的凉水浇背，甚至刀剜人心在这个狂欢时代、消费时代（同时也是危机时代）自然有其讨巧之处。诚然，问题的揭示是双刃的：一方面体现了历史的循环，即后发达国家正如何亦步亦趋地步人后尘；另一方面又似乎给年轻的国际写家和那些为美加墨自由贸易区欢呼雀跃，甚至恨不得将主权拱手相让的人（理由是波多黎各“过得很好”）提供了佐证。小说有趣并且入木三分地写到一个“国际马戏团”（譬如这个时代的好莱坞或NBA或多如牛毛的跨国公司等），它由美籍墨西哥裔人士（奇卡诺）创办，吸纳了不同国别的高人、达人。而最终外国人的逃离标志着灾难的承受者必得是墨西哥人；同时，“奇卡诺们”的存在反过来昭示，甚至支持了相当一部分墨西哥人的“幸福观”：美国，不然加拿大，再不然欧洲或澳洲。富有的腆着腰包到北美或欧洲或澳洲之类的地方去移民，去繁衍，去消费，去“幸福”；钱少的千方百计让孩子留学美加欧澳，然后落地生根；实在没钱的就偷渡或硬着头皮在国内捱。

波拉尼奥（或者还有我们身边那些热衷于国际化的写家或艺人）一定不会忘记20世纪二三十年代的那场争论。当年，也即“文学爆炸”前夕，拉美文学界、思想界有过一场围绕民族性与世界性的大讨论。其中的“宇宙主义”何尝不是世界主义？虽然它同土著主义的交锋无疾而终，但有关思想分明对“文学爆炸”起到了催化作用。现在重提这段往事，不仅可以让人忆起拉美在早期“全球化”进程中的遭际（《百年孤独》象征性地选择了即时的“世界末日”），也很容易让人想起20世纪二三十年代中国的世界主义思潮（譬如部分知识分子的世界语狂热），和目下有关废黜中文的可怕诉求。

如今，跨国资本汹涌，全球一村的时代已然来临。甭说是连环杀人，即使再小的事情，也可能产生严重后果，一如自然界的蝴蝶效应。同时，跨国资本主义（国际化、全球化）的历史必然与发展中国家的文化传统及情感诉求构成不可调和的矛盾。无论是自易还是被易，相对薄弱的经济基础和相应、不相应的上层建筑决定了发展中国家介入国际化、全球化狂欢所必须付出的高昂代价。墨西哥只是其中的个案。20世纪80年代经济危机之后，新自由主义和迫不及待的“美国化”几乎一夜之间使墨西哥失去了平衡。那个20世纪40—80年代初高速发展的欢乐、祥和、好客的国家顿时倾斜并面临坍塌。社会矛盾严重激化，欲望空前膨胀，贩毒、爆炸、绑架、暗杀等恐怖事件层出不穷，令人不寒而栗。而且，这不仅止于发展中国家，发达国家同样面临源自跨国资本（如商品流动及劳动力市场、投资移民、难民，等等）引发的现实矛盾、伦理危机和情感错位。总之，世界在空前的二律背反中不知所措。同时，文明的演进犹如时尚，虽系人为，却非无本之木、无源之水，甚至可以说是强制性的。强势文化对其他文化及其传统明显具有强迫性、颠覆性与取代性。千万不要自欺欺人地以为“全球化”只关涉经济。上层建筑、意识形态能与经济基础相割裂吗？事实上，跨国资本正急剧地使发展中国家的民族自主性、民族传统由外而内、由内而外地面临威胁，而所谓的世界潮流（及其流行声色）正在使许多民族传统乃至语言化为乌有。

总之，以上作家作品无论技巧还是内容都具有鲜明的“国际化”倾向，故而也十分有利于全球发散。抽去其人物姓名、事发地点，那么他们和它们完全可以是世界上的任何个人、任何地方。这些作品甚至连时间都相当模糊，盖因其来源不再是生活，即传统意义上的现实，而是各种文本。此外，不是巧合的巧合是，以上三个作家的代表作均有“科幻小说”的影子，而且都异常畅销。

二

关于畅销书或文学何以畅销，无疑谁都可以说上两句，但知其然是一回事，知其所以然是另一回事；此外，上述作品的内在机理及传播方式、市场效应、价值取向，以及新形势下如何界定畅销书与经典的关系，等等，都不是三言两语可以说清的。譬如莎士比亚和塞万提斯都曾是同时代文杰和批评所轻视、小觑的畅销作家，但随着学院派的崛起，他们也便被经典化了。而今情况发生了变化，学院批评在强大的资本和市场面前显得越来越羸弱无力，倘使再热衷于自话自说，那么其影响将聊胜于无或等同于无，甚至反转而成为资本（狂欢）的帮凶。但是，限于时间和篇幅，我不能就诸多新老问题一一展开，故敷衍如下。

首先，中外文学正呈现出无比繁杂的景象。传统写作及与之相关的现实主义（如城市文学、乡土文学、历史叙事等）继续存在，而多少与之对立的戏说、大话、调笑和恶搞则强劲地发展，五花八门的文学类型更以令人眼花缭乱的姿态发散、弥漫开来。

其次，世界文学在空前繁杂中日益趋同。这似与前述构成了矛盾，而实则不然，盖因繁杂或繁荣只不过是表象或假象。如上所述，它是解构风潮之后的众声喧哗，莫衷一是。换言之，在跨国资本主义全球化浪潮的推动下，有关现象大有趋同倾向，是谓“国际化写作”。这在我国的一些“70 后”“80 后”及“90 后”写家中已然有所体现。

简而言之，繁杂既可理解为繁荣，也可理解为混乱，而且量的宏大并不能阻止我们基于一定立场和方法的质的怀疑与否定。例如，我们经历了后现代主义狂轰滥炸的结果似乎只是为了迎接跨国资本主义的全球化进程。如今，资本和技术理性完成合谋，世界在一片伪多元的狂欢——大众消费文化中堕落。

法兰克福学派主将马尔库塞在其《单向度人》（1964）和《审美之维》（1978）中曾经呼应过现代主义（或先锋派）作家对大众文化的批判。马尔库塞指责消费主义正在使全人类（包括无产阶级）成为追求消费的单向度人。与之完全相反的是文化批评家费克斯（《理解大众文化》）的说法，他认为大众（或通俗）文化是日常生活文化（或谓“审美生活化”“生活审美化”），其消费过程是依靠文化经济自主性对资产阶级意识形态霸权进行抵抗的过程。虽然他们都从反资本主义文化的角度肯定了“精英文化”和“大众文化”（或“通俗文化”）的存在价值，但本质上并未说明“精英文化”和“大众文化”本身也受资本支配或被资本利用，甚至成为美国主导的跨国资本主义的意识形态和文化产品。退一步说，即使毕加索们和乔伊斯们的初衷是反对资本主义、反对文艺商品化，他们终究也无一例外地被商业化了。这是资本强大的又一显证。另外，当代世界文学的“国际化”（趋同）倾向及相关狭义文化的实际情况也说明了这一点：即好莱坞战胜欧洲电影，波拉尼奥们战胜马尔克斯们、村上春树们战胜大江健三郎们、阿特伍德们战胜门罗们、郭敬明们战胜莫言们，这在市场的天平上几乎毫无悬念。

总之，无论是美国引领的政治还是文化，其“多元”（或“民主”）终究应资本而生，为资本而存。于是，曾经的欧洲精英最终不得不喝着可口可乐、嚼着爆米花、穿着牛仔裤在电影院或自家客厅的电视机前观看好莱坞电影，读美国或美国认可的文学作品。换言之，大众消费文化不仅是难以撼动的现实，而且是美国战胜曾经的对手——欧洲精英文化传统和苏联意识形态的强大武器。如今，美国正理直气壮地在“多元”（或“民主”）的旗帜下进行政治和文化的多重营销，我们当何去何从？这是一个不容回避的问题。

显而易见，我国的文学批评尚缺乏起码的文化自觉，甚至迄今存在着三种不良倾向：一是追捧，二是谩骂，三是照搬和套用西方理论。顺便说一句，外国文学译介和研究终究是为了知己知彼，为我所用，从而进一步繁荣和发展我国文学。但是，长期以来，由于学科细化等客观原因，以及相当一部分外国文学研究者的主观偏离和对象认同，五四以来中外并举，尤其是新中国建立之初的“古为今用、洋为中用”方针不仅没有得到很好的继承和发扬，而且大有彼盈我竭、老死不相往来之势。这无疑是本末倒置，有违外国文学研究的主要目的。这且回头再说。问题是，与此同时，我国当代文学批评本身存在的酷评、媚评、西化等不良倾向、不良学风，势必迫使外国文学研究者调整姿态、回撤并全面介入中国文学批评。这不仅必要，而且紧迫，盖因母体文化亟待保护，亟待增强抗体。

三

以上“国际化”倾向或乱象归咎于学理，则大体可以用极端相对主义来含括。而极端相对主义又几可等同于后现代主义或文化“全球化”。我之所以这么认为，是基于以下立场和方法。

（一）立场问题

从方法论的角度看，立场是基础，是灵魂。但是，相当长的一个时期以来，我国的人文环境大体上存在着一些明显的偏颇。概括地说，它们有以下几种表现。

1. 引进照搬较多，自主创新较少

20 世纪 80 年代、改革开放初期不必说，即使近十几年，据出版总署的有关统计，我国的知识产权贸易仍严重失衡、赤字巨大，人文社会科学领域尤其如此，其逆差之大令人震惊。拿原创文学作品而言，2009 年我国出版长篇小说近三千部，各种文集一万五千余种，网络长篇小说一百余万部，但真正走国门的微乎其微，学术著作则更不待言。而且问题的关键还在于即使有个别作品侥幸输出，其质量也未必上乘。相当一部分甚至有明显立场问题。而我们的多数学术产品即使走出去，也会贻笑大方。至少是在文学批评领域，只消稍稍点击一下关键词，你就会发现，相当一部分学者的成果仍在不加批判地照搬西方学者的治学方法乃至立场、观点，于是乎主体性、叙事学、后殖民、后女权以及多元、相对、狂欢或者流散、互文、解构、身体、创伤，等等，充斥学苑。

2. 关注西学较多，重视东学较少

且不说国学尚未得到真正的重视和正确的对待，因为不少人正从小孩和脏水一起倒掉的极端走向另一个极端：食古不化的十全大补。这是老前辈郑振铎先生在 20 世纪 20 年代末、30 年代初抨击第一次“国学回潮”时所说的话。现如今，我们当中的有些学人甚至无视一百多年来无数先驱寻找马克思主义，借鉴苏联经验，尤其是我国新民主主义革命和改革开放的成功经验，不是崇洋，便是复古，甚至把封建迷信也一股脑儿地当作宝贝和学问。而西方的文化产品登陆我国市场更是如入无人之境。好莱坞电影、国际大片不必说，许多文学作品和学术著作也犹如“最高指示”，恨不得传达引进不过夜。比如丹·布朗的最新小说、一些美欧著名学者的著述，几乎是中外同步发行的。总之，食洋不化现象所在皆是。幸好地球是圆的，东西方还有时差。

3. 微观研究较多，宏观把握较少

季羡林先生在《神州文化集成·序》中认为，“东方重综合，西方重分析”。这当然是相对而言。谁说我们丰富多彩、博大精深的经、史、子、集中没有分析？问题是，这些年来不少学者不知不觉、慢慢习惯了碎片化或钻牛角尖式的问学方式，似乎非如此便谈不上什么学问。这不是数典忘祖吗？在目下众多令人眼花缭乱的学术著作和各色论文中，“马尾巴功能式”的研究不在少数，以至于有的研究人员大半辈子津津于某个作家的某部作品的某个枝节问题，而且乐此不疲，汲汲于蜜蜂式的重复，恨不能如影随形、如出一辙。

4. 就事论事较多，规律探讨较少

在人文领域，尤其是文学领域，且不说重大的理论体系，即使是一般学术规律都乏人探询。我的一位前辈学人、九叶诗人袁可嘉先生曾经用十二字概括西方现代主义，谓“片面的深刻性，深刻的片面性”，我认为是非常精辟的。现在回过头来看看三十年走过的路，反思一下从形形色色的现代主义到五花八门的后现代主义，我们有多少这样建立在扎实辨章和深入考镜基础之上的概括和论述？

5. 生搬硬套较多，分析批判较少

没有立场，更谈不上原创的方法和独特的观点。人云亦云，必然导致批评的阙如。而且学术界多少存在着一个误区，认为真正的学问必须避开马克思主义、淡化意识形态。殊不知淡化意识形态也是一种意识形态。比如文学界就有一些人一味地追随洋人，推崇洋学，试图拿张爱玲、林语堂、周作人等取代鲁郭茅、巴老曹。我不是说前者一无是处，但厚此薄彼显然是有利于所谓的多元化（实际却是跨国资本主义的一元化，因为只有在众声喧哗、众生狂欢的环境中，跨国资本才如鱼得水、犹龙入云）；又比如当下充斥文化市场的那些戏说、话说、恶搞或调笑，恰好与网络的虚拟文化殊途同归，正极大地消解着传统（包括真善美与假恶丑的界限以及对于发展中、崛起中的中华民族还至为重要的民族向心力和认同感）。

这就牵涉到立场问题了。立场问题，归根结底是世界观问题，但同时也牵涉到小我与大我、个别与全局、短期与长远等一系列关键问题。比如，西方神学家奥古斯丁有一句名言，谓：“爱，而后为所欲为。”孔子则从另一个角度表达了类似的思想，曰“己所不欲，勿施于人”。二者的共同前提都是爱，都是仁。因为有爱，你不会去伤害别人；因为有仁，你会设身处地、以己度人。但是，你之所爱，不一定就是人之所爱；你之所欲，也不一定是人之所欲。这是最浅显不过的道理。如此，即使立场正确，也还有方法问题。即或我相信我们的研究都有明确的服务意识：服务民族振兴大业和社会长治久安、文明进步，但方法不当，就可能事与愿违，甚至可能适得其反。这也是我们人文社会科学研究何以要注意方法、场合和尺度的原因。

世界就是这么矛盾、这么莫衷一是。同理，英国伯明翰大学的文化研究所在 2002 年 6 月 27 日正式撤销被一些人说成是“多元文化的终结”，而事实上世界正在进入前所未有的跨国狂欢时代：不同声部、不同色彩聚集在一起，不分主次，不分你我，或者你中有我、我中有你。近年来我国的文学创作和批评不也是如此吗？老的、新的、土的、洋的，杂然纷呈。尤其是近年兴起的网络文学和微博写作，更是五花八门、令人目眩。由此，与英国最具盛名的布克（Booker）奖并列，又出现了博克奖（Bloger），以奖掖方兴未艾的网络文学、浩浩荡荡的网络大军。

其次，代表本土利益的发展中国家（或谓第三世界）作家并没有真正参与到这个跨国公司时代的狂欢当中。那些所谓的后殖民作家，虽然生长在前殖民地国家，但他们的文化养成和价值判断未必有悖于西方前宗主国的意识形态。像近年来获得诺贝尔奖的加勒比作家沃尔科特、奈保尔和南非作家库切，与其说是殖民主义的批判者，不如说是地域文化的叛逆者。前面说过，沃尔科特甚至热衷于谈论多元文化、说那些具有强烈本土意识的作家是犬儒主义和狭隘民族主义者。

这往往会使我们联想到歌德关于世界文学的说法。在歌德看来，世界文学的远景正是你中有我、我中有你，各民族文学并存交流的美好的、和谐的图景。而歌德恰恰是在读了几部明清代小说或者还有印度的《萨恭达罗》等之后受到启发，认为人类感情的相同之情远远超过了异国之理。前面说过，马克思不相信这种盲目的乐观态度。如今，事实证明了马克思的预见，而且这个世界市场网的利益流向并不均等。它主要表现为：所谓“全球化”，实质上是“美国化”或“西方化”，形式上则是“跨国公司或跨国资本化”。它极易使发展中国家陷入两难境地：逆之，意味着失去发展机会；顺之，则可能被“化”。

从这个意义上说，“全球化”和“多元化”其实也是一个悖论，说穿了是跨国资本主义的一元论。于是，我们很难再用传统方式界定文学，回答文学是什么这个古老的问题。请允再次借用昆德拉关于小说的说法，或可称当下的文学观是关乎自我的询问与回答。这就回到了哲学的千古命题：我是谁？从哪里来？到哪里去？只不过哲学的这个根本问题原本是指向集体经验的，而今却愈来愈局限于纯粹的个人主义或个性化表演了。

（二）方法问题

马克思主义为我们奉献了两大法宝：历史唯物主义和辩证唯物主义。信不信这些方法是一回事，如何运用这些方法又是一回事。前者与后者并不能完全画等号。假设我们信奉马列主义，却未必等于我们有能力自如地运用马列主义。自觉运用马列主义殊是不易，化盐于水、润物无声地体现马列主义的基本立场、观点和方法更不是一件容易的事情。假如容易，我们不会犯“文革”那样的错误，苏联也不会垮台。当然，这里面确实还有真信与假信的问题。倘使仅仅是为了五斗米，譬如那些临时抱佛脚的信众，或者一边做坏事一边烧高香者，那还不如别讲马列主义。然而，无论历史唯物主义，还是弗洛伊德精神分析方法；社会历史批评，还是结构主义的形式主义或后结构主义，等等，但凡是人文研究，都回避不了其意识形态属性。当然，这并不否定方法具有一定的独立性和客观性，从某种意义上说，人文研究的复杂和魅力即在其中。

我们不妨以马克思主义经典作家对古典文学的评价说起，当可窥见问题的复杂性。

马克思和恩格斯熟谙同时代及其之前的西方文学。他俩虽然都没有专门从事文学批评，却因其历史唯物主义和辩证唯物主义为我们留下了一笔宝贵的遗产：一是针对巴尔扎克，提出了现实主义胜利的观点；二是针对莎士比亚和席勒，提出了要“莎士比亚化”，不要“席勒式”的观点。二者既申明了立场，又在方法论上为我们树立了典范。

前面说过，世界文学一路走来，明显呈现出自上而下、由外而内、由强到弱、由宽到窄、由大到小的历史轨迹。于是，个人主义甚嚣尘上，技术理性畅行无阻；道器从未如此颠倒，世界也从未如此令人不安。这也是私有制发展的必然结果。因此，反对个人主义不仅是我们构建社会主义核心价值体系的需要，也是经典作家为我们指明的一条屡试不爽的成功之路。而巴尔扎克式现实主义的胜利多少蕴含着对世俗、对时流的明确背反。尽管其初衷是保守的，但马克思、恩格斯却反其道而用之，使他成了无产阶级的“同谋”。这便是文学的奇妙。方法可以在一定程度上“改变”立场及其向度，这时，方法也便获得了一定的独立性。同理，莎士比亚是顺应时代潮流的，但他所取法的却是一种兼容并包，即既写喜剧，也写悲剧，甚至在悲剧中掺入笑料。正因为如此，托尔斯泰从类似于巴尔扎克的立场出发，对莎士比亚进行了猛烈抨击，说他没有信仰。而马克思却从方法论的角度提出了要“莎士比亚化”，不要“席勒式”。因为莎士比亚的作品拥抱了文学的根本：情节的生动性和内容的丰富性；而席勒的作品更像是政治宣传。

在这方面，不仅西方经典作家为我们留下了丰富的遗产，中国经典作家如罗贯中、曹雪芹、吴敬梓等同样为我们树立了榜样。他们对于时流及人类精神的下滑倾向采取了明确的背反姿态。当然，文学终究是复杂的，它是人类复杂本性的最佳表征。如今，面对跨国资本的强势进入，我们的价值观抗体远未建立。文化安全势如垒卵。价值观的核心部分高高在上，远未深入人心并影响人们的思维和行为方式。其中最重要的一个问题便是一般价值观的阙如，譬如道德、情感等精神诉求的相对薄弱或发散。综合起来说，便是我们过去常说的精神文明建设步伐严重滞后。它不是简单的GDP或理论本本、标语口号可以解决的。它确实有赖物质文明的要素，但同时也取决于意识形态及其相对合理公平的政治法律制度的作用，以形成广泛的民族认同和相对牢固的民族心性。曾几何时，建立在故乡情怀和家国道义基础上的核心价值观有仁义礼智信、温良恭俭让等一系列入心入脑的观念或知行与之相互作用，并体现于大多数人的生活方式。

马克思主义不相信脱离实际的理论。恩格斯在《社会主义从空想到科学的发展》一文中明确指出：“为了使社会主义变为科学，就必须首先把它置于现实的基础之上。”[①] 他同时指出，科学社会主义是资本主义矛盾和冲突在工人阶级头脑中的反映，资本主义的矛盾和冲突是科学社会主义产生的物质经济根源。在《共产党宣言》中，马克思、恩格斯更是旗帜鲜明

---

① 《马克思恩格斯选集》第3卷，人民出版社1995年版，第732页。

地站在无产阶级的立场上，呼吁“全世界无产者联合起来”，推翻资产阶级统治。而资产阶级，“首先生产的，是它自身的掘墓人”[①]；盖因资产阶级的产生建立在对无产阶级的剥削的基础之上，但是，随着大工业的发展，资产阶级赖以生产和占有产品的基础本身也就从它的脚下被挖掉了。换言之，伴随着资产阶级的产生而产生的无产阶级对其剥夺者的剥夺终究会来临。马克思主义的国际主义与《国际歌》的精神一致，是全世界无产阶级联合起来、废黜资本主义，而非别的。因此，它是有鲜明的阶级属性的。

同时，人类也确有一些超阶级的普遍价值存在，譬如乡情、爱情、友情，等等。这些情感又必须从小出发，然后逐渐放大，而非相反。一个连亲、师、友都不爱不敬的人，又怎么爱家、爱国、爱世界？由己及人、以己度人，即孔子所谓的“老吾老及人之老，幼吾幼及人之幼”。但归根结底，爱己与爱人、爱家与爱国、爱家国与爱世界即或理论上并不构成矛盾，但现实世界中利益纠葛所在皆是。因为在当今世界，“利益是唯一的推动力”。孔子之谓及诸如此类的美好愿景，不外乎美好的愿景而已。人类社会是一个由自由走向禁锢（或禁忌），再走向自由（高度自觉）的过程，而非相反。故此，此自由非彼自由。换言之，人类文明的初级阶段是禁律约束本能，譬如早在西周初期，我国就建立了严格的婚姻禁忌，禁止同姓（兄妹）联姻；高级阶段是自觉代替禁律，及至真善美战胜假恶丑，最终抵达自由王国。然而，建立在剥削基础之上的资本主义必然王国尚未终结，理想的自由王国还很遥远。国家之间的倾轧与反倾轧从未停止，帝国主义、霸权主义仍十分猖獗，陶冶人心、凝聚人心、励志向上的文艺作品依然是中华民族图强、复兴过程中不可或缺的催化剂。不承认这一点，倘非无知，便是别有用心。

然而，正是在“大同”“博爱”等泛世界主义思想的指引下，“世界文学”被提到了议事日程。需要说明的是，世界文学的确存在，它是全世界文学之和。这是第一层次。第二层次是世界文学的权重依然向西方倾斜，时行的世界经典谱系基本由西方确定。而第三层次便是歌德式理想主

---

① 《马克思恩格斯选集》第1卷，人民出版社1995年版，第284页。

义，甚至别有用心的“你好我好大家好”，从而掩盖了文学的国家性、民族性和阶级性。当然，这并不是要回到阶级斗争、国家主义和狭隘的民族主义（这前面已经澄清），而是提醒文学终究是特殊的意识形态，无不打着时代社会、民族国家和阶级阶层的烙印。

以上是最为简单的一种扫描方式，有关人事，容当仔细探究。反过来说，倘非村上春树或波拉尼奥或阿特伍德或赛阿维达似的一味地“国际化”（实则是西方化），我们的文学能轻易走出去吗？然而，我们就这么迫切需要走出去，需要迎合“世界”潮流吗？或者我们发出的声音、我们迈出的脚步可以改变“世界”吗？这些问题无不关涉我们对时代社会主要矛盾的认知。在我看来，我们所面临的最大矛盾恰恰是民族利益、民族情感同跨国资本及其主要支配者所奉行的资本逻辑之间的矛盾。这一矛盾在“全球化”和市场经济背景下因生产关系和价值取向、生活方式的改变而变得错综复杂。文学及文学批评领域亦然。一如莎士比亚所言，“钱”这个娼妓可以颠倒黑白、混淆是非。在这个跨国资本主义时代，以利润为出发点和终极目标的资本支配者更是吃人不吐骨头，他们正在将“娱乐至死”的大量文化垃圾强加给全世界。正因为如此，重构经典，保卫经典已经不是什么新鲜话题，但这个话题远未说清，也远未引起足够的重视。而经典无疑是民族认同感和凝聚力的最大黏合剂。曾有同行学人责问我：我们为什么不能强调文化多元化？原因并不复杂：首先，目下所谓的多元至是伪多元，除了资本和利益还有明目张胆的霸权主义；其次，我们处于弱势，没有美国的资本和资格。曾几何时，它也没有这个资本和资格，想想20世纪中叶的麦卡锡主义和源远流长的种族歧视吧！而今，文化伪多元符合华尔街全球扩张的需要。社会主义，乃至传统意义上的集体主义、民族精神皆是跨国资本的天敌，尽管美国张口闭口皆是美国利益、美国精神。可见，自由王国还十分遥远，而一切违背资本逻辑的努力都意味着逆水行舟。也许因为如此，那些以马克思主义者自诩的西方学者（如詹姆逊、伊格尔顿、齐泽克）也不同程度地受到了解构主义的影响，从而夸大相对主义。

经典及其否定性批评

如何面对经典是一个人文学者经常遭遇的问题。每一个民族都需要自己的经典谱系，同样，每一个时代也需要自己的经典谱系。这就像是洗牌，印证了“一切文学都是当代文学”的命题。但是，无论取舍抑或褒贬，背后一定有其原因；何况“文章合为时而著，歌诗合为事而作”乃千古不变的至理。关于经典的褒奖与守望前面已经说得很多，在此，我不妨以塞万提斯为例，看看一个经典作家是如何被否定性批评“棒杀”的。

众所周知，在漫长的文学史上，除却最初阶段，塞万提斯基本没有遭遇过严格意义上的否定性批评，纳博科夫几乎可以说是一个绝无仅有的例外。他恰似当年老托尔斯泰之对于莎士比亚，出其不意地对塞万提斯进行了猛烈的批评与颠覆，其方法具有片面的深刻性，即攻其一点不及其余的形而上学特征。而这非常契合“冷战”思维，可以说是20世纪五六十年代意识形态批评的一种极端表现（这一定会让我们想起诸多炮轰经典的哗众取宠或稀释经典的巧妙做法——后者如夏志清对鲁迅的否定，尽管其方法委婉得多，唯其如此也更具有欺骗性）。

且说纳博科夫在哈佛大学讲授《堂吉诃德》便是以当众撕毁这部作品开场的。

一

纳博科夫在《〈堂吉诃德〉讲稿》的《引论》中首先分析了《堂吉诃德》的时间地点，尽管他事先说明，他将“尽最大的努力避免在小说里寻找所谓的‘现实生活’这样的后果严重的错误”，并且认为“一部虚构的作品的细节越是生动、越是新鲜，它离所谓的‘现实生活’就越远。”[①]

也许纳博科夫没有注意到西班牙作家阿索林的《堂吉诃德之路》[②]，或者对之视而不见也未可知。他近乎武断地认为，“《堂吉诃德》的不稳定的背景是虚构的——而且还是相当不能令人满意的虚构”。因为正如果戈里对于俄罗斯中部知之甚少，“塞万提斯对于西班牙似乎了解得也很少”。“倘若我们从地理角度来考察堂吉诃德的冒险旅程，我们就会面对让人目瞪口呆的混乱。详细情况我就不向你们解释了，我只说一件，那就是这些冒险旅程从头至尾每一步都是一团糟，非常不准确。”在此，纳博科夫还有意加了个注，即法国—阿根廷学者保罗·戈鲁萨克的《一个文学之谜：阿维亚内达的〈堂吉诃德〉》（*Une Enigme Literaire*：*Le Don Quichotte d'Avellaneda*），其用意不言自明。因为后者认为阿维亚内达的同名伪作相当精彩。

纳博科夫接着说：“作者回避了那些很具体的文字以及可能被查证的描述。倘若要顺着这一路线跨越四个省或六个省，在西班牙的中部漫游，那是绝对不可能做到的，因为在这个漫游过程中，在达到东北部的巴塞罗那之前，一个知名的村镇也不会遇到，一条河流也不会淌过。塞万提斯对于地方村镇的无知是不分青红皂白、彻头彻尾的……”

且不说纳博科夫的观点自相矛盾，即使如他所说，塞万提斯也是有言在先：“不久以前，有位绅士住在拉曼恰的一个村上，村名我不想提了……”然而，阿索林在其《堂吉诃德之路》中写得明白，塞万提斯之所以从一开始就含糊其辞，谓村名不想提了，可能是因为他在拉曼恰有过不堪的遭遇。也就是说，他曾被羁押于拉曼恰的蒙德拉诺监狱，即一个叫阿尔加马西利亚的村庄附近。它距离塞万提斯的故乡阿尔卡拉德埃纳雷斯也很近，而《堂吉诃德》恰恰又是在这座监狱中着床的。何况，塞万提斯在小说第一部结尾处有意假托阿尔加马西利亚学者，以献词、凭吊和墓志铭的方式说出了村名。

---

① 转引自纳博科夫《〈堂吉诃德〉讲稿》，金绍禹译，上海三联书店2007年版。下同。

② ［西班牙］阿索林：《堂吉诃德之路》，马德里：国内外文库，1905年。此书详细描述了堂吉诃德和桑丘·潘沙的行踪，并使之成为20世纪西班牙文化旅游的首选路径。

干雷隆隆响彻拉曼恰上空，
横扫千军胜过克里特王子①；
脑瓜儿机敏恰似风信鸡头，
剑头所向永远是南辕北辙。

他短臂大力威名西方原扬，
从契丹到加埃塔无所不及；
他聪敏过人才思无人可比，
铜像在他面前也黯然失色。

他坚强无畏却又柔情似水，
阿马迪斯也不能望其项背；
……
如今长眠于这冰冷的石冢。

另一首墓志铭写道：

骑士长眠于斯，
一生渡尽劫波，
骑着驽骍难得，
踏遍坎坷歧途。
桑丘傻容可掬，
永远陪伴身旁，
人间侍从无数，
谁能与之媲美？②

正因为如此，阿维亚内达在其伪作中明确写道：堂吉诃德乃是阿尔加

① 指古希腊传奇人物克里特王子伊阿松。
② ［西班牙］塞万提斯：《堂吉诃德》，参见杨绛译本，人民文学出版社 1987 年版。后同。

马西利亚人氏，其故乡就在阿尔卡萨尔附近，如此等等。塞万提斯故意隐去真名，不仅与《红楼梦》如出一辙（个中原因可供无数钩沉索隐者探询），而且客观上扩大了小说的地理覆盖面。

关于《堂吉诃德》的时间问题，也即作品所表现的历史背景和社会状况，纳博科夫采取了同样的方式，认为“到底塞万提斯是一个虔诚的天主教徒抑或亵渎神圣的伪天主教徒，实际上并没有多大的关系；甚至他是一个好人还是一个坏人，也没有什么关系；他对于他那个时代的状况的态度，无论他采取的是什么样的态度，我认为也是不很重要的。就个人的意见来说，我更倾向于接受这样一个观点，即他并不怎样关注这些状况”。

然而，按照批评家洛夫乔依的说法，一般读者往往非杰作不读。但是，在他看来，那些永恒的天才作家往往是超越时间地点的，盖因天才作家关心的是人类的普遍品行，相反二流作家才更加关注周遭的现实。洛夫乔依曾援引另一位批评家的话说：“一个时代的发展趋向在次要作家的笔下比在高水平的天才作家的笔下显得更为清楚明晰。后者像讲述他们所生活的时代那样讲述过去和未来。他们是为各个时代写作的。但是在反应敏感的、缺乏创造力的作家手里，当时的理想清清楚楚地记录了自身。”① 这显然也是约翰逊博士的意见。

洛夫乔依们的观点固然不乏绝对化之嫌，但并非完全没有道理。重要的是他说出了西方学术界一个心照不宣的传统：不唯上，不从众。从这个意义上说，纳博科夫倒是沾了点这个学术传统的边。

值得注意的是我们的文学批评常常具有某种随风倾向，即不是唯上（权威意见或领导意志），就是从众（媒体追捧或大众趣味）。譬如《红楼梦》成了经典，红学便泛滥一时；而“绿学”（如《绿野仙踪》之类）则如夏炉冬扇，几乎无人问津。或者，言鲁茅郭、巴老曹者不谈张爱玲，反之则不屑于前者而定后者为尊。不信你就随便翻一翻近三十年出版的两千多种中国文学史。以上述两类情形为鉴，其雷同状况（包括立场、观点、方法和材料）几可说达到了无以复加的地步。

---

① 转引自［英］塞尔登《文学批评理论——从柏拉图到现在》，刘象愚等译，北京大学出版社2003年版，第434页。

二

关于小说形式，纳博科夫以颇为轻蔑的口吻说道："《堂吉诃德》属于很早、很原始的小说类型。它是与流浪汉和无赖冒险小说非常紧密地关联的——所谓流浪汉与无赖，源自西班牙语 pícaro 一词，它在西班牙语里是流氓无赖的意思——是如同葡萄藤覆盖的山一样古老的故事，这一类故事里都有一个滑头的人，一个流浪汉，一个江湖骗子，或者任何一个或多或少有一点古怪滑稽的人作为主角。同时这个主角追寻一个或多或少是反社会或者非社会的目标，他干着一件又一件的活，说着一个又一个笑话，出现在一连串有声有色、结构松散的片段里①，而实际上喜剧的成分压倒任何的抒情或悲剧的含义……当然，在我们这个沉湎空想的堂吉诃德的冒险旅程中，我们所看到的远远不止一瘦一胖两个丑陋人物的磨难，但是这部书从本质上看仍属于原始的小说形式，属于结构松散、杂乱无章、光怪陆离的流浪汉和无赖冒险故事一类，而且最初的读者就是把它当作这样的故事来接受、来欣赏的。"显然，纳博科夫从 17—18 世纪的阅读反应中找到了证据。但是，他没有看到塞万提斯在《堂吉诃德》中有意保持了这样一种随心所欲的松散结构（唯其如此，他对骑士小说，乃至流浪汉小说的反讽或戏仿才形神兼备、入木三分）。此外，纳博科夫似乎同样没有注意到塞万提斯的其他作品，如结构严谨的、一前一后的《伽拉苔亚》和《贝雪莱斯和西吉斯蒙达历险记》。再者，塞万提斯在其《训诫小说集》的序言中表达的对流浪汉小说的不屑，因此流浪汉在《训诫小说集》中非但遭到诟病，而且并不可笑。

三

关于人物，纳博科夫更是竭尽贬损之能事。他把堂吉诃德的笑料当作

① 在讲稿的另一个地方（"结构问题"一节），纳博科夫说道："塞万提斯在写他这部作品的时候，似乎有过清醒与模糊交替出现的时期，有过有意的计划和毫无条理的模糊交替出现的时候，颇有点像他的主人公精神错乱的间歇性发作。"

塞万提斯的寒碜，并且很不以为然地断言：为了上演一出粗糙、原始的闹剧，塞万提斯让我们看到他的主人公只穿一件衬衣……而衬衣的长度还不能完全遮住他的屁股。说到堂吉诃德的那副盔甲，塞万提斯就更不像话了，因为它已经发霉，而且头盔是用理发师的洗脸盆代替的，那个脸盆上还有一个凹口。堂吉诃德又高又瘦，两条如柴的腿上还长着毛，而且又脏又臭，连寄生虫都不屑于光顾。纳博科夫于是毫不留情地称堂吉诃德为“病人”。而人物的坐骑同样瘦骨嶙峋……“列举了这样一些令人生厌的细节我必须道歉”，纳博科夫如是说。然而，在他看来，堂吉诃德“是一个神志清醒的疯子，或者说他是一个神志清醒的准精神错乱者；一个另类的狂人，头脑愚昧但是伴有间隙性的清醒”。他最后“放弃了自己的信仰，这既不是处于对他基督教的神的感恩，也不是在神的逼迫之下做出的选择——而是因为他的决定符合他的愚昧时代的道德功利标准”。纳博科夫认为“这个决定是个仓促的投降行为”。问题是，你既然不喜欢他，又怎么不允许他“投降”或“改邪归正”呢?

至于桑丘·潘沙，纳博科夫干脆称之为“猪猡肚子白鹤腿”。他认为桑丘仍是个游民，“骑在驴背上活像一个教皇——那庄严的模样颇让人感到‘死气沉沉’和‘年事已高’”。“他是一个彻头彻尾的无赖，不过他还是一个巧于辞令的无赖，由文学中无数个无赖点点滴滴集中起来构成的。”这种近乎诅咒和谩骂的评点方式颇似我们的“文革”语言，当然更令人迁思西方某些极端言论（譬如对斯大林的丑化）。然而，即使在17世纪多数西班牙读者眼里，即便堂吉诃德疯疯癫癫，桑丘·潘沙“猪头猪身”，也即便小说“结构松散”“杂乱无章”“光怪陆离”，那也是十分有趣的。据纳瓦罗考证，“17世纪的西班牙读者，无论有意无意，大多视堂吉诃德为有血有肉的凡胎真身，而非脱离现实、纯属虚构的文学人物”。[①]

但是，纳博科夫进而得出结论说：“堂吉诃德当然并不有趣。他的扈从，尽管他凭着他的惊人的记忆，肚子里装着许多的老古话，却与他的主子比较起来，甚至更加显得无趣。”这里，纳博科夫否定了他赖以依从的

① Navarro：*Poesía：Cuatrocientos años de Don Quijote por el mundo*，Madrid：Rev. Poesía，2005，p. 26.

古典批评，即17世纪西班牙读者的接受。最初的西班牙读者在堂吉诃德身上看到了自己的影子，和他同命运共欢乐，从而使源自现实生活的人物重新回到了生活。罗德里格斯·马林也曾考证，早在堂吉诃德诞生初期，西班牙人就接纳了他。从1605年到1621年，在古都巴利亚多利德和塞维利亚、萨拉曼卡、科尔尔瓦、萨拉戈萨等许多西班牙城市都出现了堂吉诃德的形象。人们视堂吉诃德为喜庆的标志，在庆祝活动中予以演示："堂吉诃德和桑丘、杜尔西内娅一起，出现在众多民间喜庆节目中，被人们当作逗乐的人物到处演示……""谁也没把他（堂吉诃德）视为严肃的人物；恰恰相反，他们拿他的形象和德行当笑料……"波雷尼奥于1662年出版的《好王费利佩三世言行记》同样记叙了类似景况，谓国王远远看到有人在哈哈大笑，就对身边的侍从说，"那个读书人不是疯了，便是被堂吉诃德的故事逗乐了"。国王猜对了，因为侍从的调查结果是那个年轻人果然在读《堂吉诃德》。

那么，纳博科夫缘何认为这一庄一谐、相反相成，庄中有谐、谐中有庄的堂吉诃德和桑丘·潘沙了无趣味呢？[①] 问题的答案在于他们或者说塞万提斯的"残酷性"和"欺骗性"。

四

纳博科夫说："现在我打算来解决蒙骗主线、残酷性主线这个问题。我准备解决这个问题的方法是这样的：首先，我要把小说第一部里的旨在让人开心的折磨肉体的残酷性实例一个个列举出来……其次，我还将讨论小说第二部中描述的折磨精神的残酷性表现。"此外，"《堂吉诃德》上下两部书构成了一部以残酷性为题的货真价实的百科全书。从这个角度来考察，这部书是有史以来写下的最难以容忍、最缺乏人性的书之一。而且它的残酷性是具有艺术性的。那些杰出的评论家们，戴着博士帽、戴着法冠，大谈这部书幽默、仁慈地烘托出成熟的基督教气氛，大谈'一切都因

① 在布鲁姆看来，塞万提斯的这一对相映成趣的人物超越了莎士比亚的所有人物。见《西方正典》，江宁康译，译林出版社2005年版，第95—109页。

充满爱和友好感情的仁慈举动而变得美好'[①] 的幸福世界，尤其是那些大谈第二部某一个'和蔼可亲的公爵夫人''热情款待堂吉诃德'的评论家们——这些滔滔不绝地大谈特谈仁慈的专家们可能读的是别的书，或者他们是透过一层又一层的玫瑰色薄沙来观察塞万提斯的缺乏人性的世界的。""……我们就从第三章开始，在这一章里，路边客栈的老板让一个形容枯槁的疯子在他的店里留宿，就是为了取笑他，要叫所有住店的客人都来取笑他。然后我们在尖声大笑中继续翻下去，那是一个壮实的农民用一根皮带抽打被剥光了上衣的男孩（第四章）。还是在第四章，那是一个赶骡的人朝着孤立无助的堂吉诃德不住地抽打，就像在磨坊里打麦子一样，我们笑得肚子都抽筋了。在第八章，几个旅行修道士的仆人抓住桑丘的胡子一根根地拔，并且毫不留情地用脚踢他，我们又一回笑得肚子都痛。多么骇人的放纵场面!""即使堂吉诃德实际上并没有用上雪水和沙子混合的灌肠剂，就像一本写骑士的书里所说的那样，但是他也差不多已经到了这个地步了。同样是在第十五章里，像桑丘·潘沙那样要站却站不起来的极其痛苦的身体姿势，又激起了一阵嗬嗬的欢笑声。到了这个时候，堂吉诃德已经失去了半个耳朵了——当然除了失去四分之三个耳朵之外，怎么也比不上失去半个耳朵来得有趣——好了，现在请留意一下他在一天一夜的时间里所挨的打：第一，用货囊支架打的伤；第二，在客栈的时候下巴挨了一拳；第三，黑暗中被乱揍一通；第四，脑袋上被铁做的风灯敲了一下。第二天早晨，天气晴朗，可是他的牙齿却大多没有了，那是几个牧羊人用石头砸的。翻到第十七章，戏谑就确实变得兴高采烈了，在这一章有名的用床单抛人这一场景，几个工匠——梳毛工和锉针工，书上说'他们都是性格快乐的人，没有一点恶意，就是调皮捣蛋，而且爱玩'——他们抓住桑丘，要拿他寻开心，于是把他扔到床单上，朝空中抛起来，这是男人们在忏悔节玩狗的伎俩——随意中说到了仁慈、幽默的风俗。""造成肉体上痛苦的残酷性当然好笑，而造成精神上痛苦的残酷性也一样好玩……现在我们翻到这部仁慈、幽默的小说的第二部。与第一部的戏谑相比较，第二部书采用的精神上的表现形式，引人发笑的残酷性达到了一个更高、更残暴

① Bell, Gerald: *Cervantes*, Norman: University of Oklahoma Press, 1947, pp. 12 – 13.

的程度，而在肉体上的表现形式方面，它的残酷性则跌入了一个难以置信的粗暴新低谷。蒙骗性主线变得更加的突出；施展的魔法和魔法师俯拾皆是。”

一如第一部，堂吉诃德在第二部中又写了一封信，派桑丘捎给杜尔西内娅，然而桑丘同样没有把这封信发出去，而是随便将路遇的三个村姑之一指给了他的主人。而那个所谓的杜尔西内娅浑身冒着蒜臭，嘴角上还长着一大粒带毛的黑痣。堂吉诃德先是失望，但转眼又觉得那是邪恶的魔法师在捣鬼，把美貌绝伦、贤淑无比的意中人变成了这副模样。因此，第二部通篇都说堂吉诃德愁容满面（是谓“愁容骑士”），不知道该如何消除魔法师的魔咒、让意中人恢复原样。问题是，海涅们之所以号啕大哭，却笑不出来，不正是因为现实残酷，使得好心的堂吉诃德处处受罪吗？我想，纳博科夫准是把塞万提斯当作现实生活中的暴君了，故而连带着将《堂吉诃德》说得一无是处。但他的矛盾恰恰就在这里，即只看到塞万提斯的“残忍”，却看不到堂吉诃德的可怜，殊不知后者只不过是前者的艺术外化。

纳博科夫认为另一个骗局是学士参森卡拉斯科的建议：由他自己装扮成游侠骑士去和堂吉诃德决斗，然后将后者击败，并迫使其履行骑士规则——放弃行侠远游。第三个骗局是由公爵夫妇设计的。“现在我们来讨论书中主要的一对凶恶的魔法师，那就是公爵夫人和她的公爵。本书的残酷性在这里达到了残暴的高度。公爵的蒙骗主线，占了小说第二部全部的二十八章，大约二百页的篇幅（从第三十章至第五十七章）。而且另外还有两章（第六十九章和第七十章）写的也是同一个主线，于是，在这些章节之后，离全书结束就只剩下四章，即大约三十页内容了。”“现在，塞万提斯开始编织一个有意思的图案。接着将会有一个双重魔法，即两套魔咒。这两套魔咒有时候重叠……有时候它们按照各自的方式加以实施。有一个系列的魔咒是由公爵和公爵夫人详详细细策划的，并且由他们的仆人大致上是忠实地执行的。然而，有时候他们的仆人主动提出创议，可能是要让他们的主子感到意外，让他们大吃一惊，也可能是他们都抵挡不住要玩弄这个瘦削的疯子和十足的大傻瓜的诱惑。”“一连串残酷的恶作剧，从第三十二章态度一本正经的女仆把态度温顺的堂吉诃德的脸涂上肥皂开始。这一个恶作剧是仆人们想出来的第一个玩笑……”

总之，纳博科夫列数《堂吉诃德》的种种残忍和不人道的戏法。既然如此，《堂吉诃德》何以成为经典呢？纳博科夫于是解释说，“《堂吉诃德》曾经被说成是有史以来写下的最杰出的小说。这个话当然是胡说八道。实际上，甚至它是世界上最杰出的小说之一这样的话也不能说，但是，这部小说的主人公的个性特点却是塞万提斯的天才之一举，因为这个人物，一匹瘦马的背上骑着的一个瘦削的巨人，如此奇妙地在隐约间耸立在文学的地平线上，于是这部书存活下来了，并且将继续存活下去，究其原因，就因为塞万提斯在一个非常凌乱、缺乏条理的故事的主要人物身上注入了活力，同时，也因为这个人物的创造者的神奇艺术直觉，使得他的堂吉诃德在故事的恰当时刻活动起来，这个人物才得救，而没有崩溃。”“那么，我们的最后意见是什么？”纳博科夫将《堂吉诃德》的成功归功或归咎于传播，即它的“非常奇怪的传播”方式。他认为这比它本身的价值更为重要。“这部书一出，立即就在国外翻译出版，这一点是很重要的……关于桑丘就没有什么可说了。他是因他的主子的存在而存在的。”他甚至补充说，“在这部小说原著之外，则有一大批堂吉诃德，他们或者是在不诚实的译本的污水池里产生的，或者是在用心良苦的译本的温室里培养的。毫无疑义，这个善良的骑士在世界各国茁壮生长，繁衍生息，而且最终到处都一样能适应：在玻利维亚，是狂欢节上的喜庆人物，而在俄国则是高尚但又无骨气的政治抱负之抽象象征。我们面前摆着一个有意思的现象：一个文学作品人物渐渐地与产生这个人物的书脱离了关系，离开了他的祖国，离开了他的创作者的书案，在游历西班牙之后又来游历世界。因此，堂吉诃德比塞万提斯构思的时候要伟大得多。350 年以来，他穿越了人类思想的丛林与冻原——而他活力更充沛，他的形象更高大。我们已不再笑话他。他的纹章是怜悯，口号是美。他代表了一切的温和、可怜、纯洁、无私，以及豪侠。这诙谐的模仿已经变成杰出的典范。”

至此，纳博科夫终于将人物——堂吉诃德从塞万提斯手上剥离了出来，通篇胡子眉毛一把抓的否定得到了缓解：1. 不再一味地将作者和叙述者混为一谈；2. 不再一味地将作者、叙述者和作品内容混为一谈；3. 不再一味地将作者、叙述者、作品和读者接受混为一谈。而最终唯一得到肯定的其实只有堂吉诃德，而且是因为一点活力的缘故，尽管因为这一点肯定他最后也不得不勉强承认塞万提斯的一点天才。

至于说堂吉诃德已经并不可笑，却不是纳博科夫的发明。前面说过，早在19世纪初，德国浪漫派已经用悲恸回应了堂吉诃德的不幸。海涅说他从小不曾用笑声迎接过这个英雄。“他遭人嘲笑害得我很难受，正像他受了伤叫我心里不忍。上帝创造田地，把讽刺掺在里面，大诗人在印刷成书的小田地里，也就学样；我还是个孩子，领会不到这种讽刺，看见这位好汉骑士，空有义侠心肠，只落得受了亏负，挨了棍子，便为他流辛酸的眼泪。我那时不大会看书，每个字都要高声念出来，所以花鸟林泉和我一起全听见了。这些淳朴无猜的天然品物，像小孩子一样，丝毫不知道天地间的讽刺，也一切当真，听了那苦命骑士当灾受罪，就陪着我哭。一株衰老不材的橡树微微啜泣，那瀑布的白色长髯飘扬得越发厉害，仿佛在呵斥人世的险恶。看到那头狮子无心迎斗，转身以屁股相向，我们依然以为这位骑士的英雄气魄可敬可佩。愈是他身体又瘦又干，披挂破烂，坐骑蹩脚，愈见他的所作所为值得夸赞。我们瞧不起那些下流俗物，那种人花花绿绿，穿着绫罗，谈吐高雅，而且顶着公爵头衔，却把一个才德远过他们的人取笑……有一场比武真惨，这位骑士很丢脸，输在人家手里，我一辈子也忘不了念到这段情事的那一天。那是个阴霾的日子，灰黯的天空里一阵阵都是气色凶恶的云，黄叶儿凄凄凉凉从树上落下来，憔悴的晚花奄奄待尽，头也抬不起，花上压着沉甸甸的泪珠，夜莺儿早已不知下落，望出去是一片衰盛无常的景象。我读到这位好汉骑士受了伤，摔得昏头昏脑，躺在地上。他没去掉面盔，就向那占上风的对手说话，声音有气无力，仿佛是坟墓里出来的……我看到这里，心都要碎了……”①

但是海涅并没有因此而否定塞万提斯，就像我们不能因为哈姆雷特或者夏洛克而否定莎士比亚一样。那么，纳博科夫何以如此这般地不分青红皂白、对塞万提斯乱砍乱伐（而且是前后矛盾的乱砍乱伐）呢？回顾一下此公的身世及惯常表现，答案也就不言自明了。

① ［德］海涅：《精印本〈堂吉诃德〉引言》，钱锺书译，《海涅文集·批评卷》，人民文学出版社2002年版，第413—414页。

我们知道，十月革命一声炮响，把贵族出身的纳博科夫一家送上了流亡之路。适值现代主义在西方风起云涌。充满不甘的青年纳博科夫与追求“新”“奇”“怪”和语不惊人死不休的各色先锋思潮一拍即合。于是，我们从纳博科夫那儿听到或者看到的不仅是他对塞万提斯和《堂吉诃德》的否定，他还以近似的方式攻击过许多作家作品，尽管未及形成一部部独立著作或讲稿。他称劳伦斯是臭大粪，庞德是老骗子，康拉德是无可救药的稚童，陀思妥耶夫斯基是丑陋而笨拙的感官刺激家，弗洛伊德学说是极端的自欺欺人，布莱希特和加缪则什么也不是，托马斯·曼的《死于威尼斯》和帕斯捷尔纳克的《日瓦格医生》像垃圾桶，福克纳的作品是玉米棒似的编年史……在他看来，所有这些作家作品都是荒诞不经，都像是被施了催眠术的人在同椅子做爱。可见，纳博科夫的文学思想比他的小说更偏激，也更具想象力，甚至可以说更像信口开河。因此，他的否定迅速催生了否定之否定。

然而，纳博科夫做梦也不会想到，他竟然也会在 4 月 23 日这个塞万提斯（同时也是莎士比亚）的忌日与世长辞。文学就是这么神奇，命运就是这么蹊跷。

再论中文危机与世界主义

随着我国不断发展和强大，中国“威胁”论也不断翻新花样，以至于谣言百出。受此影响，一些不明就里或别有用心的同胞也开始跟着起哄，其中一项便是怀疑国人和中文（象形文字，而非抽象拼音文字）的想象力：国人之所以缺乏想象力，归根结底是拜中文所赐。

不错，想象力是创造力的基础，这毋庸置疑。但在我看来，没有哪一种拼音文字堪在想象力方面与我们的方块字媲美。看到我们的文字，即使是简体字，也会让人产生多重感知，这其中既有形象，也有抽象。早在17世纪，西方学者便开始研究中文，并对这一文字及其负载的博大文化产生浓厚兴趣。德国学者缪勒曾潜心探求“中文之钥”，并因此触犯西方中心主义，招致非难。有人甚至视中文为魔鬼的创造，竭尽贬损之能事。这种褒贬一直没有停歇，及至20世纪初叶：一边是波德莱尔、庞德等现代作家诗人对中文及中文文学的青睐；一边是我们自己的激进主义鼓噪废黜中文，真可谓相悖成趣。至于中文的奇（此是其与想象力关系之明证），清人早有研究。徐珂在《清稗类钞》中谓其变化无穷，区区几千个字（指常用词汇）顶得“泰西”（指英国）数十万词。他认为这也是中文何以千年仅增万余字的原因。据他统计，自许氏《说文解字》至《康熙字典》，我国年均仅增二三字，而英文却从17世纪初的五千余词（这一数据可能有误），陡增至19世纪的四十五万有余。虽然英文并非他所说的一物一词；但确实不像中文，后者充满了多义字、多音字，从而一字多用，每每像麻将中的“百搭”。至于中文的美（此亦其与想象力关系之明证），则鲁迅早有话说，即“音美以感耳、形美以感目、意美以感心”。再说中文的妙（此又是其与想象力关系之明证），物理学家出身的美国学者理查德·希尔斯耗时20年研究方块字，并创办了“汉字字源网”供全球使用。在他看来，世上没有比中文再妙的文字。但我还是觉得说明中文与想象力的最好例证是字谜。正因为我们有基于方块字的无数字谜，中华民族才是当之无愧的谜语大国。而谜语对于开发儿童想象力的作用早已举世公认。

其次是中文与抽象思维的关系。谁说象形文字必然缺乏抽象，阻碍思维和思辨呢？就说《道德经》吧，仅五千来字，然古今中外哲学著作却无出其右者。但在反中文字者看来，这种富于思辨和高度抽象又成了故弄玄虚或文字游戏的代名词。譬如，他们认为它的奇妙是一种服从统治阶级意志的玄奥，就像古埃及象形文字和纳西文一样，掌握在少数人手里。这些少数人一旦掌握了中文，也就等于掌握了权力的话语或话语的权力。于是，“你跟他讲道理，他跟你耍流氓；你跟他耍流氓，他跟你讲法制；你跟他讲法制，他跟你讲政治；你跟他讲政治，他跟你讲国情；你跟他讲国情，他跟你讲接轨；你跟他讲接轨，他跟你讲文化；你跟他讲文化，他跟你讲老子；你跟他讲老子，他跟你装孙子；你跟他装孙子，他跟你讲道理……”这当然不仅仅是个笑话。它被人拿去做了中文如何等于流氓无赖“法西斯”的铁证。

诚然，我不认为中文什么都好。譬如较之拼音文字，中文的习得就不是一般二般的难，以至于西方人至今用中文来形容佶屈聱牙、艰涩难懂。但反过来看，它的难与它的妙是成正比的。此外，中文并非万能，有着中文的我们不也曾落后挨打？至于古来统治阶级利用文字（游戏）愚弄百姓，却也不仅是在中国。再说白话文运动已经弥合了言说与书写的鸿沟，何况中国的好歹不能怪罪于文字，一如和平与战争不能归咎于科技。更何况，同样用英文、法文的国家不也有天壤之别吗？回到前面说过的，打倒中文确实很符合全球一体化和文化快餐化战略，而中文又实实地面临着英语的挤压。我在想，中文是中华民族共同的创造，没有了中文，那还是中国，还会有中国吗？

这就牵涉到两个彼此关联的问题：一是世界主义，二是快餐文化和消费主义。

一

世界主义可以追溯到遥远的先秦和古希腊时代。孔子曰："大道之行也，天下为公。选贤举能，讲信修睦。故人不独亲其亲，不独子其子。使老有所终，壮有所用，幼有所长，矜寡孤独废疾者皆有所养。男有分，女有归。货恶其弃于地也，不必藏于己。力恶其不出于身也，不必为己。是故谋闭而不兴，盗窃乱贼不作。故外户而不闭。是谓大同。"（《礼记·礼运篇》）同理，柏拉图在《理想国》中有过类似的怀想，他将理想国描绘得美轮美奂，并划分为三个等级，即哲学家等级、勇士等级和大众等级，至于诗人缘何必须被逐，则是另一个话题。在他看来，大众受欲望驱使、按欲望行事，他们是体力劳动者，即工匠、商人和农民。勇士作为二等公民靠勇气生活，是国家的卫士（说穿了是军人）。作为最高等级的哲学家则用智慧治理国家；一旦由哲学家掌握权力，那么"动乱就无栖身之所。而且我深信，对于人类也当如此"。[①] 这是文人的一厢情愿，美虽美矣，然不乏偏颇，更非现实也。

尽管孔子的大同社会和柏拉图的理想国都有明确的等级区分，却或可算作世界主义或理想主义的雏形。而第欧根尼则是第一个用行为艺术践行世界主义的"犬儒主义者"。他以世界公民自诩，并像印度托钵僧或浮浪者那样四处漂流，同时竭力宣扬友爱；这友爱不仅指向人类，而且包括动物。

与此同时，世界在倾轧和反倾轧中飘摇，燃烧，再飘摇，再燃烧，没完没了。一晃过去许多时光，直至"现代宗教"在自然宗教的基础上脱颖而出、化生为形式相左、本质一致的精神慰藉（马克思则称之为鸦片，爱因斯坦将其划分为三个阶段：因恐惧生、为慰藉而存、探索宇宙奥秘）。在西方，《米兰赦令》颁布后基督教成为罗马帝国的合法宗教。但是，随着罗马帝国的坍塌，基督教迅速向两个极端发展：一方面，纯爱主义、博

① ［古希腊］柏拉图：《理想国》，转引自斯皮瓦格尔《西方文明简史》上，董仲瑜等译，北京大学出版社2010年版，第76页。

爱主义大行其道；另一方面，宗教迫害愈演愈烈。前者表现为放弃一切世俗欲念的纯而又纯的精神之维（类似于佛家的四大皆空）、普世之爱（后为资产阶级革命所部分继承）；而后者除了十字军东征，还有臭名昭著的宗教裁判所（Inquisitio Haereticae Pravitatis，或称异端审判所，最早是公元1231年由教皇格列高里九世受意多明我会设立的宗教法庭。此法庭负责侦查、审判和裁决异端，是天主教会的最高专政机关，曾监禁和处死无数异教徒和异见者）。

16世纪，新教崛起，德国迅速摆脱天主教“神圣罗马帝国”。正是在这样的背景下，德国率先完成了古典哲学重构。一如文艺复兴运动，古典哲学，顾名思义，是对古希腊哲学的继承与发展，是明显的托古为今。众所周知，古典哲学从中世纪神学脱胎而出，并迅速作为后者的“天敌”呼应和发展了人文主义；同时，作为相对独立的学科，古典哲学启程远航，扬起爱智的风帆。理性被提到了至高无上的地位。在此基础上，康德提出了“无限自由”的概念。在他看来，“无限”不仅仅是思想，而且也是现实。世界万物皆有“自己”，有了“自己”的始终。这是《判断力批判》的“整体论”思想。在这个只有人（或智者）能发现和判断的“整体”中，一切皆是“自己”与“自己”的关系，这种关系并不能仅仅归结为机械的“因果”关系，而且也是“自由”关系。这颇似“万物静观皆自得”（程颢）之类的说法：“自得”即自我完善，人人处在“自由—和谐”的关系之中，“同中有异”，“异中有同”，“相生相克”，“相克相生”。这里还有老庄的影子。而康德诘问：倘使没有一个“完善因—终结因—目的因”，如何会有这样一种“杂多”中的“统一”局面呢?[①] 在启蒙运动和法国大革命时期，自由、平等、博爱作为“普世价值”被进一步确定下来，以至于圣西门认为革命的主要动力是思想和思想者，而不是别的。圣西门声称，哲学家的主要任务，就是让人类的绝大多数过上幸福的生活。因此，他们必须认识最适合于社会组织的体系，“以促使被统治者和统治者采纳，使这种体系完善到它所能完善的地步；而当它已经到完善的最高阶段的时候，就把它推翻，并利用各方面专门学者所收

① 叶秀山、王树人：《西方哲学史》第1卷，江苏人民出版社2004年版，第171页。

集的材料由此建立新的体系。”[1] 这种观点多少回响着柏拉图的声音，同时又是法国资产阶级革命以后西方哲学思想的一次变异，为科学社会主义的产生提供了参照。

马克思主义不相信脱离实际的理论。恩格斯在《社会主义从空想到科学的发展》一文中明确指出，“为了使社会主义变为科学，就必须首先把它置于现实的基础之上”。[2] 他同时指出，科学社会主义是资本主义矛盾和冲突在工人阶级头脑中的反映，资本主义的矛盾和冲突是科学社会主义产生的物质经济根源。在《共产党宣言》中，马克思、恩格斯更是旗帜鲜明地站在无产阶级的立场上，呼吁“全世界无产者联合起来”，推翻资产阶级统治。而资产阶级，“首先生产的是它自身的掘墓人”。马克思主义的国际主义与《国际歌》的精神合辙，是全世界无产阶级联合起来、推翻资本主义，而非别的。因此，它是有鲜明的阶级属性的，不是日常生活中、一般意义上的“你好我好大家好”，或者“各美其美，美人之美，美美与共，天下大同”。有关话题，前面已有涉及。

然而，如今的所谓世界主义则将跨国资本主导的全球化与马克思主义的国际主义相提并论、混为一谈，这显然是“胡子眉毛一把抓”，对于发展中国家非特无益，反而有害。至于后现代诸公，无论初衷如何，结果大抵像火：在焚烧一切的同时也烧掉了自己；或谓“在我之后，哪怕洪水滔滔”。当然，必须承认，被其解构的二元论极易滑向排中律或非此即彼的形而上学；同时，人类也确有一些超阶级的普遍价值存在。由己及人、以己度人，即孔子所谓的“老吾老及人之老，幼吾幼及人之幼”。此谓善则善矣，但归根结底，爱己与爱他（她）、爱家与爱国、爱家国与爱世界即或并不构成矛盾，利益纠葛却是更加实实在在，它不以个人的意志为转移。所谓的“文明冲突”，归根结底也是利益冲突。因此孔子之谓及诸如此类的美好愿景（譬如星云大师关于不同宗教可以“兼修”的说法），不外乎美好的愿景：而已。

---

① 《圣西门选集》第 3 卷，董果良、赵鸣远译，商务印书馆 1997 年版，第 211 页。

② 《马克思恩格斯选集》第 3 卷，人民出版社 1995 年版，第 732 页。

二

与此同时，美国也曾遭遇两大对手：一是苏联，二是西欧。由于意识形态和社会制度的差异，苏联对美国的威胁或潜在威胁是可想而知的。而西欧虽然是美国的老祖宗，且具有同样的社会制度，但是由于前者拥有相对悠久的文化传统和几乎同样雄厚的经济实力，一直视后者（尤其是在美国作为经济大国崛起之后）为没有文化或精神羸弱的“暴发户”。由是，美国在两次世界大战期间抓住了机遇，建立了一系列符合美国利益和国家战略的文化政策。这些政策在不同时期以不同方式或间接巧妙或直接公开地影响和主导了美国文化。譬如好莱坞，譬如消费主义，譬如文化快餐，它们互为因果、相得益彰。在此，我们不妨以好莱坞为例。

电影艺术研究员贾磊磊以不同形式、在不同著述中总结过美国女权主义者对好莱坞模式的批判，归纳起来或可谓：一、好莱坞是一个以男性话语为轴心的视听世界，在这个世界中，起决定作用的是男性视角，而虚构的客体是风格化、性感化的女性形象。因此，女性是被观望和展示的对象，她们被塑造成具有强烈视觉冲击力和情绪感染力的“他者”，从而满足男性的感官需求和欲望；二、女性作为影像，始终是男性“英雄”（强者）的饰物或附庸，是他们实现价值（产生魅力）的道具；三、主流创作基本排斥女性英雄，她们通常只是故事的佐料，以致沦落为惩戒对象；四、女性是梦工厂制造幻景的噱头，好莱坞将她们奇异化、虚拟化，以满足观众（哪怕是潜意识）的欲望和欣赏习惯。[①] 这显然是基本事实，其理论依据则来自福柯的“环形凝视”。

撇开性别研究，从地缘政治的角度看，东方无疑是以美国为轴心的西方世界的“他者”。关于这一点，萨义德已有充分论述，尽管其理论所提出的仍是后现代主义对二元论的解构。需要警觉的是，中国业已成为美国

---

① 贾磊磊：《电影语言的文化释义与文本辨读》，丁亚平主编《百年中国电影理论文选》，文化艺术出版社2013年版，第618页。

必须同化或解构的主要目标，而好莱坞的影响不可小觑。

虽然好莱坞的态度已从20世纪90年代的公然挑衅转而取向泛性影响兼票房收益，但中国在好莱坞主流影人心目中的“他者”地位没有改变。这关涉美国由来已久的战略思维与现实利益。

20世纪40年代，时任美国总统的罗斯福就曾明确指出，若论什么是影响人们思想观念的最佳武器，电影首当其冲。有鉴于此，他曾下令有关方面要以宣传美国的政策和政府的努力为目的。[①] 这早在20世纪20年代就已成为美国高层的共识。威尔逊就曾认为，电影在传播公众信息方面当被列为最要媒介，盖它以通俗的话语形成了对美国政治和目的的有效展示。[②] 同样，时任商务部长的胡佛认为电影输出的意义不仅在于它作为直接的商品价值，还在于它代表了美国的生活方式和影响力。[③] 第二次世界大战期间，美国以本土未遭战火洗劫的优势进一步大力发展电影业。这也是罗斯福总统对战时宣传部门的要求。首任美国国务院战时新闻局局长的戴维斯宣称，电影是世界上最强有力的宣传工具。1947年，美国电影协会负责人麦耶在回顾电影的作用时说，“现代美国电影是任何其他出口商品所无法比拟的，它同时兼具重要的经济、文化和政治意义”。他强调指出，“人们从未尝试研究美国电影促销美国其他产品的间接功用，当然这也许根本无法估量。绝大多数美国电影推介了难以数计的美国产品……从来不曾有过比电影更强大的推销商”[④]。1953年，随着“冷战”的升级，艾森豪威尔在就任总统期间成立了美国新闻署，下设电影电视和新闻广播等部门，简称USIA。该机构的使命被确定为：（1）宣讲美国政府的政策；（2）阐明美国政治与各国人民的合理诉求密不可分；（3）抵制一切反对和扭曲美国形象的企图；（4）通过表现美国文化生活促进人

---

① Barnes, Joseph. “Fighting with Information: OWI Overseas”, *The Public Opinion Quarterly*, Vol. 7, Spring 1943, p. 35.

② Thompson, Kristin: *Exporting Entertainment: America in World Film Market* 1907 - 1934, London: British Film Institute, 1985, p. 94.

③ Grantham, Bill: “America the Menace: France's Feud with Hollywood”, *World Policy Journal*, Vol. 15, Summer 1998, p. 61.

④ Mayer, Gerald: “American Motion Pictures in World Trade”, *Annals of American Academy of Political and Social Science*, Vol. 254, November 1947, pp. 31 - 34.

们对美国政治的理解。[①] 顺便说一句，中美甫一建交，在好莱坞电影中受到“外星人”青睐的可口可乐和麦当劳、肯德基等“非意识形态产品”便率先迫不及待地进入了中国市场；至于美国在华“入世”谈判中强调的以好莱坞“大片”为主要内容的知识产权及其自由流通问题，则自然更符合前述政治。其背后则既有意识形态考量，也有资本对中国市场的诉求，盖因政治永远都是经济的集中表现。

马克思、恩格斯在《共产党宣言》中就曾明确指出：“资产阶级，由于一切生产工具的迅速改进，由于交通的极其便利，把一切民族甚至最野蛮的民族都卷到文明中来了。它的商品的低廉价格，是它用来摧毁一切万里长城、征服野蛮人最顽强的仇外心理的重炮。它迫使一切民族——如果它们不想灭亡的话——采用资产阶级的生产方式；它迫使它们在自己那里推行所谓文明，即变成资产者。一句话，它按照自己的面貌为自己创造出一个世界。”[②] 这也是马克思在《资本论》中所反复强调的。由是，在马克思看来，文学（“世界的文学”）等精神产品也将被资产阶级按照自己的面貌创造出来。它与歌德关于世界文学的怀想截然不同。在歌德看来，世界文学是一种你中有我、我中有你的存在，而且“德国人在其中可以扮演光荣的角色。所有的民族都注视着我们，他们称赞我们，责备我们，他们吸收和抛弃我们的东西，它们模仿和歪曲我们，它们理解或误解我们……”[③]

先说“世界文学”这个概念由德国浪漫主义作家歌德最先提出。歌德在浏览了《好逑传》《玉娇李》等东方文学作品和亲历了欧洲文学的“相互作用”之后，于1827年首次宣告了“世界文学”时代的来临。[④] 此后，英国学者波斯奈特在《世界文学》一文中将人类受相似的社会发展过程所产生的文学规律泛化为“世界文学”，认为“这种过程可以在

① 王晓德：《文化的帝国：20世纪全球“美国化”研究》，中国社会科学出版社2012年版，第324页。

② 《马克思恩格斯选集》第1卷，人民出版社1995年版，第284页。

③ 转引自达姆罗什、刘洪涛等主编《世界文学理论读本》，范大灿等译，北京大学出版社2013年版，第4页。

④ 《歌德谈艺录》，朱光潜译，人民文学出版社1978年版，第113页。

希伯来和阿拉伯、印度和中国文学中观察到”。[1] 同时，丹麦人勃兰兑特从文学的翻译、流播看到了“世界文学”，“马洛、柯尔律治或雨果、左拉、易卜生等众多作家均不仅属于自己的国家”。[2] 泰戈尔则认为伟大的文学没有国界，而“世界文学”乃是具有世界意识的作家合力构建的。“我们必须明确我们的目标：摆脱肤浅狭隘，在世界文学中探求普遍的人性。”[3] 同样，郑振铎先生视文学为人类精神与情感的反映，而人性具有共通性，因此人类的文学也具有一致性，即“统一观”。[4] 同样，钱锺书先生谓“东海西海，心理攸同；南学北学，道术未裂”。[5] 但马克思恩格斯对“世界文学”的认知是建立在对资本从地区垄断到国家垄断再到国际垄断的批判性基础之上的，也就是说，他们认为它是资产阶级以自己的方式建立世界（包括物质和精神形态）的必然结果；同时，由于国际市场的建立，“民族的片面性和局限性日益成为不可能，于是由许多种民族的和地方的文学形成了一种世界的文学”，这也是事实。[6] 但它们是一个问题的两面，前提是资本对民族性的消解；而且在这个“世界文学”格局中，各民族和地方文学的地位并不平等。问题是，许多学者有意无意地忽视马克思恩格斯言说“世界文学”的基本出发点和辩证方法，从而错误地将其归入文学“世界主义”或“世界文学”的倡导者行列。

再说在“全球化”时代，“世界文学”被许多学者视为人类情感“共舞”和精神“狂欢”的必然结果。同时也有少数人对此持审慎态度，甚至提醒共存和交流的背后正出现前所未有的文化单一性。持前一种观点的有卡萨诺瓦、德里达、拉康、福柯、克里斯蒂娃、莫莱蒂、邓宁、

① ［美］达姆罗什、刘洪涛等主编《世界文学理论读本》，北京大学出版社 2013 年版，第 31—46 页。

② ［美］达姆罗什、刘洪涛等主编《世界文学理论读本》，北京大学出版社 2013 年版，第 48—52 页。

③ ［美］达姆罗什、刘洪涛等主编《世界文学理论读本》，北京大学出版社 2013 年版，第 53—64 页。

④ ［美］达姆罗什、刘洪涛等主编《世界文学理论读本》，北京大学出版社 2013 年版，第 66—76 页。

⑤ 钱锺书：《谈艺录》上卷，生活·读书·新知三联书店 2001 年版，第 1 页。

⑥ 《马克思恩格斯选集》第 1 卷，人民出版社 1995 年版，第 255 页。

米勒、达姆罗什、贝克以及一些融入后现代狂欢的“后殖民主义”学者，如萨伊德、斯皮瓦克、福山、巴巴，等等（这个名单儿可无限延展）。而持后一种观点的多为西方马克思主义者，其中包括詹姆逊、伊格尔顿、佛克马，以及一些比较文学研究家和翻译家，如阿普特、韦努蒂等。持中间立场的则有奥尔巴赫、费克斯，等等。

关于这两点，前面已经说得很多，故此不赘。

我国外国文学研究的若干问题

“改革开放”伊始，为贯彻党的十一届三中全会精神，“二为方向”①应运而生。它一举扬弃了文艺“为工农兵服务”“为政治服务”的铁律，从而极大地推动了解放思想、拨乱反正进程。蓦然回首，四十年如白驹过隙，但外国文学研究似乎尚未从粗放式引进向选择性奋袂转向，尽管党的十八大以来，外国文学研究界开始顺应大势，在强健文化母体与借鉴外国文学、重塑国家意识和建构人类命运共同体等一系列对立统一关系上，开始进行既有内核又有外延的同心圆式绥和与向化。然而，困难和问题依然不能回避，且讲透并不容易。本文仅就四十年外国文学研究的几个关键问题略陈管见。

四十年“改革开放”，成就有目共睹，尤其是在物质层面。那么精神层面又如何呢？外国文学研究、教学、翻译、出版又如何呢？我们自然既不能妄自菲薄，也不能妄自尊大。首先，四十年弹指一挥间，而文学之流浩荡，作为个人，我们却只能取其一瓢一勺。即或如此，攫取主流还是支流？浪花还是深水？诸如此类，又不是三言两语可以说得清道得明的。其次，自1978年至今，本人有幸忝列其中，难免感慨良多，在此不妨抛砖引玉，就外国文学研究的问题择要交代一二。

一

从学科史的角度看，外国文学和中国文学是一枚钱币的两面。由于我国文学古来无史，故文学学科概念的形成是晚近之事，它依傍外国文学及

① 即邓小平同志所说的文艺“为人民服务，为社会主义服务”。

其学术范式而逐渐发生。也就是说，自“维新变法”至“五四运动”，外国文学和中国文学在我国始为学科。而我国最早的文学原理则主要以苏俄为榜样，对本国学术传统的承继却有所偏废。1978 年以降，西方学术方法大量涌入，致使“乾坤倒转”，偏废和阙如更甚。

同时，作为人类精神的重要组成部分，外国文学的好处自不待言。外国文学界众多同行的一瓢一勺之和，也便有了四十年我国外国文学研究、教学、翻译、出版的繁荣。设若没有外国文学狂飙式的涌入，我们的思想解放势必缺乏灵性的翅膀，我国文坛或将长期徘徊于伤痕文学并裹足不前。当然，此时此刻，较之其他行业，我们是否更须反躬自问？在我们为这个民族，譬如擢升国民素质；为这个时代，譬如推动社会进步做了些什么的同时，我们有没有做错什么？或者我们做得够不够多，够不够好？在我们大量引进现代主义和后现代主义以为激活思辨能力，拓展文学视野，推动中国文学多维发展的同时，我们有没有使马克思主义淹没在林林总总的其他主义之中？有没有忘却我们研究外国文学终究或者主要是为了繁荣、发展和强健中国文学这个母体？又或者我们为中国文学做了哪些有益或者有愧或者可有可无的工作？于是，我想，立场是关键。语言文学原本是人文基础、文化载体；然而，近三四十年来，我们的外国文学研究正在与本国文学渐行渐远。其曾经的显赫（譬如新文化运动时期、20 世纪 50 年代和“改革开放”初期）风光不再。这固然有客观的、历史的原因，譬如资本的作用、市场的因素、微博微信的普及、二次元审美的扩张，等等。曾经作为触角替中国革命和建设、替“改革开放”探路的文学，其激荡的思想、碰撞的火花在时代洪流中逐渐暗淡，褪却了敏感和锐利，以至于“返老还童”为“稗官野史”“街谈巷议”，甚或哼哼唧唧和面壁虚设。伟大的传统似乎正在离我们远去。而我国外国文学界在这个过程中难辞其咎。

随着大众媒体的衍生，尤其是在多媒体时代，学院派本就越来越无能为力，却大有随波逐流之势。文学正在被资本及其主导的文化商品化、图像化和快餐化引向歧途，而我们的立场正销蚀殆尽。

资本固然是首要因素，但我们有没有趋炎附势，却美其名曰多元、国际，或者生活审美化、审美生活化？甚至有意无意地选择“淡化意识形态”的意识形态和“为学术而学术”的“无病呻吟”？据我所知，西方学界倒是反其道者多多，谓予不信，姑且列举一二。譬如法兰克福学派，再譬如以詹姆逊、伊格尔顿或齐泽克为代表的当代西马。由此上溯，又譬如最早提出了“大众文化”概念的奥尔特加，尽管其立场是反向的，却多少在马尔库塞中得到了发扬光大。他在《艺术的去人性化》（1925）一书中明确否定19世纪的浪漫主义和现实主义文学，认为它们不是真正的艺术。尤其是现实主义文学，被他嗤之以鼻：无须鉴赏水平，因为它有的只是现实的影子，没有虚构，只有镜像。[①] 显而易见，他所推崇的“真正的艺术”是贵族艺术，那些普通人无法鉴赏的阳春白雪，譬如巴洛克文艺后现代主义。前者源于南欧，巴洛克即玑子，又称变形珍珠。文艺复兴运动时期一度使玑子颇受青睐。一般认为巴洛克是一种艺术风格，兴盛于16世纪中期至17世纪末（个别地区如俄国或延至18世纪）。但事实上它远非“一种风格”可以涵盖，而是文艺复兴运动和启蒙运动之间的一个极其复杂的间隙性流派，在不同地区、不同艺术门类中表现不尽相同，尽管它总体上背弃了文艺复兴运动时期的人文主义情怀，内涵繁复且不无玄奥，形式夸张而富于变化。至于后者，则多少继承了巴洛克遗风，在“新”“奇”“怪”的路径上做足了文章，以至于产生了《芬尼根守灵夜》那样连一般学者都啃不动、搞不定的“天书”。而这些恰恰是奥尔特加们认为真正艺术的、审美的对象。当然，从奥尔特加到法兰克福学派（如马尔库塞）所批判的“大众文化”的确对艺术产生了负面影响。但罪过不在“现实主义”，更不在大众，而在资本和消费主义。关于这一点，本人已有专文评述[②]，恕不重复。需要补充并强调的是，现代主义的标新立异是文学远离了大众。后现代主义虽然在某些方面有所收敛，也更具包容性和复杂性，但仍然没有使文学贴近大众。马克思主义的文艺观始终不在提高与普及上采取形而上学和排中律。马克思的“莎士比亚化”是最初的例证，《习近平在文艺工作座谈会上的讲话》是

① Ortega y Gasset: *La deshumanización del arte y otros ensayos de estética*, Madrid: Editorial Espasa-Calpe, 1987, pp. 3 –29.

② 陈众议：《武器的批判——马克思主义文艺观刍议（一）》，《外国文学动态研究》2016 年第 3 期。

最近的佐证。

这其中自然牵涉到立场问题，当然也不仅是立场问题，还有方法和目的。

先说立场。立场使然，奥尔特加站在精英立场上反对大众文化，乃至现实主义文学和方法。这显而易见，也毋庸置疑。用最通俗的话说，奥尔特加出生在西班牙的贵族家庭，毕生致力于“生命哲学”，从而一不小心成了海德格尔存在主义哲学的先驱。他自然没能预见萨特式存在主义对他的背叛。但我想说的是，我们的外国文学研究和翻译终究或主要是为了强健中华文学母体的拿来。这也是五四新文化运动以来鲁迅高举的旗帜。遗憾的是，这面旗帜正在有意无意地被“世界主义”者们所抛弃。他们罔顾历史，罔顾霸权主义和单边主义，大谈所谓的“世界文学”。真不知达姆罗什、卡萨诺瓦们眼中的“世界文学”是否包括《红楼梦》和“鲁郭茅”“巴老曹”？是否包括“巴铁”文学和坚持文学介入社会的形形色色的现实主义？这些问题不由得让人思考“民族的就是世界的”这个古老的命题。人们大多将此命题归功于鲁迅，但鲁迅的原话是：“现在的文学也一样，有地方色彩的，倒容易成为世界的，即为别国所注意。打出世界上去，即于中国之活动有利。可惜中国的青年艺术家，大抵不以为然。”①

是的，这的确是那个五四期间曾经矫枉过正的鲁迅。然而，立场使然，他弃医从文、口诛笔伐，为的终究是中华文化母体的康健。批判也罢，挖苦也好，阿 Q 精神难道不是我们必须唾弃的民族劣根性吗？它与堂吉诃德（Quijote）精神可谓一脉相承。鲁迅倡导的“别求新声于异邦”难道不正是为了改变阻碍中华民族前进的文化糟粕吗？当然，凡人皆有矛盾之处，鲁迅也不例外，而我们不应以偏概全，以小节否定大节。所谓大节，恰是他的主要立场、主要方法、主要目的，以及他为中国新文化、新文学树立的丰碑。

马克思、恩格斯的国家或者国际意识建立在无产阶级立场上，这正是马克思主义对人类社会（尤其是资本主义社会）的基本认知。也正因为强

① 《鲁迅全集》第 13 卷，人民文学出版社 2005 年版，第 81 页。

调立场，在承认资本主义作为历史必然的同时马克思恩格斯仍坚定地、义无反顾地批判资本主义。

二

关于方法。众所周知，20 世纪被誉为批评的世纪，有关方法熙熙攘攘、纷纷扰扰，令人目眩。从象征主义到印象派，从形式主义到新批评，从叙事学到符号学，从结构主义到解构主义，从女权主义到生态主义，从新历史主义到后殖民主义，从存在主义到后人道主义，等等；或者流散、空间、身体、创伤、记忆、族裔、性别、身份和文化批评，等等，以及现代主义、后现代主义、后现代主义之后，等等，可谓五花八门。

在学术界潮起潮落，“城头变幻大王旗”的时代，外国文学研究不仅立场悄然裂变，而且方法呈现出发散性态势。二者相辅相成，难以截然分割。于是，我的问题是：我们是否有意无意地抛弃了文学这个偏正结构中的“大学之道”，使之既不明明德，也不亲民，更不用说止于至善？一定程度上，乃至很大范围内，我们是否已经使绝对的相对性取代了相对的绝对性，使批评成了毫无标准的自话自说、哗众取宠？伟大的传统——马克思主义是否被轻易忽略？曾几何时，马克思用他的伟大发明揭示了人类社会发展的基本规律，但是他老人家并不因为资本主义是其中的必然环节而放弃对它的批判。这就是立场。立场使然，马克思早在资本完成国家垄断和国际垄断之前，就已经用历史唯物主义方法揭示了资本的本质，并毅然决然地站在大多数人的立场上对它口诛笔伐。这也是马克思褒奖巴尔扎克和狄更斯等批判现实主义作家的重要因由。同时，从方法论的角度，恩格斯对欧洲工人作家展开了善意的批评，认为巴尔扎克式现实主义的胜利多少蕴含着对世俗、时流的明确悖反。尽管巴尔扎克的立场是保守的，但恩格斯却从方法论的角度使他成了无产阶级的“同谋”。这便是文学的奇妙。方法有时也可以“改变”立场。这时，方法也便获得了一定的独立性。在致哈克奈斯的信中，恩格斯说，“我决不是责备您没有写出一部直截了当的社会主义的小说，一部像我们德国人所说的‘倾向小说’，来鼓吹作者的社会观点和政治观点。我的意思决不是这样。作者的见解愈隐蔽，对艺术作品来说就愈好。我所指的现实主义甚至可以违背作者的见解而表露出来。让我举一个例子：巴尔扎克，我认为他是比过去、现在和未来的一切左拉都要伟大得多的现实主义大师”。[①] 由是，恩格斯借马克思的“莎士比亚化”和“席勒式”之说以提醒工人作家。相形之下，我们的立场何如？我们的方法又如何？

事实是，马克思主义经典作家心目中的经典作家如巴尔扎克、托尔斯泰等逐渐受到冷落。与此同时，夏志清的一部《中国现代小说史》轻而易举地颠覆了我国现代文学历经数十年建构的经典谱系，从而将张爱玲代表的“自我写作”者们奉为典模。这种“反意识形态”的意识形态招摇过市，不知道蒙骗或者迎合了多少同行的心志。顺着这个思路推演，当代美国和西方主流学界冷落巴尔扎克们、托尔斯泰们当可理解，而我们紧随其后、欲罢不能地无视和轻慢这些经典作家就难以理解了。这中间除了对传统意识形态的逆反，恐怕还有更为深层的根由。顺便举个例子，当我们的一些同行忘却弗洛伊德对陀思妥耶夫斯基的尖锐批评的同时，另一些正兴高采烈地拿弗氏理论解构和恶搞屈原。也正是在这种“反意识形态”的意识形态驱使下，唯文本论大行其道。

而目前盛行的学术评价体系推波助澜，正欲使文学批评家成为“纯粹”的工匠。量化和所谓的核刊以某种标准化生产机制为导向，将批评引向千篇一律、千人一面的“模块化”劳作。我们是否进入了只问出处不讲内容的怪圈？是否让一本正经的钻牛角尖和煞有介事的言不由衷，或者模块写作，理论套用，为做文章而做文章，为外国文学而外国文学的现象充斥学苑？其中的作用和反作用是否已经形成恶性循环？

这些问题足以让我们毛骨悚然。说到这里，我想，一个更大的恶性循环也许正在或者已然出现，它便是读者乃至中国作家的疏虞。本来，他们应该是我们最大的服务对象。我们的工作应该或者首先是为了中国文学、中国作家、中国读者的需要，而不是关起门来在越来越狭隘的“螺蛳壳里做道场”，或者一门心思地去讨好洋人，为洋人涂脂抹粉。除了前面说到的资本影响，我们本身的问题也每每使我们的读者、我们的作家望而却

① 《马克思恩格斯文集》第10卷，人民出版社2009年版，第570—571页。

步。面对商家的吆喝，他们本已无所适从，隔空隔时的“空手道”式的外国文学研究更使其莫衷一是。经典的边际被空前地模糊，尽管外国文学作品的翻译引进依然如火如荼。于是，泥沙俱下、鱼龙混杂自不待言，三流四流，乃至末流文学所制造的皇帝新装也不可避免。于是，中国作家饕餮般的胃口倒了，已经鲜有关心外国文学研究的；而普通读者，不是浅阅读盛行，就是微阅读成瘾：我们这个发明了书的民族，终于使阅读成了一个问题。呜呼哀哉！这对谁有利呢？也许还是资本或资本主导的外国文学本身。布热津斯基的“奶嘴战略”不可谓不高明！

此外，虽然形式主义由来已久，但唯文本论大行其道却是近二三十年的事。随着现代主义的引入，先是结构主义风行一时，导致文学研究出现了唯文本论现象。用德里达的话说，叫作“文本之外，一切皆无”；而且无休无止，唯斯为甚。有关情况无须多言，大家心知肚明。

可喜的是，近年来，在以《外国文学评论》为代表的学术平台上，越来越多的同行正致力于为了拿来的批评，我称之为新社会历史批评。他们以我为主、为我所用、富有家国情怀、彰显国家意识的研究范式正在逐渐改变业已坚硬的唯文本论倾向，不仅着力开掘作家作品及其从出的社会历史语境，而且将本国读者及其接受问题纳入研究视域。虽然历史不能还原，但历史的维度永远是文学批评的首要方法。只消将“鲁郭茅”“巴老曹”和张爱玲们置于所处的社会历史语境，那么谁有资格成为国家的脊梁、民族的魂魄和中国现代文学的经典，也就不言而喻了。我深感疑惑的是，那么人何以如此罔顾历史，轻信夏氏兄弟？就连傅雷那样的“旧知识分子”也不曾如此啊！

三

有关问题或可牵出许多话题，但因篇幅所限，最后我想就与立场和方法关系密切的目的论稍加评骘。

话说“冷战”结束、苏联解体以后，国家意识在“全球化”进程中单向度淡化显然更符合美国利益及跨国资本的诉求。为避免陷入了无止境的枝节铺陈，我不妨简言之：狂欢背后的利益。它以网络文化的广场式狂欢和市场经济的有求必应体现出来，并一发而不可收。后者则或可反过来印证文学的某种规律。我称之为经典的悖反或经典的保守，即面对一个新的、价值观发散性纷乱的时代，经典作家大抵采取了保守的悖反姿态。而这种姿态所揭示的往往是现实的偏废——其中包括某些相对稳定的族群或国家意识。除了前面说到的张爱玲，我们还可以列举严歌苓等一批作家。后者对中华民族的指摘与不屑在《小姨多鹤》《金陵十三钗》《归来》（《陆犯焉识》）《芳华》等作品（我说的主要是原著，其次才是经过改编的影视作品）中表现得淋漓尽致。而身为中国读者或观众（即使是有关影视作品的观众）难道就真的已经麻木不仁到如此程度了吗？但凡有点“良知”的，必被她（当然是经其他“国人”之手）打入十八层地狱；但凡有个“老外”的，即使盲流或歪嘴和尚（口吃牧师）或“无知婴儿”也必被奉为天使。必须说明的是：（1）严歌苓早已是美国作家；（2）读者的麻木不仁首先应该归咎于外国文学研究界的麻木不仁。我们对当代中国文坛的问题难辞其咎。诸如此类不仅与上述立场、方法问题有关，而且很大程度上表现为更加显性的麻木不仁：一些外国文学研究者对本国文学的漠不关心。

然而，从学科史的角度看，外国文学同中国文学本是一枚钱币的两面，不可分割。曾几何时，“百日维新”（康有为、梁启超等）取法的“托洋改制”的“体”“用”思想众所周知，这正是他们取法文艺复兴运动（“托古改制”①）思想的一个见证。倘使不算《天路历程》（也称厦门本，于1853年出版，因为它是由在华传教士主导翻译的，用以传播教义）。外国文学的真正进入可以说是我国知识分子面对帝国主义坚船利炮的一次伟大的觉醒，即主动的拿来，鲁迅称之为“拿来主义”。因此，严格地说，《巴黎茶花女遗事》是我国自主引进的第一部外国小说，适值“百日维新”。是年，林纾开始在友人的帮助下翻译或者说是转述外国文学名著。而这显然是维新运动的组成部分或谓继续，他与严复、梁启超和王国维等人的文学思想殊途同归。首先，严复与梁启超分别于

① 典出康有为《孔子改制考》，中华书局1958年版。马克思的《路易·波拿巴的雾月十八日》也有类似说法。

1897 年和 1898 年倡导中国文学的改革路径应以日本与西方文学为准绳。严复提出了译事三字经“信、达、雅”，而且亲力亲为。“信”和“达”于翻译不必多言，而“雅”字不仅指语言，还应包含遴选标准，即价值和审美取向，否则也就罔顾现代意义上的审丑美学，甚至以丑为美了。

林纾的翻译涉及英、法、美、俄、挪威、瑞士、比利时、西班牙等欧洲国家的文学。在众多作家中，既有文艺复兴时期的塞万提斯、莎士比亚和 18 世纪启蒙运动时期的笛福、斯威夫特，也有 19 世纪浪漫主义和批判现实主义时期的巴尔扎克、大仲马、小仲马、狄更斯、托尔斯泰等，凡 171 种。据晚清学者阿英等人的不完全统计，1898—1918 年，我国出版的翻译作品就有六百余种。这在当时的条件下简直是个天文数字。

我国的第一部外国文学史是周作人开设欧洲文学课时撰写的一份讲义，即 1918 年出版的《欧洲文学史》。先此 38 年则世上已经有了第一部中国文学史，即《中国文学史纲要》。它是由俄国人瓦西里·巴甫洛维奇·瓦西里耶夫（Василий Павлович Васильев）于 1880 年出版的。在此之前，我们有经、史、子、集，或“文史不分家”之谓；而文学则以诗经、楚辞、汉赋、唐诗、宋词、元曲、明清小说等等分类，却古来无史。国人撰写的第一部文学史是窦警凡的《历朝文学史》（1906，国家图书馆藏有此祖本）。它可能受“维新变法”影响，起笔于 1898 年前后，但目前所能查考的最早版本出版于 1906 年。鲁迅先生的《中国小说史略》（1923）影响最大，它也是一部关于中国小说史的讲义。用鲁迅的话说，我国小说“古来无史”。他以这部小说史呼应了梁启超关于小说的惊世之谓（《论小说与群治之关系》，1902）。鲁迅的《汉文学史纲要》（1926）的确只是个提纲。

说到周氏兄弟，我们便不能不提及五四运动。关于五四运动的基本情况就不用说了，但鉴于近来有一些人以复兴国学或儒学之名否定这场“反帝反封建的爱国运动”（党史定义），我又不能不强调它是中国思想史的一个分水岭：五四运动故而又称新文化运动。如果说“维新变法”取法的是“中学为体”“西学为用”，那么五四运动显然是“别求新声于异邦”（鲁迅语）了。毫不夸张地说，没有五四运动，就没有中国共产党，进而也就没有新中国。因此，无论怎么评价五四运动的功绩，都不为过，尽管凡事皆不单纯，某些矫枉过正的偏颇在所难免。

且说从新文化运动到《红楼梦》这一个案的经典化过程（从梁启超到王国维、蔡元培、胡适、俞平伯，等等），中国文学作为学科的创建者们和中国现代文学的奠基者们大都参与了外国文学翻译、研究、教学、传播工作。从王国维、林纾、胡适到周氏兄弟和茅盾、巴金、冰心、冯至、郭沫若、卞之琳、李健吾、钱锺书、傅雷、杨绛等（这个名单儿可无限延续），则大抵都是中外文学双栖作家、学者。本人入职之初，冯至、钱锺书、卞之琳、李健吾、杨绛等尚在文坛耕耘，不曾想时至今日，我辈忽然失却了传承的热忱、两栖的本领。这还不是最要紧的。要紧的是，同道中逐渐有人越来越对中国文学母体极其丰富的实践漠然相向了。外国文学研究与母体文学的分道扬镳固然原因众多，一时难以厘清，但前面说到的问题当多少可以解说一二。

最后，我们不妨再进行一点逻辑推理："民族的就是世界的"或"越是民族的就越是世界的"符合逻辑，但似乎并不契合实际。反之，"民族的不是世界的"或"民族的并不一定是世界的"，倒听起来像悖论，一如马与白马，却事实如此。换言之，正如马与白马的关系，任何民族都是世界的组成部分，世界也理应是各民族的总和。然而，现实常常不尽如是，它有所偏侧。于是，世界的等于民族的似乎更符合实际；至于世界是谁，最通俗的回答是少数大国、强国。同理，世界文学也常常是大国、强国的文学。这在几乎所有世界文学史写作中都或多或少有所体现。因此，世界等于民族这个反向结果一直存在，只不过它从来没有像今天这样表现得清晰明了和毋庸置疑。盖因资本之外，一切皆无。而全球资本的主要支配者所追求的利润、所奉行的逻辑、所遵从的价值和去他者意识形态策略，显然与各民族的传统文化不可调和地构成了一对矛盾。

当然，不容置疑的是资本主义作为人类社会发展的必然一环，而且资本在完成地区垄断和国家垄断之后必然追求国际垄断。这是马克思的重要发现之一。但存在的和必然的不等于合理的。这又是马克思何以如此痛恨和批判资本的原因。

因此，若非从纯粹的地理学概念看问题，“世界文学”确实不是各民族之和，经典更不必说。在很大程度上，现在的所谓“世界文化”也只是欧美文化。而且，强势文化对弱势文化的倾轧、颠覆和取代不仅其势汹汹，却本质上难以避免。这一切古来如此，在可以预见的未来仍将如此，就连形式都所易甚微。回到“民族的不一定是世界的”这个话题，文学当最可说明问题，盖因它是世道人心的形象体现，并在一定程度上影响世道人心，却终究不能左右世道人心、改变社会发展的这个必然王国，而自由王国还非常遥远。这是因为发展中国家的作家并没有真正参与到这个跨国公司时代的文学狂欢之中，我们的文化逆差远比想象的要大得多。《红楼梦》不仅远不是世界经典，而且已经赫然位列“死活读不下去”的榜单之首。[①] 至于那些所谓的后殖民作家，虽然他们生长在前殖民地国家，但其文化养成和价值判断未必有悖于西方前宗主国的意识形态。像前些年获得诺贝尔奖的加勒比作家沃尔科特、奈保尔和南非作家库切，与其说是殖民主义的批判者，不如说是地域文化的叛逆者。沃尔科特甚至热衷于谈论多元文化，指那些具有强烈本土意识的作家是犬儒主义和狭隘民族主义者。[②]

至于我们，毛泽东在概括中国时曾列数“地大物博”“人口众多”“历史悠久”，并说还有“半部《红楼梦》”[③]。就以《红楼梦》为例，除凤毛麟角似的汉学家外，试问有多少西方作家或学者，哪怕广义的作家和学者通读过？没有。反之，中国作家则又有哪个不是饱读洋书、对西方经典如数家珍？显然，中西之别是毋庸置疑的客观存在。关于这个问题，已然是说法多多。[④] 以上固然只是当今纷繁世相和外国文学研究的一个维度，而且是本人的一孔之见，不能涵盖客体——这种精神劳动的复杂性、多面性。但文学作为资本附庸的狰狞面目已经显现，唯文本论

① 据 2013 年广西师范大学出版社抽样调查，见 www. xintiku. com/timu/996844811. html。

② Walcott, Derek: *What the Twilight Says*, New York: Farrar, Straus & Giroux, 1998, p. 37.

③ 尽管一些红学家认为《红楼梦》曹雪芹八十回不仅完整，而且不可续。见俞平伯《红楼梦辨》，人民文学出版社 2016 年版。

④ 见冈萨雷斯·德·门多萨《中华大帝国史》，孙家堃译，中央编译出版社 2009 年版。原著最早出版于 1585 年。

的泛滥也早已见怪不怪，我们不能闭目塞听，更不能自欺欺人。尤其当中国作家在饕餮般阅读外国文学时，我们却沉溺于自话自说，与他们渐行渐远。不消说，伟大的新文学传统后继乏人，马克思主义被边缘化亦非耸人听闻。是时候端正立场、改变方法了，否则所谓的“学问”必将被新时代所淘汰。

下　编

远近杂谭

评莫言

莫言的这个诺贝尔奖，几可谓是国人盼星星、盼月亮盼来的。这期盼中既有“走向世界”、争取了解和被了解的急切，也有不甘寂寞和底气不足、价值标准阙如等诸多原因与复杂情感。然而，本以为这下可以祛魅了，没想到当金灿灿的奖牌伴随着西方媒体的噪杂声果真“哐啷”一下落在莫言手上时，人们的复杂情感比之前更复杂了，甚至可以说是旧魅未祛新魅又增。作为业内学人，我以为自己有责任尽可能客观、公允地谈谈莫言及他的创作，当然尤其是他的创作。

我第一次见到莫言应该是在20世纪80年代。近三十年过去，弹指一挥间，如梦方醒，初次见面的情景已然淡忘，唯有他敦实的模样和淳朴的笑容仍在眼前，而且它们一仍其旧，仿佛莫言从来就没有陌生和年轻过。我想，所有了解他、熟识他的人大抵会有一个共识，除了在亲友面前更加憨态可掬，他给人的印象始终可以浓缩为：长得不帅，可不失为堂堂的山东汉子；穿的不算讲究，却称得上干净利落；话并不多，但总是大方得体，并不乏幽默感；反应敏捷，然表现得内敛且多少有点大智若讷。至于他的创作，则远非三言两语可以含括。

最简便的方法也许是从瑞典学院的授奖理由说起。2012年10月11日，诺贝尔文学奖评委会常任秘书彼得·恩隆德先后用瑞典语和英语宣布莫言获奖并认为他“With hallucinatory realism merges folk tales, history and the contemporary”。虽然“hallucinatory realism”并非严格意义上的“magic realism”，但我们的媒体还是不由分说地将它译成了“魔幻现实主义”，谓莫言“将魔幻现实主义与民间故事、历史与当下融为一体”。当然，瑞典学院也特别提到了莫言与加西亚·马尔克斯的关系。那么，我就由此入手，说说他及他与魔幻现实主义，乃至世界文学的关系。然而，鉴于话题太大，我这里实实的只能点到为止。

一

众所周知，魔幻现实主义是20世纪80年代进入我国读者视域的，尤其是随着加西亚·马尔克斯在坊间流传，我们也便有了属于自己的解读和变体。“寻根文学”无疑是其中最具代表性的一支。而“寻根”这个词，最早可以追溯到20世纪二三十年代。适值“宇宙主义”和“土著主义”在拉美文坛斗得你死我活。宇宙主义者认为拉丁美洲的特点是她的多元。这种多元性决定了她来者不拒的宇宙主义精神。反之，土著主义者批评宇宙主义是掩盖阶级矛盾的神话，认为宇宙主义充其量只能是有关人口构成的一种说法，并不能解释拉丁美洲错综复杂的社会现实及由此衍生的诸多问题。在土著主义者看来，宇宙主义理论包含着很大的欺骗性，盖因它拥抱的无非是占统治地位的西方文化，而拉丁美洲的根恰恰是被西方文化所阉割、遮蔽的印第安文明。这颇能使人联想起同时期我国文坛的某些争鸣。世界主义者恨不得直接照搬西方文化，甚至不乏极端者梦想扫除国学、抛弃汉字；而国学派，尤其是其中的极端者则食古不化、抱“体”不放。从某种意义上说，两者的胶着状态至今未见分晓。前卫作家始终把走向世界、与世界接轨的希望寄托在赶潮与借鉴，而乡土作家却认为最土的也是最民族的，最民族的就是最世界的。而“寻根”这个概念正是20世纪二三十年代由拉美土著主义者率先提出的，它经现代主义（形形色色的先锋思潮）和印第安文化（其大部分重要文献于20世纪30年代及之后陆续浮出水面）及黑人文化的洗礼，终于催生了魔幻现实主义。然而，翻检我国介绍这个流派的文字，跃入眼帘的大多是“幻想加现实”之类的无厘头说法；或者“拉丁美洲现实本身即魔幻”云云。诸如此类不着边际的说法没法令丈二和尚摸着头脑。哪有不是幻想加现实的文学？谁说拉丁美洲现实本身即魔幻（或神奇）呢？加西亚·马尔克斯倒是说过，“拉丁美洲的神奇能使最不轻信的人叹为观止”；他故而坚信自己是现实主义作家，而不是所谓魔幻现实主义代表。问题是：作家的话能全信吗？

我兜了这么一个圈子无非是想从根本上说明莫言是如何理解《百年孤

独》和魔幻现实主义的。一句话：他在《百年孤独》和拉美魔幻现实主义作品中看到了“集体无意识”。它沉积于民族无意识中，回荡着原始的声音。用阿斯图里亚斯的话说，它是我们的“第三现实”或现实的“第三范畴”。“简而言之，魔幻现实是这样的：一个印第安人或混血儿，居住在偏僻的山村，叙述他如何窥见一朵云彩或一块巨石变成一个人或一个巨人。……所有这些都不外乎村人常有的幻觉，外人谁听了都会觉得荒唐可笑、不能相信。但是，一旦生活在他们中间，你就会感觉到这些故事的分量……它们会转化成现实，成为现实的组成部分。”阿斯图里亚斯如是说。[①] 而卡彭铁尔则从另一个角度肯定了这一点，即加勒比人的“神奇现实”，谓“不是堂吉诃德就无法进入魔法师的世界”。[②] 他们所说的“第三现实”或“神奇现实”恰恰就是布留尔、荣格和列维－斯特劳斯不遗余力阐发的“集体无意识”或“原始经验遗迹”。[③] 而原型批评理论家们的高明之处在于发现这些“集体无意识”或“原始经验遗迹”不仅仅生存于原始人中间，它还普遍生成或复归于文学当中。然而，拉美魔幻现实主义和莫言的伟大在于揭示了各自从出的生活奥秘，即“集体无意识”或“原始经验遗迹”在现实生活中的奇异表征，以及这些表征所依着的社会历史文化环境或语境。正是在相似，且又不同的生活和语域之中，莫言与加西亚·马尔克斯完成了美丽的神交。

在我的印象当中，莫言从来没有明确地提到过这一点（即“集体无意识”），但他悟到了，而且神出鬼没、持之以恒地将它“占为己有”；甚至踵事增华，最终令人高山仰止地缔造了魔幻的或者幻觉般的“高密东北乡”。当然，这并非一蹴而就。在《红高粱家族》中，他所表现的还只是生活的野性和马尔克斯般“瞻前顾后”的句式，祖辈的秘方也透着恶作剧般的巧合或艺术夸张。但是，“集体无意识”在莫言的艺术世界中慢慢发育，直至生长并幻化为《丰乳肥臀》教堂边的浮土：“上官吕氏把簸箕里

① Lawrence, G. W.: “Conversación con Asturias”, *El Nduevo Mundo*, No. 1, 1974, pp. 15－16.

② Carpentier, “Prólogo a El reino de este mundo”, *Dos novelas*, La Habana: Editorial Letras Cubanas, 1979, p. 9.

③ ［瑞士］荣格：《探索心灵奥秘的现代人》，黄奇铭译，社科文献出版社 1987 年版，第 138—165 页。

的尘土倒在揭了席、卷了草的土坑上，忧心忡忡地扫了一眼手扶着炕沿儿低声呻吟的儿媳上官鲁氏。她伸出双手，把尘土摊平，轻声对儿媳说：‘上去吧。’”[①] 就这样，上官鲁氏开始独自生她的第八个孩子，因为婆婆要去照拂驴子：“它是初生头养，我得去照应着。”之后是可想而知的女人的痛苦。同样，在以后的作品中，莫言一发而不可收。譬如，《生死疲劳》用了佛教六道轮回的意象，而《蛙》则明显指向了农耕文明根深蒂固的信仰：“先生，我们那地方，曾有一个古老的风气，生下孩子，好以身体部位和人体器官命名。譬如陈鼻、赵眼、吴大肠、孙肩……”类似风俗大抵不同程度地存在于中华大地，譬如叫男孩狗呀猫啊，或者草啊木的，用莫言的话说，“大约是那种以为‘贱名者长生’的心理使然”。[②]

从另一个角度看，中华文明本质上是农业文明。几千年的小农经济使中华民族历来崇尚“男耕女织”“自力更生”。由此，相对稳定、自足的“桃花源”式自足自给被绝大多数人当作理想境界。从最基本的社会基础看，小农经济，人人明哲保身，对左邻右舍也就渐渐地淡却了族裔意识。这样的人民，唯有在群体性造反或革命的名义下才能盲动，是谓“团沙效应”。而盲动的结果就是焚书坑儒，就是改朝换代，就是“文字狱”，就是“文革”，就是重建庙宇、再塑金身（当然，只要条件允许，不仅是中国，其他民族如德意志等，也会盲动，也会疯狂……）。这是莫言之所以表面洋洒，实则沉痛（甚至冷酷和深刻）的原因所在：历史或现实基础。

于是，马孔多的加西亚·马尔克斯和约克纳帕塔法的福克纳在此殊途同归。[③] 正因为如此，我认为莫言与魔幻现实主义的关系不是简单的模仿和被模仿，而是一种美丽的神交：一种艺术的心领神会，它无须言表，甚至难以言表，盖它或许是不理智的冲动、潜意识的接受，一如加西亚·马尔克斯与阿斯图里亚斯或鲁尔福等师长前辈的关系（否则他就不会一再否认他与魔幻现实主义的关系，也不会一而再再而三地声称神奇即拉丁美洲现实的基本特性）。他们无须从理性或学理层面上言说“集体无意识”。

---

① 莫言：《丰乳肥臀》，作家出版社 2012 年版，第 5 页。

② 莫言：《蛙》，作家出版社 2012 年版，第 5 页。

③ 莫言：《两座灼热的高炉》，《世界文学》1986 年第 3 期。

我们更没有理由要求他们成为理论家。

二

然而，必须强调的是全世界少有作家像莫言这一拨中国作家那么谦逊好学的。他们饕餮般的阅读量足以让多数专业外国文学研究者感到汗颜。这是后发的幸运，也是后发的无奈。但正所谓取精用弘，披沙拣金，莫言们并非没有自己的取舍和好恶。简而言之，概而括之，莫言是优秀中国作家的代表之一。从世界文学的角度看，他有无数可圈可点的闪光之处。谓予不信，我姑且罗列一二。

首先需要说明的是，世界文学浩如烟海，没有人可以穷尽它。我只能管窥蠡测，取其一斑一粟。因此，大处着眼、小处说事、谨慎入手是必须的。从大处看，我以为世界文学的规律之一是由高向低，一路沉降，即形而上形态逐渐被形而下倾向所取代。倘以古代文学和当代写作所构成的鲜明反差为极点，神话自不必说，东西方史诗也无不传达出天人合一或神人共存的特点，其显著倾向便是先民对神、天、道的想象和尊崇；然而，随着人类自身的发达，尤其是在人本取代神本之后，人性的解放以不可逆转的速率使文学完成了自上而下、由高向低的垂直降落。如今，世界文学普遍显示出形而下特征，以至于纯物主义和身体写作愈演愈烈。以法国新小说为代表的纯物主义和以当代中国“美女作家”为代表的下半身指涉无疑是这方面的显证。前者有罗伯·葛里耶等新小说作家的作品为证，后者则涉人无数：不仅卫慧、棉棉们乐此不彼，就连一些曾经的先锋作家也纷纷急转直下，是谓下现实主义。这在20世纪五六十年代的西方“嬉皮士文学”或拉美“波段小说”中便颇见其端倪了。而今，除了早已熟识的麦田里的塞林格，我们又多了一个“荒野侦探”波拉尼奥。与此同时，文学完成了由外而内的巨大转向。关于这一点，现代主义时期的各种讨论已经说得很多。众所周知，外部描写几乎是古典文学的一个共性。亚里士多德在诗学中明确指出，动作（行为）作为情节的主要载体，是诗的核心所在。恩格斯关于批判现实主义的论述，也是以典型环境为基础的。但是，随着文学的内倾，外部描写（包括情节或人物行为等要素）逐渐被内心独白所取代，而意识流的盛行可谓世界文学由外而内的一个明证。与此关联，文学人物由崇高到渺小，即从神至巨人至英雄豪杰到凡人乃至宵小的“弱化”或“矮化”过程。神话对于诸神和创世的想象见证了初民对宇宙万物的敬畏。古希腊悲剧也主要是对英雄传说时代的怀想。文艺复兴运动以降，虽然个人主义开始抬头，但文学并没有立刻放弃载道传统。只是到了20世纪，尤其是在现代主义和后现代主义时期，个人主义和主观主义才开始大行其道。而眼下的跨国资本主义又分明加剧了这一趋势。于是，宏大叙事变成了自话自说，文学人物的活动半径也由相对宏阔的世界走向相对狭隘的空间。如果说古代神话是以宇宙为对象的，那么如今的文学对象可以说基本上是指向个人的，其空间愈来愈狭隘。昆德拉就曾指出，堂吉诃德启程前往一个在他面前敞开着的世界……最早的欧洲小说讲的都是一些穿越世界的旅行，而这个世界似乎是无限的。但是，在巴尔扎克那里，遥远的视野消失了……再往下，对爱玛·包法利来说，视野更加狭窄……而面对着法庭的K，面对着城堡的K，又能做什么？或许正因为如此，卡夫卡想到了奥维德及其经典的变形与背反。

莫言的小说见证了某种顽强的抵抗。譬如他对传统的关注、对大我的拥抱、对内外两面的重视，等等，貌似“以不变应万变”，而骨子里或潜意识中却不失为是一种持守、一种既向前又向后的追寻。从小处说，莫言是“寻根派”中唯一不离不弃、矢志不移的“扎根派”。但这并不是说他在重复自己。恰恰相反，“举一反三是传道士的秘诀”（博尔赫斯语），每一个作家本质上都在写同一本书，一本被莫言称之为标志性的大书，它或许已经完成（可能是最初的《红高粱家族》，也可能是《天堂蒜薹之歌》《酒国》《丰乳肥臀》《檀香刑》《生死疲劳》或《蛙》），或许它还有待完成，再或许所有已竟和未竟的就是他同一本书的不同侧面。同时，莫言在中国农村这个最大的温床或谓载体中，看到了我们的传统或国民性的某些深层内容。而且，他表现这种传统和国民性的方式，颇有几分鲁迅的风范，某些方面甚至有过之而无不及，尽管他所取法的主要是群体形象：大写的农民。反之，我们见证了世界文学由大我到小我的演变过程。无论是古希腊时期的崇高庄严说或情感教育还是我国古代的文以载道说，都使文学肩负起了某种集体的、民族的、世界的道义。荷马史诗和印度史诗则从不同的角度宣达了东西方先民的外化的大我。但是，随着人本主义的确立，及至19世纪自由主义的确立，世界文学逐渐放弃了大我，转而致力于表现小我，致使小我主义愈演愈烈，尤以当今文学为甚。

其次，马悦然说莫言很会讲故事。他说得在理。但我们必须厘清两个问题。第一个问题比较简单，也容易说清，即莫言的故事无论内容、形式，都不是传统意义上的跌宕起伏，至少不是古典小说、传统演义，甚至与一般意义上的民间传说也相去甚远。说穿了，莫言的创作并不以人物性格的展示与演变或人们的审美心理为轴心。第二个问题比较复杂，牵涉到前面所说的文学大背景。用最简要的话说，故事或谓情节在世界文学史上呈现出由高到低的态势，而主题则恰好相反。说到故事（在此权且把它当作情节的同义词），今人想到的也许首先是古典小说，然后是通俗文学，是金庸们的一唱三叹或者琼瑶们的缠绵悱恻，甚至那些廉价地博取观众眼泪的新武侠、新言情、新奇幻、新穿越之类的类型小说或电视连续剧。曾几何时，人们甚至普遍不屑于谈论故事，而热衷于观念和技巧了。一方面，文学在形形色色的观念（有时甚至是赤裸裸的意识形态或反意识形态的意识形态）的驱使下愈来愈理论、愈来愈抽象、愈来愈“哲学”。卡夫卡、贝克特、博尔赫斯也许是这方面的代表人物。另一方面，技巧被提到了至高无上的位置。从乔伊斯的《尤利西斯》到科塔萨尔的《跳房子》，西方小说基本上把可能的技巧玩了个遍。俄国形式主义、美国新批评、法国叙事学和铺天盖地的符号学与其说是应运而生，毋宁说是推波助澜。于是，热衷于观念的几乎把小说变成了玄学。借袁可嘉先生的话说，那便是（现代派）片面的深刻性和深刻的片面性。但莫言不拘于时尚，他始终没有放弃故事情节。时尚会速朽，但我们既不能无视时尚，又必须有所持守。而莫言的处理可谓高明：故事与集体无意识的胶着状态，这在拉美魔幻现实主义作品中屡见不鲜。由此可见，莫言不是当代蒲松龄，而是中国的马尔克斯。

再次，莫言的想象力在同代中国乃至世界作家中堪称典范。他的想象来自生活之根，从红高粱家族，到丰乳母亲，到酒国同胞，到历史梦魇，到猴子或蛙（娃），活生生的中国历史文化和父老乡亲和粪土泥巴得到了艺术的概括和擢升。没有生活的磨砺和驾驭生活的艺术天分是很难对如此神速变迁和纷繁复杂进行如此举重若轻的艺术概括和提炼的。且不说他的长篇小说，就以《师傅越来越幽默》为例，从劳模到下岗工人再到个体户的变化，如果没有想象力和掖着尴尬，透着无奈的幽默与辛辣作为介质或佐料，必然清汤寡水、流于平庸。

此外，欧洲、美洲、大洋洲及亚洲邻国都曾经历或正在经历奈斯比特、托夫勒等人所说的“第三次浪潮”。欧洲的工业化（城市化）过程在流浪汉小说至现代主义作家的笔下汹涌澎湃，以至于马尔克斯以极其保守乃至悲观的笔触宣告了人类末日的来临。当然，那是一种极端的表现。但我始终认为中国需要伟大的作家对我们的农村展开史诗般的描摹、概括和美学探究，盖因农村才是中华文化赖以衍生的土壤，盖因我们刚刚都还是农民，况且我们半数以上的同胞至今仍是农民，更况且这方养育我们以及我们伟大文明的土地正面临不可逆转的城市化、现代化进程的冲击。眨眼之间，我们已经失去了“家书抵万金”“逢人说故乡”的情愫，而且必将失去“月是故乡明”的感情归属和“叶落归根”的终极皈依。问题是，西风浩荡，且人人都有追求现代化的权利。让印第安人或摩挲人或卡拉人安于现状是“文明人”站着说话不腰疼。但反过来看，从东到西，“文明人”“文明地”又何尝不是唏嘘一片、哀鸿遍野。端的是彼何以堪，此何以堪；情何以堪，理何以堪?！这难道不是人性最大的乖谬、人类最大的悖论?！

莫言对此心知肚明。他的作品几乎都滋生于泥土、扎根于泥土（尽管他并非不了解城市，并非不书写城市，而且可以说正因为他有了城市的视角，有了足够的距离，他描写起乡土来才入木三分）。“寻根”本是面对世界和本土、现代与传统的一种策略或意识。但丰俭由人、取舍在己。而莫言显然代表了诸多重情重义、孜孜求索、奋发雄起的中国作家，就像他获奖前夕所表达的那样：“看一江春水，鸥翔鹭起；盼千帆竞发，破浪乘风。”

三

最后，莫言获奖，咱高兴归高兴，但话要说回来：莫言不是唯一优秀的中国作家，诺贝尔文学奖更不是文学的唯一标准。有关莫言获奖的因由（文学的、非文学的）大家已经说得很多。现在该回到批评，平心静气地讨论文学了（尽管文学很难，甚至根本无法与“非文学”如政治截然割裂，二者如影随形，况且诺贝尔文学奖常被用作政治工具，苏联早已领教）。当然，我的批评对莫言也许已经毫无意义，盖因瑞典学院认可的就是黑格尔美学所说的“这一个”。但愿莫言自己会迅速将诺贝尔奖搁置一旁，并继续耕作，为我们写出不同，甚至更好的作品。无论如何，严肃、优秀的批评一定不是有意摆在作家面前的绊脚石。它有时会显得刺眼、碍事，甚至凉水浇背、良药苦口，但从长远的眼光看，它必定是作家偶用，甚至不可或缺的另一副眼镜，尤其对未来文学及批评本身的健美与发展当不无裨益。因此，指摘挑剔或谓求全责备也许难以避免。再则，虽说诺贝尔奖不是文学的唯一标准，但世人的关注也便使莫言更具有范例的意义和解剖的必要了。然而，时间关系及篇幅所限，有关问题这里只能点到为止，且容日后有机会时渐次展开。即便如此，我亦当谨慎入手，以裨抛砖引玉，以免酷评之嫌；老实说，批评既不能总是你好我好大家好，也不能动辄牛二似的寻衅闹事、泼妇似的撕破脸皮。况且，被我指为“软肋”的方面，在别人看来也许是优点亦未可知。这就是文学的奇妙，更是经典作家的奇妙之所在。

在此，我不妨先列举一二，以供探讨或善意批评和反批评的生发。

第一根“软肋”：缺乏节制。譬如想象力，其蓬勃程度于莫言可谓“成也萧何，败也萧何”。这当然是极而言之。正所谓彼亦一是非，此亦一是非，凡事都有两面性，甚至多面性。显然，想象乃文学之魂，没有想象力的文学犹如鸡肋，甚至比鸡肋还要无趣，还要清寡。但莫言常使其想象力信马由缰，奔腾决堤，《酒国》中的“红烧婴儿”是其中比较极端的例子。反过来说，缺乏想象力是中国当代文学的顽疾之一（虽然尤其是文学，但不止于文学，或可说当下中华民族在不少领域中都或多或少存在着想象力阙如的现象），但像莫言这样如喷似涌、一泻千里的想象力喷涌是否恰当，是否矫枉过正，则容后细说。

第二根“软肋”：审丑倾向。写丑、写脏、写恶、写暴力、写残忍、写不堪在莫言是常事。当然，我们也可以说历史如此，现实如此，人性如此。但我们身边并不缺美，美无处不在。莫言也不回避美，只不过他的笔更像外科医生的手术刀，锋利得很，而且锋芒似乎永远向着脓疮毒瘤，且把审美展示和雕琢的活计留给了别人。于是，残酷得令人毛骨森竖、不敢视听的“檀香刑”被淋淋漓漓地写了出来。同时还有诸多刑罚，譬如“阎王闩”：小虫子（《檀香刑》人物之一）“那两只会说话的、能把大闺女小媳妇的魂勾走的眼睛，从‘阎王闩’的洞眼里缓缓地鼓凸出来。黑的，白的，还渗出一丝丝红的。越鼓越大，如鸡蛋慢慢地从母鸡腚里往外钻，钻，钻……噗嗤一声，紧接着又是噗嗤一声，小虫子的两个眼珠子，就悬挂在‘阎王闩’上了”。[①] 至于凌迟执行者的“艺术”无意识更可谓无所不用其及。我曾对故友柏杨说起过有心编一本中国刑罚或体罚名释之类的书（这与前面说到的某些民族性劣根性不无关系），他说这是个极好的课题，对我们自我反省、自我探究都大有裨益。但我除了在一些同行学人中不断提到此事，却始终鼓不起勇气来，毕竟是自我揭短，毕竟是自我揭丑。但莫言做到了，他自然是以他的方式。可见他的勇气有多大、心魄有多强，以至于德国作家瓦尔泽说他看莫言的书吃不下饭，而我却说吃了会吐。

第三根“软肋”：过于直接。曾有读者（甚至著名作家、学者）抱怨曹雪芹太啰唆，说委实受不了他写林黛玉的那个腻腻歪歪、哼哼唧唧，甚至干脆就曰不喜欢《红楼梦》。莫言则不同，他的叙事酣畅淋漓，且直截了当得几乎没有过门儿。无论写人写事，还是写情写性，那语言、那想象简直就像脱缰的野马，有去无回，用莫言的话说是“笔飞起来了”。[②] 这一飞不要紧，一些带有明显自然主义色彩的描写也便一股脑儿倾泻而出，它们甚至不乏粗砺之嫌。但反过来说，这种粗砺也许正是莫言有意保持的，它与他所描写的题材或对象相辅相成。譬如《檀香型》的檀香刑细节描写，再譬如《丰乳肥臀》中生产（无论是女人还是母驴）或“雪公子”的催奶十八摸（金庸有著名的“降龙十八掌”）的夸张铺陈，等等。以上几根“软肋”相辅相成，构成了莫言小说的汪洋恣肆，也是他得以彪炳于

① 莫言：《檀香刑》，作家出版社 2012 年版，第 47 页。

② 舒晋瑜：《莫言：“写着写着笔就飞起来了”》，《品位经典》2012 年第 5 期。

世的重要基础。正因为这些基础或元素，莫言的作品总能给人以极强的心灵震撼和感官刺激。因此，说看了他的作品吃不下饭是极其委婉的。

第四根“软肋”：蝌蚪现象。蝌蚪现象是权宜之谓，盖因评判莫言的作品显然不能用浅尝辄止、虎头蛇尾之类的成语。所谓蝌蚪者，身大尾小，用它来比附莫言的创作，完全是权宜之计。蝌蚪现象甚至不能用来涵盖莫言的多数作品。它只是偶发现象，且并不否认莫言作品的深刻性、完整性。比如《蛙》，它就是十分深刻、完整的一部作品，人流师“姑姑”的“恶毒灵魂”最终被她的那些充满象征意味的小泥人所部分地救赎，这甚至非非地让人联想到遥远的女娲，尽管是在反讽意义上。莫言以这种势不可挡的想象力深入人性底部，以示他对人，尤其是无如同胞和父老乡亲的终极关怀。而“蛙”与“娃”与“娲”的谐音串联（至少我是这么联想的），更使小泥人的意象具备了“远古的回响”。但是，《蛙》于三分之二处打住，效果可能会更好。现在却多少有点像“蝌蚪”，尾巴上还缀着沉重的戏。或许这也是莫言有意为之，否则叙述者怎么叫蝌蚪呢？开个玩笑罢。而这个玩笑使我记起了莫言的一番感慨，谓《百年孤独》的后两章使“老马露出了马脚”。同时，正如前面所说，莫言蓬勃飞翔的想象力和磅礴狂放的叙述波有时也会淹没或遮蔽他作为好学者、思想者的深度以及隐隐绰绰的人物光辉、性格力量，譬如《生死疲劳》中六道轮回的意象并没有像我等苛刻读者所苛求的那样，带出信仰（包括宗教，哪怕是理性层面上的宗教）在半个世纪中由于中国政治和不乏狂欢色彩的特殊历史变迁所造成的跌宕沉浮（想想我们曾经的封建迷信，再回眸那些不堪的“革命”，现如今还看缭绕香火），罔论与之匹配的某些“集体无意识”映像或镜像；再譬如西门闹因为不断轮回投胎，难免夺人眼球，从而难免使这一人物性格支离破碎。

再就是第五根“软肋”，或谓原始生命力崇拜。关于最后这一点，我在评论加西亚·马尔克斯时也曾多次提及。

如此等等，容当细说；孰是孰非，也有待探讨。

总之，所谓“软肋”只不过是吹毛求疵，唯愿这种善意的吹毛求疵有助于读者更好地理解莫言，有助于中国文学及其批评的健康发展，有助于公允、平常地了解诺贝尔文学奖，有助于伟大的作家作品展示其发散性阅读空间的可能性。这就是说，我们不能不把文学奖项当回事，但也不要太把它当回事了。至于文学，说“众人皆醉我独醒”，有时恰恰说明了“我”不醒；何况文学之繁复，经典之多维，犹如生活之多彩，人性之复杂，绝对成岭成峰，见仁见智，立场、方法、角度不同而已。

由是，我常拿文学（自然包括批评）有一比：如果人类社会历史是长河，那么文学及其周遭人等充其量是其中的弄潮儿。他们可以在河边走马观花看风景，也可以泛舟河上倾听两岸鸟语猿声，更可以借河为镜去欣赏或挑剔自己的倒影，甚或潜入河底捕鱼捉蟹捞贝壳，再甚或劈波斩浪逆水而动，甚至疏浚和改造河道（使之朝着有利于某些理想、意志或利益奔腾）。这是大处着眼，也许莫言属于逆流而动或疏浚河道者。而我本人只不过是被河水冲拥到河边替人修茶壶补碗的。这钧瓷的活计颇为背时，却实实的费力不讨好。年长一点的读者都知道我所说的修茶壶补碗是个啥活计、啥营生。由于样板戏《红灯记》曾经的广为传播，我上下几代人对“磨剪子戗菜刀”的吆喝记忆犹新，而且重要的是这个营生至今没有绝迹。问题是“修茶壶补碗”已经绝迹，而且绝迹多时矣。别说“80后”“90后”，即使“60后”“70后”怕也很少有人听到过这个悠久绵长的吆喝声呢。但我是看着这个营生销声匿迹的。对它的疑惑，大概是和拆卸癖等好奇心结伴而生的。“修茶壶补碗”确是我儿时的最大疑惑之一，尽管“没有金刚钻，不揽瓷器活”早被搬进了成语大词典，而且迄今犹有人在使用。且说修茶壶补碗的艺人或匠人挑着货郎担走街穿巷，那吆喝声似乎还在耳廓回响。我奶奶或哪位邻家奶奶打开门窗，将他或他们请下，然后各自搬出渗漏的茶壶和一堆破碗片，然后的然后是锱铢必较的讨价还价。这过程挺严肃，但价格确定后双方立即笑逐颜开。奶奶甚或左右开弓，像款待客人似的为工匠炒几个小菜、温一壶老酒。而工匠或工匠们则片刻不停地唧唧噜噜、叮叮当当，开始修茶壶补碗。当时，甚至后来每每想起，总觉得修茶壶尚可理喻，而补碗却着实让人费解。一只碗其实贵不过几个钱，何必如此修修补补煞费工夫？工匠先将一块块碎片拼排一番，而后画上标记，再用钻子唧唧噜噜地在标记上打出针眼似的小孔，最后钉上铜钉，并用稀释的缸砂嵌满所有缝隙。这个过程极需眼力和耐心，当然金刚钻也是必不可少的，否则怎么在碗片上钻孔？总之，在我的记忆中，补一只碗和买一只碗差不了几钱，但奶奶或奶奶们和工匠都十分认真地成为共谋。当时还不晓得“无用之用”或“鸡肋”之类的说法，但我心里确实对此颇多存疑。唯一让我感动的是工匠们的手艺。用不多久，他或他们一准将摔成十片的破碗“还原”成满身铜钉的玩意。现在倘若得到这样一只老碗，即使它不是明清文物，恐怕也是令人叹为观止的艺术品了，完全可以敬在书柜上供人瞻仰。如今，儿时的好奇消散了，但疑惑并未完全消弭。奇怪的是，我当时居然没有好好问一问奶奶或邻家奶奶们：为什么要花几可与新碗比肩的价钱去修补那些劳什子呢？也许是因为某种念想；也许传统如是。然而，这也许变成了永远的也许。回到我的营生，甚至还有整个儿的文学，在那些喜新厌旧者眼里，也许同样毫无意义。往早里说是“无用之用”（庄子、王国维和大先生鲁迅等前辈大宿都有此类说法）；往好里说则充其量是一行当：在摔成十八瓣的人类社会、世道人心这只破碗上卖力地钻孔，并努力钉上理想主义的铜钉铁钉，再拿心血当缸砂和黏合剂在难以弥合的缝隙上无谓地，却不能不设身处地、推人及己、由此及彼、由表及里地琢磨着、拼联着、弥合着，直到终老。

评贾平凹的《带灯》及其他

一 写给未来的小说

《带灯》是一部写给未来的小说。首先，它展现的是一卷令人心酸且行将消失的图景：一个管辖着数十村寨的大镇在一天天失去传统，人们像断线的风筝随风飘荡。问题是，“不识庐山真面目，只缘身在此山中”，我们的“在场”使我们对这一现实视而不见。“高速公路没有修进秦岭，秦岭混沌着，云遮雾罩。高速公路修进秦岭，华阳坪那个小金窑就迅速地长，长成大矿区。大矿区现在热闹得很，有十万人，每日里仍还有劳力和资金往那里潮。这年代人都发了疯似的要富裕，这年代是开发的年代。”这是《带灯》的开场白，它所对应的真实早被当作“司空见惯浑闲事”而被我们熟视无睹了。可见我们的“在场”是必须加引号的。唯有贾平凹的在场才是真正的在场!

于是，《带灯》让我想到了《飘》。

（一）和《飘》一样，从某种意义上说，《带灯》也是一部“保守”的小说。它不仅看到了开发年代的另一张面孔：它的疯狂，它的贪婪，而且看到了这疯狂和贪婪正在背弃的传统。更为重要的是这两者都不仅是短暂的、偶然的、间或的，而且是十分理性的、义无返顾的、一往无前的。

众所周知，文明笼统说来是在与本能和欲望的斗争中逐渐形成并不断前进的，但作为它的精神旗帜，理性恰恰不仅是抑欲的，它同时也可能使欲望的船儿扬帆，甚至配备上核动力、核武器。用庄子的话说，这叫作“彼亦一是非，此亦一是非”。然而，贾氏作品最重要的一点，或许恰恰就是我们“在场”中人最易忽略的乡情。说到乡情，或许读者诸公想到的首先是“家书抵万金”之类的古诗文、古心情。

遗憾的是，此乡情非彼乡情。何也？且容我慢慢道来。

首先，贾平凹的《带灯》和他之前的《秦腔》及《高兴》构成了一个奇妙的“三部曲”。这当然不是一般二般意义上的“三部曲”。他的这个“三部曲”是共时性的，它们共同见证了传统意义上的乡土或故乡正在快速淡出我们的生活，其现实干预精神和理性叙事色彩都是贾氏以往作品所不能企及的。

比如，中华民族及其民族认同感多半建立在乡土乡情之上。前面说过，这与几千年来中华民族的文化发展方式有关。但是，《带灯》《秦腔》和《高兴》记下了令人绝望的一幕。它们同《商州》《浮躁》《高老庄》等作品一脉相承，但主题更鲜明，内容更集中。“樱镇……除了松云寺外，竟然还有驿站的记载。”[①] 虽然寺庙早已毁坏，但见证它曾经辉煌的老松树还残存着。此外，樱镇“曾是秦岭里三大驿站之一，接待过皇帝，也寄宿过历代文人骚客，其中就有王维苏东坡。”而现如今呢，“街面上除了公家的一些单位外，做什么行当的店铺都有。每天早上，家家店铺的人端水洒地，然后了抱了笤帚打扫，就有三五伙的男女拿着红绸带子，由东往西并排走，狗也跟着走……”但这样的恬静被迅速打破了，盖因“大工厂的基建速度非常快，工地上一天一个样……”而镇上的农民因为土地等问题不断上访。这是《带灯》所铺陈的主要内容，也是其同名人物得以成就的基础。而《秦腔》或可谓《带灯》的前奏。《秦腔》展示的情景同样是一个小镇，或者小镇上的一条叫作清风的街。“清风街是州河边上最出名的老街。”街上还有戏楼，楼上有三个字：秦镜楼。“戏楼东挨着的魁星阁，鎏金的圆顶是已经坏了，但翘檐和阁窗还完整。”在过去的多少年间，这里的人们日出而作，日入而卧，民风醇厚，秦腔铿锵。但时移世易，转眼间青壮外流，秦腔式微，空留下一条老街和一群“遗老遗少”，就连为街坊邻居办丧事都凑不齐吹唱和抬棺的人了。《高兴》的故事虽然发生在西安的一个城中村里，但主人公刘高兴却是来自清风镇的“农民工”。如此，小说与《秦腔》和《带灯》构成了巧妙的呼应，借以反观农村的变迁、

① 贾平凹：《带灯》，人民文学出版社 2013 年版，下同。

乡土的消逝。

至于这三部小说的叙事策略上的有机关联，则容后再说。

再比如，随着现代化一日千里，传统意义上的乡土情怀、古道热肠正在与我们的生活渐行渐远，麦当劳和肯德基，或者还有怪兽和僵尸、哈利波特和变形金刚正在成为全球孩童的共同记忆。年轻一代的价值观和审美取向正在令人绝望地全球趋同。四海为家、全球一村的感觉正在向我们逼近；城市一体化、乡村空心化趋势不可逆转。这一点需要重复，需要反刍。

这不由得让我想起鲁尔福笔下的万户萧疏，想起了马尔克斯的童年记忆是如何褪色、发黄、枯萎成老弱病残和满眼萧瑟的。正所谓“春江水暖鸭先知”，与美国毗邻的拉丁美洲作家的敏感和抵抗令人感佩。如今，他们的持守和担忧正以别样的方式在我国文坛现出端倪。

我始终认为中国需要伟大的作家对我们的农村做史诗般的描摹、概括和美学探究。老实说，除了《艳阳天》和《金光大道》等“革命浪漫主义”小说，传统意义上的农村——这个中华民族赖以衍生的摇篮，还远未得到文人骚客的正视和描摹。然而，它却正在离我们远去，而且将一去不返矣。然而的然而是，我们刚刚都还是农民，况且我们近半数人口至今仍是农民，至少是农业户口。可是转瞬之间，这方养育我们以及我们伟大文明的土地正面临不可逆转的城市化、现代化进程的消解。眨眼之间，我们已经失去了“家书抵万金”“逢人说故乡”的情愫，而且必将失去“月是故乡明”的感情归属和“叶落归根”的终极皈依。这在前面说过，但问题是，西风浩荡，且人人都有追求现代化的权利。让印第安人、摩梭人或卡拉人安于现状是“文明人”站着说话不腰疼。但反过来看，自西到东，“文明人”“文明地”又何尝不是唏嘘一片、哀鸿遍野?！端的是彼何以堪，此何以堪；情何以堪，理何以堪?！这难道不是人性最大的乖谬、人类最大的悖论?！这也不是第一次说。

俗话说得好：“跑掉的鱼大，死了的娃好。”一如自然界候鸟对故土的感情，人类诸多史诗般的迁徙所留下的魂牵梦绕，也常常源自无尽的乡思乡愁。总之，《带灯》《秦腔》和《高兴》从不同的角度道出了我们的悲哀，这种悲哀必将在不远的将来演化成绝唱。它将超越“力拔山兮气盖世”（《垓下歌》）者的奈若何，因为那毕竟只是个人的悲剧；也将超越“曾歔欷余郁邑兮，哀朕时之不当”（《离骚》）的怆怆然，因为那毕竟只是中华民族局部的、暂时的悲剧。贾平凹给出的，则或将是中华民族告别千年传统的一曲绝唱。盖因延续了几千年的农业文明一夜之间被工业文明甚至后工业文明所取代。而这个过程，西方用了几百年。

（二）和《飘》不同，《带灯》不是一部“好看”的小说。《飘》犹如《离骚》，充其量是美国局部（说穿了是南方）传统的消失。是的，《飘》以美国南北战争为背景，它跌宕起伏的情节皆因战事所导致的悲欢离合一气呵成、顺理成章。它的“保守”则具有明显的政治倾向：叹惋一去不返的南方传统。问题是，郝思嘉的爱情故事遮蔽了作品关于南方传统的绝唱。《带灯》则不同，它喟叹的是中华民族的传统——我们的乡土正以某种加速度只往不复地离我们远去。而改革何尝不是一场战争？它规模空前，没有人能置身事外。但不改革却是死路一条。这就是我们面临的两难选择，也是我们的最大悲剧。当然，悲剧不仅仅是我们的，它也是全人类的。用我们古人的话说，“城门失火，殃及鱼池”“覆巢之下，安有完卵”。远的不说，与西方现代化结伴而生的就不仅仅是财富，还有一次比一次深重的灾难。

回到贾平凹，我的问题是：如果说阳光下没有新鲜事物，那么事物如生活、爱情等何以长写不尽？如果说阳光下充满了新鲜事物，那么文学何以万变不离其宗？当然，阳光下无论有无新鲜事物，都只是相对而言。这颇似文学经典的异同。一方面，文学经典是有共性的，但它们往往又彼此不同、各有千秋。一切文学原理学和一切严格意义上的文学史都在探询它们的异同，但又每每纠结于它们与生活的变迁以及生活本质的异同难分难解。当然这并不是说文学除了对应生活别无他法。文学有一定的自我发展规律，也即所谓的“内规律”，我称之为自立逻辑。但较之生活本身对于文学的影响而言，它的作用微乎其微。

所罗门说过，“你要看，而且要看见”。我们却不然。对于周遭现实，我们常常视而不见，听而不闻；或者有眼无心，有耳无情，且人如其面，面面不同。同样的现实，我们甚至可能对之闭目塞听。贾平凹的高度在于他不仅看了，而且看见了，甚至写到了。三部小说都有后记，而这些后记都见证了作家的良知，而这良知不仅来自浓浓的乡情，也同样来自比乡情更为深广的艺术直觉。贾平凹是极少数可以不时地与农民同吃同宿的作家之一。当下、在场是他最大的财富，也是他最大的苦闷。在《秦腔·后记》中贾平凹说："我站在老街上，老街几乎要废弃了，门面板有的还在，有的全然腐烂，从塌了一角的檐头到门框脑上亮亮地挂了蛛网，蜘蛛是长腿花纹的大蜘蛛，形象丑陋，使你立即想到那是魔鬼的变种。街面上生满了草，没有老鼠，黑蚊子一抬脚就轰轰响，那间曾经是商店的门面屋前，石砌的台阶上有蛇蜕一半在石缝里一半吊着。张家的老五，当年的劳模，常年披着褂子当村干部的，现在脑中风了，流着哈喇子走过来……"[①]

《高兴·后记》最长，记录了小说从动因到人物、素材、构思等一系列过程。但最重要的依然是贾平凹的那一份设身处地的情怀。"如果我不是1972年以工农兵上大学那个偶然的机会进了城，我肯定也是农民，到了五十多岁了，也肯定来拾垃圾，那又会是怎么个形状呢？这样的情绪，使我为这些离开了土地在城市里的贫困、卑微、寂寞和受到的种种歧视而痛心着哀叹着，一种压抑的东西始终在左右我的笔。我常常是把一章写好了又撕去，撕去了再写，写了再撕，想为什么中国会出现打工的这么一个阶层呢，这是国家在改革过程中的无奈之举，权宜之计还是长远的战略政策，这个阶层谁来组织谁来管理，他们能被城市接纳融合吗？进城打工真的就能使农民富裕吗？没有了劳动力的农村又如何建设呢？城市与乡村是逐渐一体化呢还是更加拉大了人群的贫富差距？我不是政府决策人，不懂得治国之道，也不是经济学家有指导社会之术，但作为一个作家，虽也明白写作不能滞止于就事论事，可我无法摆脱一种生来俱有的忧患，使作品写得苦涩沉重。"[②]

贾平凹为《带灯》所作的《后记》更为明晰地印证了我的感觉：贾平凹的文字放浪不羁，但他的内心却孤寂惆怅。"几十年的习惯了，只要没有重要的会，家事又走得开，我就会邀二三朋友去农村跑动，说不清的一种牵挂，是那里的人，还是那里的山水？"贾平凹如是说。同时他又说：

---

① 贾平凹：《秦腔》，作家出版社2012年版，下同。

② 贾平凹：《高兴》，漓江出版社2012年版，下同。

“我的心情不好。可以说社会基层有太多的问题，就如书中的带灯所说，它像陈年的蜘蛛网，动哪儿都落灰尘。这些问题不是各级组织不知道，都知道，都在努力解决，可有些能解决了有些无法解决，有些无法解决了就学猫刨土掩屎，或者见怪不怪，熟视无睹，自己把自己眼睛闭上了什么都没有发生吧，结果一边解决着一边又大量积压，体制的问题，道德的问题，法制的问题，信仰的问题，政治生态问题和环境生态问题……”①

但是，这些问题归根结底是现代化的问题，是人类何去何从的问题。贾平凹在进行史诗般的记叙，这需要艺术洞识力或艺术无意识，其史诗般的悲壮只有在我们彻底丧失千年乡土或故乡之际才会千百倍地凸显出来。总说历史的车轮滚滚向前，又有几个能在如此快速行进的车厢里看清逝去或即将逝去的景物呢?

顺便提一句，和贾平凹的许多小说一样，在我看来《废都》也曾是一部写给未来的小说。曾几何时，它是多么哗众取宠、令人费解。然而，放在今天，它却是那么真实。爱情被性爱所消解，其丑态在带灯式柏拉图主义面前显得尤为不美。确实，《废都》具有某些自然主义的不美。善意地看，那是因为萌芽中的实际不美、现象不美，而萌动于人们体内的自由精神及其被压抑了几千年的性欲却是如此强烈。时至今日，这倾向于动物本能的强烈欲望和不美在某些地方、某些群体中演化成了常态。而小说中的唯一大美或许就是那些多少有些不经意的调侃性省略，它们像画中留白，或可使道学家视之为大淫、经学家视之为无极、美学家视之为不雅，后学家视之为“互文”（也即与《金瓶梅》，与历史、与社会、与庄之蝶的讽刺性对应，甚至符合“大音希声”“大象无形”的返祖性后文化哲学）。

二　理想主义的挽歌

西方人文学者在一定程度上形成了共识，谓古典主义替过去写作，现实主义替今天写作，浪漫主义替未来写作。诚然，主义都是相对的，说××作家作品是××主义则常有削足适履之嫌。同时，针对某种主义，

① 贾平凹：《带灯》，人民文学出版社 2013 年版，下同。

人们往往也是见仁见智、因人而异、因时而易的。譬如，在批判现实主义被定为一尊之前，司汤达就认为浪漫主义是为今人服务的艺术，“这种文学作品符合当前人民的习惯和信仰，所以它们能给予人民最大的愉快”①。而今，人们却常拿浪漫主义与理想主义相提并论。如是，说贾氏作品指向未来，并富于理想主义情怀，也许未必有人相信。鉴于前面已经说到贾氏作品的未来指向，那么接下来就说说他的理想主义吧。其实，二者一而二、二而一，相辅相成。然而，贾平凹是如何对未来事物进行有根据的合理想象或希冀的呢？

《现代汉语词典》对理想的解定是：“对未来事物的想象或希望（多指有根据的、合理的，跟空想、幻想不同）。”贾平凹正是用理想主义为理想主义唱响了挽歌。此话乍听像悖论。为释诡辩之嫌，我不妨简而言之。

（一）带灯作为审美理想

首先，带灯作为同名小说的主人公，长得十分漂亮。虽然作者并未像传统浪漫主义写手那样直接描绘带灯的美丽，却间接地，抑或假借人物之口不断提醒读者，她是个绝色美人儿。“接待她的是办公室主任白仁宝……说，你太漂亮。”她的房间“先安排在东排平房的南头第三个，大院的厕所又在东南墙角，所有的男职工去厕所经过她门口了就扭头往里看一眼，从厕所出来又经过她门口了就又扭头往里看一眼”。那么，这样一个美人儿与未来事物有根据的合理想象的关系安在？自然在于她的靓丽和高洁与这一方已然浑浊昏暗的水土格格不入，她不属于这个世界、这个时代。她虽然每天都看新闻联播和天气预报，却患有夜游症，而且夜游时能与“捉鬼”的疯子飞檐走壁。她爱吹令人心碎的埙。她对镇书记总是敬而远之。她的清高与书记的粗鄙适成反差（“他是一上车就睡，睡着了就放屁，但从不让开车窗”）。她的存在每每被棘手难堪的环境所反衬。她写给元天亮（其象征意义不言自明）的信体现了她毫不与时俱进的孤芳自赏和柏拉图式的精神之恋。且不说这镇上人人都长虱子（带灯的助理竹子就此想起了《红楼梦》中焦大指贾府只有门口的那对石狮子是干净的，而樱镇

① ［法］司汤达：《拉辛与莎士比亚》，《欧美古典作家论现实主义和浪漫主义》（二），王道乾译，中国社会科学出版社 1981 年版，第 78 页。

则只有她俩没长虱子），有关人等还好一口红炖胎盘、整烧娃娃之类。带灯见状，只顾一个劲儿地“胃里翻腾，喉咙里咯儿咯儿地响”。至于那些上访者的上访因由和言行，简直是五花八门，根本不是带灯可以理解和调停的。小说的主要内容和篇幅便是带灯（及其领导的维稳办干事竹子）与各色上访者的周旋。

其次，反过来看，带灯并不古板。恰恰相反，她是樱镇最时尚的女性，代表了樱镇的“发展方向”。从到任的第一天起，她便发誓既不靠色相，也不靠变成男人婆获得“进步”。她在镇政府安顿住下后，“偏收拾打扮一番，还穿上高跟鞋，在院子的水泥地上噔噔噔地走”。镇长对她施行潜规则，她毫不含糊地警告他说：“你如果年纪大了，仕途上没指望了，你想怎么胡来都行。你还年轻，好不容易是镇长了，若政治上还想进步，那你就管好你!”对于她那个俗气而又不肯洗澡的丈夫，她的精辟在于遵循“好丈夫标准是觉得没有丈夫”。同时，她把希望寄托在遥不可及，也压根儿不想触及的元天亮身上。她将信中的元天亮比作神，将自己比作庙，说“你是我在城里的神，我是你在山里的庙”。这很美，但她并没有看见他的欲望。她那是在自说自话，她需要自说自话，因为她知道“当一块砖铺在厕所里了它被赃水浸泡臭脚踩踏，而被贴上灶台了，却就经主妇擦拭得光洁铿亮。砖的使用由得了砖吗?”当然，她这是极而言之，若与孟夷纯加在一起，那么她写给元天亮的便是中国版的“一个陌生女人的来信”。

（二）带灯像西叙福斯

在希腊神话中，西叙福斯骗过死神塔纳托斯，故而没有按时进入黑暗的冥国，后来虽然进了冥国，却想方设法逃避向冥王哈得斯献祭，结果被判将滚石推上陡峭的高山。然而，每当他用尽全力，眼看就要将巨石推到山顶时，结果总是功亏一篑，石头滑脱，滚下山来。这样周而复始，了无休止。带灯的工作也是如此：明知不可为而为之。社会转型和城镇化进程所催生的各种矛盾和利益纠葛在樱镇滋生、发酵，调解、阻止，再滋生、再发酵，没完没了。而她“又能解决什么呢，手里只有风油精，头疼了抹一点，脚疼了也抹一点”（《带灯·后记》）。

贾平凹对她及如她者的看法是：“他们地位低下，工资微薄，喝恶水，坐萝卜，受气挨骂，但他们也慢慢地扭曲了，弄虚作假，巴结上司，极力要跳出乡镇，由科级升迁副处，或到县城去寻个轻省岗位，而下乡到村寨了，却能喝酒，能吃鸡，张口骂人，脾气暴戾。所以，我才觉得带灯可敬可亲……”（《带灯·后记》）

（三）理想的否定之否定

然而，带灯终究是个文学人物，也正因为如此，她才那么漂亮，那么不同凡响。因此，我以为她只能属于未来，属于理想。与《废都》《白夜》中的女性不同，带灯不仅外表美丽，而且颇具性格魅力，或许只有《秦腔》中的白雪和《高兴》中的孟夷纯堪与媲美。然而，白雪对于男主人公“我”而言只是个遥不可及的存在，而孟夷纯的妓女身份又多少限制了她成为贾平凹理想主义的审美典范。尽管后者沦落风尘乃事出有因，甚而被迫无奈，但作者并未给予这个人物以足够的戏份。况且类似风尘女子古来流传良多；西方小说中也大有其人，雨果的芳汀、小仲马的茶花女和托尔斯泰的玛斯洛娃均堪称经典。读者早将同情和怜悯分给了芳汀、茶花女和玛斯洛娃们。孟夷纯充其量是男主人公性格塑造过程中灌下的一味猛药。

带灯则不然。首先，她是小说的唯一主人公。她的名字颇具象征意义。带灯原名萤，因“萤虫生腐草”之虞而易名带灯，取黑暗中自明之意。她的美丽与超拔同脏乱和下旋的环境形成了强烈的反差。然而，贾平凹的人物并未如浪漫主义那样被描写成极善极恶之人。他们不会好，好得令人神摇意夺、捶胸顿足不能自已；也不会坏，坏得让人咬牙切齿、欲灭之而后快。带灯的理想光环几乎似萤火虫般幽暗。她偶尔也会吵架骂人抽烟喝酒，会“移情别恋”，甚至还终于在内衣中发现了两个虮子，从此也便有了虱子。贾平凹心知肚明，一切抽象的“善”与“恶”都是毫无意义的。说人性本善，可以列举无数左证；同样，说人性本恶，也可以有N种指向性善论的反证。人性如是，既有社会性，也有动物的基本根性。贾平凹的高度就在于他回避在特定语境之外先入为主地评判世界及其人物。带灯对元天亮的一厢情愿与其说是爱情，毋宁谓之自语，或者仅仅因为作家赐予的这个名字——元天亮。她在黑暗中萤火虫似的把自己顽强地照亮，完全是一种众人皆醉我独醒、出污泥而不染的自傲与自爱。元天亮则远非浪漫主义小说中的白马王子。他是带灯的道具，故而对带灯的表白既没有反应，也没有任何因因而果。

其次，《带灯》的叙事方法使带灯的形象难以，至少在当下这样一个风生水起、风起云涌的浮躁的阅读环境里难以闪光。盖因阵阵风来，卷起的往往是尘埃，金子却极易被埋没。

但带灯是金子，因此她属于未来，属于风过之后。诚如一切优秀的文学作品都具有预言的功能，带灯是这个狂躁时代的局外人，她像个孩子，可以整天整天地看蚂蚁搬家，其中的象征意味也是不言而喻的。“蚂蚁总是匆匆忙忙出来，出来都运着土，进去都叼着米粒、馍屑、草籽或高高地举着一些草叶。蚂蚁和人一样为了生计在劳作着。”但带灯不明白的是蚂蚁窝前常有一层死去的蚂蚁，“是这个蚂蚁窝的蚂蚁抵抗了另一个蚂蚁窝来的入侵者吗，还是同一个蚂蚁窝里的蚁窝内讧了，争斗得你死我活?”原型批评家弗莱说过，现代世界是狂奔逐猎的世界，“总有什么在催逼着你往前赶，越来越快，越来越快，致使你最终感到绝望。这种心态，我称之为进步的异化”[①]。但带灯天真归天真，她同时又是一个高尚的人，一个脱离了低级趣味的人，一个有益于人民的人。于是，贾平凹在小说尾声中这样写着：“顿时成群成阵的萤火虫上下飞舞，明灭不已。看着这些萤火虫，一只一只并不那么光明，但成千的成万的十几万几十万的萤火虫在一起，场面十分壮观，甚至令人震撼……带灯用双手去捉一只萤火虫，捉到了石斛萤火虫在掌心里整个手都亮透了，再 展手放去，夜里就有了一盏小小的灯忽高忽下地飞，飞过芦苇，飞过蒲草，往高空去了，光亮越来越小，像一颗遥远的微弱的星……就在这时，那只萤火虫又飞来落在了带灯的头上，同时飞来的萤火虫越来越多，全落在带灯的头上，肩上，衣服上。竹子看着，带灯如佛一样，全身都放了晕光。”

然而，贾平凹终究不是传统意义上的浪漫主义作家，他对带灯的怀想是有节制的，否则人物将会很不可信；而且小说基本采取了平行叙述，人物性格的形成主要依靠内心独白（尤其是她给“心仪”男人的

① ［加拿大］弗莱：《现代百年》，盛宁译，牛津大学出版社 1998 年版，第 8 页。

信）及层出不穷的共时性事件和其他人物的发散性观照。情节（尤其是故事）所需的历时性被尽量消解。这是在有限篇幅中容纳众多素材的必然之举，也是不得已而为之，其机巧与《病相报告》如出一辙，尽管叙述更直捷、细节更铺张。其直捷可比《二十年目睹之怪现状》；时有细节毕现，则较之《红楼梦》毫不逊色。同时，《带灯》的叙事策略既有意疏忽了情节，又似乎不屑于在观念和技巧上浪费工夫。它之所以如此这般，一方面是因为铺陈细节的需要，以便生生地留下目睹之现状，另一方面又何尝不是对现代主义小说的反讽，尽管结果是拔起萝卜带出泥，不仅有现代主义（用形式主义掩盖）的抽象性、共时性[①]，而且一不小心踩到了后现代主义漫不经心的碎片。换言之，这里既有无意识的间性，也有针对第一次→第二次→第三次浪潮（或前现代→现代→后现代）线性思维、线性逻辑的有意突围。因而作品的平行叙事策略既意味着整合，也兼有突破，甚至自我突破。由是，贾平凹的形式也是有意味的，尽管他曾明确否定“有意义的形式”。“《秦腔》《古炉》是那一种写法，《带灯》我却不想再那样写了，《带灯》是不适那种写法，我也得变变，不能在一棵树上吊死。那怎么写呢？……几十年以来，我喜欢着明清以至20世纪30年代的文学语言，它清新、灵动、疏淡、幽默、有韵致。我模仿着，借鉴着，后来似乎也有些像模像样了。而到了这般年纪，心性变了，却兴趣了中国两汉时期那种史的文章的风格，它没有那么的灵动和蕴藉、委婉和华丽，但它沉而不糜，厚而简约，用意直白，下笔肯定，以真准震撼，以尖锐敲击”（《带灯·后记》）。

文风的变化与否是另一个话题，容当另议。但我这里关心的是简约直白、肯定真准后面的几可谓共时性的反史诗性悲剧。而带灯所代表的好儿女的无望无如也并未使她成为悲剧人物，真正的悲剧人物是故乡，是乡土；同时也是作者，是读者，是我们面对千年乡土文化一朝消失的茫然怅然与悲悯绝望。而带灯在努力照亮自己的同时见证了这一不可逆转的历史

① 南帆在概括前现代、现代与后现代交织的国情时说：“在南方的富庶与北方的干涸之间，在都市的繁华与乡村的贫瘠之间，在信息高速公路、电脑网络和镰刀、锄头之间，人们很难找到一个可以通约的公分母。”《五种形象》，复旦大学出版社2007年版，第44页。

性悲剧。在这个历史性悲剧面前，带灯又算得了什么？她（或谓她的原型，如果真有其人的话）替作者替读者看了，而且看见了。从这个意义上说，贾平凹并不指望将她塑造成千古不朽的人物。她既不是索福克勒斯或恩格斯或叔本华或鲁迅眼里的悲剧人物，亦非传统意义上的典型性格。她的光彩甚至远不及刘高兴。她的性格塑造缺乏相应的故事情节（或谓史诗性叙述）的渲染与推演。

三　不是结论的结语

当然，贾平凹并不缺乏讲故事的才能，但故事，甚至情节与生活细节两权相衡，他牺牲了前者（其中的是非得失值得讨论，而贾氏作品所铺陈的细节是否尚可提炼可擢升则另当别论）。张引生为白雪自我阉割，刘高兴为信义欲携尸还乡，等等，均不乏夸张，也不失为夺人眼球的设计。前者有白雪若即若离的映衬，后者有孟夷纯和五富等人物关系构成的相对丰腴的故事情节，尽管很大程度那依然只是贾平凹的虚晃一枪而已。他笔锋一转，真正的着力点仍指向了铺陈人物或人物群体的生活细节。《带灯》是自始至终的平铺直叙，连虚晃一枪都免了。唯一的悬念元天亮也因为有往无来而渐渐黯淡了。为说明取舍，贾平凹在《带灯·后记》中这样写道："文学出现了前所未有的困境，其实是社会出现了困境，是人类出现了困境。这种困境早已出现，只是我们还在封闭的环境里仅仅为着生存挣扎时未能顾及到，而我们的文学也就自愉自慰自乐着。当改革开放国家开始强盛人民开始富裕后，才举头四顾知道了海阔天空，而社会发展又出现了瓶颈，改革亟待于进一步深化，再看我们的文学是那样的尴尬和无奈。我们差不多学会了一句话：作品要有现代意识。那么，现代意识到底是什么呢，对于当下中国的作家又怎么在写作中体现和完成呢？现代意识也就是人类意识，而地球上大多数人所思所想的是什么，我们应该顺着潮流去才是。"这至少牵涉到三个问题：第一，何谓现代性？第二，谁是大多数？第二，谁主世界潮流？

关于第一个问题，西方过来人早有议论，他们对现代性或现代意识的疑窦和反思出现于19世纪，甚至更早。到了20世纪，两次世界大战使生灵涂炭、满目疮痍，现代主义虽然走进了观念和技巧的死胡同，但其所表现的异化和危机却具有片面的深刻性（袁可嘉语）。而后现代主义则多少反其道而行之，娱乐至上，消解意义，虽然使文艺顺应了自由市场的游戏规则，但模糊了后发达或发展中国家的意识形态的相对独立性。根据马尔库塞（《单向度人》）的说法，真正的艺术是拒绝的艺术、抗议的艺术，即对现存事物的拒绝和抗议。换言之，艺术即超越：艺术之所以成为艺术，或艺术之所以有存在的价值，是因为它提供了另一个世界，即可能的世界；另一种向度，即诗性的向度。前者在庸常中追寻或发现意义并使之成为“陌生化”的精神世界，后者在人文关怀和终极思考中展示反庸俗、反功利的深层次的精神追求。[①] 但是，后来的文化批评家费克斯（《理解大众文化》）却认为，大众（通俗）文化即日常生活文化（也即所谓的“生活审美化”“审美生活化”），其消费过程则是依靠文化经济自主性对意识形态霸权进行抵抗的过程。[②] 他们从不同的角度肯定了“严肃文化”和“通俗文化”的存在价值。显然，现实助费克斯战胜了马尔库塞。而后现代主义指向一切意义和宏大叙事的解构为所谓娱乐至上的大众消费文化的蔓延提供了理论基础。于是，绝对的相对性取代了相对的绝对性。

关于第二个问题，王小波曾一语中的，谓“沉默的大多数”。如果拿金字塔作比附，那么人类的大多数毫无疑问便是被压在低层的那个庞大的基数。他们大都还在为生存权挣扎，何谈话语权?！而今，虽然互联网和微博微信为众生提供了言说的机会，但它又何尝不是淹没在资本这个汪洋大海中的小小泡沫。而“在安静的书屋里孕育翻天覆地的思想”（海涅语）的西方文人从卢梭到尼采到斯宾格勒到奥尔特加·伊·加塞特到卡夫卡到弗莱到加西亚·马尔克斯到波兹曼等（这个群体几可无限扩大），对现代化的意见也不尽相同，尽管总体上持否定态度。

关于第三个问题，大多数人也许还不大关心。首先，世界是谁？它常常不是全人类的总和。往大处说，世界常常是少数大国、强国；往小处

---

① ［德］马尔库塞：《单向度人》，刘继译，上海译文出版社 2006 年版。

② ［美］费克斯：《理解大众文化》，王晓钰等译，中央编译出版社 2001 年版。

说，世界文学也常常是大国、强国的文学。这在几乎所有世界文学史写作中都或多或少有所体现。因此，世界等于民族这个反向结果一直存在，而非“民族的就是世界的”。只不过它从来没有像今天这样表现得清晰明了和毋庸置疑。盖因在跨国资本的全球化进程中，利益决定一切。换句话说，资本之外，一切皆无。而全球资本的主要支配者所追求的利润、所奉行的逻辑、所遵从的价值、所代表的强国和它们针对弱国或发展中国家的去民族化、去本土化意识形态，显然与各民族的传统文化不可调和地构成了一对矛盾。

总之，资本逻辑与技术理性合谋，并与名利制导的大众媒体及人性弱点殊途同归、相得益彰，正推动世界一步步走向跨国资本主义这个必然王国，甚至自我毁灭。于是，历史必然与民族情感的较量愈来愈公开化、白热化。这本身构成了更大的悖论，更大的二律背反，就像早年马克思在面对资本主义及其发展趋势中所阐述的那样。君不见人类文明之流浩荡？其进程确是强制性的，不以人的意志为转移。不宁唯是，强势文化对弱势文化的压迫性、颠覆性和取代性来势汹汹，却本质上难以避免。这一切古来如此，在可以预见的未来仍将如此，就连形式都所易甚微。我们当何去何从？我们的文学和文学批评当何去何从？这本来就是个难以回避的现实问题。逆时代潮流而动？明知不可为而为之？不错，这才是真正的君子之道、文学之道。然而，我国文坛却提前进入了“全球化”“娱乐至死”的狂欢，或轻浮或狂躁，致使伪命题及去心灵化现象比比皆是；文学语言简单化（却美其名曰“生活化”）、卡通化（却美其名曰“图文化”）、杂交化（却美其名曰“国际化”）、低俗化（却美其名曰“大众化”），等等，以及工具化、娱乐化等去审美化、去传统化趋势在网络文化的裹挟下势不可挡。关于这一点我已重复多次。

当然，我并不否定“全球化”或跨国资本主义化是人类社会发展的必然一环，即资本在完成地区垄断和国家垄断之后实现的国际垄断。它的出现不可避免，而且本质上难以阻挡。马克思正是在此认知上预言了“全世界无产者联合起来”：不分国别、不论民族，为了剥夺的剥夺，向着资本和资本家开战，进而实现人类大同——社会主义。但前提是疯狂的资本逻辑和技术理性让世界有那么一天（用甘地的话说，“世界足够养活全人类，却无法满足少数人的贪婪”）；前提是我们必须否认“存在即合理”的命题，并且像马克思那样批判资本主义。这确乎是一种明知不可为而为之，但若不为，则意味着任由跨国资本及其现代化毁灭家园、毁灭世界。

正是在这样的语境中，贾平凹实现了他不同寻常的文学价值、精神价值。他为中华民族的故乡情怀和乡土意象所唱响的挽歌非但带灯，而且是带血带泪带疼的。

评张炜近作及其风格

张炜的小说风格堪称一以贯之。这在经典作家，尤其是当代经典作家中极为罕见的。这是一种对中文，尤其是对优美、中正的语言传统的坚韧守护，也是对优秀、伟大的文学传统的坚定拥抱。它貌似保守，却充满了应人应时应事之宜，内容与形式、技巧、风格水乳交融。用新时代的话说，这叫创造性继承、创新性发展。而他最近两部长篇小说无疑是对其风格和文学生涯的极佳注解。

我认识张炜是在20世纪80年代初。当时我从美洲游学归来，连做梦都是一腔洋文，对中文母语的饥渴可想而知。但遗憾的是国人正言必称西方，现代派风生水起，高行健红得发紫。小说界更是实验至上，冗长的句式、稀奇的结构以及意识流和魔幻现实主义成为时尚。这自然无可厚非。环境使然，各种作用力和反作用力犹如量子纠缠，在“改革开放”伊始的中国文坛上演了光怪陆离、惊心动魄的机巧革命。

而同样是在当时，张炜以其震撼的定力推敲着他的语言文字。那是从经史子集和现实生活中冶炼、萃取、擢升的文学语言，每一篇都可以进入语文教科书。老实说，我认识其作品远早于其人。

从风格的角度看，谓张炜以不变应万变固可，说他执拗、坚定亦无不可。人说他是在用生命写作。是的，他不仅用生命，而且用心。用心，这是我们从小听得最多的告诫。但真正用心做事，并且始终用心做一件事乃是圣贤所为。

我第一次读他的小说是在1982年。是年，最早进入我视域并至今一次次令我回味的是他的获奖小说《声音》。在那个年代，获得全国小说奖意味着被定于一尊。但我并非因为奖项而关注张炜，而实实地是他的小说本身。那是一篇清新质朴，透着淡淡的忧伤，且多少有点“传统”的小说。当然，这个“传统”是要加引号的。那是一种对中文，尤其是中国文学语言审美传统的虔信与持守。而他最近两部长篇小说是对其一贯风格和文学生涯的极佳注解。然而，正因为“传统”，它深深地打动了我这个远游归来的浪子。

一

关于中文，我们耳熟能详的是钱锺书夫妇谢绝民国政府（教育部长杭立武）的邀请，毅然决然地留在大陆。钱锺书在不同时期、不同场合也曾明确表示，他们伉俪之所以不去台湾，主要是为了中文。[①] 这听起来有点像托词，但深长思之，委实不无道理。

故友柏杨先生在《中国人史纲》中心有灵犀，多次说到中文的奇妙，尽管他笔锋一转，把更多的注意力集中在了农耕文化和中华民族对土地的依恋上。[②] 而张炜的小说正是对中华文字与文化的完美概括和艺术呈现。在现当代中国文坛，也许只有极少数几个作家堪与媲美，譬如已经作古的汪曾祺先生，遗憾的是汪先生作品不多。

> 作为声名显赫的季府主人，我对这个身份已经有点心不在焉了。但自己是半岛和整个江北唯一的独药师传人，背负着沉重的使命和荣誉。在至少一百多年的时光中，季府不知挽救和援助了多少生命。在追求长生的诱惑下，下到贩夫走卒上到达官贵人，无不向往这个辉煌的门第，渴望获得府邸主人的青睐。[③]

这是小说《独药师》第一章篇首第一节。长生不老是秦始皇及其之前和之后无数君王的梦想与追求。就像博尔赫斯所说的那样，长城是为了冻结空间，焚书是为了冻结时间。而张炜在这等亘古不绝又开天辟地般长生

① 杨绛：《我们仨》，生活·读书·新知三联书店 2003 年版，第 122 页。
② 柏杨：《中国人史纲》，人民文学出版社 2011 年版。
③ 张炜：《独药师》，人民文学出版社 2016 年版，第 4 页。

梦的背后，展示了两条现实而永恒的线索：爱情和革命。

当然，《独药师》的深意不仅于兹。在几乎完全受资本和技术理性制导的人类（通过生物工程和基因编码）正一步步实现长生梦，走近长生殿的今天，伦理问题正一日千里地凸显出来并成为人类正在和即将面临的最大课题。长生梦想背后的贪婪，无论是对无限生命还是无限财富的觊觎都是我们必须面对的首要问题。

正是在这样的宏阔背景下，张炜演绎了百年前中国胶东半岛的一场史无前例的革命和爱情，而其中的主人公恰恰是“长生不老药”的独家传人季昨非。“今日非昨日，明日异今日”，而季昨非却执着地“继昨非”。这个故事彷佛超前感知了贺建奎教授耸人听闻的基因编码修改，其艺术预见性能不令人肃然？

然而，这里要说的是张炜的风格，即他演绎这个伟大故事的方法和技巧。说风格是作者相对稳定的标记和指纹固可，谓其艺术 DNA 亦无不妥。

刘勰在《文心雕龙》中对风格有过细致入微的洞识和阐发，在此不妨撷取一二作为依傍。刘勰在《体性》中对风格进行了双向界定：体即体征，性即性情；至于《定势》《才略》《风骨》《时序》等，则是前者的外延或补充。时至今日，如此做法似乎有些老套、有些传统，但我要的正是这个老套和传统，即或不能像张炜这样创造性转化、创新性发展，它也至少有裨于温故知新。众所周知，文学是加法，是无数“这一个”的叠加和延续，它不像科技，不能用时兴方法简单否定过去，反之亦然。纷纷攘攘的形式主义、新批评、叙事学、符号学或结构主义、后结构主义，再或性别、身份、身体、变易、空间、环境，等等，固有助于批评的一隅半方，但无论哪一种都不能统摄作家作品全貌。总之，在经历了现代主义的标新立异和后现代主义的解构风潮之后，在各种思潮、各种方法杂然纷呈的情况下，如何言之有物、言之成理、不炒冷饭，殊是不易。反过来看，正因为文化相对主义的盛行和批评方法的多元发散，也才有了批评家展示立场、发表独立见解、运用独特方法的特殊理由和广阔余地。举个简单的例子，解构主义针对二元论的颠覆虽然是形而上学的，却不可谓不彻底，在思辨意义上也不可谓不深刻。其结果便是相当一部分学者怀疑甚至放弃了二元思维。但事实上二元思维不仅难以消解，而且过去是、现在是、乃至在可以想见的未来仍将是人类思维的主要方法。真假、善恶、美丑、你我、男女、东方和西方等实际存在，并将继续存在。与此同时，作为中国学者，面对西方话语我们并非无话可说。总之，从文学出发，关心小我与大我、外力与内因、形式与内容、情节与观念，乃至物质与精神、肉体与灵魂、西方与东方等诸如此类的二元问题，依然可以是批评的着力点和着眼点。当然，二元论绝不是排中律，而是在辩证法的基础上融会二元关系及二元之间蕴藏的丰富内涵和无限可能性。风格论便是其中之一。它既不耽于宽泛的主义，又可有效规避在细枝末节中钻牛角尖。它是直面作家"体性"和作品机巧的一种古老并历久弥新的方法，譬如我们说一个人的气质如何、性情何如。在我看来，这对于解读张炜、接近张炜最好不过。

且说张炜在独药的驱动下一步步深入革命和爱情：借革命深化爱情，借爱情支持革命。这其中风格起到了关键作用，同时作品反过来验证了前者的有效性和独特性。季昨非原本只是季府的一个传人，一个虚无缥缈的"长生不老药"的独家传人。如果没有辛亥革命，他的一生可能会像无数炼丹术士那样虚妄地度过；同样，如果没有洋医院护士文贝（或者文学贝贝?）的出现，那么他的一生可能仅仅是一个革命者冲锋陷阵的历程。当然，两者都很重要，但加在一起是量子纠缠。如是，革命和爱情在小说中美妙地融为一体，而独药充当了药引似的黏合剂。这是作家的高明之处，人物也只有在革命和爱情的矛盾统一体中才能实现人格呈现、性格塑造，其艺术的完满程度无与伦比。季昨非—陶文贝—雅西之间若隐若现的情感纠葛，以及季昨非—陶文贝—朱兰之间若有若无的三角关系，一步步推演、一丝丝缠绕，使得小说具有难得的磁性与巨大张力。

但是，张炜就是张炜，一如早年的《声音》，他见好就收，点到为止，决不滥情，也无意将笔墨浪费在大可留待读者想象的空间。行当所行，止当所止，留下了一个巨大的悬念和令人百感交集的尾声：革命的继续、情人的分离!

《艾约堡秘史》亦是如此。淳于宝册在蛹儿和民俗学家欧驼兰之间的情感游走，以及公司利益与环境保护之间的矛盾关系、交错缠绕、紧张复杂，可谓既回肠荡气，又丝丝入扣。但最后依然是令人唏嘘的淡淡忧伤：没有结果的结果。彷佛《声音》中的二兰子和使她情窦初开的小伙子之间那看不见、摸不着，却分明存在的联系：声音，他们发自内心的山歌以及山歌在森林之中的悠长回响。

再说文字，张炜像八级钳工面对每一个螺丝钉那样推敲文学语言。我自以为够挑剔，却几乎始终未能在他的作品中发现文字上或句法上的疏漏。众所周知，在当下长篇小说年产量逾万部、网络长篇小说逾二百万部的时代，语言文字越来越成为考量一个作家定力和水准的标尺。《独药师》中，他用的是早期白话文，但经锤炼也已然是一种端方中正、游刃有余的现代文学语言，毫无艰涩感和《水浒》腔。而《艾约堡秘史》却是十分工整的当代中文。这两种文字互有交叉和包容，句法的一致性和对胶东半岛方言的取舍有度更是令人称奇。譬如季昨非在表达对文贝的爱怜时，会称她“心中的小羊”[①] 或“足月小样儿”[②]，等等。又譬如淳于宝册对“哎哟”（哀号 = 求饶）的阐释，或者半岛渔村老人对“二姑娘”传说的演绎，以及“嘎乎”[③] 之类的用语。但张炜始终非常节制。同时，他的语言中充满了“不经意”的移情、比喻、对仗或排偶，如：“那是一簇鼓胀的蓓蕾”“满树桐花即将怒放”；[④] 又如：“单薄的夏装色彩明丽式样新颖，再好不过地传递出那时的心情”“她在陌生而巨大的堡中不无忐忑地行走时，第一个恼人的秋天已经来到”；[⑤]“他收敛了笑容”“她张大了嘴巴”；[⑥] 再如吴沙原：“可惜她一直独身”，淳于宝册：“大美，就该属于所有人”，[⑦] 如此等等，不胜枚举。

二

很多年前，我写过一则寓言：有位青年（当然也可以是少年），住在遥远的山村，有一天他突发奇想，要闯荡世界。多年以后，经过一番周游

① 《独药师》，第 282 页。

② 《独药师》，第 336 页。

③ 张炜：《艾约堡秘史》，湖南文艺出版社 2018 年版，第 254 页。

④ 《独药师》，第 334 页。

⑤ 《艾约堡秘史》，第 52 页。

⑥ 《艾约堡秘史》，第 56 页。

⑦ 《艾约堡秘史》，第 253 页。

与颠沛，他风尘仆仆地回到了原点。乡亲们见他一脸风霜且什么也没有带回来，就讥嘲他：“既有今日，何必当初？”已经不那么年轻的年轻人反唇相讥：“你们不知道我见了多少，变了多少！”乡亲们于是嘲笑说：“可不？老了。”年轻人淡然一笑，诘问道：“那你们呢？彼此看到了什么？彼此之外又看到了什么？”乡亲们面面相觑，不知作何回答。这则姑且叫作《浪子》的寓言是我20世纪返城之后再下乡时撷取的点虱记忆，年轻人所说的“多少”，既有价值观照，也有审美指涉。而流行的手机或网络笑谈则假借“民工”之口反其道而行之，谓：“我们好不容易进城，你们却要下乡了；我们好不容易吃上白米，你们却爱上了杂粮……（略）。”

所谓文学是人学，抑或风格即人，凡此种种从创作对象和创作主体道出了文学的重要面向，但说法过于笼统宽泛。而我所说的风格则不然，它除了从机巧出发考量主义之外的作家的语言特征，大抵还应关注其性情。后者渗透于文字之中，又每每上升为审美对象，是作者赖以展示文采、抒发情感、呈现心性的主要介质、重要载体。

曾几何时，钱锺书、杨绛伉俪用一个字概括“鲁郭茅”“巴老曹”等。我记得他们用一个“挤”概括鲁迅，说鲁迅的作品是挤出来的；用一个“唱”字概括郭沫若，说郭沫若的作品是唱出来的；用一个“做”字概括朱自清，说朱自清的文章是做出来的；用一个“说”字概括巴金，谓巴金的作品是说出来的；而这里的“挤”“唱”“做”“说”就是风格。至于“挤”出了什么，“唱”出了什么，“做”出了什么，“说”出了什么，则是后话或延异的意义。

我曾经试图用一个“醒”字来概括张炜。醒即清醒，而他端方的人品文品是其独特的内涵与外延、风格与表征。但这终究更像是对人品的指涉。于是，我决定改用一个“正”字来概括他的风格，取中正或守正之意。陈思和教授曾说张炜的作品富含自然气息，我想这是很有道理的。所谓“道法自然”，自然即规律。我由此联想到张炜小说对文字的推敲锤炼和故事情节的收敛节制。他的文字规范却不失灵动，完全不屑于标新立异（如现代小说读者司空见惯的怪癖、冗长、佶屈聱牙或任性、傲娇、哗众取宠的句式）。一如他的炼字境界，他也是故事高手，却对故事情节的规约达到了近乎昼夜交替、四季节气般苛刻的程度。这也是他几乎所有小说皆可令人久久回味的原因。你在等着下回分解时，他却兀自一个神龙摆尾，留下了哀而不伤、怒而不谤，抑或见好就收、适可而止。我称之为现实主义的亚悲剧或浪漫主义的大超拔，其中充溢着他对人物、对时势、对世界的人道主义精神。

一如《独药师》的献词：“谨将此书，献给那些倔强的心灵。”我持久关注鲁尔福、阿格达斯、马尔克斯、吉马朗埃斯、阿斯图里亚斯等一系列拉美“乡土”作家，以及张炜、莫言、贾平凹、陈忠实、阎连科，直至季奥诺、哈代、托尔斯泰和塞万提斯等一干广义的“乡土”作家。是他们的作品重新点燃了我情感世界至深的一隅。于是我从他们的怀旧中看到了倔强，从他们的倔强中看到了崇高。远的不说，石湾称张炜为愚公。他是有道理的。但这还不够完全，盖因张炜是从《古船》中的李家人、赵家人、隋家人和《九月寓言》里的家园中人蜕变而成的，他既是宁伽（《你在高原》），也是季昨非和淳于宝册，是他们之和，又高于他们之和。人说“只有浪子才谈得上回头”，奇怪的是张炜似乎从来就不曾离开过他的“高原”，他的这个有形无形的故乡。这正是他的清醒，他的不同凡响。

作为20世纪50年代出生的作家，他有这一代人共同的特征，但又分明超越了这些特征。虽不能说他历尽坎坷、尝遍艰辛，却至少算得上曾经沧桑，故而他无虞文学资源。浩浩两千万字从他笔端倾泻出来，从儿童文学到诗歌、散文、传记和小说，汇成一条大河，磊成一个高原。他在原上说：“大美，就该属于所有人。”

三

曾几何时，我等满腔热血，信誓旦旦，立志扎根农村干革命；可转眼之间，清山绿水变成了“穷山恶水”，学习对象也被疲惫的内心贬作了“老土”和“刁民”。希望的田野不再是希望所在，美丽与噩梦的界线迅速混淆。但是，当我们真的远离了曾经于斯的土地，那土地也便梦牵魂绕般神奇和伟大起来。这就是感情，这就是乡情！张炜的作品恰恰与此有关。我之所以要不断重读这些作品，并顺道推荐给重情重义之人，恰恰是兴之所至，而非工作需要。习惯使然，除工作必须之外，我尽量让自己的阅读不追风、不从众。但蓦然回首，却发现作为中华民族传统文化的重要情感基点的乡土犹在，而乡情却正在离我们远去。问题是，乡情或故土意识的形成显然与我们几千年来的社会经济发展方式有关。前面说过，从最根本的经济基础看，中华民族是农业民族。中华民族故而历来崇尚“男耕女织”“自力更生”。由此，相对稳定、自足的“桃花源”式小农经济和自足自给的自耕农生活曾被绝大多数人当作理想境界。正因为如此，世界上没有第二个民族像中华民族这么依恋故乡和土地。反观我们的文学，最撩人心弦、动人心魄的莫过于思乡之作。如今，欧洲、美洲、非洲、大洋洲及我们所在的亚洲，都曾经历或正在经历奈斯比特、托夫勒等人所说的“第三次浪潮”。倏忽之间，以人工智能、基因工程和大数据、云计算为标志的“第四次浪潮”也已经滚滚而来、势不可挡。

我的问题是：那些一味地面壁虚构或哗众取宠或无病呻吟或大呼小叫地搞怪或哼哼唧唧地自恋的写家，难道不觉得汗颜吗？然而，问题的问题是资本对世界的一元化统治。传统意义上的故土乡情、家国道义正在加速淡出我们的生活，麦当劳和肯德基，或者还有怪兽和僵尸、哈利波特和变形金刚正在成为全球孩童的共同记忆。四海为家、全球一村正在向我们逼近；城市一体化、乡村空心化趋势不可逆转。传统定义上的民族意识正在消亡。这不由得让我想起鲁尔福笔下的万户萧疏，想起了马尔克斯的童年记忆是如何褪色、发黄、枯萎成老弱病残和满目萧瑟的。正所谓“春江水暖鸭先知”，与美国毗邻的拉丁美洲作家的敏感和抵抗令人感佩。所谓的“中等收入陷阱”不外乎华尔街一手炮制的霸权毒药。如今，拉美作家的持守和担忧正在发展中国家产生新的共鸣，我国文坛关乎全球化与民族化的争论也早已露出端倪。换言之，人类命运共同体同心圆背后圆与心的问题已然显现。而我的问题是：圆够大，心安在？

遥想当年约翰逊博士与布莱克之争，再看看我们的实际情况。较之于城市文明，乡村文明的某些价值与审美的确更加持久，[①] 两者之间毕竟是几十年同几千年的差别。同样，农村才是中华民族赖以衍生的土壤，盖因我们刚刚还是农民，何况我们半数以上或近半数的同胞至今仍是农民，更

① Johnson, S.: *Johnson on Shakespeare*, London: Oxford University Press, 1908, p. 11.

何况这方养育我们及我们伟大文明的土地正面临不可逆转的城市化、现代化进程的消解。于是，一边是世界主义，一边是家国情怀。这就是矛盾，也是我们的两难选择。

正因为世界主义甚嚣尘上，乡情乡愁和伟大中文依然是维系民族认同的介质和精神纽带。正因为全球化一日千里，近四十年前的《声音》才会至今读来仍余音绕梁。套用纪伯伦的话说：我们已经走得很远，以至于忘却了出发的地方（初衷）。而张炜却始终没有离开他生于斯长于斯的土地、他的高原、他的初衷，也没有离开他历久弥新又纯正端方的中文。这也许就是张炜的不同。

在日新月异的现代化和城市化进程中，张炜在近作中瞄准了两大主题：情与欲。情无须解析，但它不仅仅是爱情；而欲却是轰轰烈烈的革命与开发。可喜的是张炜笔下的主要人物并未被欲望和狂热完全吞噬。除了作为悬念或尾声的"分别""放弃"等正面描写，无论是《独药师》中的季昨非和陶文贝，还是《艾约堡秘史》中的淳于宝册和蛹儿，都是极丰满、极多面，也极令人同情和爱怜的。

> 朱兰对她（陶文贝——引者注）喜欢极了。可是在离开前她（陶文贝——引者注）突然说："我觉得你和季昨非老爷真是天生的一对，你们太应该在一起了。"朱兰当时吓坏了，惊得脸色都变了，好不容易才镇静下来说："我是府里的下人，发誓做个居士，一辈子不嫁。在我眼里您早该是府里的太太，我会待您和他一样，这样一辈子……"陶文贝没等她说完就打断："你和我只会是姐妹，而永远不会是太太和仆人……"
>
> ——《独药师》[①]

这番对话发生在深爱着同一个男人的两个女人之间。在这之前，朱兰拗不过主人，已经以身相许。在这之后，陶文贝也投入了季昨非的怀抱。张炜展示了他作为艺术家的浪漫和他对人性的洞识。但是，书中的所有人

① 《独药师》，第 282 页。

物，无论季府内外，无论是敌是友还是竞争对手，都表现出了对季昨非的尊重与包容。这既是他作为独药师和开明人士的一种“特权”，也是张炜赋予人物的一种慈悲，并借以化解托尔斯泰面对安娜·卡列尼娜的纠结。

> 蛹儿帮他（淳于宝册——引者注）细细地收拾零碎物品。罐头、防叮药膏、维生素丸，还有那本情诗。她不愿他独自成行，提出让秘书白金跟随……他拍拍她。
>
> ……
>
> 他想象见面的一刻：她（欧驼兰——引者注）会以为这是一种巧合，真的，一个大老板春天里无所事事，游兴大发，来参加“开海节”了，不愧是个奋起直追的民俗爱好者！“啊，幸会幸会，您来了，真是让人高兴了！”他们互致问候，一次美妙的邂逅就开始了。
>
> ——《艾约堡秘史》[①]

奇崛的是蛹儿这个也曾被淳于宝册追求过、稀罕过的美人儿，居然心甘情愿地看着心爱的男人、她的情人和老板去一往无前地追求另一个女子——来自北京（而且是“社科院”）的民俗学家欧驼兰。

作为读者，我以为理由还是那个理由。问题是，张炜何以如此？除了用技巧一步步推演得合情合理，那男人的多情，女人的仁厚，难道不是作者（作为男性作者）刻意布排的浪漫吗？他除了让我想起曹雪芹，也让我想起了蒲松龄。前者总是那么怜香惜玉，不仅把十二正册写成仙女，而且把十二副册也捧上了天，却把多数男人写得无比不堪；后者则总是让如花似玉的女鬼爱上书生。有人不明就里，殊不知书原本就是书生所作。

然而，张炜走的是不同的路径，他的人物不仅有现实基础、有生活蓝本，而且大可与善良和怜悯对位。季昨非从小荣华富贵、养尊处优，甚至还是个出没于花街柳巷的花花公子，却因为革命和爱情逐渐改变，甚至不惜牺牲所有，尽管结果没有结果。小说留白之处也恰恰是点睛之笔。读者扼腕叹息吧！久久沉思吧！同样，淳于宝册历尽艰辛，当过童工、做过流

---

① 《艾约堡秘史》，第 280—281 页。

浪儿，最终用财富锁住了爱情，但最终的最终却因为更大的怀想——环境、传统（民俗）和可望而不可即的漂缈爱情放弃了财富？这是《艾约堡秘史》有意搁置的一段秘史。因此，淳于宝册何去何从我们不得而知，却委实令人唏嘘慨叹。

篇幅所限，作为结语，我想说的是张炜的风格是一种如盐入水、化于无形的不动声色和自然而然，连远近观照、新旧交集都丝毫不给人以牵强突兀之感。因为他的文字是那么规正而又充满个性（除了规正，个性由节制的方言和应人应时应事的描写呈现出来）。譬如人物造型既有直描，如“蛹儿又一次低估了自己的风骚……生生造就了一种致命的弧度和隆起”；也有侧勾，如“这是一个令无数人滋生愤怒的部位”[①] 以及淳于宝册和无数人等对她的心饥与眼渴。而陶文贝在季昨非眼里，完全是仙女下凡，她既有东方美女的神韵，又有西方美人的气质。“我不由得将她的神态与步履、她的目光里的丰富蕴含和秀美绝俗的姿容做统一观，推测出一个紧实而圆润的形体中，必定跃动着一颗柔然善良的心。”[②] 由兹可见，作家尤其关注女性的身材和气韵，而后才是五官和言语，并且绝不铺张，绝不滥情。这些又每每与张炜小说的结构、节奏、句式等融会贯通，展示出当代作家罕有的大器和细致、浪漫和节制。

我的疑问是：张炜的努力是否意味着吃力不讨好呢？

---

① 《艾约堡秘史》，第 1 页。

② 《独药师》，第 145 页。

评《人面桃花》或格非的矛盾叙事

一如“痛苦的狂欢”“真实的谎言”等矛盾修辞，格非的《人面桃花》或可被指称为矛盾叙事。

一 古典与先锋

作为成名于20世纪末的先锋作家，格非曾被定格在“最年轻的一位”[①]。强调年轻并非没有意味，但归根结底他在那拨先锋作家中是否最为年轻却并不重要；重要的是他作为先锋作家如何借他的叙述技巧来弥合观念的张裂。然而，本文不是来讨论先锋的格非或格非的先锋的，更无意探究年龄。

用陈晓明的话说，格非小说的“叙事过程不能说不出色，但对当代生活的理解却显得有些概念化”。[②] 也许这是先锋作家的通例或通病；也许正因为如此，随着年龄的增长，明智的先锋作家往往会调整姿态，或借形上聊以自慰，从而将观念引向极致，如被格非等中国先锋作家奉为一尊的博尔赫斯；或转而形下，如斯者多，以至于不胜枚举。另有一些或从先锋转向整合，这是20世纪60年代拉美“文学爆炸”时期一拨作家的普遍取法，其终极目标是书写“美洲的《圣经》”。既为整合，古典的力量也便被重构并凸显了出来。当然，古典和现代一样，都只是相对而言。

格非的策略与那一拨拉美作家所奉行的整合情怀颇有几分相似之处。他以他的方式拥抱古典，走向糅合。拿《人面桃花》中的古风今韵为例，

① 杨小滨：《不确定的历史与记忆：论格非早期的中短篇小说》，《当代作家评论》2012年第2期。

② 陈晓明：《中国当代文学主潮》，北京大学出版社2009年版，第360页。

它既有从《诗经》楚辞、唐诗宋词，乃至骈文、曲牌、明清话本——尽管曾几何时后两者不登大雅——等多重维度与语言的杂糅，又有生活流、意识流或任意的延宕、有意的歧出，也有类似于“以后当如何如何”的全知全能及冒号、分号、引号、单引号、人称代词省略的明叙与暗叙或亚叙并立所造成的混乱。第一章、第二章和第四章中的第三人称明叙与第一人称暗叙的交织主要由“父亲”“母亲”的指代及张季元日志、无引号第一人称叙述所体现；第三章则主要依靠单纯的第三人称敷衍开来，从而“父亲”“母亲”变成了老爷和大人，女主人公秀米变成了校长。同时，由于刻意回避或尽量少用人称代词和分号、单引号，作品中频频出现主谓宾关系模糊、人称代词重叠，以致引发歧义，譬如：

> 秀米觉得他原本就是一个活僵尸。口眼歪斜，流涎不断，连咳嗽一声都要喘息半天。
>
> （因冒号或主语省略催生歧义）
>
> 老婆子笑而不答，翠莲拉着秀米正要走，孟婆婆又在身后道……（因老婆子和孟婆婆原是同一人物，故产生叠影）①

小施莱格尔在谈到文学的古今关系时说，“真正的诗人都会把自己的时代带入过去，从某种意义上说，也就是把自己带入过去”②。反之亦然。譬如荷马是西方最古老的诗人，但他也是最现代的诗人。同理，屈原、李白或杜甫、罗贯中或曹雪芹等既是古典的，也是现代的。这或许正是格非有意无意中追求的一种境界。前不久，他就斩钉截铁地说，“所谓与传统（在这里它完全可以与古典等值——引者按）对话，恰恰不是到古代文化中去寻章摘句，而是要从更高的层次上别出心裁，别开生面”。③ 这大抵是格非重视古典且有别于古典传统的起点，也是其叙述方法繁杂不拘，语言斑驳任意的某个由来。于是，潜在叙述者

---

① 格非：《人面桃花》，上海文艺出版社 2012 年版，第 3—4、7 页，下引同。

② 施莱格尔：《古今文学史演讲集》，转引自塞尔登《文学批评理论》，刘象愚等译，北京大学出版社 2003 年版，第 16 页。

③ 格非：《文学与传统》，《当代作家评论》2012 年第 1 期。

秀米的叙述至少出现了四种情况：

> （一）无冒号 秀米觉得他原本就是一个活僵尸。（：）口眼歪斜……p. 3 -4
>
> （二）有冒号 她（秀米——引者按）胡乱地……抱着一只绣花枕头喃喃道：要死要死，我大概是要死了……p. 3
>
> （三）有引号 秀米说："我也不知他如何能出来……反正走了就是了……" p. 5
>
> （四）自我外化 除第三章外，格非一概将秀米这个隐性的"我"外化为第三人称"她"，却通篇保持了"父亲""母亲"的指代（唯第三章为"老爷"和"夫人"，而秀米则在这一章中彻底变成了第三人称"她"或"校长"）。

此外，题材本身也是格非选择亲近古典，同时又不拘古典的重要动因，尽管题材与风格的对应并不绝对和必然。但无论如何，选择亲近古典确实不失为是一种挑战，盖因协调现代与古典并不容易，况且白话文运动之后，之乎者也毕竟渐渐淡出了我们的文学。所以然，格非的古典（尽管在不同人物那里颇有等级之别）与现代（包括前面说到的任意）遂显得格外矛盾。

二 悲剧与喜剧

《人面桃花》中悲剧因素很多。极乱时世，无论弄潮儿还是被弄人，皆为不幸人。陆秀米、张季元、小岛六雄、翠莲、喜鹊、韩六、孙姑娘，乃至小东西等，几无善终者。时代如斯，此乃悲剧式狂欢。而明显的喜剧化因素却是春来发几枝式的醒目而耀眼的点缀，它们主要由反讽构成，譬如丁先生为妓女孙姑娘所作的挽词或墓志铭堪称经典，曰：

> 雅人骚客，皆受其惠，贩夫走卒，同被芳泽……p. 53

又曰：

国与有立，曰纲与维，谁其改之，姑娘有雪……p. 53

如此这般云云。

当然，大处着眼，秀米等人的造反形同儿戏，其所营造的喜剧效果几可与《巨人传》相媲美。在拉伯雷笔下，逗笑的主体是鼻涕邋遢傻乎乎的巨人，而在格非这里，笑料来自“革命者”，有妓女、乞丐、秃子、歪嘴、丁寡妇、大卵子、王七蛋、王八蛋等。

然而，我想强调的是，悲剧与喜剧之争由来已久，它暗合着古典与现代之辨，尽管二者的界线正日益模糊。曾几何时，悲剧、喜剧泾渭分明，不相杂厕。亚里士多德认为悲剧表现崇高，模仿高贵者，而“喜剧摹仿低劣的人；这些人不是无恶不作的歹徒——滑稽只是丑陋的一种表现”。这一定程度上道出了古希腊哲人对于悲剧和喜剧的理解和界定。[①] 亚里士多德以降，贺拉斯、黑格尔、布瓦洛、叔本华、尼采等对此均有论述。同时，西方喜剧自文艺复兴运动以来一发而不可收，并大有反转乾坤之势。[②] 中国古代虽然没有形成独立的悲剧学，但在孔子和庄子的哲学思想中不乏相关意识。至于晚近以来始自王国维等人的悲剧研究，则多少可以看作西方悲剧学的延展。而中国（尤其是大陆）喜剧的崛起却几乎可以说是近三十年的事。这并不否定我国古来不乏喜剧因子和幽默感。前面说过，从先秦诸子笔下洋溢着讽刺意味的诙谐段子，如《守株待兔》《揠苗助长》《刻舟求剑》，等等，到后来愈来愈向下指涉的各种趣谈，以致当今无处不在的黄绿段子，真可谓源远流长、绵延不绝。诚然，政治高压确实是幽默和调侃、喜剧或闹剧的最大敌人。反过来也是如此：一方面，如果没有万历年间由变革等引发的相对宽松的社会氛围，《金瓶梅》及冯梦龙的《笑史》《笑林》等就不可能出现；如果不是乾隆中晚期相对开放的时代背景，《笑林广记》也不可能编撰成如此规模。而今我国文艺的喜剧化倾向

① ［古希腊］索福克勒斯：《诗学》，陈中梅译，商务印书馆 1996 年版，第 42—64 页。

② 详见拙文《文艺复兴的另一个维度》，《东吴学术》2011 年第 1 期。

则多少与改革开放有关。但另一方面，喜剧与幽默的发散总体上是以神权（王权）让位于人权、族利（集体）让位于个人为基础的。

由是，喜剧或喜剧因子（包括幽默及各种戏谑、调笑）在当今中国文坛生根开花结果，并迅速形成蔓延之势。格非在其悲剧作品中植入如此带有狂欢色彩的喜剧因素，无疑不尽是历史书写的必然需要。这里兼有历史诠释和文学表演，二者相辅相成，或可对传统（古典）构成“别出心裁、别开生面”的革新，尽管它们本质上仍未解脱悲壮，即较之于流行的“大话”和“戏说”，仍有别如云泥。当然，题材使然，矛盾使然，除了反讽，他有意在“严肃”中嵌入一些雅谑段子，譬如大家耳熟能详的那个老笑话冷不丁用在了一本正经的老学究——女主角的先生身上：

> 今天早上，窗口飞进一只苍蝇，先生或许是老眼昏花了，伸手一揽，硬是没有捉到，不由得恼羞成怒。在屋里找了半天，定睛一看，见那肥大的苍蝇正歇在墙上。先生走上前去使出浑身的力气，抡开巴掌就是一拍，没想到那不是苍蝇，分明是一枚墙钉。先生这一掌拍过去，半天拔不出来。害得他好一顿嗷嗷乱叫……p. 32

如是，古典性被不断建构，又被不断解构，譬如关涉崇高（包括英雄的高度）、庄严（包括情愫的强度）、语言（包括相对的纯洁性）、人物（包括相对的完整性）等一系列要素或机理遭到破坏。但正所谓不破不立，大破大立，格非努力在矛盾中保持作品的某种平衡（或可称之为矛与盾的平衡）。

三 玄秘与狂欢

格非在早期创作（探索）中已然表现出对玄秘的钟情。《褐色鸟群》（1988）就曾写到一个隐居人的故事。他整天忧心忡忡，并对邂逅的少女说起一桩谋杀案。话说有个少妇因不堪丈夫酗酒，终起杀念，而隐居人居然目睹了她谋杀丈夫的全过程。最大的玄秘在于那个被杀的丈夫居然在盖棺之前坐起来解开了上衣的纽扣。也就是在这个时候，他被盖棺钉定了。

在《人面桃花》中，父亲陆侃和秀米无疑是两大玄秘源。当然，秀米的母亲和张季元也各有隐情和玄秘之处。父亲（第三章中的老爷）始终是一个谜，他一开始就被界定为疯子，且被揣与乌托邦有关，但孰真孰假没人知道，小说在此留下了巨大的悬念；第三章中的秀米—校长亦然。不同的是父亲—老爷的乌托邦立于思，秀米—校长的乌托邦基于行。前者影子般的存在直到最后才因下棋耄耋的“偶然”出现被朦胧点破。这种似是而非在更加似非而是的秀米身上体现出来，再加之秀米的一系列梦境，使玄秘或升或沉，烘托出亦真亦幻的叙事效果。这种玄秘而肃穆的方法与作品的狂欢化叙事适得其反，却又殊途同归。于是父亲—老爷的乌托邦与秀米的乌托邦或反乌托邦遥相呼应，折射或牵引出理想与革命的光怪陆离，从而最大限度地表现了扭曲的人性或世道人心。譬如张季元等革命者丧失人伦的奇谲幻想：天下大同，人人平等，想娶谁就娶谁，哪怕是自己的亲妹妹。

> 在未来社会中，每个人都是平等的，也是自由的。他想和谁成亲就和谁成亲。只要他愿意，他甚至可以和他的亲妹妹结婚……p. 41

或“大同”如土匪窝（花家舍）：

> 在花家舍，据说一个人甚至可以公开和他的女儿成亲……p. 149

法国作家左拉在《娜娜》等不少作品将性格甚至命运归咎于遗传。在一定程度上，格非显然也是这么认为的。当然，格非的小说要复杂得多。父亲陆侃和女儿陆秀米之间的相似性似乎又不尽是遗传的结果，它还有更为复杂的原因。后者多少通过张季元之流的革命家和花家舍之类的世外桃源+梁山泊+造反彰显了一二。我们不妨称这类世外桃源梦+梁山泊神话+造反精神为中华民族的某种集体无意识。借用荣格的话说，它是某种“原始经验的遗迹”。[①] 其实无所谓原始，但我们集体无意识中的一个巨大

① ［瑞士］荣格：《探索心灵奥秘的现代人》，黄奇铭译，社科文献出版社1987年版，第138—165页。

的黑洞便来自于我们的历史潜意识、集体无意识，即集体盲动性。只消稍稍回溯我们的历史，中华民族少有不建立在大规模造反（革命）基础之上的改朝换代。于是，（在毁灭的基础上）重建庙宇，（在破坏的前提下）再涂金身几乎是我们民族走不出的历史怪圈。于是，小农（经济）个人的胆怯在集体的盲动（造反或革命）中反转成为强大的动力。而这在我们的邻邦都相当少见。

《人面桃花》中的革命主体基本被框定在乌合之众，这为格非的狂欢提供了某种牢固的依据，从而使原本矛盾的一系列因素取得了相对合理的共生与缠绕。

四　审美与审丑

作品中既有对桃、荷、梅、菊等充满唯美精神的意象描写，也有令人极不可耐的脏、乱、恶、臭的渲染，其中最触目惊心的当数秀米—校长涂粪装痴（令人迁思乃父发疯或传说中的勾践尝粪、孙膑食屎），以及她对浑身恶臭的老乞丐的性臆想或性意向：

> 天色将晚的时候……她遇到了一个驼背的小老头。
>
> 他是一个真正的乞丐，同时也是一个精于算计的好色之徒。他们一照面，秀米就从他脸上看出了这一点。他像影子一样紧紧地撵着她……他身上的恶臭一路伴随着她……
>
> 第二天，她醒过来的时候，乞丐早已离开了……假如他昨晚想要，她多半会顺从。
>
> （省略号系引者所加——引者按）p. 276

这样的内心独白唯有与“大同”“平等”等理念及秀米的“革命”实践——盲动联系在一起才显得合情合理。但事情还不止于此，真正重要的是后一句所展示的玄秘色彩与狂欢精神：

> 反正这个身体又不是我的，由他去糟蹋好了。把自己心甘情愿地

交给一个满身秽污，面目丑陋的气概是一件不可能的事，而只有不可能的才是值得尝试的。

与此同时，秀米从父亲那里遗传了雅致。父亲陆侃曾梦想用一回廊将整个唤作普济的村镇连接起来并缀以花卉绿树。因此，当秀米被绑架至花家舍时，也便有了似曾相识之感：

她看到的这座长廊四通八达，像疏松的蛛网一样与家家户户的院落相接。长廊两侧，除了水道之外，还有花圃和蓄水的池塘。塘中种着睡莲和荷花……p. 141

与此对应，花家舍的土匪头儿一个个心狠手辣，凶相毕露。用人物韩六的话说，他们动辄就撕票。譬如：

他们眼见得那张花票留不住，就把她杀了。他们先是把她交给小喽啰们去糟蹋，糟蹋够了，就把她的人头割下来放到锅里去煮，等到煮熟了，就把肉剔去，头盖骨让二爷拿回家去当了摆设……p. 103

如此残酷的描述是需要预先将体温冰冻一阵子的。反过来，最大的土匪头子却又满嘴的之乎者也，并自诩“羲皇以来，一人而已”。

至于比比皆是的屎、尿、屁、脏、臭，则它们恰好与梅、兰、竹、菊、荷之类矛盾地并列共存。

五 逼真与失真

逼真是幻化的反面，但它同时也是虚构赖以“成立”的基础，是文学“内规律”的重要体现，但格非在这部小说中有意颠覆“千方百计”酝酿的古典气韵和大量夹批所营造的逼真，一步步使“本事”消释于强大的虚构当中，并反过来凸显了“本事”的虚妄和幻化。

逼真与失真好比写实与虚构。换言之，虚构和想象、幻想，作为写实或真实的对应，在《人面桃花》中似乎被不加区别地一视同仁了。为避免钻牛角尖式的条分缕析，我们亦当如斯观。

众所周知，虚构作为小说创作，乃至一切文学创作的不可或缺的要素，其形态和维度决定了它从联想或想象或夸张，乃至幻想的不同称谓。这当然早已是一种共识。然而，问题是虚构始终是针对真实而言的，就像是真实的影子；因此二者的关系剪不断、理还乱，可谓相生相克、相辅相成。也正因为如此，譬如镜像，关乎虚构的言说总是始于真实，而且每每终于真实，难以独立展开。正因为如此，虚构或想象或幻想始终未能作为一种相对独立的审美对象而受到重视，却铸就了一切伟大文学的基点。从某种意义上说，格非并不曾将《人面桃花》构筑于历史之上，尽管历史本身也不是铁板一块（但海登·怀特式的“元”怀疑也值得怀疑）。

老实说，辛亥革命只是一个粗略的背景，甚或一个渐行渐远的影子。这一方面为作品的虚构提供了空间，但同时也限制了虚构的（时间）维度。作品没有涉及任何历史人物，但陆侃的想象和张季元等人的“革命”以及土匪窝、花家舍可以被看作是那场革命的三种微缩变体。既是微缩，它们遂显得格外“精致”；既是变体，它们又分明被“任意”化了。但任意并不等于无法。格非的高明之处是淡化大背景、活化（逼真的）小环境，并为此使出浑身解数：

（一）潜第一人称叙述（除第三章外，秀米一直是全书的潜在叙述者。也许正因为如此，第三章也是全作最缺乏逼真感的）；

（二）夹批既可瞻前，亦能顾后，如“［1958年8月，梅城县第一批革命烈士名单公布。张季元名列其中……（省略号系引者所加——引者按）］”；p. 243

（三）日记如张季元日志，它的特点在于既写革命（事业），复写爱情，其“真实”程度使秀米陷入恋爱和革命的双重情网；

（四）其他细节，如夜壶、马桶、草木、家畜，等等。

但是，貌似步步为营的真实企图和由此建构的“内规律”在一系列虚构中分崩离析。首先是梦境。无论弗洛伊德们如何强调梦的“真实性”，但梦毕竟是梦。然而，格非有意打碎梦境与“真实”的界线，使秀米的梦境一次次与“实际”重叠，以至于最后连她自己也分不清哪里是梦、哪里是实了。譬如，在花家舍，秀米又做了个梦，梦见床头桌上放着一穗热气腾腾的玉米棒。有人来到床边，边啃玉米边和她聊天，说他和她是“同一个人”：

> “你以后会明白的。”来人道，“花家舍迟早要变成一片废墟瓦砾，不过还会有人重建花家舍，履我覆辙，六十年后将再现当年盛景。光阴流转，幻影再生。一波未平，一波又起。可怜可叹，奈何，奈何。”
>
> 说完，那人长叹一声，人影一晃，疏忽不见。秀米睁开眼睛一看，原来是个梦……p. 115

问题是床前“橱柜上还搁着吃了一半的玉米”。这不是柯尔律治之梦吗？有人梦见自己去了天堂，而且从天使手里接过了一枝玫瑰，醒来时玫瑰就在手中。柯尔律治的问题是：该当如何？顺便提一句，所谓“六十年后将再现当年盛景”，既为《山河入梦》和《春尽江南》，尤其是后者留下了伏笔；也多少点出了中华民族集体无意识中的乌托邦或反乌托邦精神。

其次是夸张的革命（狂欢）或打家劫舍所引发的反讽。它寄生于遥远的“本事”——辛亥革命，但反过来小说叙事的虚拟程度及其“内规律”（革命+性爱+造反+打家劫舍+乌合之众）足以将“本事”化为乌有。同时，疯狂（包括陆侃）与革命、与造反、与打家劫舍、与性爱狂想成了难分难解的同义词。因此，“本事”的虚化不仅是叙事策略，也是意识形态。

诚然，小说最失真之处当推第三章。由于叙事方法（策略）的突然改变（叙述者不再是秀米这个潜在的第一人称），由于革命被夸张地渲染为一群乌合之众的疯狂游戏，作品苦心孤诣缔造的逼真被彻底瓦解。当然，换一个角度看，拿这种叙事的矛盾来指涉时代的矛盾、“本事”的矛盾也可能是作者有意追求一种艺术境况。

六 一般与个别

小说在人物塑造方面同样徘徊在虚实两极之间。这是毋庸置疑的，但同时也是无可厚非的。虽然文艺复兴运动以来的人文学者普遍重视人物性格塑造，以致到了19世纪，性格擢升为一切文学创作的重中之重、要中之要（恩格斯关于典型环境中的典型性格论自不待言，黑格尔美学的要义对此也多有涉及），但20世纪世界文学对于人物性格的偏废也是不言自明的。从卡夫卡到博尔赫斯，我们看到的几乎仅有观念和意象。我们甚至无法对他们笔下的某个形象的外在轮廓和内在心志形成较为清晰的印象。反之，我们几可明确说出林黛玉、薛宝钗或贾宝玉相貌何如、秉性如何，或者准确描述安娜·卡列尼娜或包法利夫人的万方仪态，盖因他们（或者说曹雪芹和托尔斯泰、福楼拜等）为我们提供了基本的身心构造和想象基础。而现代文学非但常常不屑于描写人物外表，甚至连人物内心也每每被消释在无限的不确定中，却美其名曰复杂和相对，并为极端的主观接受或相对主义预设了空间。

格非的人物描写虽算不得精细和古典，却也并未完全放任自流。其中《人面桃花》的主要人物由彼此或其他人物相互描摹。譬如，张季元的外表主要由秀米完成“建构”，反之，秀米则主要由张季元代为表征。张季元在其日记中写道：

> 目如秋水，手如柔荑……p. 89
> 她的脖子是那么长，那么白……p. 101

如此等等，疏疏朗朗，三言两语，当可使读者悉知秀米是个身材高挑、天生丽质的美人儿。至于人物性格，它主要由情节来推演，同时反过来推演情节。这也是一般古典作家的做法。譬如莎士比亚，即使“一百个读者就有一百个哈姆雷特”，他对忧郁王子的性格描写却不能不说是有机的、完整的。

问题是格非似乎并不刻意刻画人物性格，尤其是主要人物，如陆秀米及其父亲、张季元以及花家舍大当家王观澄（有些次要人物反倒更加活灵活现，让人过目不忘，思之犹存，譬如翠莲，再譬如花家舍的三当家、五当家等，这说明格非并不缺乏塑造性格的技巧）。且不说他们的疯具有相似性，即使是在日常行为的非逻辑性上，他们也极具相似性。张季元对秀米的爱缺乏逻辑铺垫，除了简单的外表描述，几乎无关乎后者性格或心性方面的表述；同样，前者对秀米缺乏外表的吸引，其所从事的革命事业也不为后者所理解，却靠区区几句狂语（很大程度上是令人难以置信的诳语）征服了她。至于陆侃和王观澄，他们的相似性则几可用《百年孤独》中的阿卡迪奥们或奥雷良诺们相比拟。从这个意义上说，集体无意识也许果真是格非最着力表现的内容。也只有在这个层面上，个性（或人物性格）必然让位于类型化（或群体化）形象，并退居次要地位。

此外，人物一旦作为民族集体无意识的“代言”，也便具备了相对的“一般性”“普遍性”或“永恒性”。英国作家塞缪尔·约翰逊认为一流作家写人性，二流作家写现实，谓“只有表现一般的自然才能给人愉悦，也才能使愉悦长久……莎士比亚超越一切作家……他的人物不因地域风俗的改变而改变，放之四海而皆存。”[①]

然而，布莱克针锋相对，他的诘问是：一般自然，有这样的东西吗？一般原则，有这样的东西吗？一般人性，有这样的东西吗？他坚信只有特殊性、个别性才彰显价值。一般性是白痴的东西。[②]

这在表现主义和印象派当中找到了各自的后人。反过来，他们同样可以将各自的源头追溯至柏拉图和亚里士多德。

这就是文学的矛盾，也是文学的丰富。格非并非“草根作家”，对此当心知肚明。事实上，作为文学教授，他对叙事学多有研究。他的矛盾或许有意指向约翰逊 VS 布莱克。屈为比附，同写极乱时世（抗日战争）的钱锺书不无类似的考量，但处理此等矛盾时却明显偏向前者，这也正是他不喜欢悲剧（如《红楼梦》）而钟情喜剧（如《西游记》）的原因。[③] 而

---

① S. Johnson: *Johnson on Shakespeare*, London, Oxford University Press, 1908, p. 11.

② 《布莱克文集》，转引自塞尔登《文学批评理论》，第 84—85 页。

③ 刘世德：《回忆》，《钱锺书先生百年诞辰纪念文集》，生活·读书·新知三联书店 2010 年版，第 210 页。此外，钱锺书在《围城·序》中曾明确指出，他要写的是“无毛两足动物的基本根性”。

格非则明显纠结于二者之间。

七 陌生与间离

曾被同时译作“陌生化”和“间离化”的 Defamiliarization 是俄国形式主义文论的重要概念。在什克洛夫斯基那里，“陌生化”是使熟悉的事物陌生，使石头恢复石的质感，其有效方法便是换一个角度或借用描写其他事物的相应词汇以激发人（业已迟钝）的感觉知觉。[①] 但到了布莱希特笔下，情况发生了变化。他受俄国形式主义启发，但将“陌生化”概念颠覆而使之转向“熟悉化”。他拿中国戏曲为例，认为中国艺术家在表演时表达了对观众的（尊重?）意识。观众再也无法保持一种幻觉，认为自己在观看真实发生的事件。表演者的动作、表情和台词与被表演者保持很大的距离，他们小心翼翼不把角色的感觉变成观众的感觉。[②] 这样的看法当然不无偏颇，盖因中国戏曲的“熟悉化”表演依然可以激发观众的喜怒哀乐，盖因他们早已接受了那些程式，并感同身受地与演员（人物）同悲欢共命运。因此，他所谓的陌生，其实是间离（即演员同人物、观众同演员—人物的反移情效果），与什克洛夫斯基所说的那种让人犹如初见初闻的感觉（惊奇）适得其反。

格非的小说兼具双面效应。谓予不信，我姑且各举一例。首先，秀米的初潮被大大地陌生化了一回，它作为小说的开场大戏和“父亲”的疯癫一样令人难忘：

> 她觉得肚子疼痛难挨，似有铅砣下坠，坐在马桶上，却又拉不下来。她褪下裤子，偷偷用镜子照一照流血的地方，却立刻羞得涨红了脸，胸口怦怦直跳。她胡乱地往里塞了一个棉花球，然后拉起裤子，扑倒在母亲床上，抱着一只绣花枕头喃喃道：要死要死，我

① ［俄］什克洛夫斯基：《艺术作为手法》，《俄苏形式主义文论选》，中国社会科学出版社 1989 年版，第 66 页。

② 《布莱希特论戏剧》，丁扬忠、张黎等译，中国戏剧出版社 1992 年版，第 193—195 页。

大概是要死了……p. 3

随后是少女充满恐慌和羞惭的好一番侦察。

其次，围绕桃花源和花家舍，作品展开了堪称经典的一系列“熟悉化”演绎。这其中既有间离，也有移情。譬如，有关桃花源的诸多描写不可谓不重复，却明明暗喻了《山河入梦》和《春尽江南》中的某些场景，从而对青天白日或全国山河一片红式的乌托邦构成讽喻。而花家舍头领唱小曲、对淫对子又每每催人迁思一些民间小曲、古典话本或明清传奇中的采花盗、“雅色荒”。比如：

海棠枝上莺梭急，菉竹荫中燕语频。
壮士腰间三尺剑，女儿胸前两堆雪。

说“正经”的，格非的有些“陌生化”或“间离化”效果来自有意的“紊乱”。这里有两个很说明问题的例子，一个是李商隐的《无题》诗，人物错把“金蟾啮锁烧香入”变成了“金蝉啮锁烧香入”；另一个是由韩愈诗《桃源图》引出的那幅“名画”。前者据传倒“真”与韩愈有关，即贾岛《题李凝幽居》中“鸟宿池边树，僧推月下门”中的推字，相传被韩愈点化成了“僧敲月下门”，并使这“推敲”传为佳话。至于后者嘛，多半是格非为了陌生的间离或者相反而臆造的。

八　情节与主题

亚里士多德在《诗学》中用了近三分之一的篇幅来讲情节，而且认为情节是关键，从而高居悲剧的六大要素之首（然后才是戏景、性格、语言、唱词和思想）。但文艺复兴运动以降，作家的主观意识和价值取向以人文主义为核心迅速擢升。到了浪漫主义时期，作家的个性得到了空前的张扬，并开始出现主题先行、观念大于情节的倾向。正因为如此，相对于席勒，马恩更推崇情节与内容完美结合的“莎士比亚化”。但主题先行的倾向愈演愈烈，许多现代派文学则几乎成了观念的演示。情节被当作冬扇夏炉而東之高阁。于是文学成了名副其实的传声筒及作家个性的表演场。因此，观念主义、形式主义、个人主义大行其道。但是，从时代的高度反思 20 世纪文学，尤其是小说，我们不能不承认情节与主题的天平曾严重失衡，也不能不承认相当一部分先锋小说，如扑克牌小说，乃至乔伊斯们、科塔萨尔们、罗伯 - 葛里耶们的表演是值得怀疑的。

格非当认同这种怀疑。这一点可以由以下两个方面来加以验证：一是他对情节的相对重视；二是他在观念、主题方面的相对内敛。首先，《人面桃花》的情节设置相当刻意。作品从“父亲”出走、秀米初潮说起，有噱头，有伏笔，有惊奇，有关子，可谓内容庞杂，悬念迭出。其中，张季元同“母亲”的关系被暗示为某种蹊跷，但他却义无反顾地爱上了“母亲”的女儿秀米，而这份感情被革命加爱情的那份日志记录下来，居然彻底打动了原本对之颇有些反感或犹疑的少女芳心。然后，张季元被杀，秀米终于彻底革命或自暴自弃了，她居然对自己的身体完全失去了尊重与爱惜。

在黑格尔看来，艺术的最高境界除了背后高高在上的绝对精神，便是一定程度上调和了柏拉图和亚里士多德的内容与形式、理性与感性、精神与自然等对应关系的完美统一。因此，从古典美学的角度看，秀米这个女主人公的行为或可称之为反认同间离，盖因她一直在突破上述关系，以至于她的每次转变都显得有些突兀，从而消解了人物在读者心目中激发认同感的力度或可能。但从格非所选择的题材看，她的突兀和反常又恰恰强化了时代的荒诞性。这种荒诞性在六指密谋、马弁叛主等一系列事件中延伸至对世道人心的揭发。

说到人物或情节的荒诞，小说的主题就显得颇为沉潜，甚至含混。它可以是革命，是命运，是爱情；也可以是乌托邦或反乌托邦，元小说或历史小说或反历史小说；甚而如前所说，它可能是悲剧，但也可能是喜剧，乃至闹剧。总体来说，悲剧比喜剧更需要氛围。一个英雄之所以成为英雄，是需要充分锻造的，否则他的毁灭将难以博得读者（观众）设身处地、感同身受的震撼与眼泪。喜剧却不然，一个笑话，无论多么突兀，都能产生效果。这是古典悲剧更需要情节支撑的原因。《人面桃花》由于游移于悲—喜剧之间，人物命运的古典逻辑被相对瓦解，以至于遗传学、集体无意识等近现代元素占据了较为显眼的位置。这就使得人物的完整性或复杂性、吸引力或感染力受到了相应的制约或弱化。这是现代艺术修正古典艺术所付出的代价，但同时强化的观念和丰富的主题对此做出了一定的补偿。两者在格非的小说中产生了有趣的平衡与反平衡较量。

九 大学与小说

《大学》云："大学之道，在明明德，在亲民，在止于至善。知止而后有定，定而后能静，静而后能安，安而后能虑，虑而后能得。物有本末，事有终始，知所先后，则近道矣。古之欲明明德于天下者，先治其国，欲治其国者，先齐其家，欲齐其家者，先修其身，欲修其身着，先正其心，欲正其心者，先诚其意，欲诚其意者，先致其知，致知在格物。"然而，格非者既格物，也格非；事事矛盾，相生相克，万物乃存。

格非的"大学"显然是张季元之流的"革命大道"。它除了前面说到的"想娶谁就娶谁"之类的"天下大同""绝对自由"；还有与之相"适应"的"十杀令"，其令人毛骨悚然的内容大致如下：一、有恒产超过四十亩以上者杀；二、放高利贷者杀；三、朝廷官员有劣迹者杀；四、妓女杀；五、偷盗者杀；六、有麻风、伤寒等传染病者杀；七、虐待妇女、儿童、老人者杀；八、缠足者杀（后经众人再议，改为自革命成功之日起凡再缠足者杀）；九、贩卖人口者杀；十、媒婆、神巫、和尚、道士皆杀。这十全大杀既有对古来国人的种种令规、彩头（如"十全大补"）的戏谑，也有对摩西十诫之类的影射作反衬。

此等"革命大道"在张季元书写日志的过程中即被解构。而与之同构的秀米式革命或花家舍式共和不仅成为格非小说的变奏，而且与一种或可称之为基调的矛盾性相互交织，并一起将小说的底线推延到了某种极致。

《庄子·外物》有"饰小说以干县令"之谓。据说这是"小说"一词的最早出处。虽然"县令"之义迄今未有定论，但小说曾经作为稗官邪说、街谈巷议的同义词却是基本可信的。它因此一直为道统所不齿，直至"维新变法"及梁启超的一纸《论小说与群治之关系》之后，才逐渐得以正名。当然，这不仅是中国历史的需要，也直接受惠于西方文化。如今，小说这种“真实的谎言”或“痛苦的狂欢”愈来愈体现出比正史更为强劲的力量。在格非笔下，它是一种反宏大叙事的宏大叙事。

即使不将“江南三部曲”中的另两部纳入视野，《人面桃花》也已然独立构成了一种新宏大叙事。它无疑是格非迄今为止着力最甚的一部小说，也无疑是当今世界文学在各种“回归”声浪或取法折中中形成的一个丰富的声部，一抹多维的风景。

“彼亦一是非，此亦一是非”，类似矛盾多多。总之，作品在如上及诸如此类的二律背反中完成了矛与盾或大学与小说的共生。

众所周知，矛盾修辞（Oxymoron）拿两种互不兼容，甚至截然相反的词语来形容同一事物，从而生发强烈、奇崛的悖论式效果。由于这种修辞格往往“出人意料”，因而也特别引人入胜。但像格非这样将矛盾推延至叙事范畴并在一部作品中体现如此矛盾风格却实属罕见得很。这多半与格非长期研究叙事学、探究文学规律有关。篇幅所限，我这里不能展开，且因无缘专门研读格非而未及细读他的所有著述，只能就《人面桃花》略陈管见，甚而择要不格致、点到却为止。

我想，以上矛盾大抵与格非的文学参悟和艺术无意识有关。简言之，迄今为止，文学研究的核心问题始终是回答文学是什么，以及文学何为、文学何如等诸如此类的问题。文学（诗）言志，但也能抒情；它有用，但又分明是无用之用；它可以载道，同时还可能指向消遣，甚至游戏，等等。凡此种种，说明任何表面上足以自圆其说的文学命题或理论体系，完全可以推导出相反的结论。换言之，文学及文学批评犹如基因图谱，在一系列矛盾中呈螺旋式沉降和发散之势。言志与抒情、悲剧与喜剧、有用与无用、载道与消遣，以及写实与虚构、崇高与渺小、严肃与通俗，甚而人学与物象、传承与创新，等等，时至今日，均可能找到充分的佐证或理由。

也许，《人面桃花》的矛盾叙事是有意的，可谓以乱示乱；也许《人面桃花》的矛盾叙事是无意的：古典与先锋、悲剧与喜剧、玄秘与狂欢、审美与审丑、逼真与失真，等等，相生相克，但最终是否相得益彰，一是读者说了算，二是时间说了算。一方面，如上矛盾及凡此种种多少体现了乱象丛生的世道人心；另一方面，矛盾的叙事终究难免演化为叙事的矛盾。

诚然，无论格非有意无意，世界如是，人心如斯！当我们满嘴仁义礼智信、温良恭俭让的时候，我们的历史却被鲁迅无情地冠以“吃人”二字。况且，“天下皆知美之为美，斯恶矣；皆知善之为善，斯不善矣”；格非的矛盾叙事多少见证了他的某种矛盾或参透，即古典与现代、驳杂与单纯、精心与任意等诸多叙事方法和矛盾因素的兼收并蓄、杂然共存。

真实与虚构：大江文学想象力评乱

用诗的力量创造了一个想象的世界，并在这个想象的世界中将生命和神话凝聚在一起，刻画了当代人的困惑和不安。

——瑞典学院

人们的习见是大江健三郎先生（以下简称大江）是一位民主斗士，他坚定地反对天皇制和军国主义，因此一直在以命抗争。而文学只是他的武器之一。但是，他十分重视想象和虚构，在《小说的方法》中再一次谈到了想象力问题。他援引布莱克关于“想象力是人类生存本身”的观点，对巴尔扎克、贡布罗维奇、格拉斯、勒克莱齐奥等作家的想象进行了分析。他将想象力与陌生化结合起来，认为勒克莱齐奥把亚当变成老鼠，实际上只是“一只差不多移居到亚当意识世界中的老鼠……”这只老鼠本身是想象，同时具有唤起（读者）想象力的功能，“表现出作为物的坚固特征。这是只‘陌生化’了的老鼠”[①]。

大江所说的想象其实就是虚构，甚至幻想。而想象或虚构或幻想问题始终是文学创作的一个关键问题。大江对于这个问题的独特认知不仅体现于他的上述观点，而且更为丰富地表现于他的小说创作。简要地说，他的小说基本上是在真实与虚构的平行以及后者对前者的颠覆和覆盖中进行的。

一

虚构作为小说创作，乃至一切文学创作的不可或缺的要素，其形态和

① ［日］大江健三郎：《小说的方法》，王成等译，河北教育出版社2001年版，第43—57页。

维度决定了它从联想或想象或夸张，乃至幻想的不同称谓。这当然早已是一种共识。然而，问题是虚构始终是针对真实而言的，就像是真实的影子或镜像；因此二者的关系剪不断、理还乱，可谓相生相克、相辅相成。也正因为如此，关乎虚构的言说总是始于真实，而且每每终于真实，难以独立展开。

首先，真实和虚构是文学赖以生存的一对翅膀，二者缺一不可。

其次，文学像钟摆，始终摇摆于真实与虚构之间。换言之，人们对于二者常常有所侧重、有所偏废，古今中外，概莫能外。

在西方，虚构即使是作为一种艺术方法，也并不是从一开始就得到正视的。柏拉图因为艺术是摹仿的摹仿而根本无视它的存在。出于偏见，柏拉图几乎称虚构为撒谎，并决意将诗人驱逐出他的理想国。亚里士多德虽然没有使用虚构之类的概念，却将想象与记忆混为一谈，谓“想象就是萎褪了的感觉”，“一切可以想象的东西本质上都是记忆的东西”。[①] 因此，为虚构（尤其是想象）正名的西方理论家一直要到浪漫主义时期方始产生。在浪漫主义之前，少有诗人或理论家谈及虚构或想象。第一个为虚构、为想象、为自己辩护的是英国诗人菲利普·锡德尼，他针对柏拉图说：“诗人什么也不证实，因而，也就永远不会说谎。因为我认为说谎就是证实假的是真的，所以其他艺术家，尤其是历史学家，要以人类模糊的知识来证明很多事情，就难免说很多谎话。但是，诗人从不证实什么。诗人不会围绕着你的想象兜圈子、施魔法，让你相信他写的就是真实的。他不会援引其他史书里的典故，但是甚至在一开始，他就恳求温柔的缪斯女神给他注入匠心独运的灵感；实际上，不是不厌其烦地告诉你是什么或者不是什么，而是应该是什么或者不应该是什么。因此，尽管他叙述的事不真实，但因为他并没有当作真实的来讲述，他就没有说谎。”[②] 而塞万提斯则在创作上率先进行了否定之否定。首先，骑士小说是前人的有意识虚构。它不同于神话传说等先民的幻想所构建的集体无意识基殿（即视神为

① 《外国理论家作家论形象思维》，中国社会科学出版社 1979 年版，第 8 页。

② ［英］塞尔登：《文学批评理论——从柏拉图到现在》，刘象愚等译，北京大学出版社 2003 年版，第 490 页。

真实，从而遮蔽了神及神的世界作为虚构的本质属性）。至于虚构的内涵外延及其与想象或幻想、理性或非理性等诸如此类的关系问题，则皆因立场和出发点的不同而见仁见智、迄今未有定论。鉴于本文侧重于讨论大江及其作品的想象力，姑且将想象和幻想视为虚构的不同等级与方法。

本所同人史忠义先生在梳理中西关乎虚构问题时，从本体论出发，认为中西方在虚构问题上的初始认知并不一样。“原因之一是，《诗经》中的‘国风’‘雅’‘颂’都是当时真实社会风貌的反映，人们丝毫没有怀疑《诗经》（艺术）内容的真实性。原因之二，老庄信奉自然，以自然为道的基本内容，这种观念不怀疑大自然的真实性，因而也无缘于从本体论角度讨论世界之真假和艺术之‘真’等问题……西方则不同。由于荷马史诗和雅典悲剧或颂扬奥林匹亚山的诸神，或以传奇中的英雄人物为对象，与眼前的社会真实和文化真实相差甚远，人们对艺术内容的真实性甚为疑惑。事实上，柏拉图以前的古希腊先民就一直怀疑他们所居住的这个世界的真实性，民间就流传着‘摹仿’一说。毕达哥拉斯认为，我们所看到的各种现象都是表面现象，世界的本源（本原）在与‘数’。柏拉图提出了后来颇为著名的‘理念’说。”[①] 这当然是有一定道理的。

但问题是，（1）中国除了《诗经》和老庄，也有远源流长的神话传说，还有墨子的“天志”思想（这与柏拉图的“理念”说颇为接近），甚至还有《易》的“以无为本”思想，等等；（2）古希腊也不尽是“理念”本体论，早期有巴门尼德的存在本体论，后期有亚里士多德的综合本体论，有学者于是将古希腊本原思想归纳为范畴本体论和宇宙本体论[②]；（3）更为奇妙的是，双方关于文学虚构的讨论与肯定却差不多都是从16世纪开始的。西方有塞万提斯和锡德尼爵士，中国有谢肇淛“凡为小说及杂剧戏文，须是虚实相半，方为游戏三昧之笔”之说[③]，袁于令“文不幻，不文；幻不极，不幻”云云。[④]

事实上，由于近现代人类文明是以人本（“人事”）取代神本（“天

① 史忠义：《中西比较诗学新探》，河南大学出版社2008年版，第185—189页。

② 寇鹏飞：《古希腊哲学本体论探寻》，《黑龙江教育学院学报》2006年第1期。

③ 谢肇淛：《五杂俎·十五事部》，上海书店出版社2001年版，第312页。

④ 袁于令：《西游记题词》，朱一玄编《明清小说资料选编》，齐鲁书社1989年版，第493页。

道”）为前提，以现实的理性战胜幻想的神话（或谓“逻各斯”战胜“秘索斯”）为基础的；因此，作为人类文明重要组成部分的文学非原生形态便不可避免地被赋予了极功利的现实主义精神。“文以载道”“理性模拟”，几千年来中外文学几乎都是以现实（自然）为主要指向和出发点的。

正因为如此，文学虚构（尤其是幻想）始终未能作为一种相对独立的审美对象而受到重视。然而，无法改变的事实是，不论东方西方，虚构都是文学的起源、小说的缘起；它所构筑的一座座大厦蔚为壮观，远自神话传说，近至科幻小说，可谓人皆目之。在我国，幻想小说贯乎古近。它的产生先于写实小说几百乃至上千年。鲁迅在追究小说起源时说过，“考小说之名，最古见于庄子所说的‘饰小说以干县令’……至于现在一班研究文学史者，却多认小说起源于神话。因为原始民族，穴居野处，见天地万物，变化不常——如风、雨、地震等——有非人力所可捉摸抵抗，很为惊怪，以为必有个主宰万物者在，因之拟名为神；并想象神的生活，动作……这便成功了‘神话’。从神话演进，故事渐近于人世，出现的大抵是‘半神’，如说古来建大功的英雄，其才能在凡人以上，由于天授的就是”。于是便有了传说。再后来，由于巫术、宗教迷信的兴盛，又有了志怪、传奇、神魔等内容的故事①；而写实主义小说，即鲁迅所说的讲史、演义或“说话”则要到宋朝方始产生。

欧洲小说的产生和发展也经历了类似的过程：先由神话传说到传奇故事，写实主义如文艺复兴运动前夕的流浪汉小说和市民小说也是很晚才有的。

但迄今为止还很少有人系统论述过虚构的源流变迁，更谈不上对它作较为全面的审美把握。鲁迅先生在其《中国小说史略》和《中国小说的历史的变迁》中，虽明确指出了幻想在中国文学的悠久传统和重要地位，分析了诸如神话传说、志怪传奇、神魔小说的产生、兴盛的历史原因和现实意义，等等，然终究未及对虚构本身作更多的、美学上的阐释。西方对幻想文学的系统考察则是20世纪60年代才开始的，而且最终因为无法确

① 《鲁迅全集》第9卷，人民文学出版社1981年版，第301、302页。省略号系引者所加。

定幻想的内涵外延（也即与现实的区别分野）卡壳并无疾而终。

法国学者罗歇·凯卢瓦是幻想文学研究的先行者之一。凯卢瓦从社会学的角度探讨幻想小说，把这种题材的起源追溯到约瑟夫·富歇建立的巴黎警察部队，并称爱伦·坡的短篇小说开了这个题材的先河。博尔赫斯讥诮地否定了凯卢瓦的全部观点，认为凯卢瓦的观点不是错不错的问题，而“是愚蠢的无稽之谈”。[①] 在《幻想文学选编》一书中，凯卢瓦给幻想下了这样一个定义：“异常在习常中突现。”[②] 基于这一定义，凯卢瓦在不同场合，对古来幻想文学进行了分门别类。根据他的方法，我们大致可以归纳如下：

（一）有关天神，如神话；

（二）有关地狱，如《神曲》；

（三）有关魔鬼，如《浮士德》；

（四）有关灵魂，如《哈姆雷特》；

（五）有关幽灵，如王尔德的《坎特镇的幽灵》；

（六）有关女鬼，如中国志怪小说；

（七）有关巫术，如纪伯伦的作品；

（八）有关死亡，如爱伦·坡的《红色死亡假面舞会》；

（九）有关吸血鬼，如霍夫曼的作品；

（十）有关生命物体，如梅里梅的《伊尔的美神》；

（十一）有关看不见、摸不着的存在物，如莫泊桑的《奥尔拉》；

（十二）有关物体神秘移位或消失的，如《一千零一夜》；

（十三）有关时间停滞、倒退或超前的，如威尔斯的《时间机器》；

（十四）有关不明外来物或外星世界，如科幻小说；

（十五）有关现实与虚构转换或合二为一（在凯卢瓦看来，这类作品最为罕见）；等等。

① ［美］伍德尔：《博尔赫斯：书镜中人》，王纯译，中央编译出版社1998年版，第143页。

② Caillois, Roger: *Anthologie du fantastique*, Paris: Gallimard, 1966, p. 12.

凯卢瓦认为第十五类作品极为罕见，其实大谬不然。且说堂吉诃德“绅士闲来无事（他一年到头几乎总是无所事事），就埋头看骑士小说，看得津津有味，爱不释手，简直把打猎啊、打理家业啊忘得一干二净。他如此刨根究底、痴迷于斯，竟不惜变卖良田去买骑士小说，把能到手的统统搬回家来……可怜他被那些巧言令色迷了心志，常常彻夜难眠，一心只为探究个中奥秘而苦思冥想……长话短说，他钻进书里，从早晨到夜晚，从黄昏到黎明，不能自拔。他这样没日没夜、了无休止，终于恼汁枯竭，失却了理智……总之，他已经完全失去理性，以至于冒出一个世上最疯癫的荒唐念头：为报效国家、扬名四方，他应该也必须效法书中骑士，去行侠天下……”于是，虚构“以它的理由，它的方式浸入生活，并以自己的方式使后者发生改变”。换言之，在塞万提斯笔下，虚构与真实开始模糊界限，以致水乳交融。

先不说塞万提斯如何在虚构与真实之间孜孜耕耘，即使像博尔赫斯这样的现代作家也提供了可资玩味的大量作品。就说博尔赫斯和卡萨雷斯于1940年合编的《幻想文学选》，它所遴选的一大批指向消解虚实界线的“梦幻小品”，其数量之多、遍布之广，几可与前十几种幻想小说等量齐观。谓予不信，姑且辑录一二：

1.《庄周梦蝶》：昔者庄周梦为蝴蝶，栩栩然蝴蝶也，自喻适志与！不知周也。俄然觉，则蘧蘧然周也。不知周之梦为蝴蝶与，蝴蝶之梦为周与？

2.《佛祖的故事》．佛祖释迦牟尼是太阳后裔，在他入床母腹的按天夜里，其母梦见一头六牙大象入驻腹中。占梦的巫师对她说，她的儿子不但要统治世界、使法轮常转，而且将告诉世人如何长生不死。因此，释迦牟尼出生后即被其父苏多丹那国王关进了密宫（故事同希腊俄狄浦斯神话有异曲同工之妙）。与世隔绝二十九年之后，释迦牟尼外出巡游。第一次，他见到一个驼背老人，车夫告诉他，谁都有那么一天；第二次见到一个病人，车夫告诉他谁都有这个时候；第三次见到一具棺材，车夫又说谁都免不了一死；最后，他见到了一个无欲无求四大皆空的僧人，终于彻悟……次对，大乘宗的解释最为独到：人生终究是一场游戏，更是一场梦。既然是游戏，一切都在规则约定之中（从而摈弃了多数教派认为是象征和昭示生老病死的寓言的说法）；既然是梦，肉身的神看到为他指点迷津的化身：仙身的神，当更不在话下。总之，无论把传说读解为释迦牟尼的一个梦还是王后的一个梦，佛祖的故事将一样天衣无缝。

3.《双梦记》（《天方夜谭》即《一千零一夜》中两个人做梦的故事，博尔赫斯在早期作品中演绎甚至复述了这个故事，可见他的钟爱程度）：话说开罗有个富翁，在自家花园的无花果树下梦见他的财宝在波斯的伊斯法罕，便起程去找。历尽磨难之后，他终于抵达。是夜，海盗袭来，地方守备拼死抵抗。经过一番血战，海盗死伤无数，残部尽数被捕。做梦人也被当作海盗抓了起来。审讯中，做梦人讲述了原委。守备长官忍俊不禁，说："我也做过类似的梦，梦见开罗有一所房子，房子后面有一尊石晷，石晷后面有一棵无花果树，无花果树后面有一眼喷泉，喷泉下面藏着无数财宝。可我根本不信。"然后，他释放了来自开罗的寻梦人。寻梦人回到开罗，果真在自家花园的喷泉下找到了宝藏。

4.《红楼梦》：《红楼梦》是否为幻想小说姑且不论，但博尔赫斯看到的首先是狭义"石头记"和"太虚境"（或者还有"风月宝鉴"），然后才是被前者解构了的现实主义。反言之，博尔赫斯认为《红楼梦》中"令人绝望"的现实主义"令人惊奇"地使神话（"石头记"）和梦幻（"太虚境"）成为可能与可信。在他看来，《聊斋志异》具有同等功效。这就出现了只有在博尔赫斯之类的形而上学家眼里才可能出现的二律背反。

凡此种种，不一而足。

这就引出了问题的关键：凯卢瓦缘何对此类作品视而不见？未知立场使然，还是视野所限。此外，他所谓的幻想文学事实上只有两类，即源自集体无意识或神话母题的志怪类和文人面壁虚设的梦幻类。而两相比较，凯卢瓦又分明拘牵于前者，否则塞万提斯及后来如博尔赫斯等的缺失就无法解释。

然而，他的同行路易斯·沃克斯却认为"幻想是没有定义的"，它"取决于特定的文化氛围以及人们对具体作品的认知"。[①] 这显然也是一种

---

① Vox, Louis: *La séduction de l'étrange*, Paris: Presses Universitaires of France, 1965, p. 6.

定义。

无论凯卢瓦还是沃克斯，都有点让人摸不着头脑。若相信前者，就得先弄清楚什么叫“习常”、什么叫“异常”，而这两个概念恰如现实与幻想，既宽泛又模糊，根本难以确定；若接受后者，那么也就等于陷进了类似于先有母鸡还是先有蛋的悖论：幻想的定义取决于某时某地某人对某些具体作品的认同，然没有定义又如何得知某时某地某人的哪些作品属于幻想文学？换言之，在沃克斯看来，任何作品都可能成为幻想作品或者相反，关键在于什么人、什么时候、什么地点和怎么看。这并非完全没有道理。

另一位研究家是托多罗夫，他在这个问题上表现得非常明智。他一上来就对“众所周知”的幻想文学进行了三六九等的划分和大刀阔斧的砍伐，从而避免了直接给幻想下定义的麻烦。首先，他认为必须缩小幻想文学的范围。因此，他做了如下分类：

神奇——怪谲——幻想。[①]

在他看来，神奇者乃“不可理喻者”，比如初民的自然崇拜及神话传说。怪谲者是可以理解的（至少在科学发达的今天），如梦境。幻想者同样不可理喻，而且其不可理喻性无关乎人们的认知水平，如超现实。

这其实也不失为是一种定义。

诚然，托多罗夫似乎把我们重新带进了死胡同，因为完全不可理喻的“超现实”是不存在的。从现代心理学的角度看，托多罗夫框定的幻想——超现实（他把它界定为从18世纪的卡佐特到19世纪莫泊桑的一些作品），也并非完全不可理喻。“幻由心生”，幻想归根结底是依赖于存在而存在的精神现象。就像人不能拽着自己的小辫离开地面一样，幻想最终不可能脱离现实，因而也终究不可能没有解释、无法理解。

但是，恰恰因为幻想与现实的这种剪不断理还乱的关系，导致了幻想与现实的界限的模糊和20世纪六七十年代西方幻想美学的流产。

① Todorov, Tzvetan, *Introduction à la littérature fantastique*, Paris, Seuil, 1970, p. 109.

博尔赫斯解决这一难题的方式是将唯心观推向极致。博尔赫斯把现实（生活）解释为幻想，认为它和所有梦境一样，是一种类似于潜意识的生命游戏，可能按照一定规律运行，也可能毫无规律。正是从这一观念出发，博尔赫斯对传统进行了颠覆，并彻底消解了现实与幻想的界限。在这样的前提下，博尔赫斯实现了幻想美学的重要建构并推演到一系列子主题和子题材，比如生命和死亡、物质和精神、书籍和宇宙、神学和历史、杀人和被杀，等等。这些主题和题材不断循环往复，一方面因为它们无法穷尽，另一方面因为它们无不相生相克、相反相成。博尔赫斯曾引用老子的话说，“天下皆知美之为美，恶已；皆知善，斯不善已。有无之相生也，难易之相成也，长短之相刑也，高下之相盈也，音声之相和也，先后之相随，恒也”。事物的辩证关系成就了重复的无限可能，但同时又因为无限的不能尽述而使博尔赫斯变得极其简练。正是这种重复（并非不变）和这种简练（并非简单），化合出博尔赫斯迷宫的不同甬道：形形色色的幻想，也为读者提供了探寻、猜测、假设、想象、思考的无限可能。

但这种形而上学的极端并不能真正解释真实与虚构的关系。倒是魔幻现实主义作家阿斯图里亚斯和卡彭铁尔的“第三范畴”说和“神奇真实”说歪打正着，或可解释虚构与真实的关系。20 世纪 20 年代，流亡巴黎的卡彭铁尔和阿斯图里亚斯与布勒东过从甚密，还创办了第一份西班牙语超现实主义杂志《磁石》（*Imán*）。他们尝试“自动写作法”，探索梦的奥秘，参与超现实主义运动。但是，美洲的神奇、他们身上沉重的美洲“包袱”和他们试图表现美洲世界的强烈愿望，使他们最终摒弃超现实主义，开了魔幻现实主义的先河。

卡彭铁尔宣称：

> 我觉得为超现实主义效力是徒劳的。我不会给这个运动增添光彩。我产生了反叛情绪。我感到有一种要表现美洲大陆的强烈愿望，尽管还不清楚怎样去表现。这个任务的艰巨性激励着我。我除了阅读所能得到的一切关于美洲的材料之外没有做任何事。我眼前的美洲犹如一团云烟，我渴望了解它，因为我有一种信念：我的作品将以它为

题材，将有浓郁的美洲色彩。[1]

1943 年，卡彭铁尔离开法国，赴海地考察，“不禁从重新接触的神奇现实联想起构成近三十年某些欧洲文艺作品的那种挖空心思臆造神奇的企图。那些作品在布罗塞利昂森林、圆桌奇士、墨林魔法师、亚瑟传奇这样一些古老的模式里寻找神奇；从集市杂耍和畸形儿身上挖掘神奇；或者玩把戏似的拼凑互不相干的事物以制造神奇……”“然而，神奇是现实突变的产物，是对现实的特殊表现，是对现实状态的非凡的、别出心裁的阐释和夸大。这种神奇的发现令人兴奋至极。不过，这种神奇的产生首先需要一种信仰。无神论者是不能用神的奇迹治病的，不是堂吉诃德就不会全心全意地进入《阿马狄斯》或《白骑士蒂朗》的世界。”在海地逗留期间，由于天天接触堪称神奇的现实，所以他深有感触。在这块土地上生活着成千上万渴望自由的人们，他们相信德行能催生奇迹。在黑人领袖马康达尔被处以极刑的那一天，信仰果然产生了奇迹：人们相信马康达尔变了形，于是乎死里逃生，逢凶化吉，令法国殖民者无可奈何。奇迹还导致了一整套神话和由此派生的各种颂歌。这些颂歌至今保存在人们的记忆中，有的则已成为伏都教仪式中不可缺少的一部分。“这是因为美洲的神话之源远未枯竭：它的原始与落后、历史与文化、结构与本原、黑人与印第安人，恰似缤纷的浮士德世界，给人以各种启示。”[2]

阿斯图里亚斯与卡彭铁尔不谋而合。因为，阿斯图里亚斯浪子回头，居然发现了美洲现实的第三范畴：“魔幻现实”。他说：

> 简而言之，魔幻现实是这样的：一个印第安人或混血儿，居住在偏僻的山村，叙述他如何看见一朵彩云或一块巨石变成一个人或一个巨人……所有这些都不外乎村人常有的幻觉，谁听了都觉得荒唐可笑、不能相信。但是，一旦生活在他们中间，你就会意识到这些故事

① Carpentier, Alejo: *Confesiones sencillas de un escritor barroco*, Habana: Editorial Literatura y Artes, 1964, p. 32.

② Carpentier, Alejo: “Prólogo”, *El reino de este mundo*, Mexico: Editorial Siglo XXI, 1949, pp. 1 – 3.

> 的分量。在那里，尤其是在宗教迷信盛行的地方，譬如印第安部落，人们对周围事物的幻觉能逐渐转化为现实。当然那不是看得见摸得着的现实，但它是存在的，是某种信仰的产物……又如，一个女人在取水时掉进深渊，或者一个骑手坠马而死，或者任何别的事故，都可能染上魔幻色彩，因为对印第安人或混血儿来说，事情就不再是女人掉进深渊了，而是深渊带走了女人，它要把她变成蛇、温泉或者任何一件他们相信的东西；骑手也不会因为多喝了几杯才坠马摔死的，而是某块磕破他脑袋的石头在向他召唤，或者某条置他于死地的河流在向他召唤……①

同时，超现实主义对他们产生的影响又是毋庸置疑的和至为重要的：使他们发现了美洲的神奇现实（也即魔幻现实）。卡彭铁尔说：

> 对我而言，超现实主义有着十分重要的意义。它启发我观察以前从未注意的美洲生活的结构与细节……帮助我发现了神奇的现实。②

阿斯图里亚斯说：

> 超现实主义是一种反作用……它最终使我们回到了自身：美洲的印第安文化。谁叫它是一个耽于潜意识的弗洛伊德主义流派呢？我们的潜意识被深深埋藏在西方文明的阴影里，因此一旦我们潜入内心的底层，就会发现川流不息的印第安血脉。③

“人们对周围事物的幻觉能逐渐转化为现实”；“不是堂吉诃德就不会全心全意地进入《阿马狄斯》或《白骑士蒂朗》的世界。”诚哉斯言！

---

① Lawrance, G. W.: “Conversación con Asturias”, *Nuevo Mundo*, Oct. 1970, pp. 15 – 18.

② Carpentier, Alejo: *Confesiones sencillas de un escritor barroco*, p. 32.

③ Alvárez, Luis: *Conversaciones con Miguel Angel Asturias* (Madrid: Magisterio Espanol, 1974), p. 81.

二

蒙田说："强劲的想象可以催生事实。"[1] 骑士小说恰恰是一种致使"美梦成真"的强劲的想象。它的想象或幻想一定程度上是对中世纪真实生活的否定，一如哥特式小说是对中世纪神学的否定。而塞万提斯则是否定之否定；并以子之矛，攻子之盾。其中的想象或幻想基于骑士小说，又超乎骑士小说，这其中多少掺杂了阿拉伯及东方文学的某些元素。

西班牙骑士文学的时间跨度相当长。不仅歌颂骑士的谣曲可以追溯到遥远的中世纪；即便是骑士小说，也横跨了两三个世纪。最早的一部骑士小说叫作《西法尔骑士之书》，原名《上帝的骑士——门顿国王西法尔及其生平事迹》，其生成时间应为13世纪末14世纪初。顾名思义，《西法尔骑士之书》写西法尔从一个普通骑士擢升为门顿国王的事迹。作品除西法尔引救妻子格里玛、在魔塘冒险以及西法尔之子罗伯安在神奇岛登陆等少数几个段落外，基本上是现实主义的。在20世纪60年代以前，一般文史学家并不重视《西法尔骑士之书》，直至1965年沃克斯发表《〈西法尔骑士之书〉的有机构成》一文。沃克斯在肯定小说的文学价值时认为，《西法尔骑士之书》的作者不仅开了西班牙骑士小说的先河，而且具有很高的艺术造诣。另一部颇有争议的早期骑士小说叫作《大征服》，其中穿插了查理大帝的故事和天鹅骑士的传说。

15 16世纪是骑士小说的繁荣时期，适值西班牙赢得"光复战争"的胜利、成为不可一世的新兴帝国。为捍卫各小王国利益立下汗马功劳的骑士阶层实际上已经完成了历史使命。但是，由于它是西班牙"光复战争"的中坚力量，在抗击阿拉伯人统治的战斗中谱写了无数可歌可泣的篇章，骑士仍是许多西班牙人心目中的英雄。骑士小说则是对英雄时代的追怀。一般文史学家都认为它受到过英国骑士故事和法国英雄史诗的影响，但正宗的源头似乎应该是西班牙本土的史诗、传说与谣曲，如《熙德之歌》《西法尔骑士之书》及许许多多有关"光复战争"的"边境歌谣"。

---

① 《蒙田随笔》，梁宗岱等译，人民文学出版社2005年版，第69页。

另一方面，火枪的发明使战争和军队改变了形式。同时，大部分骑士都已被封王封侯，远离了铁马靳戈，过上了贵族生活。于是，过去的骑士故事被逐渐艺术化。比如，多数骑士小说的主人公是浪漫的冒险家；他们为了信仰、荣誉或某个意中人不惜赴汤蹈火；他们往往孤军奋战，具有鲜明的个人英雄主义倾向。这又多少服从于西班牙征服美洲的历史需要。

《白骑士蒂朗》（又译《骑士蒂朗》，1490）、《阿马狄斯》（1508）、《埃斯普兰迪安的英雄业绩》（1510）、《希腊人堂利苏阿尔特》（1514）、《帕尔梅林·德·奥利瓦》（1511）和《骑士西法尔》（1512）是当时最为流行的骑士小说。它们的共同特点是主人公具有崇高的理想和精湛的武功，即他们为爱情、信仰和荣誉不惜冒险甚至牺牲生命；他们惩暴安良，见义勇为，而且总是单枪匹马。在这些作品中，最著名的无疑是《阿马狄斯》和《白骑士蒂朗》。

《阿马狄斯》曾在全欧洲广为流传，对此后的骑士小说产生了巨大影响。正因为如此，塞万提斯的《堂吉诃德》几乎是对它的一种反讽或戏仿。小说的作者和初版时间一直是有关文史学家争论不休的话题。曾有研究家称作者是葡萄牙人儒安·瓦斯科·洛佩拉，但不久即遭西班牙学者否定。根据西班牙学者的考证，作品由巴利亚多利德的一名地方长官加尔西·罗德里格斯·德尔·蒙塔尔沃于1508年定稿，同年在萨拉戈萨出版。但加尔西·罗德里格斯·德尔·蒙塔尔沃在序言中又自称是续写者。尽管伪托译本或续写在当时可谓风气使然，但种种迹象表明罗德里格斯的续写之说不一定是伪托之词。首先，续写的确也是风气使然。在这小说流行后不久，即有多种续写本问世，其中的一个版本竟从最初的四卷扩展到十余卷。其次，主人公是在苏格兰长大成人的。盖因他是高卢王佩里翁的私生子，出生后即被抛入大海并被人救起、送入苏格兰宫廷。但无论如何，小说对西班牙文学所产生的影响绝对独一无二。除了使骑士小说在西班牙风靡之外，它还直接影响了塞万提斯。从某种意义上说，《堂吉诃德》几乎是对《阿马狄斯》的讽刺性摹仿。

许多文史学家认为阿马狄斯是欧洲骑士理想的典型。“弱冠之年”，已经擢升为骑士的阿马狄斯来到英国王宫，不久便爱上了奥里阿娜公主。为了爱情，阿马狄斯开始了无数惊心动魄的冒险。当他无意中得知自己的身世后，便正式向公主表白了爱意。这时，佞臣阿尔卡劳斯暗中破坏并挑唆国王将他逐出宫门。然而，公主对阿马狄斯痴情不渝；国王恼羞成怒，将她遣送罗马。途中，落难公主被阿马狄斯所救。最后，阿马狄斯粉碎了佞臣的篡位阴谋，国王对他大为赞赏，不仅亲自为他和公主主婚，而且主动退位让贤，把王位交给了他。

《白骑士蒂朗》也是塞万提斯在《堂吉诃德》中多次提到的骑士小说。它最初是在西班牙瓦伦西亚出版的，而且用的是卡塔罗尼亚语言（卡塔兰文）。作者在献词中称该小说系由英文至葡萄牙文再至卡塔兰文翻译而成。这也曾引起关于作者及初版时间的不少争论。但一般认为它的作者是西班牙人苏亚诺·马托雷尔和马蒂·苏安·德·加尔巴。前者于1468年去世，留下了未竟之作；后者用了十几年时间续完小说，却依然没能看到全书的出版。小说由四部分组成。第一部分写瓦洛亚克伯爵受命于英国国王，率领军队击溃了伺机北上的阿拉伯人。大功告成后，瓦洛亚克归隐山林。与此同时，年轻白骑士蒂朗赴英国参加英国国王和法国公主的大婚典礼，路遇瓦洛亚克并得到后者的真传。因此，蒂朗在一系列骑士比武中胜出，被英王封为“骑士之花”。第二部分写蒂朗还乡后效命于法国国王，率领军队赴罗得岛抗击阿拉伯人。和他并肩而行的是法国王子菲力普，他们一路奔去，不久就到了西西里岛，受到了西西里人民的热烈欢迎。在促成了菲力普和西西里公主的婚事之后，蒂朗抵达罗得岛并设计攻破敌阵，解救了被围的骑士。把阿拉伯人赶出罗得岛以后，蒂朗重返西西里岛，参加了菲力普和公主的婚礼。第三部写蒂朗受命于君士坦丁堡皇帝挥师抗击土耳其军队，并和储君卡梅西娜公主产生了爱情。第四部分是苏安续写部分，写蒂朗在北非海岸遇险后沦为俘虏，结果又因英勇善战而得到突尼斯国王赏识的故事。最后，蒂朗准备与卡梅西娜公主完婚并继承皇位，却途中染病，不治而亡。卡梅西娜见到蒂朗的遗体后殉情而死。

这些骑士小说迎合了一般读者的怀旧和消遣心理。它们处理人物和情节的方式虽然不尽相同，但总体上是程式化的；内容更是游离于社会现实，不能反映文艺复兴运动时期的人文主义精神。因此，它们基本上是前文艺复兴运动时期的文学遗产，体现了封建时代尤其是中小贵族阶层的审美理想。

但是，为了追求可信度，骑士小说往往十分重视逼真。《阿马狄斯》的作者序言写道：

> 较之那些伟大的战争场面，古来智者即使亲历，其笔墨也总是那么吝啬。我们也是如此，目睹并见证了时代的战斗，企望记录某些基于真实的奇妙信息，不仅为逝者留下永恒的英名，而且为来者提供阅览和崇敬的对象，一如那些记录希腊人、特洛伊人和古来征战的英勇事迹。
>
> ……
>
> 在我们神圣的光复战争中，我们英勇的天主教国王堂菲迪男光复了格拉纳达王国，并使它鲜花烂漫，玫瑰似锦。而辅佐他的，正是那些骑士不畏艰险、勇往直前的骑士。①

由此，加尔西·罗德里格斯·德·蒙塔尔沃将自己的宗旨释为“本人不揣浅陋，只望留下一片记忆的影子。本人不敢将雕虫小技与智者的杰作相提并论……”但是，这位作者对其幻想的“真实性”却充满自信。小说是这样开场的：“救苦救难的吾主基督献身后不久，在小小岛国不列颠出现了一位十分虔诚的基督教国王，叫作加林特尔。他行为端方，信奉真理，与高贵的王后生下二女：一个嫁给了苏格兰王朗基尼斯……另一个，爱莉塞娜，和父亲的客人高卢国王佩里翁有了私情……”阿马狄斯便是爱莉塞娜和佩里翁的私生子，被母亲放在橡木凿制的摇篮里，送入大海，后被一个苏格兰骑士甘达尔斯所救。他把孩子带回自己家里，同自己的孩子甘达林一起抚养。后来两个孩子成了莫逆之交。阿玛迪斯被称为“海之子”；大家都知道他的身世不凡，盖因甘达尔斯将他救起时发现他颈上有一羊皮纸书卷，说他是国王的儿子，摇篮里还有许多珍贵物品。苏格兰王不知道这“海的孩子”就是自己的姨侄，却视若己出。这一段描写不仅逼真，而且非常写实。但随着情节的展开，夸张和想象占据了主要位置。从阿马狄斯的爱情到三兄弟的冒险经历，英雄们被逐渐神化了。而且由于小说最后是以大团圆结束的，也

① Rodriguez de Montalvo: *Garci*: *Amadis de Gaula*, Madrid: Editorial Planeta, 1998, p. 1.

便为后来的许多“续编”和仿作提供了空间。

《白骑士蒂朗》同样以写实开始，故事也更追求逼真。诚如作者在序言中宣称的那样，“经验证明，人们的记性相当薄弱，不仅容易将遥远的过去遗忘，而且眼前的事情也经常难以记住。因此，用文字记叙古来英雄好汉的丰功伟绩是十分必要的……罗马著名演说家塔利奥就是这样说的。”作者于是列数古来英雄好汉，并说白骑士蒂朗是“其中最为出众”的一个。①

可见，逼真是骑士小说赖以风靡的重要因素。这是亚里士多德主义取代柏拉图主义的结果。而《堂吉诃德》从一开始就打破了小说的逼真性，自始至终都在摹仿之摹仿和否定之否定间徘徊、游移。首先，小说的序言否定了骑士小说的真实性，开篇也充满了不确定性，谓“不久以前，有位绅士住在拉曼恰的一个村上，村名我不想提了”。人物的真实姓名也忽儿吉哈诺，忽儿吉哈达，一味地似是而非。至于那个“真正的作者”，即阿拉伯历史学家，则充满了元文学意味和反逼真化游戏。盖因经过长达8个世纪的“光复战争”，阿拉伯人的话在一般西班牙人眼里几乎是可以和“天方夜谭”画等号的。明证之一是16世纪西班牙全国对改教“摩尔人”的歧视与迫害。而叙述者或我或他，更是意味深长。《堂吉诃德》第九章这样写道：

> 依我看，这个超级有趣的故事大部分是散佚了。这使我非常沮丧。一想到散佚部分无从寻觅，而我只读了一小部分，才觉得格外心痒难耐。那样一位好骑士，却没有博学的人来将他的丰功伟绩记录下来，我认为于情于理都说不过去。凡是游侠骑士，行侠冒险者，从来都少不了文人墨客为其树碑立传呢。他们好像总有一两个御用文豪似的，不仅能把他们的功勋记载下来，而且连他们无论多么隐秘琐碎的无聊心思，也从不落掉……②

① Martorell, Joanot: *Tirante el Blanco*, Madrid: Editorial Planeta, 2005, pp. 3 – 4.

② Cervantes, Miguel de: *Don Quijote*, Madrid: Real Academia de la Lengua, 2004, pp. 84, 10.

于是，第三人称叙述者退隐了。“我”终于在一个集市上发现了阿拉伯历史学家的手稿，而它正是踏破铁鞋无觅处的《堂吉诃德》。试想，面对一个由阿拉伯人撰写的卡斯蒂利亚骑士小说，其可信度如何尚且不论，时人恐怕马上会联想到《一千零一夜》或《卡里来和笛木乃》之类的奇幻故事。

其次，骑士之美，美在风流倜傥、英武盖世，而堂吉诃德却自始至终都是个反英雄、反骑士。五十多岁的老绅士，无所事事、想入非非暂且不论，单说他那穷困潦倒、骨瘦如柴的样子，就足以解构骑士故事的真实性了。况且塞万提斯在序言中说得明白，“这部奇情异想的故事，无须确凿的证据，也不用天文学般的观测，或几何学般的论证、修辞学般的雄辩，更不必向谁说教以裨信服，只消将文学和神学糅杂一下就足够了……描写的时候摹仿真实；摹仿得愈亲切，作品就愈好”。塞万提斯甚至借“友人”极而言之，谓即使有人“证明你写的是谎言，也不能剁掉你的手啊。”[①] 凡此种种，无疑道出了塞万提斯的虚构观。而这一虚构观也即他的真实观。诸如此类，不是恰好与锡德尼爵士的辩护殊途同归、不谋而合吗？二者之和，则或可成为文艺复兴运动鼎盛时期柏拉图让位于亚里士多德的一个明证。

三

绕了这么一个大圈，却是为了说明大江想象力情结的由来，盖因其后期代表作《愁容童子》直接指向《堂吉诃德》。事实上，或想象或虚构对于现代作家而言，几乎就像是说文学是语言的艺术一样，带有普遍性和广泛的认同度。但人们对镜子理论的狭隘理解并没有销声匿迹。作为《堂吉诃德》的忠实读者，大江对虚构和真实的理解同塞万提斯非常接近。而塞万提斯之所以在四百年前便拥有诸如此类的虚构观（也即真实观，因为二者就像是一枚硬币的两面），则多少受了东方文学文化的影响。

塞万提斯在其《训诫小说集》的序言里写道，人不能待在神殿里，也

---

① Cervantes, Miguel de: *Don Quijote* , Madrid: Real Academia de la Lengua, 2004, pp. 84, 10.

不能总守着教堂或从事崇高的事业；人也要有娱乐的时间，使忧心得以消释、心绪得以平静。这样的理念不可谓不超前。也许正是基于这样的理念，他在《堂吉诃德》中不时地游走于严肃与诙谐、真实与虚构之间。前者使他得以在载道和游戏之间徘徊，后者则分明将他带到了现代与后现代。且说堂吉诃德把自己最疯狂、最不切实际的梦想付诸行动，最后却开始怀疑起自己和书本的真实性来了。用陀思妥耶夫斯基的话说，他突然有了一种“真实的怀想”[①]。而那个真实恰恰是他此前否定并努力破坏的。这是很多混同于堂吉诃德的浪漫主义者最不希望看到的（小说）结局。因为这与其说是他发现了自己的疯狂与荒唐，毋宁说是恢复了世俗的理智，放弃了英雄的理想。然而，问题是骑士小说固然荒诞不经，那么其中的真实又是什么？是阿拉伯史学家的著作呢？还是堂吉诃德和桑丘·潘沙的所见所闻？前者虽说是文学家惯用的追求逼真法，相当于谓予不信转而引经据典，但问题是那个阿拉伯人就可信吗？这里的潜台词显然是双重的，即它极易使人想起山鲁佐德及其《一千零一夜》和形形色色的他者（“摩尔人”）的故事。《一千零一夜》的虚构性不必说，而且塞万提斯时期已有不少散片残章流传。作为他者的“摩尔人”在西班牙时人的眼里几乎也是不稂不莠、形同鬼魅。既然如此，那么塞万提斯在小说第九章中就对《堂吉诃德》的真实进行了自我解构。至于堂吉诃德和桑丘的所见所闻，即便是“真实”，那“真实”就不会骗人吗？塞万提斯的回答显然是肯定的。从囚徒的故事到海岛总督，《堂吉诃德》中充满了真实的谎言、谎言的真实，用塞万提斯的话说，那叫“障眼法”；用堂吉诃德的话说，那叫“魔法”。如此，真真假假，假假真真，不正对应了曹雪芹“假作真时真亦假，无为有处有还无”的意境吗？

同样，大江的小说时常给人以一种虚虚实实、虚实相生的感觉。但他的不同或高明之处在于其创作往往更为丰富地以想象填充真实，甚至改变“真实”。这是时代及大江本身赋予小说的制高点。早在1979年，大江就在借鉴诺曼·米勒的“政治想象力”理念的同时，还从与之相对应的日本

---

① Admero, Gonzalo (Ed.): *Cuatrocientos años de Don Quijote por el mundo*, Madrid: Poesia, 2004, p. 216.

民俗学创始人柳田国男的“民众集体想象力”得到了启发。大江把政治想象力和民众想象力联系起来，为他的“中心—边缘”理论奠定了基础。[①]

大江的政治想象力至少包含着两大维度。其一是作为创作者的他，对政治，尤其是日本政治的把握与想象；其二是政治本身的想象力，即对象化了的想象力。前者在许多介入文学中司空见惯，而后者才是大江对日本乃至世界文学的贡献。二者在大江的作品常常一而二、二而一，水乳交融，难分难解。这是因为，大江的小说常常发乎“想象”，又忠于“事实”，富有极大的现实针对性。

譬如他的早期作品《十七岁》（1961）和《政治少年之死》（1961），双双取材于日本社会党委员长浅沼稻次郎暗杀事件。杀人犯“我”是年仅十七岁的右翼少年山口二矢。小说对其心路历程的想象具有新闻报道般的逼真。内向、孤僻的山口少年经常耽溺于自慰，并在黑暗中幻想着杀死“敌人”；但他在现实生活中充满了自卑感。一次偶然的机会使他与右翼团体“皇道派”结缘，从此接受极端国家主义训练，终于脱胎换骨。他全身心地感觉到自己“已经成了天皇这棵永恒的大树上的一片嫩叶”，并确信自己是天皇之子。他于是克服了死亡的恐怖，成为“皇道派”最年轻的一员。他勇猛果敢、无所畏惧，最终将刺刀对准了正在讲演的浅沼委员长：一刀！一刀！再一刀！

同样，在他的作品中，代表草根文化的“民间想象力”既是方法，也是对象，而且是大江文学创作的最为重要的对象之一。大江早期代表作《万延元年的足球》便是围绕“森林峡谷的山村”的百年（1860—1960）“土著性”所展开的，它就充分体现了柳田民众共同想象力（或谓集体无意识）。这种共同想象力与拉美魔幻现实主义所体现的集体无意识非常接近，而魔幻现实主义从塞万提斯那儿得到的最大恩惠便是将想象或想象力对象化。

在此，大江同他心仪的鲁尔福、加西亚·马尔克斯等拉美魔幻现实主义作家殊途同归，藉对象化了的民间想象力与中心（政治）话语即“现

---

① 王琢：《边缘化：民众共同的想象力——大江健三郎政治想象力论》，《国外文学》2003年第4期。

代性”相对抗。

大江文学研究者许金龙先生认为，“在《万延元年的足球》和《同时代的游戏》以前的作品中，森林是相对于都市文明、现代和人工技术而存在的民俗文化、历史和自然象征，发生在那里的现代神话故事或流传的民间传说张扬的是人道主义意义上的治疗、救赎、净化和再生精神”，但《万延元年的足球》却是边缘抵抗中央的见证。此后，在《同时代的游戏》《M/T与森林中不可思议的故事》《致思华年的信》《燃烧的绿树》《空翻》《被偷换的孩子》《愁容童子》和《二百年的孩子》等长篇小说中，大江有意放大故乡的神话/传说以“还原历史的真实，进而与官方书写或改写的不真实历史相抗衡”。①

其中《愁容童子》是大江借想象以对抗“真实”的力作之一。书中写道：“我的主人公为什么不愿继续住在东京这个中心地，而要到边缘地区的森林中去呢？也算是我的身份的这位主人公，是想要重新验证他自己创作出的作品世界中的根本性主题系列，更具体地说，就是乡愁中的每一部分。尤其想要弄清楚有关‘童子’的一些问题。存在于本地民间传说中的这种‘童子’，总是作为少年生活于森林深处，每当本地人遭遇危机之际，‘童子’就会超越时间出现在现场，拯救那里的人们。”②《愁容童子》中的主人公长江古义人如是说。古义人要写自传体小说，一部“童子”小说，或谓关乎“童子”的小说，而他的朋友罗兹则一直热衷于研究《堂吉诃德》。于是，古义人和堂吉诃德开始交织在一起，以至于最终二而一、一而二，难分难解。

然而，古义人和堂吉诃德原本就是同一类人。按照罗兹的说法，“每当我阅读《堂吉诃德》时，我感受最深的，就是那位乡绅年过五十还保持着那么强壮的体魄……而且，不论遭受多大的挫折，他都能在很短期间内恢复过来……古义人也是，一回到森林里就负了两次严重的外伤，却又很好地恢复过来，虽说受伤后改变了形状的耳朵恢复不了原先的模样……堂

① 许金龙：《译序：愁容童子——森林中的孤独骑士》，载大江健三郎《愁容童子》，南海出版公司2005年版，译序部分第3页。

② ［日］大江健三郎：《愁容童子》，许金龙译，南海出版公司2005年版，第163页。

吉诃德也曾在三次冒险之旅中受伤，恢复不到原先状态的身体部分……有被削去的半边耳朵，还有几根肋骨。”[①] 事实上古义人也一直在思考同样的问题：“我是 DQ 类型的少年吗？答案是 NO！古义人是 DQ 类型的幼儿，所以他能够成为飞往森林的‘童子’。”[②] 于是，在古义人—堂吉诃德—童子之间出现了一种必然的联系，或者更确切地说是大江—古义人—堂吉诃德—童子之间出现了一种必然的联系。

这种联系在小说中反复出现，并逐渐升华为主旋律。

据传海明威说过，“童年的不幸是作家的幸福”。或者反过来说，童年的幸福是作家的最大不幸。我们大可不相信这种说法，却不能否认文学与童年或童心的关系。神话与童年的关系显而易见。马克思关于神话是人类孩童时期的艺术创作之谓众所周知；此外，我们不要忘记马克思在谈到希腊神话时还说它是西方艺术的武库。后来的神话—原型批评与这一说法如出一辙。在原型批评家弗莱看来，文学叙述是“一种重复出现的象征交际活动”，或者说是“一种仪式”。[③] 这种文学等于仪式的观念来自人类学家弗雷泽的《金枝》（1890）。用荣格的话说则是原型在“集体无意识”中的转换生成。[④] 总之，神话被认为是一切文学作品的基本因子，是一切伟大作品的基本故事。作为民族的心理经验，民间传说很大程度上保存了神话的鲜活基因。正因为如此，神话、传说和童心有着天然的联系。从某种意义上说，童心契合了人类的原始经验，因而可以说是人类早期集体无意识的活化石或原始宝鉴，因而也更符合作为形象思维的艺术创造。当然，这里所说的童年或童心是广义的、艺术的。具体到现实范畴，童心不那么世故，也不会事事抽象。也许正因为如此，相对功利的儒家文化历来不太关注童心，包括一般意义上的童心和艺术的童心（这二者也许本来就是相辅相成的）。在西方，这种艺术的童心也不是处处受到保护。当巴尔扎克

---

① ［日］大江健三郎：《愁容童子》，许金龙译，南海出版公司 2005 年版，第 136 页。

② ［日］大江健三郎：《愁容童子》，许金龙译，南海出版公司 2005 年版，第 108 页。

③ ［加拿大］弗莱：《批评的解剖》，《弗莱研究》，陈慧译，中国社会科学出版社 1996 年版，第 164—172 页。

④ ［瑞士］荣格：《心理学与文学》，冯川、苏克译，生活·读书·新知三联书店 1987 年版，第 71—73 页。

们为把文学变成社会历史的忠实记录（或因追求逼真）而建筑师般设计写作蓝图的时候，塞万提斯孩童般的天真多少被忽略了。然而，浪漫主义不然：瘦的骑士与胖的农民之间的理想主义与功利主义的斗争，难道不是塞万提斯对时代的一种诘问与怀疑？他寄予瘦骑士以所有的同情与怜悯。而瘦的骑士又何尝不是一个时代的儿童。由此，笔者联想到曹雪芹的《红楼梦》。石头的神话已经预言了宝玉的命运。与神话和梦幻相对应的是宝玉的童心。宝玉从“无才可去补苍天”的顽石到被一僧一道点化为“枉入红尘若许年”的“蠢物”，是命中注定不能“世事洞明”“人情练达”的。他这个蠢或可对应堂吉诃德的疯，总之是不合时宜。这种不合时宜仿佛童心之于充满狡黠的市侩和功利、高明的欺骗和虚伪的世界那么不合时宜。而这种不合时宜在《红楼梦》中又恰好与空灵、无为的释道相吻合，进而以对抗强大的、无处不在的中心——儒教。和《堂吉诃德》这么一比，我们就会发现，蠢、呆、疯、癫、梦、幻之类的词汇其实自始至终伴随着长不大的宝玉。何况，一如浮士德之与魔鬼，宝玉与释道早有契约。由此，我们或可推断《红楼梦》的作者其实有意无意地在羁留童心（这一定程度上与梦与幻、与疯与癫、与释与道相对应）。这样一来，《红楼梦》的主题何尝不可以是童心？如果童心可以是它的主题，那么博尔赫斯的幻想说也就顺理成章了。倘使博尔赫斯的幻想说成立，那么《红楼梦》的主题又何尝不可以是虚无呢？在此，童心就不再仅仅是“陌生化”的载体了，它甚至也是“熟悉化”的表征。这好比童年游戏，熟悉与陌生本来就是二而一、一而二，一枚铜钱的正反两面。

古义人显然也是他这个时代的“童子”，一个以天真对抗世俗的愁容童子。

温陵居士李贽视童心为本真之源，谓童心失，则本真失。盖因“童心者，心之初也”。“然童心胡然而遽失也。盖方其始也，有闻见从耳目而入，而以为主于其内，而童心失。其长也，有道理从闻见而入，而以为主其内，而童心失。其久也，道理闻见，日以益多，则所知所觉，日以益发广，于是焉又知美名之可好也，而务欲以扬之，而童心失。知不美之名之可丑也，而务欲以掩之，而童心失。夫道理闻见，皆自多读书识义理而来也……”

“夫心之初，曷可失也?”但古今圣贤又有哪个不是读书识理的呢？这不同样是一对矛盾、一种悖论吗？于是李贽的劝诱是“纵多读书，亦以护此童心而使之勿失焉耳”。[①]

安徒生从西班牙作家马努埃尔那里借来《皇帝的新装》，却把戳穿谎言的任务交给了一名儿童，而非原先的黑奴。这样一来，安徒生便为李贽的童心本真说提供了极妙的佐证。

美则美矣，然而那实在只是李贽的一厢情愿、想入非非罢了。因为人是无论如何都不能留住自己、留住童年的。这的确是一种遗憾。

好在童心之真未必等于世界之真，人道（无论是非）也未必等于天道（自然之道）。由于认识观和价值观的差异，真假是非的相对性无所不在，其情其状犹如人各其面。倒是李贽那“天下之至文，未有不出于童心焉者也”的感叹，使我不能不回到文艺家什克洛夫斯基的陌生说。什克洛夫斯基说过，“艺术知识所以存在，就是为使人恢复对生活的感觉，就是为使人感受事物，使石头显示出石头的质感。艺术的目的是要人感觉到事物，而不仅仅知道事物。艺术的技巧就是使对象陌生，使形式变得困难，增加感觉的难度和时间的长度，因为感觉过程本身就是审美目的，必须设法延长。艺术是体验对象的艺术构成的一种方式，而对象本身并不重要”。什克洛夫斯基突出了“感觉”在艺术中的位置，并由此衍生出关于陌生化或奇异化的一段经典论述。其实所谓陌生化，指的就是我们对事物的新鲜感。而这种感觉的最佳来源或许就是童心。它能使见多不怪的成人恢复特殊的敏感，从而“少见多怪”地使熟悉的对象陌生化并富于艺术的魅力、艺术的激情。援引博尔赫斯援引的一句话说，是“天下并无新奇”，或者“一切新奇只是因为忘却”。这是所罗门的一句话的两种说法，是博尔赫斯从培根那里转借来暗示童心的可贵和易忘的。

然而，随着岁月的流逝、年轮的增长，童年的记忆、童年的感觉总要逐渐远去，直至消失。于是，我们无可奈何，更确切地说是无知无觉地实现了拉康曾经启示的那种悲剧：任由语言、文化、社会的秩序抹去人（其

---

① （明）李贽：《焚书—续焚书》，岳麓书社1990年版，第97页。

实是孩子）的本色，阻断人（其实是孩子）的自由发展，并最终使自己成为“非人”。但反过来看，假如没有语言、文化、社会的秩序，人也就不成其为人了。这显然是一对矛盾，一个怪圈。一方面，人需要在这一个环境中长大，但长大成人后他（她）又会失去很多本真，其中就有对故事的热衷；另一方面，人需要语言、文化、社会的规范，但这些规范及规范所派生的为父为子、为夫为妻以及公私君臣、道德伦理和形形色色的难违之约、难却之情又往往使人丧失自由发展的可能。

因此，人无论如何都不能留住自己、留住童年。这的确是一种遗憾。但庆幸的是人创造了文学艺术。文学艺术可以留住童心，用艺术的天真、艺术的幻想。换言之，正因为人类无法回到自己的童年，恢复童年的敏感，作家、艺术家才不得不通过想象使人使己感受事物，“使石头显示出石头的质感”，或像大江先生那样剥掉事物“表面覆盖的观念性、解释性语言”。[①] 这也是马克思在论述希腊神话与后世的关系时所作的比喻，即儿童使成人愉悦的原因。

曹雪芹曾经借助于刘姥姥的“第一感觉”写出了钟的质感：“刘姥姥只听见咯当咯当的响声，大有似乎打箩柜筛面的一般，不免东瞧西望的。忽见堂屋中柱子上挂着一个匣子，底下又坠着一个秤砣般一物，却不住的乱晃。刘姥姥心中想着：‘这是什么爱物儿？有甚用呢？’正呆时，只听得当的一声，又若金钟铜磬一般，不防倒唬的一展眼。接着又是一连八九下。”[②] 说到刘姥姥，一般文艺学家或是将她与《金瓶梅》里的应花子、《三国演义》中的张飞、《西游记》里的八戒或者《水浒》中的铁牛相提并论，或是用她反衬那些酸酸甜甜的美人和老于世故的太太奶奶们。于是，刘姥姥宛如一面镜子。然而，刘姥姥不仅是一面镜子，她在反衬照映出了各色人物的某些特质的同时，既实现了自己，又使我们不至于在环境和人物缠绵的呢喃声中麻木了神经。诚如诗人卞之琳在《断章》中所描写的风景：

---

① ［俄］什克洛夫斯基：《作为技巧的艺术》，转引自张隆溪《二十世纪西方文论述评》，生活·读书·新知三联书店1986年版，第75—76页。

② ［日］大江健三郎：《小说的方法》，王成译，金城出版社2012年版，第56页。

你站在桥上看风景
看风景人在楼上看你
明月装饰了你的窗子
你装饰了别人的梦

正因为有刘姥姥这道别样风景，大观园的雍容雅致和其中各色人等才突然被放大并活生生地凸显出来。这是任何平铺直叙都无法企及的陌生化效果。

《愁容童子》中也有功能上类似的人物：罗兹这个“洛莉塔”式的美国女孩。在罗兹看来，古义人就是堂吉诃德，或者东方的堂吉诃德、日本的堂吉诃德。小说中古义人—堂吉诃德的关系正是由好奇的罗兹一步步点破、推演并逐渐从“陌生”走向了“熟悉”的。

笔者曾经长期研究加西亚·马尔克斯，尝试过社会历史批评方法，也从神话—原型批评的角度分析过他的《百年孤独》，并有感于他给出的种种状态：原始、封建、现代甚至后现代以及《圣经》般的神话—预言式建构。这些都是大得不能再大的理性抽象与概括。但真正鲜活地留存于脑际的往往既不是这些抽象与概括，也不是干结（跳跃）的情节和雷同（重复）的人物，而是孩童般神奇的“陌生感”。比如冰块：

箱中只有一块透明的东西，上面有无数枚细针，帐篷里暗淡的光线照耀在细针上，折射出五彩的星星。何塞·阿卡迪奥·布恩迪亚知道孩子们等待着他的解释，就不自然地嘟囔道：

“这是世界上最大的钻石。”

“不，”吉卜赛巨人纠正说，“这是冰块。”

何塞·阿卡迪奥·布恩迪亚听不懂。他把手伸向那块东西，可巨人阻止他说：“要摸，得先付五块钱。”何塞·阿卡迪奥·布恩迪亚付了钱，把手放在冰块上搁了几分钟。由于摸到了那东西的神秘，他既害怕又兴奋。他不知该如何解释这奇妙的感觉，于是又付了十块钱，让两个儿子去体验。何塞·阿卡迪奥不敢，奥雷良诺朝前迈了一步，但刚把手放上去就缩了回来。“这东西烫着呢。”他吓得大叫起来。

> 当时马孔多热得像火炉，门闩和窗子都变了形；用冰砖盖房，可以使马孔多成为永远凉爽的城市。①

然而，李贽只说对了一半。如果说曹雪芹写的是童心之真，塞万提斯则倾向于表现童心之幻，而大江则显然是真中有幻，幻中有真。当然，所谓童心，本来就是真中有幻，幻中有真；或者真即是幻，幻即是真；亦真亦幻，亦幻亦真。比如堂吉诃德的大战风车何其形象地给出了童心之幻，而这种童心之幻又多么令人服膺地给出了疯的质感。

诸如此类，在伟大的作家、艺术家手下屡试不爽。在大江先生的《愁容童子》中，古义人的“疯癫”则通过他与现实的格格不入彰显出来。比如他因对老师有关效忠天皇的提问保持沉默而受到攻击；又比如他“大肆胡闹”，“亲手攻击纳骨堂”，“毁坏大量骨灰壶，将骨灰撒得遍地都是，其本人也身受重伤”，等等。

当然并非所有作家、艺术家都敬惜童年、珍视童心。唯有那些具有洞察力的人才明白艺术与童年、与童心的原始关系：借想象挽留、恢复、弹拨读者也许早已麻木、沉睡的“第一感觉”。这种“陌生感”当然不是真正意义上的童年记忆，而是一种艺术再造。比如，我们成年人无法忆起孩提时代第一次遭遇事物的感觉，但是我们可以通过想象或实验看到幼儿第一次看见镜子、冰块、磁铁、火车、飞机的激动，或者第一次听到“童子”传说、《桃太郎》故事的新奇。

也许，我们从小便无意识地有一种留住童年的本能。这种童年既包括遥远的恶作剧与或真或假的恶作剧念头，当然也包括善良而真诚的憧憬与抱负。但童年稍纵即逝，人们使童年留驻的目的也就多半随着生活的“熟悉化”而永远地付之阙如了。从这个意义上说，洞识童心与文学之关系和揭示原型与文学之关系多少具有异曲同工之妙。

一如李贽借童心以对抗四书五经和儒教，塞万提斯以孩童般的戏仿否定骑士小说，马尔克斯以孩童般的天真重构美洲神话，大江先生则显然借“童子”而对日本政治竭尽反讽之能事。比如借人物阿纱之口，我们看到

---

① García Márquez, Gabriel: *Cien años de soledad*, Madrid: Alfaguara, 2008, p. 27.

了古义人别出心裁的解读：缠在头巾上的绦子，显然是太阳旗的代用品。而绘在船帆上的巨大桃子，可以推测为军舰上的海军军旗。更有甚者，古义人说着说着“竟又跑题到了《堂吉诃德》上去”了。于是，阿纱非常气愤，并且考虑到这可能给孩子们造成负面影响，就一定要在课堂上进行批判性反驳。

在此，古义人显然既有童心之真，也有童心之幻，是一个堂吉诃德式的愁容童子。

在《愁容童子》中，相对于童心之真，童心之幻一样可以找出无数例证，它们或可用来匡正和补充李贽的童心说。比如古义人对“童子”和“做梦人”的大量感同身受的描写，与其说是演绎古老的神话传说，毋宁说是借题发挥。

前面说过，神话被认为是人类童年时期的艺术创造，和童心的紧密关系毋庸置疑。而今，人类虽然早已远离童年，但童年的艺术创造一直通过其不灭的原型鲜活地留存于世界艺术。借马克思的话说，困难不在于它们是如何同一定的社会发展形式结合在一起的，“困难的是，它们何以仍然能够给我们以艺术享受，而且就某些方面说还是一种规范和高不可及的范本”。[①] 这里既有孩童之天真烂漫给成人带来的愉悦，也有神话—原型批评和“陌生化”理论所揭示的某些艺术的法则。

其次，文学又因为和童心联系在一起，便注定会在写实和幻想两极徘徊。换言之，童心可以戳穿“皇帝的新装”；但同时童心也可以给裸露的皇帝穿上新装，而且让头上的云彩变成天使或妖怪、地下的动物变成妖怪或天使。进而言之，在特定条件下，童心之幻也即童心之真。童心说：皇帝没穿衣服；童心又说：云彩就是天使。于是，幻即是真，真即是幻。这就是童心的奇妙。从某种意义上说，这也是艺术的奇妙。正因为如此，童心便不仅仅是“陌生化”的最佳载体，同时可能还是“熟悉化”的最佳载体。当然，前面说过，这个“熟悉化”好比儿童游戏，也许只是陌生化的另一张面孔。

---

① ［德］马克思：《〈政治经济学批判〉导言》，中央编译局译，《马克思恩格斯选集》第2卷，人民出版社1972年版，第114页。

如今，堂吉诃德四百岁了，按照有关“童子”的传说，两百年是一个周期或轮回。于是第二个周期终结了。古义人，古义人，你这个“两百岁的孩子，要超越现在进入未来”了！于是，在近作《优美的安娜贝尔·李寒彻颤栗早逝去》中，大江先生“一反常态”地同时直面虚构和真实两个维度。“老人（也就是我）被查出心律不齐而停止游泳时，俱乐部的教练建议我尽量做行走锻炼，我也希望顺便训练儿子，以纠正他拖曳着腿脚走路的习惯……”老实说，我几乎是把这部小说当作大江先生的自传来阅读的，尽管此书从题目到内容都透着虚幻。我从叙述者（同时也是男主人公）及其儿子身上清晰无疑地看到了大江先生和光。虽然女主人公是虚构的（这还是此书译者许金龙先生一开始就告诉读者的），与之相关的许多内容当然也是虚构的。而大江的小说及小说中的电影作为现代神话又反过来影响着生活的真实。于是，无论是对于小说中的 Kenzaburo（大江在日语中的拉丁化），还是读者，这部作品多少意味着在绝望中看到希望，在想象中获得重生。

四

我和大江先生有缘。首先，他 20 世纪 70 年代末曾在我游学的墨西哥学院访学，我们可以说是广义的同学；其次，应外文所的邀请，他曾几度访华。所谓有来无往非礼也，我也曾于 2001 年回访先生。是年 8 月 23 日，我和黄宝生先生、许金龙先生抵达东京。适逢第十一号台风在日本登陆。于是日本友人便戏称我们为“台风人”。第十一号台风虽不如我们想象的那样飞沙走石、摧枯拉朽，却也是绵绵淫雨的令人扫兴。然而，奇怪的是我们驱车前往大江在乡下的住处时，天空竟开，太阳嬉皮笑脸地从云翳的高处探出头来，一路陪伴着我们。

大江先生早早地站在林间小道上，没等我们的汽车停稳，便迎上来与我们握手寒暄。先生还是旧模样。他身着便装，清癯的脸上洋溢着诚笃的微笑。他热情地介绍了他的妻子和儿子，然后就滔滔不绝地回忆起 2000 年 9 月应中国社会科学院外国文学研究所之邀成功访问北京的情景。他记得北京一位网民友善而坦诚的提问：“大江先生，您为什么这么土？”也记得西单图书大厦的读者的热情包围和北京小胡同里香甜的豆浆油条。当许金龙先生把《环球时报》编辑的一本《20世纪外国文学回顾》转赠与他时，他的脸上更是漾起了激动。他多次表示，对北京的访问是他人生中最幸福的时光。一年来，他利用一切机会宣传北京，用所见所闻告诉日本人民：中国已经并正在发生巨大而积极的变化，他在那里感受到了蓬勃向上的气氛和人们发自内心的友情，看到了世界上最优秀的知识精英。此后，他还就日本右翼势力篡改历史教科书这一事件谈了自己的看法。他认为这是日本右翼势力无视历史的又一明证。为此，他曾在国会议事堂举行大型记者招待会，当众抗议日本政府的错误行径，要求日本政府正视历史，制止删改历史教科书的错误行径，真诚地向亚洲各国赔罪，以求得到亚洲人民的宽恕。

大江先生一边和我们说话，一边不时地将目光移向在客厅和餐厅之间听音乐的儿子大江光。大江光三十多岁了，但智商相当于几岁的孩子，因此我也不由得把他当孩子看待。看到他以后，就一直有个念头徘徊在我的脑海：艰难困苦，玉汝于成；我想，如果没有大江光，也许大江健三郎不是眼前的大江健三郎。

当时，大江先生正在创作“东方版《堂吉诃德》”。我们真诚地希望先生的理想主义和他的这一个堂吉诃德可以创造“战胜风车”的奇迹。

几个小时似白驹过隙匆匆而去。大江夫人忙里忙外为我们准备了“中国包子”和各种小吃，并随时出来照拂儿子。她是经兄长介绍认识大江先生的，适逢大江先生从四国考取东京大学文学系法文部，没见过世面，被后来成为大舅子的同学告知“连眉女是最漂亮的”，而未来的太太恰好就是“连眉女”。大江先生声情并茂地回忆起当时的情形，可谓抚今追昔意犹未尽。同时，他为自己的中国之行、为自己成为中国社会科学院外国文学研究所名誉研究员而感到由衷的高兴。我们在恋恋不舍中告别大江家。它和他的主人一样，显得那么朴质、那么敞亮。还有三十年前的旧烟囱、很不起眼的门牌及门前的参天大树和这种朴质、敞亮构成了大江家的独特风景。然而，它又何尝不是作家人生旅途的写照。

2006年9月，大江先生再一次来到北京。端的物是人非，他明显老了，比五年前苍老了许多。我的这一感觉，在他第二天的演讲中得到了印证。他说：“我已经是个老人，在思考未来的时候，对于也许不久的将来会离开人世的自己本身，并不做什么考虑，心里想得更多的是生活在将来的年轻人、他们的那个时代、他们的那个世界。我因此而深深忧虑。”这声音足以催人泪下。

9月12日，我们为他举办了作品研讨会。我在发言中是这么说的：大江的作品繁复多姿，很难用一两句话涵盖。但在我看来，解读大江的最好方式之一是关注其与日本社会的关系。当然，这容易被人误解为“传统”“老套”，甚至被人误解为“庸俗社会学”。而事实上文学永远无法同社会存在割裂，也就是说永远无法同政治的、经济的、物质的存在完全割裂。从某种意义上说，文学是赖以产生的政治的、经济的、物质的存在的一面有色镜、哈哈镜。大江的作品就是这样的一面有色镜、哈哈镜，其主要色彩和形状则可以用我们通常所说的爱国主义来界定，尽管老爷子自己矢口否认；于是，我只好称其为人道主义。然而，一如鲁迅，大江一直充当着日本社会的医生、大和民族的医生。这个角色有时不一定被人理解。尤其是在日本，由于狭隘民族主义的抬头，大江的为人为文甚至经常受到极大的曲解。有极端分子甚至骂大江是“卖国贼”。大江说得浅显明了：倘日本政府执意与中国为敌，那么就只有死路一条。

我们知道，大江是外国文学科班出身，具体说来，他的专业是法国文学。因此法国文学对他影响深刻，尤其是存在主义。他青年时代几乎是在萨特存在主义的浸染下开始创作的。萨特关于文学介入社会的思想对大江创作思想的形成至为重要。当然，作为一个作家，他的视野并未局限于法国文学，而是发散的。比如，中国文学像鲁迅，英国文学如艾略特，西班牙文学中的塞万提斯，拉美文学中的加西亚・马尔克斯、巴尔加斯・略萨、富恩特斯等，都是他如数家珍般经常挂在嘴边的。又比如，他在《愁容童子》中还援引了富恩特斯的话，而《堂吉诃德》则几乎是大江这部小说的一条互文性主线。《愁容童子》正是沿着堂吉诃德的精神之路一步步展开的。从某种意义上说，大江是把自己（自己的主人公古义人）当作东方堂吉诃德来描写的。他除了和加藤周一等创立“九条会”，并勇敢地站出来捍卫日本宪法第九条，还公开承认钓鱼岛是中国领土，它是日本军国主义趁中国国力不济时窃取的。如是，他从书中走出来，成了戳穿日本右翼自欺欺人的那件“皇帝新装”的愁容童子。

帕慕克在十字路口

卡尔维诺在《为什么读经典》一书中说到，过去的那个凹凸不平的文化全景，就是海明威的脉络；而在海明威之前，则是另一位作家——司汤达。“这并不是武断的选择，”他说，“而是曾对司汤达表示钦佩的海明威自己暗示的”①。司汤达的主人公大都处在理性主义的清醒与浪漫主义的激情之间。一百年后，海明威的主人公竟奇怪地来到了同样的十字路口，即从启蒙运动老树干长出的各种技术主义哲学和由浪漫主义树干派生的虚无主义思想的交叉路口。卡尔维诺自己又何尝不是如此？我今天斗胆替卡尔维诺这个家族增添两名成员，一名是他的老祖宗塞万提斯，另一名便是他的新成员帕慕克，尽管事实上帕慕克倾慕的托尔斯泰、福楼拜、博尔赫斯等都是这个家族的成员。

一

且说帕慕克在东西、古今之双重十字路口游走，却清醒地认识到，他是在进行一场战争；尽管他几乎一开始就已明白，他不可能赢，因为他是一个人在进行战争，至少在伊斯坦布尔，他几乎是在孤军奋战，而且对手是隐形的、不可战胜的。此话得从他生于斯长于斯的伊斯坦布尔说起。记得一位朋友是这样描绘伊斯坦布尔的：有人告诉他，土耳其是传统与现代、东方与西方和谐统一的典范。那里的建筑风格、市民生活无不体现着这一特点。当然，后来他由衷地相信了这一点。在他看来，伊斯坦布尔不

① ［意］卡尔维诺：《为什么读经典》，黄灿然、李桂蜜译，译林出版社2006年版，第263—264页。

仅是一座历史悠久的古城，她还是华丽、迷人而又充满活力的现代都市。东正教堂和清真寺交相辉映，各色轮船在海面上游弋，川流不息的车辆在鹅卵石铺就的古旧街道上穿梭，汽车喇叭和各种叫卖声、汽笛声汇成一片，构成一幅十分动人的三维图画，东方与西方、过去与现在交会于斯。于是，有人领周五为安息日，有人在周六做主祷，而基督徒则周日望弥撒。总之，上千年的拜占庭文化，数百年的奥斯曼帝国，加上更早和更新的因素，伊斯坦布尔是一座名副其实的多元化大都会。这恐怕也是大多数外国游客和土耳其人的看法。然而，犹太先知所罗门说过："你要看，而且要看见。"这和中国古人所谓的"视而见之，见而察之"如出一辙。帕慕克便是一个"视而见之、见而察之"的明眼人，而且这眼是长在心里的。

然而，面对传统和现代、东方和西方这对时空交错的十字路口，帕慕克的内心充斥着怀旧感。这是一种近乎自虐的苦痛，随之而来的，或淡或浓，必定是无尽的忧伤。他的怀旧感甚至浸润于他无处不在的、强烈的自传意识中。虽然怀旧感人皆有之，但未必所有人都会从文化的高度去发动一场战争，一场没有硝烟却充满忧伤的战争，而且几乎注定是孤军奋战。帕慕克在一篇题为《火灾与废墟》的散文中写道："我还不够年长，无法见证四周邻里燃烧与毁灭的历程；但我见过火灾是怎样摧毁最后一批木质宅邸的。它们大多在午夜发生，透着某种神秘……那时候，拆毁自己的旧屋，建造新式公寓楼，向世界展示你多富有、多现代，是违法的。直至由于梁柱年久失修、日渐腐朽，宅邸不再适合居住，人们方可搬出，也会得到允许将房屋拆毁。但有人为了加快这一过程，便撬开瓷砖，让木头暴露在雨雪之中。还有更快捷、更大胆的选择，那就是在无人察觉的夜晚，放一把火将其焚毁。因此，一度有传闻说，那些火灾都是看管这些古旧宅邸的园丁们纵火引起的。还有另一种说法，说它们在烧毁之前，就已被转卖给某某建筑商，而后者又指使他人将其付之一炬。"

与此同时，"伊斯坦布尔的人口在很短的时间内，就从一百万激增到了一千万。从上空俯瞰，你立刻就会明白，为什么家族的冲突、贪婪、过失以及自责都已于事无补。你会看到鳞次栉比的水泥军团，就像托尔斯泰《战争与和平》中的军队一样，一路掠劫所有宅邸、树木、花园，连动物也不放过，摧枯拉朽，势不可当。你会看到巨大的力量不断推动沥青的蔓延，你会看到其足迹就在四周邻里扩散，步步逼近，比以往任何时候都迅捷。而你曾在那里度过了仿佛永恒的天堂般的岁月。研究一下城市地图或统计数字，看看这不可阻挡的运动轨迹，谁还会有期待？如果有人期待……那真该看看托尔斯泰。他对个人在历史上的作用是那么不抱希望。"[①] 另一篇散文《关于〈我的名字叫红〉》是这样界定这部小说的：它"是对美、对忍耐、对托尔斯泰式的和谐、福楼拜式的敏感的憧憬。这是我从一开始就确定的想法。但同时我也表达了自己对残忍、卑劣、动荡和混乱生活的看法。我希望它成为一部经典；我希望这个国家的所有人都会去阅读它，每个人都会从中看到自己；我希望人们意识到历史的残酷，还有我们业已丧失的美丽家园。"在《伊斯坦布尔》中，拉西姆的话作为题词出现，赫然写道："美景之美，在其忧伤。"（何佩桦译）确实，在别人看来，伊斯坦布尔是一座多元文化融合的和谐、美丽的城市；而在帕慕克的心里，它却是在"呼愁"，是忧伤的代名词。

《我的名字叫红》一书则曲尽其妙，从历史的纵深展示了两种文化的对峙与倾轧。故事发生在16世纪末的伊斯坦布尔，苏丹密令四位细密画画家制作一本伟大的图书，以颂扬他与他的帝国。于是，四位细密画画家分工合作，开始绘制这部旷世之作。此时，阔别家乡达十二年之久的黑终于回到了伊斯坦布尔，而迎接他的除了表妹的犹疑恋情，还有接踵而来的谋杀案……一位细密画画家失踪了，被人杀死在一口井中。不久，奉命为苏丹制作抄本的长者也惨遭杀害。遇害的画家究竟是死于同门宿仇还是情感纠葛，人们不得而知。但它肯定与苏丹的密诏有关。苏丹要求宫廷绘画大师奥斯曼和奉命为画家们配字的黑在三天之内查出凶手，而线索可能就藏在那部未竟的图书当中。果然，小说为古老的细密画传统唱响了哀婉而充满感怀的挽歌，因为西方透视法的侵入宣告了古老细密画末日的来临

① ［土耳其］帕慕克：《别样的色彩》，宗笑飞、林边水译，上海人民出版社2011年版。下同。

（因此，大师奥斯曼戳瞎了自己的眼睛；而大师中的大师，伟大的贝赫扎德早在八十年前就预见了今天，并光荣地刺瞎了自己的眼睛。他们的目的只有一个，永远地怀旧，以免任何人以任何方式强迫他们接受另一种风格）。

我由此想到了中国近现代文学史上的两位开风气之先的里程碑式的人物。一位是王韬，另一位是鲁迅。前者基于中西、古今比较基础之上的维新，其实还没有开始，就宣告放弃了。这位被梁启超视为老师的晚清文人曾信誓旦旦地倡导西化，谓："易曰：穷则变，变则通。知天下事，未有久而不变者也。上古之天下，一变而为中古。中古之天下，一变而为三代。自祖龙崛起，兼并宇内，废封建而为郡县，焚书坑儒，三代礼乐典章制度，荡焉泯焉，无一存焉。三代之天下，至此而又一变。自汉以来，各代递嬗，征诛禅让，各有其局，虽疆域渐广，而登王会列屏藩者，不过东南洋诸岛国而已，此外无闻焉；自明季利玛窦入中国，始知有东西两半球，而海外诸国，有若棋布星罗；至今日，而泰西大小各国无不通和立约，叩关而求互市，举海外数十国悉聚于一中国之中，见所未见，闻所未闻，几于六合为一国，四海为一家；秦、汉以来之天下，至此而又一变。呜呼！至今日而欲辨天下事，必自欧洲始！以欧洲诸大国，为富强之纲领，制作之枢纽。舍此，无以师其长而成一变之道。中西同有舟，而彼则以轮船，中西同有车，而彼则以火车；中西同有驿递，而彼则以电音；中西同有火器，而彼之枪炮独精；中西同有备御，而彼之炮台水雷独擅其胜；中西同有陆兵水师，而彼之兵法独长。其他则彼之所考察，为我之所未知；彼之所讲求，为我之所不及。如是者直不可以偻指数。设我中国至此时而不一变，安能埒于欧洲诸大国，而与之比权量力也哉！"

他进而说："今观中国之所长者无他，曰：因循也，苟且也，蒙蔽也，粉饰也，贪罔也，虚骄也。"[①] 于是他竭力倡导维新变革、移风易俗。但在甲午战争和洋务派失利之后，老年王韬转向了保守和怀旧，写下了一些不

---

① 王韬：《园文录外编》，中州古籍出版社 1998 年版，第 51—52 页。

无矛盾的孤愤之作。用他自己的话说，他乃少为才子，壮为名士，晚为魁儒。何也？盖因随西风而来的还有大炮。同时，他的文学观素来保守，以至于除了博采街谈巷议，便是传写仙狐鬼怪，兼及风流才子、烟花粉黛。用鲁迅的话说是“狐鬼渐稀，而烟花粉黛之事盛矣”。[1] 用他自己的话说，是谓“博采群言，兼收并蓄”。鲁迅则一味地站在历史的十字路口嬉笑怒骂。巧合的是，他的第一篇小说居然就称《怀旧》。1909 年夏，鲁迅从日本留学回国后荣归故里，供职于绍兴师范学堂。《怀旧》便是他在 1911 年辛亥革命期间写下的。他当年睡过的木床和用过的办公桌椅及茶几至今仍保存在他的故居。小说以讽刺的笔调，揭露了私塾腐儒对辛亥革命风暴的恐惧，以及他们摧残儿童身心的种种作为。类似的写法在鲁迅是一以贯之的，或可谓是对自王韬以来相当一部分中国文人的怀古情愫的一次清算。必须指出的是他并不一概排斥怀旧。他有他的怀旧心，而所取之法并不妨碍他一往无前地相信未来。是的，他相信未来，相信多数人走出来的希望之路，而且认为“人心很古”、历史“吃人”，甚至对四书五经一类的劳什子深恶痛绝。但另一方面，他又十分迷恋故乡粉墙黛瓦和铿锵社戏[2]所包含的乡间记忆和民间风俗，还有秦砖汉瓦、残垣断壁之类的历史陈迹和原始碎片。

相形之下，帕慕克的怀旧不仅是一贯的，而且几乎是全方位、全时空的，因为他感怀的是一个民族、一种文化的记忆。莫言在中国社会科学院外国文学研究所举办的帕慕克研讨会上是这样评价《伊斯坦布尔》的：“在天空中冷空气跟热空气交融会合的地方，必然会降下雨露；海洋里寒流和暖流交汇的地方会繁衍鱼类；人类社会多种文化碰撞，总是能产生出优秀的作家和优秀的作品。因此可以说，先有了伊斯坦布尔这座城市，然后才有了帕慕克。”这当然是毋庸置疑的。然而，我想加上一句，那就是“帕慕克之所以忧伤痛苦，是因为他始终敏感地处在时间和空间的寒流与暖流、冷空气与热空气之间”。而他的作品则恰恰是以这些忧伤痛苦为代价的，或谓二者互为因果、相辅相成。

---

① 《鲁迅全集》第 9 卷，人民文学出版社 1981 年版，第 216 页。

② 指的是绍剧，而非越剧。

二

鲲西先生说怀旧是一种文化，是为了召回一种精神价值。至于什么样的精神价值，他没有说。我想它必定是见仁见智的。从心理学的角度看，20 岁之后的人处在八个心理矛盾过程中的后三个，即亲密对孤独（20—24 岁）、繁殖对停滞（25—65 岁）、整合对失望（65 岁以上），这三对矛盾刚好指向不同年龄阶段的怀旧心态。20—24 岁侧重于对亲密时光即爱情的向往，25—65 岁侧重于对青春与活力的感怀，而 65 岁以后则往往偏重对得失的检讨和生命的留恋。[①] 但这也只是一般而论，它根本无法套用于帕慕克。从审美的角度看，怀旧是一种建立在想象基础之上的回忆，是受一定情感支配的，因而往往具有诗意和感伤特征。这倒比较符合帕慕克的创作机理，也是一切堂吉诃德式愁容骑士的共同机理。但是从历史的维度看，事物犹如时间，永远是淘汰性的。任何历史都不可能真正轮回，真正重复。一如过去的巫文化、傩文化、骑士文化，等等，无论你如何眷恋，也仅仅是无可追回的记忆。大江东去，逝者如斯！那么来者呢？比如资本主义或者跨国资本主义，如果它不在西方率先崛起，也迟早会在世界上其他地方出现。但问题是历史无法假设。这才是帕慕克的不幸，也是所有第三世界明眼人的不幸。于是，帕慕克的怀旧便具备了极大的普遍性：对现实、对未来的忧患意识。米兰·昆德拉反其道而言之，谓“成为未来主人的唯一理由就是改变过去”。那么反过来和流连过去呢？其结果也许只能是忧伤。

然而，怀旧的忧伤是值得的。英国诗人雪莱有诗为证：你可忘记了过去？它可颇有些幽灵，会出来替它复仇！（大意如此）近现代以来，我们国人的怀旧则总是同改革、同革命（从早先的“中学为体，西学为用”到后来的民主救国、科学救国，即“德先生”“赛先生”）联系在一起的。我称之为中国式的“轮回”，中国式的“钟摆”。用古人的话说，这叫作

① ［美］埃里克森：《同一性》，孙名之译，浙江教育出版社 1998 年版。

进两步退一步或波浪式前行、螺旋形推进。这在王韬和鲁迅两位先人身上体现得十分明确。前者进两步退一步；而后者几乎是一往无前的，于是也便有了相应的反弹，即 20 世纪三四十年代的国学热。他和五四运动的一些作家、思想家，无疑是那阵国学热的矛头所向。而当下的阵阵怀旧风、复古波再一次确切地指向了这种中国式的轮回或钟摆。尽管从历史的维度看，其主要动因来自于“文革”，或者说是对“文革”的矫枉；从现实的角度看，则更像是面对“全球化”的一种姿态，尽管它并不完全符合邓小平同志倡导的“同资本主义长期合作和斗争”的改革开放策略。

回到卡尔维诺，他在另一部作品《未来千年文学备忘录》中写道，“在古埃及人那里，确切是用一根羽毛作为象征的：羽毛作为秤盘上的砝码用以测量灵魂”。[①] 这看起来很像是个悖论。但实际上却非常富有象征意义。盖因羽毛实在太轻，在古代度量技术相对落后的情况下，它的重量无疑是可以同无画等号的。这就使得它和看不见摸不着的灵魂具有某种等值效应。有人说卡尔维诺写备忘录是为了让人记住他。而在我看来，他只不过是在怀旧。所罗门谓一切新奇皆因忘却。虽然怀旧对于自己是一种熟悉化审美机理，对他人却往往相反。也就是说它更多的是一种陌生化效果。比如帕慕克，又比如我们眼前的莫言及其“红高粱家族”，甚至还有满眼的国学热和姨太太文化！尽管他们的价值取向相去甚远，但多少与怀旧有关。此外，无论原因如何，结果何如，怀旧在近代中国正呈现出颇具规律性的周期与循环。比如，从五四运动到第一轮国学热，中间隔了二十年左右；从“文革”结束到世纪之交恰好又隔了二十来年，都是一代人的工夫。当然此国学热非彼国学热，因为历史永远不可能真正重复，“人不能两次踏进同一条河流”。用克罗齐的话说，“所有的历史都是当代史”，都能为时人所用，为今人所用。这既是小至个人情感诉求，大到民族乃至种族集体记忆得以传承的原动力，也是历史发展的需要。然而，和历史一样，所有记忆都是一种再造。从这个意义上说，也许真正可以延续和重复的，唯有人的情感、民族的情感：通过怀旧，再造记忆，再造历史。

① ［意］卡尔维诺：《未来千年文学备忘录》，杨德友译，香港社会思想出版社 1994 年版，第 63 页。

回到“愁容骑士家族”的老祖宗塞万提斯，我认为他是幸福的，因为他的堂吉诃德是有明确的假想敌的。帕慕克的人物却没有。帕慕克甚至不像家族中的前辈司汤达、福楼拜和海明威，因为他流连的、选择的几乎始终是逝去的，且又不可能真正重复的历史或历史的记忆，而非两种存在之间的并行选择。从这个意义上说，他更像托尔斯泰和博尔赫斯，尤其是博尔赫斯。当然，帕慕克所揭示的不仅是怀旧。他是多面的，有时甚至是矛盾的，比如他也有图新的一面。于是，对于他的怀旧，我同样不无疑惑，即在多大程度上帕慕克的记忆及由此衍生的忧伤是真诚的、刻骨铭心的，而非作为文学主题的演绎。

葡萄牙语当代文坛三剑客

葡萄牙语作家常常给人以惊奇。一如当初小小的葡萄牙在海外建立了百倍于己的殖民地，葡萄牙语作家也常常不鸣则已，一鸣惊人。

一

且说萨拉马戈老夫聊发少轻狂，年过六旬写起了小说。他在其中一部作品里写道：绿灯亮了，却有一辆车停滞不前。可能是司机在打盹儿，可能是什么机械故障。后面的汽车不耐烦了，全都歇斯底里地鸣着喇叭。然而，谁也没有想到，那辆汽车之所以停滞不前，是因为开车的人突然失明了！

他的眼前不是乌黑一片，而是纯牛奶一样白个透顶。他的眼睛看上去完全正常，虹膜清晰明亮，巩膜像瓷器一样又白又细。他睁大眼睛，一脸的茫然失措。他捏紧拳头，抽搐着，仿佛要把最后一刻看到的影像留在脑海里。当人们满怀怜悯地把他搀扶下车的时候，他还一再绝望地喊叫着“我瞎了”“我瞎了”。就在这个失明人不知所措的时候，一位“好心人”将他送回了家。作为报酬，这位“好心人”又顺手牵羊，偷走了盲人的汽车。

盲人回到家里，向妻子讲明了一切。妻子决定马上找医生替他诊治。经过一番电话联系，她很快找到了一位眼科医生。但是，他们离开家门时，却发现汽车不见了。

眼科医生仔仔细细地检查了病人的眼睛，发现它们完全正常。这是一个十分罕见的病例，他对失明者说，因为在他的行医生涯中还没有听说过这样的症状。而此时在一旁等待看病的一个斜眼小孩，一位戴墨镜的结膜炎姑娘和一个带黑眼罩的白内障老人也都目睹了这位失明者的悲哀。

再说那个偷车的男人，原本只想做件好事，结果鬼迷心窍，成了趁人之危的小人。他不无愧疚地开着刚刚偷来的汽车，矛盾地行驶在马路上。因为神经过于紧张，他觉得出城前必须镇定一下，于是把车停在路旁，自己下来放松放松。他没走几步，眼前出现了一片奶海似的乳白。他也失明了。

当天夜里，医生回想起白天遇到的奇怪病例，也禁不住产生了莫名的恐惧，仿佛自己马上也会失明。结果，他真的失明了，而且症状与白天遇到的盲人一模一样。

这样，失明症迅速蔓延。第一个失明者的妻子和偷车人的妻子很快先后失明。同样，那位戴墨镜的漂亮姑娘在酒店里与人做爱时忽然发现自己看不见了。她光着身子大叫大嚷，惊动了整个饭店。不久，斜眼小孩、黑眼罩老头和越来越多的人患上了这种可怕的传染性失明症。

卫生部长决定将失明者统统送到一座精神病医院并隔离起来，以阻止疾病的蔓延。为了照顾丈夫，尚未失明的医生妻子急中生智，也一同装瞎来到了这座重兵把守的集中营。在那里，医生和他的妻子碰到了很多熟人。其中就有第一位失明者和他的妻子，以及偷车贼、戴墨镜的姑娘、黑眼罩老人和斜眼男孩。开始，隔离生活还算过得去。但好景不长。由于失明人数的不断增加，病房里的空气变得越来越污浊，卫生条件也越来越恶劣，最后连起码的食物也成了问题。偷车人在逃跑过程中被看守击毙。恐怖笼罩了每个人的心灵。

无独有偶，一些盲人开始欺压另一些盲人。为了保存仅有的一点尊严，医生在妻子的帮助下组织老弱妇幼抵抗邪恶势力。可是，歹徒仗着手上有枪而得寸进尺，直至把持了所有病人的食品配给。他们甚至丧心病狂，强迫女病友用身体换食品。可怜的女人，为了自己和自己的男人能够活下去，不得不忍辱负重，惨遭蹂躏。医生的妻子一面继续装瞎，一面尽其所能照拂周围的盲人。最后，经过好一番巧妙周旋，她夺枪杀死了为首的歹徒、制服了邪恶势力。在医生妻子的带领下，盲人们终于团结起来，最终逃出了精神病院并将它付之一炬。

然而，令他们失望的是外面的世界同样糟糕。没有失明的人早已弃城而去，剩下的全都是走投无路的盲人。城市一片狼藉。医生和他的妻子还有其余几个盲人不得不四处寻找食物和住处。在艰难困苦中，他们互相照顾，互相安慰。幸运的是，医生的妻子一直没有失明。她想尽办法帮助那群可怜的失明者。食物愈来愈稀罕，水源也已枯竭。就在大家快要绝望的时候，奇迹发生了。第一个失明者竟然恢复了视力！

随即，所有的人都恢复了视力。这时，医生的妻子走到窗前，望着满是垃圾的街道和因为重见光明而欢呼雀跃的人们，忽然产生了不祥的预感。她几乎来不及细想，眼前就已是一片白色。现在轮到我了，她想。

这是萨拉马戈的代表作《失明症漫记》的故事。作为第一位获得诺贝尔文学奖的葡萄牙作家，此翁的成功无疑是一个奇迹。他“半路出家”，六十多岁开始发表长篇小说，居然一鸣惊人，应了大器晚成这样一种说法，也为许许多多姜子牙式的守望者提供了等待和坚守的理由。

《失明者漫记》酣畅淋漓地表现了他对世界的看法：这个世界已经一塌糊涂。但是这种满可以用现实本身加以再现的悲观主义，在萨拉马戈笔下成了艺术想象的契机。假设一种前所未有的失明症席卷而来……这种假设因为将读者从习以为常的现实世界中剥离出来而富有强大的艺术冲击力，这种艺术冲击力又因为作品最终展示的仍是现实世界的习以为常而充满了现实穿透力。况且，假设本身蕴含的艺术想象力自始至终给予读者以陌生化的审美感受：使所有因为习以为常而逐渐麻木的心灵获得了淋漓的刺激。

一方面，因为失明，世界显示出了本来的面目。一如有些好莱坞影片，《失明症漫记》演绎了比疾病（也可引申为一切自然灾害如瘟疫）更加可怕的罪恶。首先，当局为了防止疾病的蔓延，动用军队将所有失明者囚禁起来。于是，真正的灾难降临了。当局通过高音喇叭向全体失明者宣布了灭绝人性的“十五条”。每一条都让人联想到惨绝人寰的法西斯集中营。另一方面，失明者内部出现了“阶级”分化。一些盲人开始欺压另一些盲人。为了保存仅有的一点尊严，医生在妻子的帮助下成立了抵抗组织。

此外，在这个失明的世界里，一切事物仿佛又回到了宇宙洪荒的“原初”模样。金钱和美貌已经无足轻重，房屋和财产也成了过眼烟云。一张床和三餐饭成了全部的需求。由于人人都随地方便，空气弥漫着刺鼻的腐臭。有一个细节更是耐人寻味：医生太太布里蒙达看着丈夫与戴墨镜的姑娘笨拙地性交，感到的只是怜悯。仿佛回到了创世纪，“世界就是这样开始的”，她想。

类似的罪恶我们似乎已经司空见惯、见多不怪，但以这样的一种形式艺术地呈现出来却是何等的触目惊心、振聋发聩。相反，那些可能谁遇到了都难以接受的“背叛”，在萨拉马戈的笔下居然轻描淡写，怜若无辜。这世界竟是这等矛盾！

为使作品具有世界意义，小说地点含混，人物大都没有姓名。他们以性别、年龄、职业或穿戴进行指代。唯一有名有姓的是医生的妻子：混在盲人堆里的明眼人。这个人物、这个唯一的重要性不言而喻。作为题词的“箴言”写道：“如果你能看，就要看见。如果你能看见，就要仔细观察”。布里蒙达正是这样一个视而见之，见而察之的明眼人。循着她的视线，读者不仅看到了，而且体察了一个别人因为熟视无睹而置若罔闻的世界。

“既然别人看不见，那么我们看得见的就多了一份不可推卸的责任，”萨拉马戈如是说。萨拉马戈还说，“我们历来生活在暴力世界里。生活充满了暴力，甚至可以说暴力是生活的条件。”① 而艺术的最终目的不是为了重复（模仿）这个世界，它更需要创造一个世界。当然，创造一个世界又不仅仅是艺术家的职责。艺术家提出问题。全人类创造世界。

《失明症漫记》无疑会让我们浮想联翩。首先，我们会由衷地感恩我们的国家、我们的人民：当“非典”或“新冠肺炎疫情”来袭，我们没有遭遇诸如此类的罪恶。其次，我们自然也会联想到加缪的《鼠疫》或马尔克斯的《霍乱时期的爱情》。前者以曾经流行的“黑死病”为对象，描写各色人等在突如其来的瘟疫面前如何自处；自然，掩饰推诿者有之，发国难财者有之，舍己救人者亦有之，作为大多数则只能躲在家里、借各种方式打发时间、捱过每日每夜。作品最出彩、最令人深思的地方是在最后：疫情过去了，人们欢天喜地回到为所欲为的生活，仿佛什么也不曾发

① Saramago: *Ensayo sobre la ceguera*, Madrid: Alfaguara, 1998, precinto.

生。《霍乱时期的爱情》则举重若轻，将各色人物的嘴脸描绘得活灵活现，字里行间更是充溢着疫情与爱情的胶着与荒诞。其中作为尾声的那面象征着疫情和爱情的黄色旗帜绝对令人啼笑皆非。

二

再说巴西作家亚马多虽惯以写实主义者自诩，以不变应万变，居然也会“背叛”自己，来点儿花样，让人眼花缭乱一下。这不，在《弗洛尔和她的两个丈夫》中，他居然玩起了一妻多夫的把戏。

话说弗洛尔太太的第一个丈夫瓦迪尼奥在狂欢节的化装舞会上猝死，使她忽然变成了令人同情的遗孀：年轻、漂亮，小巧玲珑且该丰满的地方一概丰满。

七年前，弗洛尔还是个情窦初开的少女。一天，她与不务正业的流浪汉瓦迪尼奥邂逅并一见钟情，但婚后不久，流浪汉现出了原形，使她年轻的心灵备受煎熬……

现在，丈夫突然去世，弗洛尔太太却唯有痛心，仿佛他身上的所有缺点从来就不曾有过。她回想起丈夫的伟岸和温存，好像自己是一块永远荒芜的处女地，需要他一次又一次的开垦。因此，守寡后不久，弗洛尔太太就感到孤独难捱了。经过一番艰苦的思想斗争和一次次地呼唤瓦迪尼奥，她终于嫁给了陌生的特奥多罗博士。此人温文尔雅，同他的前任适成反差。但再婚后不久，可喜的奇迹发生了：瓦迪尼奥的鬼魂来到了她的身旁。于是，新的矛盾出现了。她依然爱恋着第一个丈夫，同时又不愿去伤害第二个男人，而且只有和两个迥然不同又互为补充的丈夫一起生活，她才感到完全的幸福和满足。就在道德和欲望争斗得难分难解之际，巫师帮了她的大忙。巫师让第一个丈夫的鬼魂变成了一缕清风。这样，弗洛尔便可以永远同时和两个丈夫在一起了。

故事乍看荒诞不经，但细细读之却不难看出其中的奥妙：生活中普遍存在却又可望而不可及的“两全其美”。

作者若热·亚马多可以说是巴西有史以来最有名的小说家。对中国读者来说，他的名字也不陌生。他是新中国成立之后最早被介绍到我国来的极少数拉丁美洲作家之一，并几度来华访问。他创作的“土地三部曲”《无边的土地》（1943）、《黄金果的土地》（1944）和《饥饿的道路》（1946），早在20世纪50年代就为我国读者所熟知，后来我们又先后译介了他的《加布里埃拉》（1958）和《金卡斯之死》（1959）。

《弗洛尔和她的两个丈夫》（1966）是亚马多的一次文学探险，小说问世后立即风靡巴西，随后又被搬上银幕并译成多种文字在世界上流传。要不是“文化大革命”，我相信它一定早就带着美丽的弗洛尔和她的两个丈夫同中国读者见面了。这确是一部不同寻常的作品，其所以不同寻常首先是因为亚马多为他一贯遵循的写实主义方法注入了新鲜血液：幻想。小说以弗洛尔的第一个丈夫瓦迪尼奥的猝死为开端，追述弗洛尔的情窦初开与初为人妻。这段放荡甚至颇具野性的夫妻生活同后来顺时序展开的再婚生活对位。两个完全不同的男人、两种迥然有别的心态美妙而奇异地展现出来，恰如其分地制导了女主人公的苦恼与欢娱、温情与野性以及既顺从又不失自尊的双重性格。但亚马多并未至此打住，他居然旁逸斜出、插入了第一个丈夫还魂归来的情节。这不仅给作品平添了梦幻色彩，而且进一步迫使人物在一场理智与情感、欲望与伦理的激烈斗争中做出抉择。由于作者不动声色，一如既往地娓娓道来，这段情节虽纯熟虚构，却能以幻乱真。待矛盾充分展开之后，人物一步步陷入两难境地。这时，作者又笔锋一抖，突然使瓦迪尼奥变成了风一样的存在，其实质（无论形上形下）通过人物的感受一丝一缕地鲜活起来。这一笔下去省却了许多无谓的阐释：良心啦，道德啦，一系列有关人物理想与命运、性情与道德等深层次问题得到了深刻呈现，其中的矛盾则在两个丈夫的完美配合下迎刃而解。

另外，作品高潮迭起，以空前纵向开掘展示了当代巴西社会的广阔画面和众生相。除却弗洛尔太太以及放荡不羁的丈夫瓦迪尼奥和彬彬有礼的丈夫特奥多罗博士，其他人物也大都有鼻子有眼，如刁钻古怪、野心勃勃、一心想跻身上流社会的罗济尔太太，心地良善、助人为乐但处处事与愿违的诺尔玛太太，为所欲为、恶贯满盈、与政教头目沆瀣一气的赌棍莫拉斯，等等，无不可闻其声、睹其面、晤其心。此外还有暴发户、银行家、政客、主教、律师、记者、老鸨、歌星、司机、市民、主妇、妓女等在不同场合粉墨登场的三教九流，也一个个真实可信，合情合理。据统计，《弗洛尔和她的两个丈夫》共有人物三百多个，其中的真假、善恶、美丑及其中间状态恰似七色彩虹：赤、橙、黄、绿、青、蓝、紫，杂然纷呈。

三

同样，巴西作家科埃略不苟且。此公以他特有的方式曾在京沪两地刮起一股不小的旋风。这个生在里约热内卢、长在里约热内卢的巴西人，既不是什么足球先生，亦非桑巴舞明星。他是个不折不扣的文坛怪杰，20 世纪 90 年代之前尚名不见经传，却忽然间风行了多半个世界。据悉，他的作品被译成上百种文字，在五大洲出版，发行总量超六千万册。这是一个多么惊人的数字！

于是，作为一种现象，作为一个几可与罗琳、约翰逊、丹·布朗等比肩而立的世界性畅销书作家，科埃略究竟是怎样的一个人？他又有哪些过人之处？带着这样的好奇与疑问，我见到了科埃略并与他进行了面对面的交谈。这位被三度送进疯人院治疗的中年人，虽已满头堆雪，却仍体态清癯神采飞扬，而且不乏表演欲。

纵观科埃略的创作生涯，我的上述疑问就更加不可避免地成了疑问。你想，他统共才发表了八九本书，总字数（合汉字）当在百万以内。而恰恰是这些薄薄的故事书，一夜之间红遍了巴西、走向了全世界。正因为字数的关系，也因为手边只有几部作品（包括上海译文出版社出版的三种译品），我几乎仅用两个晚上就三下五除二，初步完成了对他的阅读。

《牧羊少年奇幻之旅》（又译《炼金术士》）是科埃略的成名作。小说发表于 1988 年，时年作者 41 岁。小说写一个牧羊少年的一次奇幻的旅行（或谓探险）。旅行因梦而起，因为他梦见埃及金字塔附近有一个宝藏。少年决定赴埃及寻找。为此，他穿越撒哈拉沙漠，历尽千辛万苦和艰难险阻，最终来到埃及。但此时此刻，他找到的已经不是宝藏，而是一种类似于禅悟的惊醒：他的宝藏就在他心灵下榻的地方。这也是炼金术士的忠告。然而，小说的故事并没有就此打住，它要因梦而止。于是，故事里出现了一伙强盗。领头的一个听罢少年的梦，也讲了一个同样或者相反的梦：他曾两次梦见在少年出发的地方找到了宝藏。最后，少年回到了家乡，果然在强盗头子两次梦见的地方挖到了宝藏。故事本身并不新鲜，因为我们早就在《天方夜谭》的“双梦记”中与之会面，而且被科埃略口口声声称作两大影响者之一的博尔赫斯（另一个是他的前辈、巴西作家亚马多）就曾以《双梦记》为题，对那个古老的阿拉伯寓言进行了几乎逐字逐句的复述或重写。我想，科埃略之所以旧话重提，多半是因为这个古老寓言隐含着那个永恒的观念：寻梦与实现自我价值的矛盾统一关系。故事里还有一个不是巧合的巧合：那少年名叫圣地亚哥。而科埃略的处女作《朝圣》恰恰记述了作者本人的一次朝圣或者寻梦之旅：沿着崎岖小路，到达西班牙的天主教圣地——圣地亚哥。

《我坐在彼德拉河畔哭泣》属于《一周》三部曲，是另一篇观念小说。爱情在这里扮演了重要角色。作者在序言中援引托马斯·默顿修士的话说，行行善事、帮帮别人并不是爱……“爱是与他人心灵相通，在他人身上发现神的光辉”。为构建这一“心灵间的通道”，科埃略改变了叙事策略。他从宗教和古老寓言走向了生活：女主人公皮拉尔与其儿时男友久别重逢后的缠绵悱恻。故事发生在一周之内，而且基本上是女主人公的心理活动，具有一般爱情小说的架构，因此本身并不奇特。奇特的是故事仍然作为观念的载体而出现，换言之，爱情被赋予了抽象的意义：爱情是永恒的，其所以变化仅仅是因为它的载体——人。这部小说的重要之处在于作者的笔触从遥远回到了习常。故事也因为人物是有血有肉的日常中人而变得可信。

《韦罗妮卡决定去死》是《一周》三部曲中的第二部。这是一部很有生活底气的作品，因为舞台是科埃略熟识的疯人院。小说表现的主题依然抽象、宏大，既有灵与肉的矛盾，又有偶然与必然、目的与手段、表象与实质的关系，等等。这些关系既简单又复杂，但是由于故事发生在疯人院里，它们被推到了极致。小说由两大部分组成。第一部分基本上是个引子，但所起的作用似乎又远远超越了引子的意义。它基本上是作品的焦点，引起了不少读者的关注：斯洛文尼亚姑娘韦罗妮卡由于并不奇特的原因（厌倦生活）而决定自杀，自杀的方法也非常一般——吞服过量的安眠药。这就是说，无论动机还是手段，韦罗妮卡的自杀都缺乏新意。然而，科埃略十分自然地插入了一个并不自然的过程：韦罗妮卡等待死亡来临时居然翻阅着一本名曰《男士》的法国时尚杂志。更为偶然的是，她读到的第一句话为“斯洛文尼亚在什么地方?”于是，心有不甘又无所事事的她决定给这份刊物写一封信以介绍斯洛文尼亚。于是，这封信注定要变成她的遗书。当人们发现她尸体的时候，准会将她的死亡与国家、荣誉等大得不能再大的概念联系在一起。当然，这只是小说的一个开场白。重要的是它蕴含的关乎偶然与必然、目的与手段、表象与实质等复杂关系的信息：它们有时候竟仅仅是巧合而已。这是科埃略无意中借宏大叙事以颠覆宏大叙事的奥妙所在。

《魔鬼与普里姆小姐》是科埃略发表于2000年的一部新作，也是《一周》三部曲中的最后一部。小说回到了古老的善恶观。假借古波斯传说和《圣经》造人的神话，作者回到了出发的地方：类似于寻梦的寓言。故事依然简单，话语也通俗易懂。它发生在七日之内：一个魔鬼附体的外国人闯进了一个被世界或时间遗忘的小镇。他要用七天的时间证明人性的善恶。手段是物质和精神的双重诱惑。尽管结果轻描淡写（事实上作者很难给出一个定论），但过程却丝丝入扣。有评论认为科埃略的这部小说写出了当今世界的危机。我倒觉得他只是以他的方式重新触动了一个因为忘却而被遗忘或悬置的问题：究竟性善还是性恶？其实马克思主义对此早有定论。

类似作品在中国小说史上虽不多见，但也不是绝对没有。我们的许多寓言故事和《列异记》《述异记》等应该可以算作最初的观念小说，志怪小说则是另一种比较典型的观念小说，而近代王韬等人有关东西方文化观的想象也比较接近于观念小说。在西方，观念小说更是络绎不绝。这恐怕同西方传统不无关系。而当下流行的《魔戒》《哈利·波特》《达芬奇的密码》以及我们谈论中的科埃略，几乎无不植根于古老的理念、古老的想象并由此对现代文明质疑问难，有的还透着骑士小说或哥特式小说遗风。于是，有人问道：这是小说峰回路转的预兆，还是回光返照的征候？在我看来，他们只不过是文学钟摆效应的一次回摆。而科埃略的不同在于他并未离开后现代的解构体系。

童心剖诗

——评博尔赫斯

《读书》杂志2000年第8期载有同事吕大年先生《乔治时代的童年》一文，该文从绘画入手，言说“童年”观念在英国的演变。文章最后归结出两点感想①，其中一点是：儿童意识不到自己是儿童，或者至少他们心目中的童年和成人心目中的童年并不是一个概念。

反过来说，我们成人心目中的童年是被我们成人化、理想化了的。这是因为我们已经远离童年且常常拿自己的认知对自己的童年经历进行自觉不自觉的歪曲。我们甚至对孩子们说：“瞧，你们多幸福。”的确，童年不那么世故，童心比较单纯。因此，儿童的天真烂漫和相对的幸福也是毋庸置疑的。但与此同时，儿童事实上又并不像我们想象的那么无忧无虑。他们有他们的烦恼。就说现代儿童的早熟和他们背负的沉重书包吧，正所谓“关爱既深，期许也重”，时代赋予的精神压力（儿童自杀率呈上升趋势便是明证）代替了过去的贫病之苦。

博尔赫斯对此心知肚明。他在言说的诸如此类的问题时，就曾对有关概念发表宏论：

> ……我记得父亲讲过，记忆是个令人悲哀的问题。他说：“我们初到布宜诺斯艾利斯时，我以为它将帮我回忆起童年的时光，但现在我知道这完全不可能。”我问他为什么。他说：“因为我认为记忆不可

① “第一是关于童年：童年是一种经历，古往今来，世世代代的孩子们都有这种经历；童年又是一个概念，一个由大人们探讨、形成、解释和表达的概念。第二是关于乔治时代：这个时代很复杂，也很有趣。”《读书》2000年第8期。

> 信。”（不知道这是不是他自己的理论，但它深深地吸引了我。因此我一直没有追问他是它的发现者还是发展者）“假设我要回忆某事”。他继续说：“比如有关今天早晨，那么我可能得到它的某种意象。但假如到了晚上再来回想早晨的光景，那么我想起的将不是早晨而是关于早晨的第一意象，即现在到早晨的意象。因此。我每每追忆往事，总觉得实际并非回到往事本身，而是在回忆最后一次忆起的情景。是回忆我对它的最后记忆。也就是说，关于我的童年或者青年，我根本无法接近本真或者形成明确的概念。”随后，他拿一堆硬币来说明这一点。他把一枚硬币放在另一枚硬币上，说：“好，打个比方，这一枚硬币，最底下的一枚，就是我对童年的那幢房子所形成的意象；这第二枚则是我回到布宜诺斯艾利斯后对那幢房子的记忆。依次类推，第三枚又是另一个记忆。由于每一个记忆都略微走样，因此我今天的记忆就不会是第一个意象。所以，我试图忘掉过去。因为假如决意要去回忆，那么我想起的将是各种记忆，而不是事物本身。”他的话使我感到沮丧。想一想吧，我们对青年时代或许压根儿就没有真实的记忆。①

此话乍听虚妄，却可能千真万确。人对事物的感知（包括记忆）不可能毫不失真。而这种失真（哪怕微乎其微）的连续重复就可以将事实完全扭曲。

一 老虎

从博尔赫斯的大量自述和遗留物品中，我们可以明确无误地看到他对老虎的崇拜。他曾经不停地画虎，并用幼稚的笔触涂鸦和宣达心中的感

---

① 罗德里格斯·莫内加尔的《博尔赫斯传》（*Borges: una biografia literaria*，墨西哥经济文化基金出版社 1987 年版。中文版根据 1988 年美国 Paragon House Publishers 的英文版 *Jorge Luis Borges: A Literary Biography* 译出）对里查德·伯金的《博尔赫斯访谈录》（*Conversation with Jorge Luis Borges*，纽约：HRw1968 年版或 *Conversationes con JLB*，马德里：Taurus 1974 年版）有较多的转述。引文参见上海东方出版中心 1994 年中文版《博尔赫斯传》第 118—119 页，并按原文对个别字句做了改动。

觉。多年以后，当他回想起老虎时，还常常激动不已。在一篇题为《梦虎》的短文中，他这样写道：

小时候，我对老虎的迷恋达到了狂热的地步。当然，我迷恋的既不是出没于巴拉那之滨的黄斑虎，亦非亚马孙流域的那色彩模糊的品种，而是纹理清晰的真正的亚洲虎。只有骑在大象身上的武士，才能和它匹敌。我常常在动物园的一扇铁栏前流连忘返。我所以喜爱卷帙浩繁的百科全书和自然历史，就因为那里有老虎的光辉（对它的图像我至今记忆犹新，却难于记住某位女士的额头和笑容）。童年易逝，老虎的形态及对老虎的热衷也渐渐淡去，然而老虎的金黄依旧留在我的梦中，统治着这个阴沉、混乱的处所。于是，睡梦中，每当我为某个梦境而陶醉并突然发现它是一个梦境，我就会这样想：这是一个梦，是意志娱乐使然。我常想，既然梦中无所不能，那么我就梦一只虎吧。

哦，太没出息！我的梦从未产生出这种令人陶醉的猛兽。的确，我梦见过虎，但只是些形态衰弱的标本，而且千篇一律，瘦削可怜，稍纵即逝，活像只小狗或鸟。

——《创造者》（又译《诗人》，1960）[①②]

同样是在《创造者》中，博尔赫斯以一首题为《另一只老虎》的诗篇，把老虎和自己、老虎和文学忧郁地联系在了一起：

黑暗在我的心中扩展无限，
我用诗呼唤你的名字：老虎，

① 博尔赫斯的作品被收入了不同的版本和《全集》。单就《全集》而言，至少已有 Emece 1974 年版、1979 年联合版、1981 年和 1983 年联合二卷版、Emece1989 年三卷版、Emece1996 年四卷版等六种。本文的有关诗歌、散文和小说引文将主要出自 1996 年版，同时不拘泥于此。

② 博尔赫斯的作品被收入了不同的版本和《全集》。单就《全集》而言，至少已有 Emece 1974 年版、1979 年联合版、1981 年和 1983 年联合二卷版、Emece1989 年三卷版、Emece1996 年四卷版等六种。本文的有关诗歌、散文和小说引文将主要出自 1996 年版，同时不拘泥于此。

我想你只是符号组成的幻象，
一系列文学比喻的串联拼贴，
或者百科全书里综合的图景，
而不是苏门答腊和孟加拉
威猛的兽王……

我不知道博尔赫斯是否真的经常梦他儿时热衷的那些条纹明晰的亚洲虎，但有一点似乎可以肯定：他珍惜所有儿时的感动，尽管那些画面早已模糊。而艺术想象恰恰是恢复和重构那些感动的最佳途径。于是，老虎的条纹变成了日月更迭、昼夜交替的时间[①]，变成了童心的象征。[②]

正因为这样，博尔赫斯多次写到虎，而且内容重复。在一篇题为《最后的老虎》（1984）中，他就重复了儿时的记忆。他说他“一生与虎有缘”。“从孩时起，阅读和我的生活紧密地交织在一起，以至我难以清楚地分辨记忆中的第一只虎是版面上的图像，还是动物园里那只让我在铁栅栏外痴迷的动物……”所不同的是“最后的老虎”乃某动物世界的一只驯良的真兽，博尔赫斯在驯虎员的帮助下抚摩了它的金黄。但本质上并没有什么不同。“古往今来的虎，都是标准的虎，因为就它而言，个体代表了全部”，博尔赫斯如是说（《虎》《夜晚的故事》，1977）。

博尔赫斯还说，“老虎永远希望自己是老虎”。是的，老虎也永远是老虎。那么人呢？人（尤其是孩子）的天性之一是喜欢动物，譬如老虎，这是一种既敬且畏的欢喜。老虎威武勇猛，素有兽王之称。我们汉语中的“王”字，或许就是受了老虎头上的花纹启发。和博尔赫斯一样，去动物园看老虎多少也是我们童年时期的一大快事。没有战争的威胁，但同时也没有多少娱乐可谈，看老虎，听老虎咆哮，便是令人兴奋的少数物事之

---

① “随着岁月的流转/其他的绚丽渐渐将我遗忘/如今只剩下你/模糊的光亮、相伴的暗影/以及原始的金黄/哦，夕阳的光辉……”《老虎的金黄》（1972）。

② “古往今来的虎。都是标准的虎。因为就它而言，个体代表了全部。我们认为它既残忍又美丽。可一个叫诺拉的女孩说：‘老虎为爱而生’。”（《虎》，《夜晚的故事》1977）这是博尔赫斯第一次将虎与爱联系在一起，而且是借了妹妹诺拉之口。罗德里格斯·莫内加尔却认为博尔赫斯恋虎的背后潜藏着他对女人（金发）的渴望。施克洛夫斯基：《作为技巧的艺术》，转引自张隆溪《二十世纪西方文论述评》，生活·读书·新知三联书店1986年版，第75—76页。

一。然而，随着时间的流逝、年岁的增长，童年的记忆、童年的爱好逐渐远去，直至消失。于是，如前所述，我们无可奈何，更确切地说是无知无觉地实现了拉康曾经启示的那种悲剧：任由语言、文化、社会的秩序抹去人（其实是孩子）的本色，阻断人（其实是孩子）的自由发展，并最终使自己成为“非人”。但反过来看，假如没有语言、文化、社会的秩序，人也就不成其为人了。这显然是一对矛盾，一个怪圈：一方面，人需要在这一个环境中长大，但长大成人后他（她）又会失去很多东西，其中就有对老虎的热衷；另一方面，人需要语言、文化、社会的规范，但这些规范及规范所派生的为父为子、为夫为妻以及公私君臣、道德伦理和形形色色的难违之约、难却之情又往往使人丧失自由发展的可能。

二　镜子

和老虎一样，镜子使童年博尔赫斯着迷。这也是一种既敬且畏的欢喜。

据说，博尔赫斯第一次对镜子产生敬畏是在乌拉圭的亲戚家。当时他与妹妹诺拉及另一个孩子在屋子里做游戏。屋子比较黑（这适合于捉迷藏），其中一壁墙上耸立着一口衣柜，衣柜上镶嵌着一面镜子。有一天晌午，睡眼蒙眬的博尔赫斯看到有个影子出现在镜子里，他是个杀手，而且是他们做游戏时想象或扮演的那个杀手。妹妹诺拉和另一个小伙伴恰好午睡醒来，也看到了镜子里的杀手。他们本能地回头寻找现实时空，却什么也没有发现。于是，那个在镜子里隐约出现的映像顿时被赋予了神秘的色彩。从此以后。“鬼魂般永远醒着”的镜子便成了博尔赫斯一生的意象。少许多少因为诸如此类的缘故，在西方，一旦有亲人去世，家里的镜子就会被暂时蒙上白布。

在数量众多的诗文中，博尔赫斯不断吟诵并神化镜子，把镜子等同于现实的重复或重复的恐惧。“面对巨大的镜子，我从小就感到了现实被神秘地再现、复现的恐惧。在我看来，从傍晚时分开始，镜子就格外异乎寻常。它们准确而持续地追踪我的举止，在我面前上演无有穷尽的哑剧。于是，我向上帝和保护神的最大祈求便是别让我梦见镜子。我总是惴惴不安地窥视镜子，生怕它们会突然变形，复制出莫名其妙的容颜。”（《被蒙的镜子》《创造者》）在其他两首以《镜子》为题的诗中，博尔赫斯也重复了他的恐惧。

博尔赫斯时刻提醒读者：对镜子的恐惧乃是他儿时的感受，尽管随着年岁的增长这种感受被逐步赋予了形而上的哲学意蕴。当然，这是后话。我怀疑儿童时期的博尔赫斯一定有过这样的感受。这种怀疑首先来自于他后来的作品：像镜子一样反复。而且令人奇怪的是博尔赫斯年轻时期并不见得那么热衷于镜子。他的诗集《布宜诺斯艾利斯的热情》（1923）、《面前的月亮》（1925）和《圣马丁札记簿》（1929）几乎都没有写到镜子。更不用说他早期讴歌十月革命，追求形式创新的极端主义诗作。即便偶尔提及，比如《布宜诺斯艾利斯的热情》中的《近郊》——“镜面上泛着微光”——那镜子也只不过是一笔带过的简单物件：“恰似黑暗中的水潭。”因而我想他对镜子的敬畏是后来才复兴的一种艺术感觉、艺术需要。

文艺家什克洛夫斯基说过：“艺术知识所以存在，就是为使人恢复对生活的感觉，就是为使人感受事物，使石头显示出石头的质感。艺术的目的是要人感觉到事物，而不仅仅知道事物。艺术的技巧就是使对象陌生，使形式变得困难，增加感觉的难度和时间的长度，因为感觉过程本身就是审美目的，必须设法延长。艺术是体验对象的艺术构成的一种方式，而对象本身并不重要。”① 施克洛夫斯基突出了“感觉”在艺术中的位置，并由此衍生出关于陌生化或奇异化的一段经典论述。其实所谓陌生化，指的就是我们对事物的第一感觉。而这种感觉的最佳来源或许就是童心。它能使见多不怪的成人恢复特殊的敏感，从而“少见多怪”地使对象陌生并赋有艺术魅力、艺术激情。

前面说过，就总体而言，人类无法回到自己的童年，恢复童年的敏感。但作家、艺术家可以。他们借艺术想象使人使己感受事物，“使石头显示出石头的质感”。曹雪芹曾经借助于刘姥姥的“第一感觉”写出了钟的质感：“刘姥姥只听见咯当咯当的响声，大有似乎打箩柜筛面的一般，不免东瞧西望的。忽见堂屋中柱子上挂着一个匣子，底下又坠着一个秤砣

① ［俄］什克洛夫斯基：《作为技巧的艺术》，转引自张隆溪《二十世纪西方文论述评》，生活·读书·新知三联书店1986年版，第75—76页。

般一物，却不住的乱晃。刘姥姥心中想着：‘这是什么爱物儿？有甚用呢？’正呆时，只听得当的一声，又若金钟铜磬一般，不防倒唬的一展眼。接着又是一连八九下。”[①] 这样的“第一感觉”在伟大的作家艺术家手下屡见不鲜、屡试不爽。

然而，这种“第一感觉”并非真正意义上的童年记忆，而是一种艺术再造。我们成年人无法忆起孩提时代第一次看见镜子的感觉，即或记起也早被理性稀释了，但是我们可以通过某些实验清楚地看到幼儿第一次看见镜子的激动。

且说博尔赫斯从害怕镜子到迷恋镜子并非自然而然，而是艺术再造的过程、艺术升华的过程。我不相信雅克·拉康关于镜子的理论。所谓镜子在人类潜意识发展过程中的巨大作用显然是夸大其词。至于罗德里格斯·莫内加尔所说的镜子，则是把弗洛伊德学说推向了极致。具体到博尔赫斯，罗德里格斯·莫内加尔认为前者很可能通过镜子窥见了父母的性爱。他拿《特隆·乌克巴尔，奥尔比斯·特蒂乌斯》中的一段开场白为例，说明博尔赫斯确实经常把镜子与性爱联系在一起。[②] 这种说法和后来博尔赫斯随父母前往欧洲“是因为手淫成疾”的推测一样虚妄。

我更相信镜子只是他的一个比喻，像梦魇，像世界，像上帝的影子。他后来描写镜子的那个童心当然也是再造的艺术，而非记忆的现实。再后来，他双目失明，永远看不到世界，也看不到自己了；镜子遂被日益蒙上了神秘的色彩。

凡此种种，同样在博尔赫斯的小说中反复出现。《罗森多·华雷斯的故事》就因为主人公在鲁莽的挑战者身上看到了自己，才洗心革面，重新

---

① 《红楼梦》上卷，人民文学出版社 1982 年版，第 100 页。

② “我依靠一面镜子和一部百科全书发现了乌克巴尔，镜子令人不安地悬挂在高纳街和拉莫斯梅希亚街的一幢别墅的走廊尽头；百科全书冒称《英美百科全书》（纽约，1917），实际上却是《不列颠百科全书》的一字不差的偷懒的翻版。事情发生在四五年前。那天夜里，比奥伊·卡萨雷斯和我吃过晚饭后迟迟没有离开餐桌。我们在一部小说的写法上争论不休。这部小说要用第一人称，叙述者要省略甚至歪曲许多事情，使作品矛盾百出，以致少数读者（为数极少的读者）能够探测到一个可怕而又平庸的故事。镜子在走廊尽头远远地窥视着我们。我们发现（在深夜，这种发现是不可避免的）大凡镜子，都有一股子妖气。于是，比奥伊·卡萨雷斯想起来，乌克巴尔的一位祭司曾经断言：镜子和交媾是污秽的，因为它们使人口增殖。”（收在 1935 年的《曲径分岔的花园》，1944 年《曲径分岔的花园》与《杜撰集》合并，统译称《虚构集》以示区别）。

做人。“我在这个鲁莽的挑战者身上看到了自己，就像是对着一面镜子”（《布罗迪的报告》，1970）。这个神奇的故事曾经在《玫瑰街角的汉子》（《恶棍列传》，又译《世界糗事》，1935）中演绎过一次，只不过当时博尔赫斯尚未将镜子与“上帝知道的完美形式”联系在一起，也尚未联想到这面“以人鉴己”的“镜子”与诸多神秘故事的关系。[①] 我想，镜子的这种奇特功用暗合着他关于“另一个我”的剖视。

此外，在《探讨别集》（1952）中博尔赫斯援引《新约·哥林多前书》里圣保罗的话说，我们看世界，就像是“通过一面镜子看谜”，或者用德·昆西的说法，把镜子与“钥匙”混为一谈：“地球上的各种非理性的声音也应该是各种代数和语言，在一定意义上各有各的钥匙，即它们严格的公式和语法。因此，世界上的小东西可能就是大东西的秘密镜子。”这就应了一粒沙中看世界的佛家名言。而镜子在这里也就最终失去了作为对象的本来含义。

三 迷宫

和镜子一样，迷宫令博尔赫斯着迷。

不少传记家把博尔赫斯的迷宫情结归咎于儿时的玩耍，认为童年博尔赫斯在自己身上看到了忒修斯或牛头怪，在诺拉身上看到了帕西法厄或阿里阿德涅（在博尔赫斯的记忆中，诺拉人小鬼大，常常在游戏里充当主角儿，而且说得出“老虎为爱而生”那样深刻玄妙的话语）。窃以为这多少有些牵强。前面说过，作家博尔赫斯的童年感觉是非常值得怀疑的。童年的精灵和魔鬼、游戏和记忆也许只是他艺术创作的噱头和契机。

但博尔赫斯的确是在童年的游戏和阅读中认识迷宫的，而且我想博尔赫斯一定是读完希腊神话之后，才开始创造有关迷宫的游戏或对现实中的

① 其中数《塔德奥·伊西多罗·克鲁斯小传》（《阿莱夫》）最为典型。故事源出《马丁·菲耶罗》，主人公克鲁斯率部捉拿马丁·菲耶罗，“他在黑暗中奋力搏杀，心里却开始明白。他明白命运并不给人贴好坏标，人们应该凭良心做事。他明白肩章和制服对他只是个束缚”。最终，他在对手身上看到了自己的影子，于是“认敌为友”“投暗弃明”。这样一来，马丁·菲耶罗也便当仁不让地成了克鲁斯的一面镜子。

迷宫形成概念的。就像博尔赫斯所说的那样，“我对事物的理解，总是书本先于实际”[①]。

据博尔赫斯回忆，他和妹妹常到阿特罗格去度假，那里的房子很像一座迷宫。而在这之前，他应该已经在书里看到过弥诺斯迷宫及有关迷宫的神话，尽管他对迷宫及迷宫神话的详细叙述是在1969年：

> 那牛头怪是克里特岛王后帕西法厄与一头海底公牛的爱情产物[②]。弥诺斯一方面满足了王后的变态欲望；另一方面又秘密营造了一座迷宫，将新生的怪物囚禁起来。牛头怪吃人，为了供养他，克里特王强迫雅典城每年进贡少男少女各七名。当轮到雅典王子忒修斯成为牺牲品时，他决心与怪物决一死战，以便将自己的城邦从这一可怕的灾难中永远解救出来。克里特国王的女儿阿里阿德涅送给他一个线团，引导他在迂回曲折的迷宫里找到出路：英雄杀死牛头怪后逃出了迷宫。
>
> ——《幻想生命录》（1969）

奇怪的是博尔赫斯并不是沿着神话原有的思路诠释迷宫的。迷宫的遭遇与镜子相同，也是在他以后的创作中逐步完成其玄妙的象征意义的。他在早期作品中很少提到迷宫，即使在20世纪40年代的《小径分岔的花园》中，迷宫（或谜语）也只是一个遥远的背景或意象。20世纪60年代的《创造者》和《影子颂歌》才比较集中地阐释迷宫并把弥诺陶洛斯神话逐步解构并演绎成了后来的“阿斯特里昂神话”。

在《皇宫的寓言》中，博尔赫斯只是泛泛地提到了迷宫：一天，皇帝带着诗人参观宫殿。他们一路走去，先经过西面一大片台阶，台阶像一个几近无边的露天剧场的梯级，向下通往一个乐园或者花园，园中的金属镜子和错综复杂的刺柏围篱显现出迷宫的迹象。他们兴高采烈地走了进去，起初仿佛是在做一种游戏，但后来却感到了不安，因为刺柏围成的通道看似笔直，实际上乃是连绵不绝的弧形，构织着秘密的圆圈。

① 《博尔赫斯自传》，布宜诺斯艾利斯：El Ateneo 1999年版，第32页。

② 但丁将他描绘成人首牛身。原注。

在此后以《迷宫》为题的几首诗歌里，作家开始真真正正地构织自己的迷宫了。其中一首吟道：

永远找不到出口。你在那里，
那里便是整个宇宙，
既无正面，或者反面；
也没有外部，或者秘密的中心。
你蹒跚而行，脚下的路
注定要分岔，另一条，
再执拗地通向另一条，
你休想找到尽头。你的命运
早已注定，一如定命者毫不留情。
你无须担心，
那牛头人身的怪物
给错综复杂的石宫
增添什么恐惧。

——《迷宫》，《影子颂歌》

随后创作的另一首《迷宫》是对前一首的补充和扩展。叙述者从“你”回到了“我”，诗人对弥诺陶洛斯神话的演绎也从纯粹的解构演变成了一种可怕的重构：

宙斯无法让我解脱
【……】
那就是我的命运。
随着岁月的侵蚀，笔直的通道
变成迂曲的圆圈，
石墙裂出了缝隙。
我在苍茫的尘埃中，
分辨出可怕的足迹。

傍晚的空中有凄凉的吼声
或吼声的回音。
我知道阴影中还有一个。
他的命运是走向枯竭：
这个地狱的漫长孤寂。
【……】
我们两个互相找寻。
但愿这一天是最后的期待。
——《迷宫（外一首）》，《影子颂歌》（省略号系引者所加）

在这些有关迷宫的游戏中，叙述者（或者博尔赫斯）开始把自己等同于弥诺陶洛斯。这一点在小说集《阿莱夫》中得到了证实。有趣的是，《阿莱夫》（1949）先于以上诗文的创作时间。这种“谜底”先于“谜面”的做法多少蕴含着博尔赫斯式秘密武器的要素：“反其道而行之。”

《永生》（又译《不休者》）占据了《阿莱夫》这个集子的首要位置：第一篇。它虽然很少直接提到“迷宫”，但所有的描写和布局实际上都是围绕迷宫及其谜底而展开的。它与《杜撰集》（1944）中《死亡与罗盘》的主题十分相似。所不同的是前者的谜面是空间。谜底是忘却；后者的起因是时间，结果是死亡。而忘却和死亡又常常是可以画等号的。

从某种意义上讲，时间到空间的转换强化了迷宫的意念。“我的艰辛起始于底比斯的一座花园”，“后来发生的事情扭曲了记忆”，“我忍无可忍地看到了一座迷宫”。迷宫虽然小巧玲珑，但曲径分岔，“我知道我到达目的地之前就会死去”。“我从地下来到一个地方，它就像是个广场，更确切地说是个院子。院子四周是循环连续的建筑，尽管建筑的每个组成部分形态各异，高低不一，而且配有相应的穹隆和廊柱。这一出人意料的建筑的最大特点和奇特之处是它的古老。我觉得它先于人类，甚至先于地球的生成。在我看来，这种明显的古老（尽管看来有些可怕），只能出自不朽的工匠之手。我在这错综复杂的宫殿里摸索，起初小心翼翼，之后就无动于衷甚至恼火至极了……‘这座宫殿是神建造的’，开始我想。但是当我参观完所有无人居住的地方后，我改变了想法：‘建造宫殿的神已经死了。’由于注意到了宫殿的奇异之处，我又说‘宫殿的建造者准是个疯子’”，等等，等等。最后，“接近尾声时，记忆中的形象已然消释，只剩下句号一个……我曾是荷马，不久之后，我将和尤利西斯一样，谁也不是；再之后，我将成为众人，因为我将死去”。这个故事在《两位国王和两座迷宫》中再次分化并合二为一。《两位国王和两座迷宫》取材于阿拉伯传说（这是博尔赫斯惯用的手法），说的是古巴比伦有一位匠心独具的国王，他下令建造了一座玄妙复杂的迷宫。一次，他邀请或者欺骗一位阿拉伯国王进入迷宫，参观这一鬼斧神工。阿拉伯国王在迷宫中东奔西突，走了一天也没能找到出口。直到他祈求神灵帮助，才勉强脱离那座迷宫，他发誓要以其人之道还治其人之身。后来，他率领手下大举进犯巴比伦，竟长驱直入，势如破竹。最后，他成功俘获对手，并将他带到了一望无际的沙漠。他对已经不是巴比伦国王的巴比伦国王说：这就是我让你参观的迷宫，它既没有阶梯，也没有门墙。说罢，他留下对手，带着自己的人马走了。对手独自待在一望无际的沙漠里，终于饥渴而亡。

在《阿莱夫》的另一篇小说《死于自己迷宫的阿本哈坎》里，叙述者讲述了一个后来不断轮回（或者角色转换）的故事：国王阿本哈坎的对手萨伊德为了杀死阿本哈坎，将自己装扮成阿本哈坎。而这个假扮的阿本哈坎进入迷宫的目的并非为了宝藏，而是杀死阿本哈坎。但杀死阿本哈坎的结果是自己变成阿本哈坎。博尔赫斯援引《古兰经》里的一句话作为题词，“……譬如蜘蛛织网”，并借人物之口，认为“谜底终究不如谜面本身有趣”。这是因为，谜面具有超然、神奇的色彩，而答案往往只是简单的把戏。它或许就是博尔赫斯如此热衷于重复谜面（关于迷宫的种种说法）的原因所在。回到前面说过的几篇以《迷宫》为题的诗文，不难看出博尔赫斯更加关心事物的过程，而所谓的结论（假如给出结论）则常常由死亡或者忘却 A 取代 B 或者 B 等于 A 一笔带过。

这样的重复（解读或演绎）虽然带有一定的游戏色彩，但它们构成了博尔赫斯迷宫的不同的回廊或交叉的小径。

《阿斯特里昂之家》是《阿莱夫》这个小说集中最令人关注也最重要的篇什之一。阿斯特里昂原本是指小行星或恒星之类，是博尔赫斯在翻阅词典时偶然获得的，用来命名他的这一个“牛头怪”。小说由三部分组成。

第一部分只有一句话："王后生下了阿斯特里昂。"这也是小说的一句十分重要的题词，限定了阿斯特里昂与弥诺陶洛斯的对应关系。小说的第二部分，也即主体部分，是阿斯特里昂在"王宫"的独白。随着叙述的一步步拓展，我们逐渐发现他原来是个"囚徒"，他所在的"王宫"原来竟是一座迷宫："我像一头要发起攻击的小公羊那样，在石头的回廊里东奔西跑，直至头晕目眩……""宫殿的所有部分都重复了好几回，任何地方都是另一个地方……"小说的最后一部分只有两句话："晨曦在青铜铸就的剑刃上闪闪发光，上面没有一丝血迹。'你相信吗，阿里阿德涅？'忒修斯说，'那个牛头怪根本没有反抗。'"

小说所以令人关注，并非因为阿斯特里昂与弥诺陶洛斯、王宫与弥诺斯迷宫的简单对应，而是它提供的神话以外的各种信息。比如阿斯特里昂说，"我不能和平民百姓厮混，尽管我谦逊的性格很希望这么去做"；"在许多游戏中，我最喜欢假扮成另一个阿斯特里昂。我假设他是我请来的客人，带他参观我的宫殿。我一本正经地对他说：'现在我们回到先前的岔口'，或者'我们进入另一个庭院'，或者'早知道你会喜欢水沟'，或者'你会看到一个积满淤泥的水池'，或者'你还会看到一分为二的地下室'。有时候我把角色颠倒了，于是我们高兴地笑了。"这不能不让人联想到博尔赫斯的童年的孤独、童年的游戏。当然更为重要的是忒修斯并非那一个神话中的"对手"，而是等待中的"救星"。"……预言说我的救世主迟早会来。从那时起，我不再因孤独而痛苦，我知道我的救世主依然存在……但愿他把我带到一个没有这许多回廊和门道的地方。"这段独白不但彻底消解了希腊神话中牛头怪和忒修斯的关系，而且最终牵引出另一个神话：博尔赫斯的形而上迷宫："我的救世主会是什么模样？我思量着。他到底是牛还是人？也许，他是一头长着人脸的牛？也许，他和我一模一样？"

可见，博尔赫斯呈现的更多是童心之幻，它或可用来匡正和补充李贽的童心之真。首先，神话被认为是人类童年时期的艺术创造，和童心的关系毋庸讳言。而今，人类虽然早已远离童年，但童年的艺术创造一直通过其不灭的原型鲜活地留存于世界艺术。藉马克思的话说，困难不在于它们是如何同一定的社会发展形式结合在一起的，"困难的是，它们何以仍然能够给我们以艺术享受，而且就某些方面说还是一种规范和高不可及的范本”。这里既有孩童之天真烂漫给成人带来的愉悦，也有神话—原型批评和“陌生化”理论所揭示的某些艺术的法则。其次，文学又因为和童心联系在一起，便注定会在写实和幻想两极徘徊。换言之，童心可以戳穿“皇帝的新装”；但同时童心也可以给裸露的皇帝穿上新装，而且让头上的云彩变成天使、地下的动物变成妖怪。进而言之，在特定条件下，童心之幻也即童心之真。童心说：皇帝没穿衣服；童心又说：云彩就是天使。于是，幻即是真，真即是幻。这就是童心的奇妙。某种意义上说，这也是艺术的奇妙。正因为如此，童心便不仅仅是“陌生化”的最佳载体，同时可能还是“熟悉化”的最佳载体。当然，前面说过，这个“熟悉化”好比儿童游戏，也许只是陌生化的另一张面孔。

总之，博尔赫斯从一个迷宫走向了另一个迷宫（另一个自己）。他的学生——青年胡利奥·科塔萨尔则更为直接地把忒修斯和牛头怪的关系给颠倒了。后者的《国王们》非但取材于弥诺斯迷宫的神话，而且发表于1949年。这显然不是什么巧合。我猜他准是受了老师博尔赫斯的影响。20世纪30—40年代，博尔赫斯一边在布宜诺斯艾利斯的大学里讲授文学，一边正构织着有关弥诺斯迷宫的鲜活故事，向学生揭示、灌输一些诸如此类是不可避免的。何况到了20世纪40年代后期，阿根廷社会日益被白色恐怖所笼罩，博尔赫斯等绳愆纠谬自不待言，血气方刚的科塔萨尔们口诛笔伐更是理所当然。

且说诗剧《国王们》是科塔萨尔的处女作，取材于忒修斯战胜弥诺陶洛斯的神话。在希腊神话中，弥诺陶洛斯是个人身牛头的怪物，被囚禁在迷宫里。弥诺陶洛斯以人为食，克里特岛每年要强迫雅典进贡童男童女各七名以宴怪物。为解除雅典人民的苦难，雅典王子忒修斯在克里特公主阿里阿德涅的帮助下，深入迷宫，杀死了怪物。在《国王们》中，作者反其意而用之，通过象征和对比，把弥诺陶洛斯塑造成了磨而不磷、涅而不缁、无私无畏、令人尊敬的殉道者。这个形象从一开始即因一系列的无辜和无奈而被克里特岛的独裁者命定般地视为大逆不道。出生之后，他的丑陋和反常更让弥诺斯忍无可忍。正因为如此，弥诺斯处心积虑建造了一座黑暗恐怖、没有出路的迷宫，将弥诺陶洛斯这个“异己”投入其中。然而，公主阿里阿德涅深明大义，她交给忒修斯的那个线团并非用来帮助雅典了王子，而是为了拯救她那同母异父的兄弟。诗剧的结尾让人击节叹赏：黑暗并没有使弥诺陶洛斯屈服，当然也没能使他变坏。弥诺陶洛斯根本没有反抗。他的平静和善良使忒修斯大为吃惊。这样一来，所谓怪物的种种可怕都反过来成了别人强加的莫须有罪名。

同样，现实的残酷使许许多多天真善良的孩子成了弥诺陶洛斯。科塔萨尔不得不亡命海外，博尔赫斯被荒谬地任命为市场家禽稽查员，乃是不幸中的万幸。

至于现代欧美学界拿博尔赫斯作后现代主义的大师说来说去，则是理所当然的事情。自 20 世纪 20 年代伊始，博尔赫斯就已是个不折不扣的叔本华式的怀疑主义者，而童年的邈远、童心的模糊又那么真切地实现了这种怀疑：真虎与梦虎、镜子与现实、迷宫与世界或者书本（文本）与读者、读者与诗人、诗人与宇宙、宇宙与书本之间的关系，乃是何等的确定与不确定。但这种确定与不确定一方面因为非常确定，而无须我等多说；另一方面又为别人已经说得太多，而多少有些令人厌烦（以至于有人说“后现代主义是个筐，什么都可以往里装”）。

经典的保守

——再评《百年孤独》

世界文学浩荡，但真正称得上经典的却微乎其微。多数作品顺应时流，并随时流而去；只有极少数得以沉淀并传承下来。后者往往具有金子般的品质。《百年孤独》无疑是20世纪留给后世的一尊金鼎，也许正是它的保守保证了它的沉积与留传。

一

在改朝换代的大革命时期，保守无异于反动和落后。但以常态论，保守并非贬义，它充其量是中性的。而今，“全球化”浪潮汹涌，文化或价值多元的表象掩盖了资本的本质。如是，跨国公司横扫世界，技术革命一日千里，人类面临空前危机。

1967年，加西亚·马尔克斯以《百年孤独》先声夺人。首先，它用极其保守乃至悲观的笔触宣告了人类末日的来临：

> 这座镜子之城——或蜃景之城——将在奥雷里亚诺·巴比伦全部译出羊皮卷之时被飓风抹去，从世人记忆中根除，羊皮卷上所载一切自永远至永远不会再重复，因为注定经受百年孤独的家族不会有第二次机会在大地上出现。[①]

① ［哥伦比亚］加西亚·马尔克斯：《百年孤独》，范晔译，南海出版公司2011年版，第260页。

这显然是面对跨国资本主义的一次振聋发聩的呐喊。

用巴尔加斯·略萨的话说，《百年孤独》涵盖了全部人类文明：从原始社会到资本主义社会。[1] 在原始社会时期，随着氏族的解体，男子在一夫一妻制的家庭中占有了统治地位。部落或公社内部实行族外婚，禁止同一血缘亲族集团内部通婚；实行生产资料公有制，共同劳动，平均分配，没有剥削，也没有阶级。所以这个时期又叫原始共产主义社会。原始部落经常进行大规模的迁徙，迁徙的原因很多，其中最常见的有战争和自然灾害，等等。总之，是为了寻找更适合于生存的自然环境。如中国古代的周人迁徙（至周原），古希腊人的迁徙（至巴尔干半岛），等等；古代美洲的玛雅人、阿兹台克人也有过大规模的部族迁徙。

《百年孤独》的马孔多就诞生于布恩迪亚家族的一次迁徙。在马孔多诞生之前，何·阿·布恩迪亚家和表妹乌苏拉家居住的地方，几百年来两族的人都是杂配的，因为他们生怕两族的血缘关系会使两族的联姻丢脸地生出有尾巴的后代。但是，何·阿·布恩迪亚和表妹乌苏拉却因为比爱情更加牢固的关系：共同的良心不安，以至于最终打破了两族（其实是同族）不得通婚的约定俗成的禁忌，带着 20 来户人家迁移到荒无人烟的马孔多。何·阿·布恩迪亚好像一个年轻的族长，经常告诉大家如何播种，如何教养子女，如何饲养家禽；他跟大伙儿一起劳动，为全村造福……他是村里最公正、最有权威和事业心的人，他指挥建筑的房屋，每家的主人到河边取水都同样方便；他合理设计的街道，每座住房白天最热的时候都得到同样的阳光。建村之后没几年，马孔多已经变成一个最整洁的村子，这是跟全村三百多个居民过去生活的其他一切村庄都不同的。它是一个真正幸福的村子……体现了共同劳动、平均分配的原则。

“山中一日，世上千年”。这是南朝《述异记》中“烂柯人”的意象。马孔多创建后不久，神通广大、四海为家的吉卜赛人来到这里。他们带来了人类的“最新发明”，推动了马孔多社会生产力的发展。何·阿·布恩迪亚对吉卜赛人的金属产生了浓厚的兴趣。这种兴趣渐渐发展到了狂热的

---

① Vargas Llosa: *Historia de un deicidio*: *Gabriel García Márquez*, Barcelona: Monte Avila, 1971, pp. 277 - 389.

地步。他对家人说：即使你不怕上帝，你也该敬畏金属。

人类历史上，正是因为生产力的不断发展，特别是随着金属工具的使用，才出现了剩余产品，出现了生产个体化和私有制，劳动产品由公有转变为私有。随着私有制的产生和扩展，使人剥削人成为可能，社会也便因之分裂为奴隶主阶级、奴隶阶级和自由民。手工业作坊和商品交换也应运而生。

这时，马孔多事业兴旺，布恩迪亚家中一片忙碌，对孩子们的照顾就降到了次要地位。负责照拂他们的是古阿吉洛部族的一个印第安女人，她是和弟弟一块儿来到马孔多的……姐弟俩都是驯良、勤劳的人……村庄很快变成了一个热闹的市镇，开设了手工业作坊，修建了永久性商道。新来的居民仍十分尊敬何·阿·布恩迪亚，甚至请他划分土地，没有征得他的同意，就不放下一块基石，也不砌上一道墙垣。这时，马孔多出现了三个不同的社会阶层：以布恩迪亚家族为代表的“奴隶主”贵族阶层，这个阶层主要由参加马孔多初建的家庭组成；以阿拉伯人、吉卜赛人等新一代移民为主要成分的“自由民”阶层，这些“自由民”大都属于小手工业者、小店主或艺人；以及处于社会最底层的“奴隶”阶层，属这个阶层的多为土著印第安人，因为他们在马孔多所扮演的基本上是奴仆的角色。

岁月不居，光阴荏苒。何·阿·布恩迪亚的两个儿子相继长大成人；乌苏拉家大业大，不断翻修住宅；马孔多六畜兴旺，美名远扬。其时，“朝廷”派来了第一位镇长，教会派来了第一位神父。他们看见马孔多居民无所顾忌的样子就感到惊慌，因为这里的人们虽然安居乐业，却生活在罪孽之中：他们仅仅服从自然规律，不给孩子们洗礼，不承认宗教节日。为使马孔多人相信上帝的存在，尼卡诺尔神父煞费了一番苦心：协助尼卡诺尔神父做弥撒的一个孩子，端来一杯浓稠、冒气的巧克力茶。神父一下子就把整杯饮料喝光了。然后，他从长袖子里掏出一块手帕，擦干嘴唇，往前伸出双手，闭上眼睛，接着就从地上升高了六英寸。证据是十分令人信服的。马孔多于是有了一座教堂。

与此同时，小镇的阶级关系发生了深刻的变化。以地主占有土地、残酷剥削农民为基础的社会制度：封建主义从“奴隶制社会”脱胎而出。何·阿·布恩迪亚的长子何·阿卡蒂奥大施淫威，占有了周围最好的耕地。那些没有遭到他掠夺的农民（因为他不需要他们的土地），就被迫向他缴纳税款。

地主阶级就这样巧取豪夺，依靠封建土地所有制和地租形式，占有了农民的剩余劳动。

然后便是自由党和保守党之间旷日持久的战争。自由党人“出于人道主义精神”，立志革命，为此，他们在何·阿·布恩迪亚的次子奥雷里亚诺上校的领导下，发动了三十二次武装起义；保守党则“直接从上帝那儿接受权力”，为维护社会的安定和信仰的纯洁，“当仁不让”。这场泣鬼神、惊天地的战争俨然是对充满戏剧性变化的英国宪章运动、法国大革命和所有资产阶级革命的艺术夸张。

紧接着是兴建工厂和铺设铁路。马孔多居民被许多奇妙的发明弄得眼花缭乱，简直来不及表示惊讶。火车、汽车、轮船、电灯、电话、电影及洪水般涌来的各色人等，使马孔多人成天处于极度兴奋状态。不久，跨国公司及随之而来的法国艺妓、巴比伦舞女和西印度黑人等“枯枝败叶”席卷了马孔多。

马孔多发生了如此巨大的变化，以至于所有老资格居民都蓦然觉得同生于斯、长于斯的镇子格格不入了。外国人整天花天酒地，钱多得花不完；红灯区一天天扩大，世界一天天缩小，仿佛上帝有意要试验马孔多人的承受力和惊愕的限度。终于，马孔多爆炸了。马孔多人罢工的罢工，罢市的罢市，向外国佬举起了拳头。结果当然不妙：独裁政府毫不手软，对马孔多人采取了断然措施。马孔多人遭到了惨绝人寰的血腥镇压，数千名手无寸铁的工人、农民倒在血泊之中。

这是资本主义和跨国资本主义时代触目惊心的社会现实。《百年孤独》给出的结论是毁灭。这当然既保守又悲观，是一种极而言之。

同时，古老的《圣经》结构在《百年孤独》中复活，同时被激活的还有凝聚着原始生命冲动的各色神话。

二

其次，《百年孤独》的所谓魔幻现实主义并非简单的“现实加幻想”

（况且世上没有哪一种虚构作品不是建立在现实和幻想基础之上的）；事实上，真正的魔幻在于集体无意识的喷薄。马孔多人通神鬼、知天命，相信一切寓言。这是因为旧世界的宗教和新大陆的迷信，西方的魔术和东方的巫术，等等，在这里兼收并蓄，杂然混出。这是由马孔多的孤独和落后造成的。由于孤独和落后，人们对现实的感知产生了奇异的效果：现实发生突变，来自远古的声音回荡在马孔多上空。

与此同时，马孔多人孤陋寡闻，少见多怪。吉卜赛人的磁铁使他们大为震惊。他们被它的“非凡的魔力”所慑服，幻想用它吸出地下的金子。吉卜赛人的冰块使他们着迷，被称为世界上最大的钻石，并指望用它——“凉得烫手的冰砖”建造房子。当时马孔多热得像火炉，门闩和合叶都变了形；用冰砖盖房，可以使马孔多成为永远凉爽的城市。吉卜赛人的照相机使马孔多人望而生畏，因为他们生怕人像移到金属板上，人就会消瘦。他们为意大利人的自动钢琴所倾倒，恨不能打开来看一看究竟是什么魔鬼在里面歌唱。美国人的火车被誉为旷世怪物，盖因他们怎么也不能理解这个安着轮子的厨房会拖着整整一座镇子到处流浪。他们被可怕的汽笛声和噗哧噗哧的喘气声吓得不知所措。后来，随着跨国公司的进入和香蕉热的蔓延，马孔多人被愈来愈多的奇异发明弄得眼花缭乱，简直来不及表示惊讶。他们望着明亮的电灯，整夜都不睡觉。还有电影，搞得马孔多人恼火至极，因为他们为之恸哭流涕的人物，在一部影片里死亡和埋葬了，却在另一部影片里活得挺好而且变成了阿拉伯人。花了两分钱来同人物共命运的观众，受不了这闻所未闻的欺骗，把电影院砸了个稀巴烂。这是孤独的另一张面孔，与马孔多人的迷信相反相成。

正因为马孔多的孤独和落后，也才有了《百年孤独》的魔幻与神奇。用魔幻现实主义作家阿斯图里亚斯的话说，“简而言之，魔幻现实是这样的：一个印第安人或混血儿，居住在偏僻的山村，叙述他如何看见一朵彩云或一块巨石变成一个人或一个巨人……所有这些都不外是村人常有的幻觉，谁听了都觉得荒唐可笑、不能相信。但是，一旦生活在他们中间，你就会意识到这些故事的分量。在那里，尤其是在宗教迷信盛行的地方，譬如印第安部落，人们对周围事物的幻觉印象能逐渐转化为现实。当然那不是看得见摸得着的现实，但它是存在的，是某种信仰的产物……”这便是现实的“第三范畴”，也即巴西魔幻现实主义作家吉码朗埃斯·罗萨所谓的“第三河岸”。

于是，时间停滞了。何·阿·布恩迪亚几乎是在无谓的“发明”和“探索”中活活烂死的，就像他早就预见的那样。奥雷里亚诺上校身经百战，可是到头来还是绝望地把自己关进了小作坊。他再也不关心国家大事，只顾做他的小金鱼。消息传到乌苏拉耳里，她笑了。她那讲究实际的头脑简直无法理解上校的生意有什么意义，因为他把小金鱼换成金币，然后又把金币变成金鱼；卖得愈多，活儿就愈重……其实，上校感兴趣的不是生意，而是制作本身。把鳞片连接起来，一对小红宝石嵌入眼眶，精雕细刻地制作鱼身，一丝不苟地安装鱼尾，这些事情需要全神贯注。这样，他便没有一点空闲去想战争的意义或者战后的空虚了。首饰技术的精细程度要求他聚精会神，致使他在短时间内比在整个战争年代还衰老得快。由于长时间坐着干活，他驼背了；由于注意力过于集中，他弱视了，但换来的是灵魂的安宁。他明白，人生的秘诀不是别的，而是跟孤独签订体面的协议。自从他决定不再去卖金鱼，就每天只做两条，达到二十五条时，再拿它们在坩锅里熔化，然后重新开始。就这样，他做了毁，毁了做，以此消磨时光，最后像小鸡儿似的无声无息死在了院子的犄角旮旯里。阿马兰妲和上校心有灵犀，她懂得哥哥制作小金鱼的意义并且学着他的样子跟死神签订了契约。这死神没什么可怕，不过是个穿着蓝色衣服的女人，头发挺长，模样古怪，有点儿像帮助乌苏拉干厨房杂活时的皮拉尔。阿马兰妲跟她一起缝寿衣，她日缝夜拆，就像荷马史诗中的佩涅罗佩。不过佩涅罗佩是为了拖延时间，等待丈夫，而阿马兰妲却是在打发日子，拥抱死亡。同样，雷贝卡也不可避免地染上了马孔多人的孤独症。阿卡蒂奥死后，她倒锁了房子，完全与世隔绝度过了后半生。后来，奥雷良诺第二不断拆修门窗，他妻子忧心如焚，因为她知道丈夫准是接受了上校那反复营造的遗传。

一切都在循环往返、周而复始，以至于最不经意世事变幻的乌苏拉也常常发出这样的慨叹：时间像是在画圈圈，又回到了开始的时候；或者世界像是在打转转，又回到了原来的地方。无论是马孔多还是布恩迪亚家族，都像是坐上了兜着圈子的玩具车，只要机器不遭损毁，就将永远循环往复。

还是因为孤独和落后、魔幻和神奇，马孔多在罪恶的渊薮中沉降，以至于在生活与本能之间画上了等号。最后必得由跨国资本来打破马孔多的孤寂，但代价是高昂无比的毁灭。

与此对应的是《百年孤独》的叙述方式与结构形态。如果说周而复始是小说的基调，是抒写马孔多孤寂封闭的策略；那么它的叙事节奏却是变化的：由慢到快、先张后弛。也就是说，小说的时间值是以几何速率递增的。愈是前面的章节，时间流速愈缓慢，故事、语速也相对舒缓；愈到后面，节奏愈快，以致最终与外部世界的一日千里相对应。同时，原始社会的数万年被浓缩在了布恩蒂亚第一代人史诗般的迁徙当中，到最后跨国资本主义的一代则几乎有一种来不及叙述的急迫：奥雷里亚诺·巴比伦为避免在熟知的事情上浪费时间又跳过十一页，开始破译他正在度过的这一刻，译出的内容恰是他当下的经历，预言他正在破解羊皮纸的最后一页，宛如他正在对着一面会说话的镜子……这种加速度恰好与人类一日千里的物质文明进程相对应。

三

再次，它选择了一位全知全能的叙述者：

> 多年以后，面对行刑队，奥雷里亚诺·布恩迪亚上校将会回想起父亲带他见识冰块的那个遥远的下午。那时的马孔多……[①]

这种既可以瞻前又可以顾后的全知全能的叙事方式，为《百年孤独》画出一个奇妙的圆圈，它不仅形象地指涉了地球，而且也是孤独的一种象征。然而，这种肆意张扬的“传统”叙事方法恰恰是多数现代派作家刻意回避，甚至大肆攻击的。同代拉美作家，也即通常所谓“文学爆炸”时期的其他主将走的也完全不是此等路径。无论是巴尔加斯·略萨还是富恩特

① ［哥伦比亚］加西亚·马尔克斯：《百年孤独》，第1页。

斯或科塔萨尔，绝大多数拉美作家当时正处心积虑地进行着形式创新。概括起见，也便有了种种主义，如魔幻现实主义、结构现实主义、心理现实主义和幻想派，等等。当然，它们常常你中有我，我中有你，不能截然分割，但作为西方现代派形式革命的延伸，拉美结构现实主义无疑在技巧上做足了文章。且不说结构现实主义大师巴尔加斯·略萨，即使是富恩特斯和科塔萨尔等一干作家也都是技不惊人死不休的“反传统”先锋，是断然不屑于用全知全能叙述者的。

正所谓“大象无形”“大音希声”，伟大的方法往往是简单的方法，常识也每每与真理毗邻。加西亚·马尔克斯不逐流。他的方法完全可能出现在19世纪，甚至更早的骑士小说时代、英雄传说时代……或者甚至神话预言时代。而吉卜赛人的羊皮纸手稿令人迁思的不仅是塞万提斯的戏说（比如谓《堂吉诃德》乃阿拉伯书稿），并且荡漾着所有古老寓言的回音。当然，加西亚·马尔克斯身在其中，受到现代派浸润也是免不了的。他所谓来自“外祖母话说方式”的说法固然可信，却也未可全信。我们只能姑妄听之。这种瞻前顾后、纵横捭阖的叙事方式犹如神来之笔，多少具有偶然性，甚至无意识色彩。借用神话—原型批评家们的话说，它仿佛来自布恩迪亚家族无意识，并藉梦境宣达神秘，从而嗡嗡地激荡着远古的记忆。等待它的出现耗去了作者整整十几年时间。而它的出现，除了前面说到的保守倾向，还预示着拉美“文学爆炸”由相对的突破转向了相对的整合，由相对的标新立异走向了相对的历史穿透。

总而言之，加西亚·马尔克斯是保守的。这种保守恰恰是古今文学经典一个基本的向度。笔者曾致力于探究世界文学发展的基本规律，认为迄今为止世界文学基本遵循了向下、向小、向内的趋势，即自上而下、由强到弱、由宽到窄、由大到小、由外而内的历史轨迹。[①] 而荷马史诗到希腊悲剧到但丁的《神曲》到莎士比亚的《哈姆雷特》、塞万提斯的《堂吉诃德》、巴尔扎克的《人间喜剧》、托尔斯泰的《战争与和平》或曹雪芹的《红楼梦》，等等，都或多或少具有针对这种向下趋势的悖反意识。远的不论，就说《红楼梦》吧，其借神话和释道思想以反观主流意识形态（如

① 详见拙文《下现实主义与经典背反》，《东吴学术》2010年创刊号，第17—24页。

仕途文化、致用精神等）的虚无观和空前（甚至有可能绝后）的女性审美维度（仿佛回到了母系社会，而作者的游牧近祖提供了这种可能性）难道不是一种顶顶保守的取向吗？同时，面对明清文学的向下向俗态势，曹雪芹的价值和审美抵抗可谓绝无仅有。当然，凡事相对相成，万物相生相克，最保守的有时往往也是最前卫的，20 世纪女权主义的兴盛印证了这一点，神话原型批评也为它作了相应的注脚。

如是，这里所说的保守不是鸡犬得道或茹毛饮血、巫傩辱人，恰恰相反，它指向美好的人文、优秀的传统，甚而理想化了的历史记忆（盖因“人心不古”说源远流长，尽管事实上“人心很古”）。从这个意义上说，《百年孤独》并非完美无瑕，比如它指向原始生命力或原始冲动的津津乐道和不厌其烦多少彰显了作者或叙述者或一方人等意识或无意识深处某些为人伦讳、今世忌的原始欲念。而这些欲念连同马孔多的孤寂与灭寂终于使加西亚·马尔克斯矛盾而无奈地做出了抉择：让一切毁灭。

四

如今，马尔克斯走了。然而，只要我们还记得他的名字，就会不断地询问：他留下了什么？他留下的当然是作品，但又不仅仅是作品。

先说作品。他从文六十余年，作品不算多，也不算少。屈指算来，大约有十几部长篇小说、数十篇中短篇小说和各色脚本、随笔、评论及新闻稿若干。这么一个作家，从地球的另一端旋风般进入中国，不仅风靡一时，而且落地生根。这不可谓不魔幻。但这是有历史原因的。首先，20 世纪 80 年代，“冷战”尚未结束，东西方两大阵营和全世界对以马尔克斯为代表的拉美作家的评价超乎寻常地高度一致。这客观上对他进入中国起到了推动作用。其次，拉美作家的成功对中国作家无疑既是鼓励，也是鞭策。适值我国“改革开放”之初，中国作家急于了解世界，也急于被世界所了解。走出去、走向“世界”是当时中国作家的最大愿景。对于中国作家来说，同属第三世界国家的拉美作家的成功，显然具有示范作用。最后是他们的作品确实不同凡响。曾几何时，这片大陆受马尔克斯和拉美魔幻现实主义影响的作家何啻莫言、陈忠实、贾平凹和阿来?！甚至更老一点的和更年轻一点的都或多或少受到过拉美作家的影响，其中尤以“寻根派”为甚。莫言获得诺奖前不久，谓终于读完了《百年孤独》，并且发现了一两只“马脚”；但“当初却生怕读完了它，自己就不会写小说了”。阎连科在几年前（《当代作家评论》2011年第2期）发表过一大段关于马尔克斯及其《百年孤独》的评论。他的观点或可代表相当一部分中国作家。当然，他还有自己独特的感悟，比如他认为老马表现历史的方式最具个性。

从具体作品来看，20世纪80年代，中国读者对马尔克斯没有理解得那么深，他们更关注马尔克斯作品的形式，比如结构、技巧。作品的内在要素一直要到90年代才开始受到部分作家的注意。那时，人们开始有感于拉美文学的深层意蕴，即除了形式因素、魔幻因素，有作家开始发现更为本质和深层的精神诉求，比如对拉丁美洲民族集体无意识的表征。以莫言为例，他的中后期作品主要写乡土内容，其灵感显然来自马尔克斯、福克纳等广义的西方作家和生活本身，从而开始深挖乡土资源，甚至回忆起童年时期说书人的神怪故事和蒲松龄等经典作家。尽管他没有明确说到集体无意识的概念，但实际上在这个方向同马尔克斯有了神交。这并非简单的借鉴与模仿，用莫言的话说，他是在同马尔克斯搏斗。这种搏斗既为摆脱其影响，也为寻找属于自己的主题、替民族发声、替民族治病、承担家国道义的雄心壮志。其实马尔克斯的丰富性为许多中国作家所发现，除了结构形式，还有更为重要的内涵，因此他们对他的借鉴方式也多种多样、各不相同。有的作家借鉴其史诗般的结构，譬如阿来；陈忠实借鉴的是两个家族，及至两党的百年恩怨；贾平凹的马孔多则是他心心念念的陕西农村，从而描绘了中国农民的生存状态和历史沧桑。在这个意义上，马尔克斯对中国文学的影响是多层次、多方位的，并不仅仅是“魔幻”。

无疑，中国作家是在饕餮般阅读和比较中选择了马尔克斯，他们大多注意到了以《百年孤独》及其所代表的拉美文学（时称“文学爆炸”）中的一个要素，即在借鉴西方现代文学形式技巧的同时，并没有放弃民族大道；没有放弃替一个民族，甚至整个美洲大陆代言的责任感、使命感。这些拉美作家无论对于民族文学的传统，还是整个西方乃至世界文学的优秀传统充满了守望意识。这在标新立异、以反叛和“新”“奇”“怪”，甚至

“片面的深刻、深刻的片面”（袁可嘉语）为主导的20世纪世界文坛何啻是一种“保守”。而中国“寻根文学”中的“寻根”二字，就是从拉美文坛舶来的。

然而，当终于有人斥资百万美元买下了《百年孤独》的中文版权时，它同时也成了我们不少年轻人“死活读不下去”的榜单。《红楼梦》雄踞榜首，《百年孤独》次之。多数年轻读者正渐行渐远，他们不再关注马尔克斯及其所代表的伟大文学传统。除了“死活读不下去的”《百年孤独》，其实马尔克斯的其他作品，甚至中短篇小说也乏人问津。人们宁愿沉溺于卡通、微信等的碎片化阅读，哪怕娱乐至死！于是，两极分化出现了。中国的主流作家以及年纪较大的读者仍痴迷于《百年孤独》，当然更痴迷于《红楼梦》；而不少年轻的作家和读者不屑于或已经没有耐心或能力通读这些经典。我个人认为，这是文化生态严重蜕变的大问题，是我们面临的文学危机、文化危机。一方面，文化作为一种消费的工业，正日益在资本的推动下走向全球的每一个角落。那些卖得最好的，恰恰是最没有内涵和民族特色、最没有社会担当和家国道义的作品，但它们瓜分了阅读市场的最大份额。多数年轻人沉溺于浅阅读，对经典兴味索然。另一方面，作为发展中国家，我们又是多么需要民族认同感和凝聚力，多么需要有益的借镜！

巴尔加斯·略萨与“否定的自由”

“自由即个人选择生活的神圣权利和既无外来压力，亦无附加条件，完全尊重个人的聪敏与智慧……也即以赛亚·伯林[①]所说的‘否定的自由’，即不受干扰的和非强制性的思想、言论和行为。寓居于这种自由思想的灵魂具有怀疑权威和否定一切滥权的深刻性”[②]，巴尔加斯·略萨如是说。这是他在西班牙皇家语言学院和全球西班牙语国家语言学院联合纪念版《堂吉诃德》的《序言：面21世纪的小说》中对塞万提斯式自由的界定。这种自由当然是理想主义的绝对自由，迄今为止也许只有在互联网的“二次元”虚拟空间中才能实现，尽管事实上任何虚拟又终究离不开现实利益、现实欲望的驱使。

然而，在巴尔加斯·略萨的躯体里流淌着的正是这样一种源远流长的自由主义血液。换言之，他骨子里是个自由知识分子，尽管在不同时期或因环境变化，其自由意志、自由思想的色泽有所不同。

一

且说巴尔加斯·略萨奋袂于20世纪中叶，在传承批判现实主义衣钵、追随萨特“造反”的同时，以出神入化的结构艺术重新编织了拉丁美洲的历史和现实。与此同时，其个人生活虽演绎得令人眼花缭乱，但本质上无不契合自由率性。这自由颇似陈寅恪先生所谓（“独立之精神”“自由之

---

① 以赛亚·伯林（1909—1997），英国学者，其自由观在西方知识分子中颇有影响，代表作有《自由论》（1991）等。译注。

② Vargas Llosa：“Una novela para el siglo xxi”，prólogo a la edición de *Don Quijote de la Mancha*，Madrid：Real Academia Española y Asociación de Academias de la Lengua Española，2004，p. 19.

思想”)，但力度更强，涉意更广，盖因它在一定程度上于巴尔加斯·略萨已不仅仅是一种精神或思想，而且还是一种行为方式。首先，他与表姨（舅妈的妹妹）胡利娅和表妹帕特里西娅·略萨的婚恋令人费解，其次是与挚友马尔克斯的恩怨让人摸不着头脑，再次是刚刚还在竞选秘鲁总统却转眼加入了西班牙国籍。凡此种种，无不使人猜想他在用小说的方法结构他的人生（反之亦然）。

巴尔加斯·略萨于1936年生于秘鲁阿雷基帕市。和加西亚·马尔克斯的出身相仿，他的父亲也是报务员，而且家境贫寒；母亲却是世家小姐、大家闺秀。无独有偶，巴尔加斯·略萨也是在外祖父家长大的，尽管它比马尔克斯儿时的“大屋”更加体面，甚至可以说是不乏贵族气息。十岁上随父母迁至首都利马，不久升入莱昂西奥·普拉多军事学校。在校期间“带着邪恶的快感”大量偷读文学作品。1953年，巴尔加斯·略萨违背父母的意愿，考入圣马科斯大学语言文学系，不久与胡利娅姨妈相识、相爱。这被视为大逆不道，同时也遭到了家人的竭力反对。但他却于1955年与长他十三岁的胡利娅姨妈正式结婚了（1964年离异，翌年牵手表妹并接连有了三个孩子）。大学毕业后，他的短篇小说《挑战》获法国文学征文奖并得以赴法旅行，后到西班牙，并入马德里大学攻读文学（最终于1972年获得博士学位，论文写的是加西亚·马尔克斯）。1959年重游法国，在巴黎结识了胡利奥·科塔萨尔等拉美流亡作家。同年完成短篇小说集《首领们》，获西班牙阿拉斯奖。翌年开始写作长篇小说《城市与狗》。作品于1962年获西班牙简明图书奖和西班牙文学评论奖。四年后，他的第二部长篇小说《绿房子》出版，获罗慕洛·加列戈斯拉丁美洲小说奖。从此作品累累，好评如潮。

《城市与狗》是他的成名作，写其亲历的莱昂西奥·普拉多军事学校。小说把学校以及所在的城市描写成一座巨大的驯犬场，学生则是一群被驯养的警犬。他们在极其严明的、非人道的纪律摧残下逐渐长大。这是一个暴力充斥的过程，弱肉强食，适者生存，社会达尔文主义法则像一道魔咒笼罩在每个人的头上。谁稍有不慎，就会招来灭顶之灾。小说出版后立即遭到官方舆论的贬毁。莱昂西奥·普拉多军事学校举行声势浩大的集会并当众将一千册《城市与狗》付之一炬。文学评论家路易斯·哈斯在记叙这段插曲时转述作者的话说：“两名将军发表演说，痛斥作者无中生有、大逆不道，还指控他是卖国贼和赤色分子。”①

小说开门见山，把一群少不更事的同龄人置于军人专制的铁腕统治之下。在一次化学测验中，“豹子”率领一帮同学夜盗考卷作弊，被渴望请假进城的“奴隶”告发。“豹子”等受到了处罚，而“奴隶”则在一次军事演习中神秘地死去。“诗人”出于个人目的，指控“豹子”是杀人凶手。由此引发的是学员如何被逐渐洗脑的过程，以至于“诗人”最终得出结论：“在这里，你就是一名军人，无论你愿意与否。而军人的天职就是当一名好汉，有钢铁一般坚硬的睾丸。”②

《绿房子》被认为是巴尔加斯·略萨的代表作，通过平行展开的几条线索叙述秘鲁内地的落后和野蛮：在印第安人集居的大森林附近，有一个小镇，叫圣玛利亚·德·聂瓦。镇上有座修道院。修女们开办了一所感化学校，以从事对土著居民的“教化”工作。每隔一段时间，她们就要在军队的帮助下，四处搜捕未成年女孩入学。这些女孩在学校里重新接受命名和驯养。由于学校实行全封闭军事管理，孩子们根本无法与家人取得联系。几年下来，她们被培养成了“文明人”，有偿或无偿送给上等人做女佣。在一次例行的搜捕行动中，小说的女主人公鲍妮法西娅被抓住并送进了这所感化学校。她在嬷嬷们的严厉责罚和管束下，学会了西班牙语和许多闻所未闻的“文明习俗”。一天，鲍妮法西娅出于同情放跑了不堪虐待的小伙伴，结果遭到了更加严厉的处罚。她被逐出修道院。就在她走投无路之际，一个叫聂威斯的人收留了她。聂威斯曾经是个军人，后来误入歧途，在各色社会渣滓云集的亚马孙河流域干起了走私的勾当。当时，那一带有个名叫伏屋的巴西籍日本人。他是个逃犯，正与当地官商堂列阿德基合伙做橡胶生意。他们频繁往来于印第安部落，低收高售，大发横财。印第安人不堪他们的重利盘剥，终于在胡姆酋长的领导下建立了直销渠道。伏屋和堂列阿德基于是勾结军队对印第安人采取了暴力行动。流血事件引

① ［智利］哈斯：《我们的作家》《论马里奥·巴尔加斯·略萨》《拉丁美洲当代文学评论》，赵德明译，漓江出版社1988年版，第410—446页。

② Vargas Llosa: *La ciudad y los perros*, Madrid: Grupo Santiana, 2006, p. 447.

起社会各界的关注。为了平息舆论，政府决定阻止橡胶走私活动并张贴告示捉拿非法商人。伏屋逃之夭夭，堂列阿德基却毫发无损。伏屋带着情妇拉丽达来到一个小岛并在那里建立起自己的独立王国。他变本加厉，勾结潘达恰和阿基里诺控制了一方水土。一天，他和情妇搭救了一名落难军人，他就是聂威斯。聂威斯很快爱上了拉丽达，而伏屋正遭受麻风病的折磨。趁着伏屋自顾不暇，聂威斯和拉丽达私奔了。他们来到圣玛利亚镇，准备生儿育女过正常人的生活。为了巴结警长并让鲍妮法西娅此身有靠，他们有意安排她与警长利杜马相识。不久，警长奉命追捕聂威斯。聂威斯接到警长故意透露的消息后准备逃跑，但最终还是因为行动迟缓而遭到逮捕。拉丽达转眼跟了别人。此后，警长带着鲍妮法西娅回到自己的故乡皮乌拉。曾几何时，皮乌拉还是个世外桃源。自从来了堂安塞尔莫，一切都改变了。此人仿佛自天而降，他在城郊买下一大块地皮，盖起一大幢绿色楼房。它就是皮乌拉的第一座妓院。从此以后，皮乌拉失去了安宁。城市日新月异，成了冒险家的乐园。堂安塞尔莫和受骗的盲女生下一个女孩，取名琼加。女孩长大后继承父亲的衣钵；而父亲已然身败名裂，沦为一名乐手。利杜马回到皮乌拉后继续当他的警察。一天，他应朋友何塞费诺之邀到妓院鬼混，结果酒后失言，被逼赌命。对方毙命后，利杜马锒铛入狱。何塞费诺趁机霸占了鲍妮法西娅。待玩腻后，他又一脚把鲍妮法西娅踢进了绿房子。鲍妮法西娅从此易名“森林娘子”。

《绿房子》被认为是秘鲁有史以来最重要的长篇小说之一。作品涵盖了近半个世纪的广阔生活画面，对秘鲁社会的病态、畸形进行了鞭辟入里的揭示。同时，由于小说采用了几条平行的叙事线索，故事情节被有意割裂、分化，从而对社会生活形成了多层次的梳理、多角度的观照。不同的线索由一条主线贯穿起来，它便是鲍妮法西娅的人生轨迹：从修道院到绿房子（也译作青楼）。

西方语言中的“绿”相当于汉语里的“黄”。显而易见，绿房子象征秘鲁社会。主人公鲍妮法西娅则是无数个坠入这座人间地狱的不幸女子之一。她出生在秘鲁内地的一个印第安部落，和许多印第安少女一样，被军队抓到修道院接受教化，而后遭逃犯、恶霸、警察、流氓等几经蹂躏，终于沦落并成为风尘女子。几条线索（伏屋、老鸨、逃犯、警察等）像一张巨大的蜘蛛网，在她身边平行展开。小说由一系列平行句、平行段和平行章组成，令人叹为观止。巴尔加斯·略萨因此而成为与科塔萨尔、富恩特斯齐名的结构现实主义大师。他们超越卡彭铁尔、阿斯图里亚斯等，将小说的结构艺术推向了极致，却并不放弃源远流长的现实主义传统。是谓结构现实主义。

之后，他作品连连，继有中短篇小说集《小崽子们》（1967），长篇小说《酒吧长谈》（1969）、《潘达雷昂上尉与劳军女郎》（1973）等。其中《酒吧长谈》是巴尔加斯·略萨迄今为止篇幅最大的一部小说，写1948—1956年曼努埃尔·阿波利纳里奥·奥德利亚军事独裁统治期间的秘鲁社会。作品人物众多，结构复杂，但中心突出。它鲜明的反独裁主题使作者沉积多年的怨愤得到了宣泄。诚如巴尔加斯·略萨所说的那样，“同斗牛一样，军事独裁也是利马所特有的。我这一代秘鲁人，在暴力政权下度过的时光，要长于在民主政权下度过的时光。我亲身经历的第一个独裁政权就是曼努埃尔·阿波利纳里奥·奥德利亚将军从1948年到1956年的独裁专制。在这期间，正是我这种年龄的秘鲁人从孩提到成年。奥德利亚将军推翻了一个阿列基帕籍的律师，这就是何塞·路易斯·布斯达曼特，他是我祖父的一个表兄弟……他只在任三个年头就被奥德利亚发动的政变推翻了。我小时候，很钦佩这位打着蝴蝶领结，走路犹如卓别林的布斯达曼特先生，现在仍然钦佩，因为人们说他有着我国历届总统所不曾有过的怪癖：他离任时比上任时更穷；为了不给人以口实说他偏心，他待对手宽容，而对自己人却很严厉；他极端尊重法律以致造成了政治上的自杀。”① 奥德利亚上台后，秘鲁恢复了野蛮的传统。他腐化堕落，使得所有政府官员都中饱私囊。为此，他们贪赃枉法，镇压异己，弄得整个社会乌烟瘴气。巴尔加斯·略萨青年时期走出的关键一步就是不顾家长的反对进入富有自由传统的圣马科斯大学。“早在军校的最后一年，我就发现了一些社会问题，当时是以一个小孩子的浪漫方式发现社会偏见和不平等的。因此，我愿意同穷人一样，希望来一次革命，给秘鲁人带来正义。”② 然而，

① ［秘鲁］巴尔加斯·略萨：《酒吧长谈·五光十色的国家（代序）》，孙家孟译，云南人民出版社1993年版，第11页。

② ［秘鲁］巴尔加斯·略萨：《酒吧长谈·五光十色的国家（代序）》，孙家孟译，云南人民出版社1993年版，第12页。

在此之前，独裁者几乎捣毁了这所大学，在一次大搜捕中，军警逮捕了几十名学生，许多教授被迫流亡国外。大学勉强复课后，军警在学校掺沙子，弄得人人自卫。巴尔加斯·略萨经历了这一幕。也正是在此期间，他接受了马克思主义，继而又转向萨特的存在主义。小说中的小萨多少带有作者的影子（大学时代的绰号就叫“小萨特”）。

小萨是作品的主人公，他的内心独白以及他与别人的对话是作品的基础。小说以他和曾经的家庭司机安布罗修的重逢为契机，“记录”了他们在一家叫作“大教堂”的酒吧所进行的促膝长谈。整部小说就在他们的长谈中渐次展开。小萨的许多生活细节和经历都能使人联想到巴尔加斯·略萨。因此，说作品富有自传色彩并无不可。他和安布罗修的话题紧紧围绕秘鲁现实展开，先后涉及上至将军下到乞丐，凡六十多个人物。他们遵循适者生存的社会达尔文主义，无不把他人视作自己的敌人。以至于小萨最终得出了“你不叫别人倒霉，你就得自己倒霉”的结论。这与萨特的言论如出一辙。小说完全把秘鲁社会描写成了现代斗兽场，其中的许多细节都能使人感同身受、噩梦连连。但是，由于几乎完全用对话敷衍开来，多少显得有些冗长和散漫。也许正因为如此，小说并未达到《绿房子》和《城市与狗》的高度。

长篇小说《潘达雷昂上尉与劳军女郎》（1973）仍然把矛头指向军人政权。小说在一种带有明显闹剧色彩的气氛中展开：驻扎林莽的士兵经常骚扰和强暴当地妇女，这引起了朝野的广泛关注。为了杜绝此类事件再度发生，国防部突发奇想，派遣潘达雷昂·潘托哈上尉组建一支劳军安慰部队开赴大森林。部队由一群花枝招展的风尘女子组成。潘达雷昂接受任务后尽心尽责、一丝不苟，把此项工作看成是为国效劳的神圣使命：“为担此重任，我做到了鞠躬尽瘁”。但劳军部队还是满足不了需要，电话、电报应接不暇：

> “‘他妈的，搞什么嘛?！都三星期了，连一个劳军支队也没到博尔哈来！’彼德·卡萨旺吉上校暴跳如雷，拽着电话筒大喊大叫，‘你让我的人等死了，潘托哈上尉，我要去上级那儿告你！’”
>
> “‘我要求派一个支队过来，而你却只给我送来了两个样品，’马

克西莫·达维拉上校愤怒地咬着小手指上的指甲，吐了一口唾沫，‘你想想，一百三十个士兵、十八个单位，光两个劳军女郎能搞个屁啊?!’”①

二

巴尔加斯·略萨随着拉丁美洲“文学爆炸”的声浪走向了世界，并于20世纪70年代末登陆我国，和加西亚·马尔克斯、富恩特斯、科塔萨尔等拉美“文学爆炸”时期的主将及老博尔赫斯等一并影响了中国文坛。但是，时移世易，后现代思潮以其极端的自由主义和虚无主义倾向迅速改变了急于“走向世界”“与世界接轨”的大多数中国作家的价值和审美取向，巴尔加斯·略萨等一班“传统”作家被逐渐疏忽，并迅速“作古”。人们言必称“后”。于是，绝对的相对性取代了相对的绝对性。于是，众声喧哗，莫衷一是。随着互联网的普及，这一趋势更是有增无已。

诚然，巴尔加斯·略萨浓重的载道色彩和介入情怀背后，其实一直涌动着自由主义的潜流。正因为如此，早在20世纪70年代中后期他便以特殊的方式追踪并且诠释了后现代主义。在这一转向过程中，他发表了一系列作品，计有长篇小说《胡利娅姨妈与作家》（1977）、《世界末之战》（1982）、《狂人玛伊塔》（1984）、《谁是杀人犯》（1986）、《继母颂》（1988）、《利图马在安第斯山》（1993）和《情爱笔记》（1997）。也是无巧不成事，他于70年代中期因不可究诘的原因同加西亚·马尔克斯闹翻（一说是因为后者与巴尔加斯·略萨的前妻胡莉娅姨妈有染，另说是他们在如何对待古巴等重大问题上产生了分歧），以至于大打出手。政治上则日益表现出相对右倾的自由知识分子姿态。创作上则“小我”比重陡增。到了80年代，他甚至五体投地地推崇起博尔赫斯来。他说：“当我还是个大学生的时候，曾经狂热地阅读萨特的作品，由衷地相信他断言作家应对时代和社会有所承诺的论点。诸如，‘话语即行动’，写作也是对历史采取行动，等等。现在是1987年，类似的想法可能令人觉得天真或者感到厌

① Vargas Llosa: *Pantaleón y las visitadoras*, Madrid: Grupo Santillana, 1995, p. 61.

倦——因为我们对文学的功能和历史本身正经历着一场怀疑的风暴——但是在50年代，世界有可能变得越来越好，文学应该对此有所贡献的想法，曾经让我们许多人认为是有说服力的和令人振奋的。”“对我来说，博尔赫斯堪称以化学的纯粹方式代表着萨特早已教导我要仇恨的全部东西：他是一个躲进书本和幻想天地里逃避世界和现实的艺术家；他是一个傲视政治、历史和现实的作家，他甚至公开怀疑现实，嘲笑一切非文学的东西；他是个不仅讽刺左派的教条和乌托邦思想，而且把自己嘲弄传统观念的想法实行到一个极端的知识分子：加入保守党……”“但可以完全肯定地说：博尔赫斯的出现是现代西班牙语文学中最重要的事情，他是当代最值得纪念的艺术家之一。”①

这种转变于他并不意味着背叛，而是一种自由选择，尽管客观上显得有些匪夷所思。明证之一是他的从政企图，而且为此组建右派政党，并使出了浑身解数：与藤森等人周旋了整整两年，结果却铩羽而归，以败北告终。更难令常人理解的是，1989年他竞选秘鲁总统败北后，竟不顾舆论压力挺而选择了定居西班牙并最终于1993年加入西班牙国籍（尽管同时保留秘鲁国籍）。作为对他文学成就和政治选择的回报，西班牙把1995年的塞万提斯奖授予了他。

与此同时，他的创作内容和审美取向发生了明显改变。一方面，他虽然继续沿着一贯的思路揭露秘鲁及拉丁美洲社会的黑暗，但力度大为减弱；另一方面，情爱、性爱和个人生活那个被压抑的“小我”开始突现并占有了绝对重要的位置。正是在这个时候，巴尔加斯·略萨潜心写作他和前妻胡利娅姨妈的故事：《胡利娅姨妈与作家》。作品由两大部分组成，彼此缺乏必然联系。一部分是作者与舅姨胡利娅的爱情纠葛，另一部分写广播小说家加马丘。花开两朵，各表一枝。二者分别以奇数章和偶数章交叉进行。奇数部分充满了自传色彩，从人物巴尔加斯·略萨与胡利娅姨妈从相识、相知直到相爱结婚说起，讲述了一个非常现代，甚至颇有些不按常理出牌的爱情故事。小说发表后立即引起了巨大反响，首先是胡利娅姨妈对许多细节表示否定并愤然抛出了《作家与胡利娅姨妈》（1983），揭露

① ［秘鲁］巴尔加斯·略萨：《博尔赫斯的虚构》，赵德明译，《世界文学》1997年第6期。

他在婚内红杏出墙，与表妹耦合；其次是一些读者对巴尔加斯·略萨这种完全交出自己和前妻隐私权的做法不置可否。

《世界末之战》的出版标志着巴尔加斯·略萨开始放弃当前的社会现实而转向了历史题材。小说写19世纪末处在“世界末端”的巴西腹地的一场“世界末日”大战。著名作家库尼亚曾以此为题材创作了传世的《腹地》(1902)。巴尔加斯·略萨的选择具有明显的解构意图：展示卡奴杜斯牧民起义的多重意义。但小说的新历史主义精神并未达到预期效果，相当一部分读者对作者的“炒冷饭”做法不能理解。

好在以后的两部作品又奇怪地回到了秘鲁现实。其中《狂人玛伊塔》写无政府主义者玛伊塔的革命，写得可谓得心应手；《谁是杀人犯》写军事独裁期间发生在空军某部的一起乱伦谋杀案。但紧接着巴尔加斯·略萨又令人大惑不解地推出了两部性心理小说：《继母颂》和《情爱笔记》。两部小说堪称姐妹篇。前者写为人继子的阿尔丰索少年千方百计拆散父亲和继母的故事：小阿尔丰索对继母怀恨在心，无论她如何谨小慎微、百般讨好，都未能改变他莫名的仇恨。为了达到目的，他人小鬼大，不择手段，以至于将计就计，利用继母的取悦心理，酝酿了一个狠毒的阴谋。他装出天真烂漫的样子骗取继母信任，然后得寸进尺，从拥抱到亲吻直至占有她的肉体。阴谋得逞后，他假借作业向父亲透露秘情，气得后者暴跳如雷，当即将妻子赶出家门。《情爱笔记》依然从阿尔丰索的角度叙述他与继母的关系。父亲赶走继母以后，小家伙的心理活动发生了巨大变化。他逐渐发现自己在蓄意伤害继母的过程中，实际上已经慢慢地爱上了她。这种剪不断理还乱的矛盾关系在这后一部小说中以十分巧妙的形式敷衍开来：一面尽力消释父亲的“误解”，一面模仿父亲的笔迹和口吻写下“情爱笔记”。它们以信件的形式由小家伙亲自送到继母手中。最后，继母被继子的真情所感动，重新回到了有两个男人爱着的家。这两部小说堪称他“后现代时期”的代表作，引发了不少争议。有读者甚至攻击巴尔加斯·略萨写这些“有伤风化”的作品是一种“堕落”。盖因小说假借孩子摹仿父亲笔迹大肆描写色情，讲述“空巢”期间的想入非非。老子首先想到（记录）的是妻子由于青睐一个动物爱好者最终不免与猫们发生关系，继而还可能同她的女佣上床、和一名海盗在狂欢晚会上做爱、与一个在事故中残废的摩托车手嬉闹、跟一位法学权威厮混，甚至跟某大使夫人幽会、跟墨西哥妓女苟且……倘非主人公“我”始终身临其境，读者很容易以为这些描写不是正在发生，便是既成事实。然而，这些想象令女主人公兴奋不已。而“我”则借以自慰。

虽然巴尔加斯·略萨广征博引，以期从美学的高度重构性爱文学，并对《花花公子》之类通俗刊物大加贬斥，但总体上这两部小说仍是指向形下的下半身写作，尽管作者“形上”地用“想象”取代了“行动”，如此而已。然而，小说本来就是想象的产物。

如是，20世纪八九十年代，巴尔加斯·略萨在后现代思潮的裹挟下“淡化”了意识形态和社会批判色彩，与年轻时代所信奉的介入理论渐行渐远，以至于90年代一头扎进“小我”而不能自拔。好在跨国资本主义迅速扯下了“经济全球化”的朦胧面纱。巴尔加斯·略萨也很快调整了姿态，遂于世纪之交回到了富有现实意义的宏大叙事。这也正是巴尔加斯·略萨在获悉摘得诺贝尔奖时传递的重要信息：在拉丁美洲，文学与政治很难分家。在其他发展中国家又何尝不是如此？

进入新世纪后，他明显回归，推出了又一系列现实主义力作——《公羊的节日》（又译《元首的幽会》2000）、《天堂的另一个街角》（2003）、《坏女孩的恶作剧》（又译《坏女孩的淘气经》2006），等等。前者是一部反独裁小说，延续了拉丁美洲文学的介入传统。《天堂的另一个街角》写画家高更及其外祖母特里丝坦的故事，高更寻找人间天堂的方式是逃避现实，而他的那位来自秘鲁的外祖母则以入世（女权运动和社会改良）提供了探询“天堂”的不同路径。之后的《坏女孩的恶作剧》则以一个无心伤人却又害之的“坏女孩”为主角，虽然作者依然保持着八九十年代的某些创作元素，但通过女主人公所关涉的一系列重大社会政治事件如“革命输出”“光辉道路”等彰显了某种社会关怀。而她所谓的“智利女孩”身份也颇使人联想到作者的早期创作，如《小崽子》等。近作《凯尔特人之梦》（2010）和《审慎英雄》（2013）是两部风格迥异的小说。前者写爱尔兰独立运动先驱罗杰·凯斯门特，其追求自由之心益发鲜明。后者又把我们带回到了他熟识的秘鲁，是一部直面社会矛盾的力作。他仿佛回到了过去：幽伏含讥，并写多面，且最终证明他仍是从“小我”出发指点江山、宣达理想的自由知识分子。他的其他作品有剧本《塔克纳小姐》(1981)、《凯蒂与河马》(1983)、《琼卡姑娘》(1986)、《阳台狂人》(1993)、《奥德赛与佩涅洛佩》(2007)和《一千零一夜》(2010),文学评论(集或专著)《加夫列尔·加西亚·马尔克斯:弑神者的历史》(博士论文,1971)、《永远的纵欲:福楼拜和〈包法利夫人〉》(1975)、《顶风破浪》(1983)、《谎言中的真实》(1990)、《挑战自由》(1994)、《致青年小说家的信》(1997)、《激情的语言》(2001)、《不可能性的诱惑:关于雨果的〈悲惨世界〉》(2004),以及小说《叙说者》(1987)和自传体小说《水中游鱼》(1993)等。

从某种意义上说,巴尔加斯·略萨于20世纪70年代中后期至90年代中后期的转向与西方后现代主义和新自由主义思潮的蔓延以及跨国资本主义的全球扩张不无关系。由于“意识形态的淡化”(也即另一种意识形态的强化),极端的个人主义和自由主义思想推动了相对主义的泛滥,而所谓的文化多元化实际上只不过是跨国资本主义一元化的表象而已。不是吗?社会主义阵营瓦解了,民族主义阵线消释了,跨国资本也便畅行无阻、所向披靡矣。而跨国资本主义也只有在众声喧哗、莫衷一是的狂欢氛围中才如鱼得水。发展中国家被无奈地卷入其“剪羊毛”浪潮,内忧外患,可谓进退维谷。因此,无论瑞典文学院意欲何为,无论巴尔加斯·略萨如何“自由”,他向着“大我”的“浪子回头”当可令一味地“向下”“向小”的第三世界作家深长思之。

顺便说一句,自由主义思潮自发轫以来,便一直扮演着资本主义快车润滑剂的角色,其对近现代文学思想演进的推动作用同样不可小觑。而文艺复兴运动作为人文主义或人本主义的载体,无疑也是自由主义的温床。14世纪初,但丁在文艺复兴运动的晨光熹微中窥见了人性(人本)三兽:肉欲、物欲和傲慢。未几,伊塔大司铎在《真爱之书》中把金钱描绘得惊心动魄,薄伽丘则以罕见的打着旗帜反旗帜的狡黠创作了一本正经的“人间喜剧”《十日谈》。15世纪初,喜剧在南欧遍地开花,幽默讽刺和玩世不恭的调笑、恶搞充斥文坛。16世纪初,西、葡殖民者带着天花占领大半个美洲,伊拉斯谟则复以恶意的快乐在《疯狂颂》中大谈真正的创造者是人类下半身的“那样东西、那样东西,只有那样东西”。17世纪初,莎士比亚仍在其苦心经营的剧场里左右开弓，而塞万提斯却通过堂吉诃德使人目睹了世风日下和哀鸿遍野。18世纪，自由主义鸣锣开张，从而加速了资本主义在经济基础和上层建筑的双向拓展……一不留神几百年弹指一挥间。如今，不论你愿意与否，世界被跨国资本拽上了腾飞的列车。作为自由知识分子，巴尔加斯·略萨当深谙自由主义在现代社会变革中所发挥的巨大功用：它甫一降世便以摧枯拉朽之势颠覆了欧洲的封建制度、扫荡了西方的封建残余。但它同时也为资本主义保驾护航，并终使个人主义和拜物教所向披靡，技术理性和文化相对论甚嚣尘上。

然而，巴尔加斯·略萨又有话说，"守护传统，乃君子之道"①。

三

2011年6月，应中国社会科学院外国文学研究所、中国人民大学文学院等单位的邀请，秘鲁—西班牙作家巴尔加斯·略萨携妻子帕特里西娅和长子阿尔瓦罗访问中国。一行三人先到上海，在上海与在沪中国同行、出版人等会晤后，于6月16日抵达北京。在京期间，他们除参加17日在中国社会科学院举办的演讲会和高峰论坛外，再未安排其他正式活动。中国作家莫言、刘震云、张抗抗、徐小斌等参加了论坛。也就是说，自16日至21日离京，巴尔加斯·略萨及其妻儿有整三天的时间可以会晤同行、译者，浏览北京胜景。当然，因为拥有秘鲁—西班牙双重国籍，他免不了被上述两国使领馆和塞万提斯学院奉为上宾。18日下午，在参加了塞万提斯学院的一个庆祝活动后，我亲自驾车，陪他们一家三口去故宫参观。老友王亚民先生接待了我们。这次例行的参观没啥可说的，无非是中国文化如何令他叹为观止。我想告诉读者的是，巴尔加斯·略萨童心未泯，在前往故宫的路上突发奇想，想顺便到北京最繁华的地方去兜一圈。我几乎不假思索地想到了CBD，盖王府井无法行车，长安街他又比较熟识（因为下榻在北京饭店）。于是我们走马观花，从朝阳门桥掉头，经东二环至三元桥右拐，然后直奔东三环，再由国贸进入长安街。一路上，他老人家欢呼

① ［秘鲁］巴尔加斯·略萨：《博尔赫斯的虚构》，赵德明译，《世界文学》1997年第6期。

雀跃，用手指指点点，就像当初布恩蒂亚家发现马孔多一样。

“瞧，这儿太漂亮啦！……”

我想他是由衷的，因为前一天我携劳马等和他共进午餐时，他忽然宣布要让他的孙女来华学中文，请劳马答应收留。劳马欣然同意了他的请求。如果说这一个插曲已由媒体广而告之，那么前一插曲却是首次披露，或可证明大作家竟也会孩子似的激动不已。

说到激动，我不由得联想起他与加西亚·马尔克斯的恩怨是非。有关情况媒体和研究界颠三倒四，莫衷一是。然而，研究家伊兰·斯塔文思在林建法等友人的陪同下到访外文所。对这位斯塔文思我早有耳闻，因此一见如故是套话。巧合的是他走过的学术之路与我这二十几年的所作所为惊人的相似。我们不谋而合，年轻时热衷于加西亚·马尔克斯和博尔赫斯，并不约而同地视他们为当代拉丁美洲文学的两极，而后我们又“同时”转向了塞万提斯。所谓同时是当然相对的，我痴长几岁，因此多少比他早出道几年，只是条件和能力所限，成果也许不及他多。另一点值得一提的是，我们以各自的方式，但几乎以同样的力度关注和介入本国文学。绕了一个巴尔加斯·略萨看 CBD 似的大圈，我想说的是，斯塔文思经过多年探赜索隐，终于揭开了马尔克斯 VS 略萨那场拉美文坛“德比之战”的谜底。略萨小老马九岁，1975 年未抵“不惑”，那天又恰好多喝了几杯，狭路相逢，分外眼红，二话没说冲着老马的左眼就是一拳。老马正待还手，说时迟那时快，周遭人等早就横亘在他俩之间了。斯塔文思说他的《马传》将披露两人公开反目的因由。那个使他们大动干戈的女子既不是先前普遍推测的胡莉娅姨妈，亦非帕特里西娅表妹，更非马妻梅塞德斯，而是另有其人——他们共同喜欢的一位姑娘。那么此人是谁呢？我们期待《马传》的问世。话又说回来，除了争风吃醋，20 世纪 70 年代中期的文学和政治转向其实已经使这对莫逆之交渐行渐远。

阿连德的本色与杂色

“哦，你对爱的艺术一无所知吗？那么，就来读读这些诗篇吧！读过并且了悟个中奥妙，你就可以去向爱神报到了。艺术的作用有那么大吗？是的，通过艺术，我们可以使船儿插上翅膀；通过艺术，我们可以使车马奔驰如飞。爱情也不例外，它也应当有艺术来引导。我曾被维纳斯女神指定为善爱的导师……”这是古罗马诗仙、大鼻子奥维德在《爱经》中的一番自夸。而他所说的维纳斯，也即古希腊神话中的爱神—美神阿佛洛狄特。

且说奥维德因为此书或关涉此书的种种纠葛，被罗马当局流放到多瑙河畔一个叫托米的偏僻、寒冷的地方，罪名是“诲淫”和“淫乱”。据说，他是西方第一位流亡诗人。因为是第一位，而且是大诗人，奥维德于是成了后世流亡文人的鼻祖。“文学爆炸”时期的许多拉美作家，从卡彭铁尔、阿斯图里亚斯到科塔萨尔、加西亚·马尔克斯或者巴尔加斯·略萨，都有过流亡经历。科塔萨尔曾不无自嘲地以现代奥维德自居，谓流亡是独裁者们无意间颁发给拉美作家的一笔奖学金。智利女作家伊莎贝尔·阿连德（1942— ）当有同感。1973 年智利军人发动政变，伊莎贝尔·阿连德的伯父萨尔瓦多·阿连德总统以身殉职。伊莎贝尔·阿连德被迫亡命国外，是年三十一岁。

一

1942 年，伊莎贝尔·阿连德出生在智利的一个显赫世家。虽然父亲消失时，她年近 3 岁，但她并没有因此而受到任何伤害。她是在伯父和母亲的照拂下长大成人的。话说时任外交官的父亲托马斯·阿连德因性丑闻突然失踪，但伯父却政途坦荡，而且母亲很快替她找了一个继父。同时，和加西亚·马尔克斯一样，她也有一个神秘的外祖母和一个倔强的外祖父。这为她日后成为“穿裙子的加西亚·马尔克斯”奠定了基础。她的阅读兴趣来自于母亲一脉的奇异故事和继父拉蒙赠送的一套《莎士比亚全集》。由于拉蒙也是位外交官，伊莎贝尔从小跟随他和母亲游历了欧洲和美洲。为了尽早自立，伊莎贝尔中学毕业后便走上了社会，在圣地亚哥新闻界摸爬滚打。记者生涯使她变得敏锐和早熟。无论政治斗争多么复杂，她始终不渝地站在伯父一边。1970 年，伯父作为人民阵线的总统候选人在大选中获胜，但反动势力不甘失败，不仅在经济上破坏捣乱，而且采取各种恐怖手段制造社会恐慌。阿连德总统对此毫不畏惧，他一方面推行政治民主，一方面大胆实施经济改革。1973 年 9 月 13 日，智利军方在美国政府的支持下悍然发动军事政变，用炮火强迫阿连德交出政权。阿连德视死如归，直至以身殉职。这是促使伊莎贝尔创作的《幽灵之家》（1982）的第一动因。

而立之年，适值魔幻现实主义和《百年孤独》风靡全球，阿连德决定效而仿之。因此，她放弃新闻工作，投入文学创作。她的第一部小说《幽灵之家》便是在这样的背景下孕育产生的。作者称《幽灵之家》是“写给决定绝食自杀的 99 岁老外公的一封长信”，以埃斯特万·特鲁埃瓦家族的兴衰为轴心，展示拉丁美洲某国半个多世纪的社会变迁，同时表现某些人物的孤独与魔幻。

埃斯特万·特鲁埃瓦原是个聪明好学的上进青年，后因家道中落，不得不辍学谋生。他先在一家公证处当书记员，和姐姐菲鲁拉一起供养年迈多病的母亲。一天，他和出身名门的罗莎·瓦列小姐邂逅，并一见钟情。为了向瓦列家族体面地求婚，他横心抛下母亲和姐姐，只身一人去荒无人烟的北方淘金。经过两年多时间的艰苦奋斗，他攒下了一大笔钱。然而，就在这时，罗莎不慎误饮毒酒，一命呜呼。噩耗传来，埃斯特万万念俱灰。他专程赶回首都，为罗莎送葬，末了，决定到父亲留下的庄园了却一生。那是个寂寞偏僻的古老农庄，早已衰败不堪。埃斯特万为了消磨时光、打发日子，无心插柳地使庄园得以渐渐复兴。他在管家佩德罗·加西亚第二的帮助下，用了近十年的时间，将惨淡经营的三星庄园变成了远近闻名的“模范庄园”。事业愈来愈兴旺，埃斯特万也愈来愈专横、堕落。他强暴了管家的妹妹，还与妓女特兰希托·索托狼狈为奸。后来，由于母亲病危，埃斯特万回到首都。母亲死后，他遵照遗嘱，娶了瓦列夫妇的小女儿克拉腊小姐为妻。克拉腊那年十九岁，是个异乎寻常的女孩。她的特异功能不仅使她深谙鬼神之道，而且善卜凶吉祸福。埃斯特万和克拉腊婚后生下一女，取名布兰卡。有一次，埃斯特万携克拉腊母女到三星庄园度假。在那里，布兰卡和佩德罗·加西亚第三两情相悦，却遭到了埃斯特万的粗暴干涉。不久，埃斯特万和克拉腊的一对孪生子海梅和尼古拉斯也渐渐长大。埃斯特万对他们动辄打骂，克拉腊因此痛心疾首。此时，地震频发。埃斯特万被倒塌的房屋压个半死，多亏老佩德罗·加西亚悉心照料，才逐渐好转。伤愈后，埃斯特万涉足政治，顽固地坚持保守立场。

与此同时，被逐出家门的佩德罗·加西亚第三继续以“神父”的身份与布兰卡暗中来往，并煽动三星庄园的雇工在选举中反对保守党。不料此事败露。恼羞成怒的埃斯特万用斧头砍断了佩德罗·加西亚第三的三个指头，还将克拉腊母女毒打了一顿。克拉腊忍无可忍，带着身怀六甲的布兰卡离开庄园，回到首都。不久，埃斯特万追寻而来，强迫女儿嫁给了骗子手“法国伯爵”。此人不但从事走私贩毒勾当，而且还是个性虐待狂。布兰卡终因无法忍受其变态行为，逃回母亲身边并很快生下了女儿阿尔芭。这时海梅和尼古拉斯已经长大成人。前者大学毕业后从事救死扶伤的工作；后者却饱食终日，无所事事，成了浪子。阿尔芭七岁那年，克拉腊去世了。布兰卡和佩德罗·加西亚第三旧情未断，继续来往。随着大选的临近，两种势力的较量达到了白热化的程度，海梅参加了社会党。最后，社会党在大选中获胜，佩德罗·加西亚入阁当了部长。但是极右势力不甘心失败，拼命抵制新政府的土地改革政策。埃斯特万·加西亚因阻挠庄园变革，被雇工扣作人质。布兰卡请佩德罗·加西亚第三出面交涉，才救了埃斯待万一命。终于，极右势力策动了军事政变，推翻了民主政府。枪杀了奋力抵抗的共和国总统。海梅在保卫共和国的战斗中英勇牺牲，年方十八的阿尔芭也被军政府投进了秘密监狱。埃斯特万如梦初醒，四处打听外孙女的下落。阿尔芭在狱中受尽折磨。一个名叫埃斯特万·加西亚的上校对她尤其狠毒。原来此人正是她外公在三星庄园胡作非为的恶果。他借政变之机，在阿尔芭身上公报私仇。最后，埃斯特万在名妓特兰希托·索托的帮助下救出了奄奄一息的阿尔芭。祖孙相见，悲喜交集。阿尔芭找出外祖母的日记。结合埃斯特万的回忆，写下了这部《幽灵之家》。

作品跌宕起伏，以现代小说少有的大起大落、大喜大悲、大是大非、大善大恶展示了一个家族乃至一个国家的命运。而有关评论经常指认的魔幻现实主义特点，在这部小说中其实已经大大缩水。换言之，在阿连德笔下，魔幻是一种点缀，仅仅集中于克拉腊和老佩德罗·加西亚二人身上。除此，小说便再无魔幻可言。

且说克拉腊从小不同凡响，她十岁时决定充当哑巴，结果一连几年谁也无法叫她开口。她擅长圆梦，而且这种本领是与生俱来的。她背着家人给许多人圆梦，知道身上长出一对翅膀在塔顶上飞翔是什么意思，小船上的人听见美人鱼用寡妇的声音唱歌是什么意思，一对双胞胎每人举着一把宝剑是什么意思……她不但能圆梦，而且有未卜先知的本领。她预报了教父的死期，预知了地震的信息，还向警察预告了一些杀人凶手的行踪。不仅如此，克拉腊还能凭感觉遥控物体，使物体自动移位。而且这种本领随着她年龄的增长而增长，待到后来，她可以站在远处、不掀开钢琴盖就弹奏自己喜欢的曲子。更为神奇的是她喜欢和鬼魂玩耍，整天整天地和他们闲聊。父亲不准她呼唤调皮的鬼魂，免得打扰家人。但越是限制她，她就越发疯癫。只有老奶奶懂得她的心思，给她讲古老的传说，把她当作宝贝。

和克拉腊一样，老佩德罗·加西亚也是个十分神奇的人物。他用咒语和谆谆劝诱赶走了三星庄园的蚁灾，用身体测试地下水源，用魔法和草药治愈了奄奄一息的主人……诸如此类，不一而足。但真正神奇的并非这些魔幻，而是与魔幻人等同生共存的世界。

用阿连德的话说，“有一个马孔多，就会有第二个马孔多；有一个布恩蒂亚家族，就会有第二个布恩蒂亚家族：我的家族”。但事实上伊萨贝尔·阿连德的家族已经不是布恩蒂亚家族。因为魔幻是布恩蒂亚家族的标记，或者反过来说，后者是拉丁美洲集体无意识的载体；而阿连德笔下的特鲁埃瓦家族却是魔幻蜕变的结果：摆脱魔幻，回到现实。

然而，这种蜕变并不排斥基因的传承，一如彭铁尔和阿斯图里亚斯之与超现实主义。“我觉得为超现实主义效力是徒劳的。我不会给这个运动增添光彩。我产生了反叛情绪。我感到有一种要表现美洲大陆的强烈愿望，尽管还不清楚怎样去表现。这个任务的艰巨性激励着我。”卡彭铁尔如是说。阿斯图里亚斯与卡彭铁尔不谋而合。因为，在反叛中，阿斯图里亚斯发现了美洲现实的第三范畴：“魔幻现实”。

同时，超现实主义对他们产生的影响又是毋庸置疑的和至为重要的。它使他们发现了美洲神奇现实（也即魔幻现实）之所在。总之，卡彭铁尔和阿斯图里亚斯急流勇退，为的就是这一方神奇（魔幻）的土地：多种文化积淀在特定历史条件下和环境中体现的近乎幻想的真实。对此，加西亚·马尔克斯也有过明确的阐述。他说，他所孜孜以求的只是以新闻报道般的逼真展示拉丁美洲，尤其是加勒比人审视现实的奇特方式。“早在孩提时代，我外祖母就将这方式教给了我。对外祖母而言，神话、传说、预感以及迷信等各色信仰都是现实生活的有机组成部分。这就是拉丁美洲，这就是我们自己，也是我们试图表现的对象……”①

相形之下，《幽灵之家》显然已经不是魔幻现实主义作品，而是一部十分复杂的多维小说。套用马克思“莎士比亚化”的说法，以情节的生动性和内容的丰富性誉之，当不为过。

无论如何，《幽灵之家》的成功使伊莎贝尔信心倍增。两年后，她发表了第二部长篇小说《爱情与阴影》（1984）。这是一部内涵丰富的惊悚小说，或可印证笔者的观点。作品取材于皮诺切特军事专制时代一桩桩令人发指的真实事件。作者事后宣称，小说的主要素材来自1978年智利隆根地区的重要发现：有人在一座被军警关闭的废矿中发现了十五具尸体。他们被查证是独裁政府秘密处死的民主斗士。消息传来，伊莎贝尔义愤填膺，1973年的惨剧在她眼前一幕幕重现。经过周密调查，她终于发现，在独裁肆虐的拉丁美洲，这样的惨剧天天都在发生。她认为自己有责任将这一切公之于世，哪怕粉身碎骨。

---

① García Márquez：*El olor de la guayaba*，*conversaciones con Plinio Apuleyo Mendoza*，Madrid：Mondadori，2002；Cf. http：//LeLibros. org/el-olor-de-la-guayaba/pdf. pp. 15 –20.

小说伪托一个叫埃潘海利娜的姑娘因为有特异功能而被军警逮捕逼供并秘密处决。热爱并相信她为“圣女”的乡民四处寻找她的踪迹。在女记者伊内斯的帮助下，人们冲破禁令，进入矿山，但出现在他们眼前的不是一具而是无数具失踪者的尸体。于是，举国震惊，舆论哗然。这时，穷凶极恶的军人政权对伊内斯狠下毒手。她遇刺受伤。最后，初愈的伊内斯和未婚夫古斯塔沃双双逃出国境，开始流亡生涯。

之后，《夏娃·月亮》（1987）保持了同样风格，写一名叫夏娃·月亮的风尘女子和游击队员一道营救遇难战友的故事。但进入20世纪90年代以后，伊莎贝尔明显转向。其中的《无限计划》（1991）便是她侨居美国之后的一次尝试：苏格兰—犹太家族开着大篷车在美国宣讲《圣经·旧约》中的“无限计划”。这是一个预言。但美国的文化不相信古老的预言，而是以其巨大的生命力融化了这个家族。家族子孙的经历不仅见证了现代文明的多义与矛盾，而且多少反映了伊莎贝尔在美国的遭遇。

1994年，她的传记体小说《保拉》发表。作品记叙了她亲生女儿保拉的短暂一生，是作者在女儿的病榻前完成的。作品哀惋凄恻，感人至深。近年来，她又相继发表了感官回忆录《阿佛洛狄特》（1997）和长篇小说《命运的女儿》（1999）。后者写一个智利姑娘在美国的遭遇。故事发生在19世纪。受美国梦的蛊惑，世界各地的淘金者纷纷踏上星条旗覆盖的土地。小说的女主人公是个弃婴，长大后爱上了一个不负责任的男人。男人不辞而别，她却痴心不改。一天，她终于女扮男装，走上寻找情人的不归之路。先是在一船狂热的淘金者中颠簸，继而与小偷、妓女、醉鬼和流浪汉为伍，以至于梦醒梦灭，不得不开始新的生活。最后，她在一个中国人的指引下，一步步走向了神秘。作为此书的尾声，《褪色的照片》（2000）是写“第三代”拉美裔移民的。这就很有美国少数族裔作家的味道了。它在作者的“鹰和美洲豹”三部曲（《怪兽之城》2002、《金龙王国》2003和《矮人森林》2004），以及《佐罗：一个传奇的开始》（2005）和16世纪“命运的女儿”伊内斯《我的心肝》（2006）中演化为一系列冒险的神秘或神秘的冒险。

她的这种转向也许是受了90年代意识形态（或意识形态“淡化”），以及美国少数族裔文学和英美新传奇文学的影响，但归根结底却是她杂色品性的一次次炫示。

二

瓦格纳对其弟子说，“不要摹仿任何人，尤其不要摹仿我。”阿连德当深谙此理。因此，与其说她模仿马尔克斯，毋宁说她摆脱了魔幻现实主义。首先，《幽灵之家》是一部充满政治寓意和浪漫情怀的现实主义小说。它所影射的皮诺切特是在利益驱使下发动政变的，毫无魔幻可言。诚如卡彭铁尔在创作反独裁小说《方法根源》（1974）时所说的那样，“如今的独裁者已非昔日草莽可比，他们饱读诗书，表面上温文尔雅……”[1] 其次，从《爱情与阴影》到《夏娃·月亮》，就连权作点缀的魔幻也被她扬弃了。

阿连德常说，旅行和旅途见闻是她文学创作不竭的源泉。她从小浪迹萍踪，到过许多地方，而她身上流淌的又是拉美文化的驳杂血液。出生于近乎中世纪的保守之乡，而后走过了多半个缤纷世界；四十岁前一直想变成男人，四十岁后又奔向了女权主义；漂泊四方使她乡思如织，但扪心自问却是个世界公民。总之，没有任何主义可以涵括阿连德的作品。尤其是她的后期作品，因为它们是如此杂色纷呈；而这种杂色，也许正是她的本色。比如《阿佛洛狄特》，它与其说是关于春膳的，毋宁说是指向狂欢的：跨国资本主义时代多元文化和相对主义的狂欢。从远古到现代，从西方到东方，海阔天空，包罗万象，却仿佛处处指向一个性字。它用一个个貌似正经的春膳菜谱和一则则似是而非的艳情故事，把读者“骗”个晕乎。

记得《金瓶梅》开篇有词：“丈夫只手把吴钩，欲斩万人头。如何铁石，打成心性，却为花柔？请看项籍并刘季，一似使人愁。只因撞着，虞姬戚氏，豪杰都休。”这就是所谓的英雄难过美人关罢。自古英雄尚且如此，何市井小人乎？话说西门庆菽麦不知、丁字不识，但却混个丑态皮相，一生骄奢淫逸，终不免精极而亡。历代文人对其中之淫多有贬抑，若非它“于世情……诚极洞达……并写两面”（鲁迅《中国小说史略》），恐

① Carpentier: *Razón de ser*, La Habana: Editorial Letras Cubanas, 1974, p. 114.

将永远难逃禁毁厄运。然而，世情多变，大明隆庆至万历年间的“太平盛世”早已重复多次。古来温饱而思淫欲，且一晃时光水样儿流到了今天。性解放的旗帜何啻西边独飘？

先是西方后来居上，然后是深受天主教文化浸染的拉丁美洲。20 世纪 90 年代，秘鲁作家略萨率先抛出一本淫书，称作《情爱笔记》（实系《性爱笔记》）（1997），紧接着便是阿连德的这部《阿佛洛狄特》。但是，别以为她迂回曲折、广征博引只为区区一个性字。

众所周知，东方人在这上面做文章的历史远比西方悠久。单就东方最有影响的印度、中国和阿拉伯三大文化（或者还有希伯来和波斯）而论，手法和向度虽各不相同，却同样传自久远。总体说来，印度人比较精神（有 *Ananga Ranga* 为证），中国人反而比较物质（有《黄帝内经》和《金瓶梅》等），阿拉伯世界则比较神秘（有阿拉伯“淫乐”）。中国人最物质，其结果却是最保守，以至于孟圣人所说的“食色，性也”，到近现代只剩下一个食字了。相形之下，西方“性学”起始迟缓，但发展神速，以至于大有君临一切之势。

如果说字面上看不出阿连德对东方文化有多少了解，那么《阿佛洛狄特》却足以证明她不仅深谙西方和拉美关于性（或色）与食的诸多说法，而且对包括中国在内的东方性文化有相当的了解。用她的话说，记者出身，钩沉索隐是她本事。她写道：土耳其浴可以帮助女性保持妩媚，印度和中国则用食物保证后宫的繁荣。但是，御厨常因炖出的燕窝汤未能在皇帝身上达成预期效果而丢却脑袋。用罢夜膳，吞下药丸，并由值班太医用金针扎过穴道，枕中书翻阅停当，因为有上千妃子在等着他临幸，即使在最好的情形下，每人每年至多也只能得到一次宠幸。她还列举了许许多多五花八门的催情壮阳菜谱和调情助性情景，但归根结底，炫耀的却是她的诘问和怀疑。她借人物之口说出一番朴素的道理，谓“刻意寻找秘方或求新求变的心态，其实皆始于丧失最简单的品尝番茄天然滋味的能力，肇始于我们没有能力在感官的世界里自然地生存”。

多么朴素的道理！然而，真理总是最朴素的。情和性本来是人类最自然而然的给予和诉求，所有的色、香、味，其实都只在我们最自然的感官接受、最朴素的感情分际，当然还有年龄、身心等自然因素的介入。

借用曹雪芹老先生的话说："假作真时真亦假，无为有处有还无。"阿连德正是用她的诘问和怀疑把自己"一本正经制作"的古今东西（包括富含印第安传统的拉美，或者尤其是拉美）的春膳全席和感官大考就这么轻而易举地给解构了。但问题是她并不止于解构，因为她相信自己的野蘑菇汤和诸如此类的家传秘方在这方面远胜于任何"灵丹妙药"，可谓"万无一失"。于是，真真假假，假假真真，似是而非，似非而是，全凭读者甄辨、取舍。

凡此种种多少说明了她的蜕变：政治色彩在她晚近创作中日渐淡化，历史和现实让位于驳杂而幽忧的想象、广博而智性的游戏。后者冉冉升腾。然而，"闲阅遗书思惘然，谁知天道有循环"。一如我当年曾追问巴尔加斯·略萨：她这只花蝴蝶还会重新回到过去，完成二度蜕变吗？

西方传教士：文学与殖民幻想

《越绝书》卷八《记地传》中载有勾践谓越人语，说越人“水行而山处，以船为车，以楫为马，往如飘风，去则难从”。[①] 此话应该不假。别说两千多年前这一带就有了海洋文化，即使再上溯五千年，古越人的海上功夫就已十分了得。距今七千年的河姆渡遗址出土的那些陶舟和木桨便是明证。即使这些都可能是内陆水际文化的表征，那么殷人东渡的传说及郑和航海的历史当可证明越人的水上功夫至少也是古代中国海洋文化的一个雏形。由此，黑格尔《历史哲学》中关于东方文明是大陆文明（即黄色文明），西方文明是海洋文明（即蓝色文明）的说法就很不可信了。[②]

是的，黑格尔的观点有以偏概全之嫌。但反过来硬说中华民族具有海洋文化传统显然也是片面的，盖因个别现象和局部的地域文化不能改变中华民族历来以农耕生活和逐鹿中原为主要取向的内陆文化精神。此外，综观西方历史，海洋确实是其文化谱系中最为重要的核心内容之一。从希腊、罗马到西、葡、荷、英、法帝国在西方历史上的盛衰与更迭当可看出，这些大国的崛起多数具有海洋文化的鲜明特征。问题是，今人看大国崛起，首先关注的往往是其一般意义上的政治和经济状况，甚至片面强调其军事实力。而文化，乃至文学在这一过程中的作用则常常被轻视，以致忽略。这一方面与文学和狭义文化不显山露水和润物无声的存在与表现方式有关，另一方面则多少取决于我们看问题的方法。

记得“文革”前夕学校讲授近代史，就很注意某些属于文学或狭义文化范畴的细节，但现在却很少有人提起了。比如说“九一八”之前日本中

① 《越绝书》卷八，上海古籍出版社 1985 年版，第 63 页。

② ［德］黑格尔：《历史哲学》，王造时译，生活·读书·新知三联书店 1956 年版，第 132—145 页。

小学教育中曾盛行实物教授法，即老师在课堂上展示或分发实物，比如苹果，然后告诉学生，这甜美的果实来自中国，或者说中国的苹果比这更大更好，要想吃，你们就去占领这个地方；那儿地大物博，气候适宜，要什么有什么。这颇能使人联想到哥伦布时代西方对东方的描述。受马可·波罗等早期西方商人、冒险家和传教士的影响，哥伦布曾乐观地视包括中国、印度、日本在内的东方是个完全不同于西方的世外桃源。以他的估算，船队一直向西航行，一周之内当可抵达日本；如果遇到顺风，那么航行时间还将大大缩短。在他的忽悠下，刚刚在针对阿拉伯人的“光复战争”中大获全胜的西班牙卡斯蒂利亚女王伊萨贝尔欣然允诺，并慷慨解囊，资助这位历史狂人前来东方冒险。当然，航行的结果并非一周，而是数周逾月。因此，哥伦布的船队几乎是在完全绝望的情景下发现新大陆的，而哥伦布却误认为它便是东方的印度。于是，他效法先人，在《航海日记》和致卡斯蒂利亚女王的信札、奏呈中盛赞这片土地，说它到处都气候宜人，物产丰饶，令人叹为观止。“尤其是伊斯帕尼亚岛（即西班牙岛，也即现在的圣多明各，因后来西班牙殖民者发现了真正的陆地，并将今墨西哥一带命名为新西班牙，遂不得不易名），简直如同仙境。这里深水环绕，河流交错，令人称奇。内陆高山入云，连绵不绝……它们是那么俊美，那样多姿，简直难以言表。万千植物和参天大树都四季常青，如沐西班牙五月春风。它们郁郁葱葱，硕果满枝……夜莺在丛林里歌唱，小鸟唧唧喳喳……绝对令人流连忘返。”

他见到的第一个岛屿，即心安理得地以西班牙命名。现在看来真是无耻之尤。他兴高采烈地慨叹，那里的树木非同寻常，竟然一棵树上能长出几种枝叶，“有的多达五六种。别以为那是嫁接的结果”。那当然不是嫁接的结果，而是美洲热带丛林各种寄生植物相互交叉的缘故。他还说，“这里的鱼儿不同凡响，堪称奇迹。有的比世上最最漂亮的公鸡还要鲜艳，蓝色的，黄色的，红色的，简直是五彩缤纷；有的色彩斑驳，可谓千奇百怪、难以名状”。至于印第安人，他描绘说：“印度人古道热肠，毫不吝啬。”他甚至向西班牙天主教双王保证说：“全世界没有比他们更好的人了。”为了吸引世人的视听，哥伦布甚至似是而非地夸大事实、哗众取宠，把美洲描写成遍地留金的“黄金国”，说：“河流中黄金俯拾皆是，随手就能捞起一把。发现这一情景的人个个欣喜若狂。他们纷纷跑来报告，说得神乎其神，以至于连我也感到震惊，简直不敢相信，更不敢向陛下您如实禀报……”总之，哥伦布俨然把美洲描绘成了人间仙境。[1] 1493 年，哥伦布的日记和信札出版后不久，即被译成拉丁文及几乎所有罗曼司语。于是，全欧洲的人以史无前例的速度传诵了哥伦布的日记和信札。人们在哥伦布的文字中重温了柏拉图的亚特兰蒂斯、马可·波罗的东方神话和骑士小说的种种玄想，甚至验证了《圣经》中先知先觉们关于福地的预言。从国王到平民，即使最不轻信的人也无法抵御哥伦布带来的这一历史性狂热。西班牙人更是欣喜若狂。哥伦布每次航行回来，所到之处都是万人空巷，官员迎迓，犹恐不及。哥伦布的《航海日记》和《信札、奏呈》更是人人竞相传阅。它们再一次唤醒了人们的想象力和冒险精神，新大陆成了时人的第一话题，并使无数英雄好汉、流氓无赖神摇意夺，梦魂颠倒。用约翰逊博士的话说，哥伦布“苏醒了欧洲人的好奇心”。[2]

未几，莫尔在《乌托邦》中描绘了类似的岛屿，之后又有托尼的《世界》、帕特里齐的《幸福城》、培根的《新大西岛》，康帕内拉的《太阳城》等以新大陆为主要指涉的一系列作品相继问世。

所谓众议成林，无翼而飞，在西班牙和葡萄牙，这种情况更是令人唏嘘不已。而且表现是双向的。除了介绍对象国的政治、经济、历史、地理，还通过文学等多种渠道传播、推销自己的文化和价值。

不看不知道，一看吓一跳。仅以我最近的初步涉猎，就发现西葡古典文学中充斥着以海洋文化为主要载体，以东方，尤其是中国为主要目标的帝国野心。

如果说塞万提斯提到中国只是一种戏谑式自嘲，那么可以想见的是当时中国在西班牙人心目中的地位。塞万提斯说：“最急切盼着堂吉诃德的是中国的大皇帝。他一月前派特使送来一封中文信，要求我，或可说是恳求我把堂吉诃德送到中国去，他要为他建立一所西班牙语文学院，打算用

① 《哥伦布如是说》，梅嫩德斯·皮达尔编纂，《古巴杂志》（哈瓦那：1940 年总第 14 期）。

② 转引自乌雷尼亚《西班牙语美洲文学思潮》，墨西哥城：经济文化基金出版社 1949 年版，第 10 页。

堂吉诃德的故事做课本，还说要请我当院长。我问那钦差，中国皇帝陛下有没有托他送来盘缠。他说压根儿没想到这一层。”① 关于这一点，《堂吉诃德》的英译者塞缪尔·普特南在译本中加注替塞万提斯美言，说明朝万历年间神宗皇帝翊钧通过传教士与西班牙国王有过书信往来，而塞万提斯很可能听说了这件事情。这当然是文人的一种善意的推测。事实上，即使是在哥伦布指向东方的航行阴差阳错地发现了美洲之后，西班牙殖民者也没有停止过觊觎中国的侵略梦想。关于这一点，且容稍后再说。

先说当时声名远在塞万提斯之上的诗神贡戈拉，他的代表作《孤独》可能也是指向东方或中国的。该诗的第一部分完成于 1613 年，较塞万提斯的戏谑早整整两年。时年，友人透露了贡戈拉的创作动机，谓此作将由四部分组成，分别象征人生的四个阶段，同时又与一年四季相对应。然而，这首长诗除第一部分完整发表以外，第二部分即是未竟之作，第三、第四部分则始终没有面世。第一部分明确阐发了轻士绅、重农耕，远宫廷、亲乡村的思想。作品从春天的某一天写起，经古希腊神话的点染，至主人公因失恋而投海，而后靠着一块救命的木版漂至遥远的彼岸，进入一个类似于“世外桃源”的偏僻山村。白天，人们唱着山歌干活，晚上燃起篝火舞蹈。鉴于新大陆已经成为总督们的大陆、暴发户的乐园，贡戈拉讴歌的这个世外桃源当不应该是美洲，而更像是门多萨等人笔下的中国。此外，诗人还在不同的地方多次提到中国和东方，而且充斥着令人神往的意象，如“驯顺的东方”“蘸着露珠，鲜花芬芳”，还有珍珠和美玉、黄金和宝石，等等。

相形之下，葡萄牙诗人卡蒙斯的指涉更为明确。他创作于 16 世纪的史诗《卢济塔尼亚人之歌》对中国进行了十分细致的描写。其中几节大意如下：

哦，骄傲的帝国，闻名遐迩；
世上再没有一块土地堪与媲美，

① ［西班牙］塞万提斯：《堂吉诃德》，马德里：西班牙皇家语言学院暨世界西班牙语国家语言学院 2004 年纪念版，第 547 页。

她就是中国……
从热到寒带，幅员辽阔。
呵，城墙耸立，高楼如林；
山峦叠嶂，河流纵横；
城池鳞次栉比，财富享用不尽……①

卡蒙斯鼓舞同胞们前来领略这自然的造化、神灵的青睐，其帝国野心昭然若揭。

史料证明，卡蒙斯是继葡萄牙航海家达·伽马之后最重要的葡萄牙航海家之一，出身于航海世家，父亲当过船长，到过印度，并最终客死异乡。卡蒙斯大学毕业后曾被擢升为宫廷诗人，但因与王后侍女产生爱恋被驱逐，从而开始冒险生涯，并最终抵达澳门和马六甲。当时澳门已被葡萄牙占领，《卢济塔尼亚人之歌》的主体部分据说就是诗人在澳门的两年间完成的。正因为如此，他在长诗的第十章，也即最后一章中描写了中国，并且表达了他对中国大陆的无限神往或倾心觊觎。

16 世纪，适值明朝中叶，葡萄牙人与西班牙人成了海洋霸主，甚至控制了我国的东南沿海。中国的航行范围，被大大压缩，以至于原来我们非常熟悉的印度洋也有几个世纪见不到华夏船只。

而这一时期正是西班牙不可一世的全球扩张时期；这期间因为神圣罗马帝国在西班牙卡洛斯一世（查理五世）的掌控之下，葡萄牙再次归属西班牙。加上意大利、撒丁岛、西西里、整个哈布斯堡王朝（包括现在的荷兰、卢森堡、比利时、德国、法国东南部、瑞士、奥地利和匈牙利、斯洛伐克、波希米亚等广袤的领土）及其美洲殖民地和亚洲的果阿、菲律宾、马六甲、中国澳门、中国台湾、果阿，非洲的赤道几内亚、莫桑比克等，西班牙成了第一个日不落帝国。其野心之大，大到开始觊觎我华夏大地的地步。这个尽人皆知的史实背后便是未必尽人皆知的西葡殖民者的一系列文化准备。首先，人类第一幅世界地图是由隶属于西班牙帝国的佛兰德

① ［葡萄牙］卡蒙斯：《卢济塔尼亚人之歌》第十唱，里斯本：国家出版社 1970 年版，第 402—403 页。

（即现在比利时一带）的学者热拉尔·德·克雷默于1569年绘制的（他的拉丁名字是墨卡托，意思就是“商人”）。对此，我国的一些学者对此仍有异义，更不必说心悦诚服，因为他们认定最早的世界地图是公元14世纪我国明朝洪武初年的《大明混一图》（它虽然包含了非洲，却并没有标出美洲），甚至还有将世界地图上溯至《山海经》的。这就像在说哥伦布之前我们已经发现了美洲或者高逑等人玩儿的便是足球的祖宗一样，我们姑妄说之，别人姑妄听之罢了。然而，历史事件的意义有时不在于发生的早晚，而往往在其所产生的效果。

且说第一张世界地图的产生适逢西班牙帝国如日中天，也恰恰是应其全球扩张的需要应运而生的。无独有偶，西方的第一部中国历史也是在这个时期由西班牙传教士门多萨编撰的，名曰《中华大帝国史》。此人曾经这样描写我们的国家：帝国幅员辽阔，人口众多，而且到处都是成群结队的少年儿童，好像妇女们天天都在分娩。说到这里，他还刻意补充说，孩子们小的时候都很好看，言下之意是长大以后我们都成了丑八怪。尤其是我们男人，具体说来不是小眼巴眨，就是不长胡子。至于气候及物产，他认为这必定是上帝为挪亚选定的福地。全世界都找不到比这里更适合人类居住的地方啦。五谷、果蔬、各种矿产、丝绸、裘皮、各色鲜花、香料，等等，应有尽有，而且非常便宜，像是白给似的。两磅鸡肉仅需两分钱，两磅猪肉则只要一分钱，一头大鹿也只卖两块钱。他说我们非常勤劳，凡有居民的地方就不留下一块荒地，也最不能容忍慵懒和偷盗。他还说我们不喜欢战争，也不喜欢迁移。说我们天生好吃，讲究穿着，没有统一的信仰，信鬼胜于信神。[①]

虽然他也从正典和史书中获得了关乎中国的许多客观情况，但字里行间充溢着主观和臆断。这与16—17世纪西班牙驻菲律宾历任总督的猜想不谋而合。早在1569年，德拉达就提出了占领中国的设想，认为只要上帝愿意，他们就可以轻而易举地占领中国。未几，桑德继任总督，他于1576年给西班牙国王菲力二世正式上书，自称已经对中国的情况了如指掌。他甚至信誓旦旦地写道，中国人像一盘散沙，既不尚武，也不好战；

① Mendoza：*Historia del gran reino de la China*，Madrid：Polifimo，1990，pp. 11 - 233.

虽发明了火药，却没有火器。百八十个海盗就能将一座数万人口的大城市洗劫一空。倘使我们能集合四千至六千人马，配备足够的船只和火器，就可以各个击破，那么占领中国将易如反掌。然而，当时崛起中的英国才是西班牙的心腹大患。菲力二世虽然对东方，尤其是中国垂涎三尺，但他正致力于兴建无敌舰队，根本无暇顾及，否则中西之间恐难免一战。当然历史不能假设。问题是连当时的西班牙传教士也纷纷上书国王，敦促进攻中国。其中耶稣会教士桑切斯在1586年亲呈菲力二世的《论占领中国》中更是狼子野心，暴露无遗。他请求国王派遣一支由曾经隶属于西班牙的哈布斯堡王朝一至两万人组成的联合军队，再加上五至六千菲律宾及日本人即可轻取中国。他还建议军队由耶稣会东方分会来领导，以便协调其军政事务。为了劝诱和鼓励士兵，他建议王国指派有关人等宣达占领中国的诸多好处以及中国人温顺驯服、勤奋好学的美德。诸如此类，不一而足。即使是在“无敌舰队”败北于英吉利海峡之后，仍有不少政客、教士和冒险家一再上书西班牙王室，直至18世纪末的1797年，即嘉庆二年，菲律宾总督阿吉拉尔还在鼓动和忽悠西班牙王室挥师东征并占领遍地黄金、满目白银的中国。他甚至毛遂自荐，主动请缨。①

问题还不仅于此。西葡殖民者同样没有忘记把自己的文化产品传入中国。我们知道，基督教进入中国的历史可以追溯到唐代，从唐代大秦景教（受东正教排斥的一个拜占廷基督教宗派）算起，至明朝西葡传教士的涌入，至少已有近千年的历史。除了宗教的传播，中国和西方贸易也因澳门或菲律宾、马六甲经墨西哥至塞维利亚或里斯本的海上丝绸之路的贯通而趋于繁荣。这些当然都是众所周知的。但一般而言，史学界在讨论中西方关系时，大都将注意力集中在宗教及政治经济范畴，顶多由此延伸至科技、美术、建筑等显性领域，对于相对隐形的文学则犹如无何有之乡，极少顾及。而事实上，早在16世纪，西方文学便开始经传教士之手大量传入中国。除我们耳熟能详的利玛窦（Matteo Ricci）外，不少西班牙传教士加入了文学传教（或《圣经》故事的文学化）工作。

---

① Villar: *La expansión española en Asia Oriental en el siglo XVI y el XVII*, México: FCE, 1980, pp. 768 - 879；张凯：《中国与西班牙关系史》，大象出版社2003年版，第69—78页。

举一反三，这是传道者的秘诀。文学则是他们首选的工具。且不说《圣经》本身的文学性，即使像利玛窦那样的中国通，也不忘藉西方文学以传教布道。他的《畸人十篇》和《交友论》被公认为是文学作品。前者名为与中国士大夫对话集锦，实则是借助《伊索寓言》以阐述教义的范例。后者更是辑录了自西塞罗到伊拉谟斯历代西方文人墨客的交际思想与警句格言。然而，现在大家只知道利玛窦是意大利传教士，但未必知道他还有很深的西葡文化背景。首先，他到东方来，是受了葡萄牙天主教会的委派，从里斯本出发，到葡属殖民地印度果阿去传教的，却辗转来到了中国；其次，当时意大利隶属于西班牙，他离开意大利和塞万提斯随军进驻意大利几乎是同一时期。也正是因为这些渊源，利玛窦除了精通拉丁文和希腊文，还熟练掌握了西班牙语和葡萄牙语。

利玛窦最后死在中国。西班牙传教士庞迪我（Diego de Pantoja）上呈奏疏，请求皇帝开恩，破例准其就地安葬（即改变将在华传教士遗体一律送往澳门神学院墓地下葬的惯例）。他在奏章里写道：利玛窦年老病故，情实可悯，况利玛窦自入圣朝，渐习熙明之化，读书通理，朝夕虔恭，焚香祝天，颂圣一念，犬马报恩，忠赤之心，都城士民共知，非敢饰说。生前颇称好学，颇能著述，先在海邦，原系知名之士，及来上国，亦为缙绅所嘉？吾等外国微臣，悲其死无葬地，泣血祈恳天恩，查赐闲地亩余，或废寺闲房数间，俾异域遗骸得以埋葬，而臣等见在四人，亦得生死相依，恪守教规，既享天朝乐土太平之福，亦毕蝼蚁外臣报效之诚云云。虽然朝廷中不乏反对之声，但还是很快得到了万历皇帝的照准，于是，利玛窦被葬于二里沟滕公栅栏（现北京行政学院内）。

而这个西班牙人庞迪我和稍后进入大陆的葡萄牙传教士阳玛诺（Emmanuel Diaz）继承利玛窦的衣钵，在深入了解中国、研究中国国情的基础上传播教义。前者的《七克七卷》曾广为流传，盖因它不拘一格地用西方文学，乃至儒家经典的范式，并从天人、人人、自然之人等不同角度全面阐述了天主教神学理念。而他的《实义续编》则是对利玛窦《天主实义》的补充。传教之余，庞迪我还投书托莱多主教古斯曼，详细介绍中国的情况，并纠正了门多萨《中华大帝国史》中的一些讹误。同样，阳玛诺曾任耶稣会中国及日本教区负责人，他用西班牙贡萨洛·德·贝塞奥等诗人的演绎方式注疏《遵主圣范》（甚至易名《轻世金书》）；并用《尚书》体解释《圣经》，著有《圣经直解》等。

诸如此类，不胜枚举。

不能说这些传教士个个居心叵测。他们传播教义、促使西学东渐或东学西渐本身，也不是一个好得很或糟得很可以说得清楚。况且他们不无矛盾之处。拿阳玛诺为例，他一方面传播教义，另一方面又亲自讲授伽利略的天文学思想，甚至帮助奄奄一息的明王朝铸造火炮以对抗清军。当然，一种猜想是他不愿看到剽悍尚武的满人长驱直入。

谈到这个话题，西方曾经流传过这样一种说法。有人问利玛窦（一说汤若望，Johann Adam Schall von Bell，德国人，哈布斯堡王朝教士），你说的中国如此丰饶、如此强盛，会不会对西方产生威胁呢？利玛窦（汤若望）回答说，永远不会，理由是中国人尚文不尚武。

利玛窦或汤若望说对了。如今，我们研究海洋文化，便更不具有夺城掠地的野心，而完全是出于了解和借鉴的目的。况且旧殖民体系已然瓦解，传统的殖民方式更是难以为继，20 世纪的两次世界大战和一系列民族解放运动便是明证。而资本在完成了地区垄断和国家垄断之后，其国际垄断方式正在以跨国公司形式全面展开。在这样的历史条件下，经济的交往更需要狭义文化和文学的贡献。前不久西班牙中国鞋店被烧，法国华人超市被焚，多少从反面印证了一些华商在生活方式、经营理念和文化修养等方面的某些缺失，同时也证明西方其实并不了解华人，更不了解中国。而文学无疑是知己知彼的一个极佳的方式。首先，文学是各民族的认知、价值、情感、审美和语言等诸多因素的综合体现。它好比某种基因，使各民族立于世界之林而不轻易被同化。也就是说，大到世界观，小到生活习俗，文学在各民族文化中起到了染色体的功用。独特的染色体保证了各民族在共通或相似的物质文明进程中保持着不断变化却又不可淹没的个性。唯其如此，世界文学和文化生态才丰富多彩，也才需要东西南北的相互交流和借鉴。其次，古今中外，文学终究是一时一地人心的艺术呈现，建立在无数个人基础之上，并潜移默化、润物无声地表达与传递、塑造与擢升着各民族活的灵魂。这正是文学不可或缺、无可取代的永久价值、恒久魅力之所在。

“观乎天文以察时变，观乎人文以化成天下”。外国文学作为“他者”的文化精髓，始终是马克思主义者关注的对象。马克思、恩格斯关于英国现实主义文学和巴尔扎克等法国作家的论述切中肯綮。马克思说，英国现实主义作家向世界揭示的政治和社会真理，比一切职业政客、政论家和道德学家加在一起所揭示的还要多。恩格斯说，在了解法国的历史和现状方面，他从巴尔扎克的作品里学到的，要比从当时所有职业历史学家、经济学家和统计学家那里学到的全部东西还要多。何也？荀子云，“以近知远，以一知万，以微知明”。这是明人之道，也是文学之道。

人不能事事躬亲、处处躬亲，外国文学为我们提供了接近、了解和借鉴他者翔实而鲜活的历史画面与现实情境。这正是我们赖以存在并研究外国文学的理由，因为这种接近、了解和借鉴正超越其他目的，成为某种更自在、更清醒的认知和审美享受。换言之，我们研究文化及文学的目的也不都是急功近利和唯利是图的学以致用。从本集的主旨和话题来看，虽然文学有用和无用将继续徘徊在人类精神与物质的永恒矛盾之间，但作为结束语，我不妨援引王国维引申老庄思想的话说，文学乃“无用之用”。这可能更符合今天我们平衡道器，与各民族共同发展、和平相处的愿景。